suhrkamp taschenbuch 1329

Karl Kraus, geboren am 28. April 1874 im böhmischen Gitschin, ist am 12. Juni 1936 in Wien gestorben.

Das Hauptwerk des Satirikers, seine Zeitschrift *Die Fackel*, umfaßt außer einigen hundert Aufsätzen auch einige tausend Glossen: kürzere und kürzeste Artikel, die aus Eindrücken des Tages, abgelesen meist der Tagespresse, das Bild einer ganzen ebenso geist- wie naturwidrigen Zivilisation entwerfen. In diesem Glossenwerk, einem Brennspiegel seiner Kritik der »Widerwart«, sind viele der witzigsten Schriften von Karl Kraus enthalten – und außerdem allerlei Meister- und Musterstücke einer literarischen Gattung, der im deutschen Sprachbereich wiederum erst die *Fackel* zu höheren Ehren verholfen hat.

Die neue Sammlung vereinigt Glossen von Karl Kraus erstmals in gebotener Ausführlichkeit. Und weil sie sich zugleich an der Auswahl orientiert, die Kraus selber für seine »Vorlesungen« getroffen hat, kann sie erstmals auch eine Ausgabe der letzten Hand vertreten.

Die Ausgabe der *Schriften* von Karl Kraus wird abgeschlossen mit dem poetischen Hauptwerk seiner letzten Jahre: der Nachdichtung von Shakespeares *Sonetten*, die im Jahre des Unheils, 1933, noch einmal den Geist gegen die Macht behaupten sollte. Inzwischen darf sie für das erheblichste Gegenstück zu Stefan Georges »Umdichtung« gelten – und in der Reihe der eignen *Worte in Versen* für deren letzten, den zehnten Band.

Karl Kraus
Schriften

Herausgegeben von
Christian Wagenknecht

Band 19

Karl Kraus
Die Katastrophe der Phrasen

Glossen 1910-1918

Suhrkamp

Der Text folgt den im Register der Sammlung
aufgeführten Heften der »Fackel«
(F 296-297 bis F 484-498).

suhrkamp taschenbuch 1329
Erste Auflage 1994

Satz: IBV, Berlin
Druck: Nomos Verlagsgesellschaft, Baden-Baden
Printed in Germany
Umschlag nach Entwürfen
von Willy Fleckhaus und Rolf Staudt
unter Verwendung einer Fotografie
von Karl Kraus (um 1915)
Foto: Sammlung Friedrich Pfäfflin, Marbach

1 2 3 4 5 6 – 99 98 97 96 95 94

Glossen 1910-1918

Eine Neuerung

Nun ja, nun ja, er war wie immer »ein Stelldichein von amtlicher Würde, künstlerischer Berühmtheit und weiblicher Schönheit«. Nämlich der Concordiaball. Er übertraf wie immer an Glanz alle seine Vorgänger, er tut es seit fünfzig Jahren, warum sollte er es gerade diesmal nicht getan haben? Denn das haben sie alle gemeinsam, die Concordiabälle, daß sie einander an Glanz übertreffen. Und doch scheint diesmal etwas geschehen zu sein, was den diesmaligen von seinen Vorgängern wirklich unterscheiden könnte, und was, wenn sich die Nachricht bewahrheitet, die künftige Berichterstattung über die künftigen Concordiabälle erheblich beeinflussen würde. Es handelt sich, um es mit einem Worte zu sagen, um das »Tanzrecht«, das sich einstmals die Jugend bei den einstigen Concordiabällen bekanntlich nur mit Mühe erobern konnte, nachdem der Dirigent Rabensteiner vergebliche Versuche gemacht hatte, na und so weiter, wozu soll man an die peinlichen Geschichten wieder erinnern. Und heuer, heißt es nun, »haben sie sichs einfach selbst verschafft«. Früher, du mein Gott, da standen wohl die sehenswerten Kommerzialräte, die Konsuln von Paraguay und überhaupt die Champagneragenten, die man als Vertreter des diplomatischen Korps bemerkte, herum, aber was nützte das alles, der Jugend, der lieben Jugend fehlte es gerade deshalb an Raum und Bewegungsfreiheit. Noch auf dem vorjährigen Ball, der, wie sagt man doch, im Zeichen Schillers stand, konnte man vielfach die Klage hören. Aber im Zeichen Schillers besann man sich auch, diesen miserablen Zuständen abzuhelfen. War das ein Gedränge! Nun, »wenn der Gedrückte nirgends Recht kann finden – greift er hinauf getrosten Mutes in den Himmel – und holt herunter seine ew'gen Rechte«. Ganz unbekümmert um die zuströmenden Würdenträger, »beginnt plötzlich ein couragiertes Paar zu tanzen«. Was sagt man! »Der alte Urstand der Natur kehrte wieder – wo Mensch dem Menschen gegenüber steht.« Nur die Estrade, dieses Asyl schwitzender Sehnsucht, bleibt von der Revolution unberührt. In dieser Beziehung hat sich nichts geändert. Während die Komiteeherren »alle Hände voll zu tun haben« – indem sie nämlich viel besprechen müssen –, vollzieht sich »das Erscheinen der Mächtigen, Angesehenen und Berühmten«. »Charakteristische Gestalten aus der politischen Welt tauchen auf«, um sogleich wieder in der »noch jugendlichen Erscheinung des österreichischen Ministerpräsidenten« zu verschwinden, hier sieht man die Grazie der Tanzkunst mit dem schweren Ernst der Diplomatie trauliche Zwiesprache halten, und während sich das Fräulein Wewerka vom Ballett mit dem japanischen Geschäftsträger über die Lage auseinandersetzt, meldet der kriegerische Schmock bereits, daß »die Estrade heftig belagert und heftig verteidigt wird«. Wann aber, wann endlich einmal, wird sie sich übergeben?

Der Punkt

Ich habe den Schlußpunkt der Burgtheaterherrlichkeit entdeckt. Den toten Punkt, über den kein Burgtheaterdirektor hinauskommt. Nichts hilft, dieser Punkt trägt an allem Schuld. Man glaubt natürlich, daß ich den »Dunklen Punkt« meine, der jetzt im Burgtheater gespielt wird. Aber die schlechte Literatur hat das Burgtheater nicht heruntergebracht; das behaupten nur jene theaterfremden Kritiker, denen es nicht gelungen ist, ihre eigene schlechte Literatur dem Burgtheater anzuhängen. Was ich nun meine, wird man erst verstehen, wenn man sich vor die Front des Burgtheaters stellt und dort hinaufschaut, wo Apollo, bekanntlich einer der beliebtesten Götter Wiens, seinen Wohnsitz hat. Zu seinen Füßen wird man in mannshohen Lettern die Aufschrift finden:

K. K. HOFBURGTHEATER.

Punkt! Darüber komme ich nicht weg. Diesem Punkt gebe ich die Schuld, daß die künstlerische Entwicklung ins Stocken geraten ist. Aber, seien wir gerecht, er hat dafür auch schon manches Unheil verhütet. Denn wie leicht hätte es geschehen können, daß ein Wiener, der ja so lange auf ein Dach schaut, bis sich andere Wiener ansammeln und auch aufs Dach schauen, wie leicht hätte es also geschehen können, daß dieser Wiener und alle, die in gutem Glauben seinem Beispiele folgen, weiterlesen, nachdem sie mit der Aufschrift:

K. K. HOFBURGTHEATER

fertig geworden sind. Man male sich nur die Folgen aus. Die Wiener lesen weiter nach rechts, immer weiter, bis dorthin, wo der Volksgarten beginnt, und wenn nicht ein zufällig des Weges kommender Wachmann Halt ruft, kann es geschehen, daß sie von einem zufällig des Weges kommenden Einspänner überfahren werden. Da nun der Erbauer des Burgtheaters, der Baron Hasenauer, die Gefahren des Verkehrs erkannte und die Gelegenheiten der Warnung nicht überschätzte, so entschloß er sich, allen Eventualitäten vorzubauen und die Wiener durch einen nicht zu übersehenden Punkt vor den Folgen des unvorsichtigen Weiterlesens zu bewahren. Durch Wochen stemmten ein Dutzend Arbeiter an dem Stein und stanzten einen Punkt, so groß wie der Kopf eines erwachsenen Wieners. Man wäre nun versucht, in dieser Mühe ein Sinnbild des dekorativen Kretinismus zu erblicken, der um eines Schnörkels willen gegen alle Ökonomie wütet. Aber man würde damit den sozialhygienischen Wert dieses besonderen Punktes verkennen. Denn es ist erwiesen, daß sich in den zwanzig Jahren, die das neue

K. K. HOFBURGTHEATER.

steht, kein nennenswerter Unfall ereignet hat. Auf dem Franzensring sammeln sich die Leute, sie lesen die Aufschrift mit Interesse, aber sie wissen, wo sie aufzuhören haben, und gehen wieder ihrer Wege. Neugierige fühlen ein kräftiges »Zaruck!«, und die anderen bescheiden sich. Nur auf manche Passanten übt gerade wieder der Punkt eine besondere Anziehungskraft aus. Zum Beispiel auf die Burgtheaterdirektoren. Sie, die weiterlesen sollten, starren fasziniert auf den Punkt. Sie glauben, er sei eine Fügung des Obersthofmeisteramtes, und kommen nicht weiter. Sie laufen die Buchstabenreihe zwischen dem K. K. und dem dramatischen R auf und ab und finden keinen Ausweg. Ich glaube, es wäre ihr ewig Weh und Ach aus einem Punkte zu kurieren. Und es wird einmal eine Sage sein, daß ein Fluch auf dem Hause gelastet hat, an dem nicht die Akustik, sondern die Interpunktion schuld war. Man befreie die Kunst und sorge für die Sicherheit des Publikums durch Vermehrung der Wache!

Mai 1910

Der Komet in Wien

Der Wiener und die Unendlichkeit – das unwahrscheinliche Schauspiel wäre glücklich überstanden. Wenn der Komet gefährlich ist, so ist er es nicht so sehr vermöge der ihm innewohnenden Blausäure als wegen der nicht auszudenkenden Möglichkeit, daß sich bei seiner Annäherung jeder Trottel kosmisch gestimmt fühlt.

Es ist nicht so weit gekommen. Nur eine fürchterliche Spielart kosmischer Denkfähigkeit wurde uns beschert: jene, die vor dem Untergang die Tröstungen der Wissenschaft empfängt. Der aufgeklärte Großstädter, dem nichts passieren kann, weil die Neue Freie Presse es mit der Sternwarte hält und die Vorsehung sich hüten wird, es mit der Neuen Freien Presse zu verderben; und der stolz ist, weil der Papst Kalixtus gegen den Kometen noch eine Bulle erlassen mußte, während heutzutag der Papst Benedikt mit einem Leitartikel denselben Effekt erzielt. Ach, die knierutschende Angst, die in früheren Jahrhunderten das Ende der Welt erwartete, war schlechter informiert, aber besser beraten, als die Zuversicht, die das Morgenblatt erwartet. Dieses erdensichere Gesindel wird eines Tages fürchterlich aufsitzen, wenn es den Kometen anulkt und inzwischen die Dummheit ihr Zerstörungswerk an der Welt vollendet hat. Der Ernst des Kometen wäre so trostlos nicht wie sein Humor. Denn wenn die Welt kaput geht, bleibt der Geist bestehen, aber wenn sie nicht kaput geht, bleibt die Dummheit bestehen, und ein ungefährlicher Komet macht das Übel schlimmer, da er jeden Friseur zum Philosophen und jeden Redakteur zum Humoristen macht. Nichts ist leichter, als vor dem Kometen Humor zu haben, denn je kleiner die Menschlichkeit, in desto größerer Kontrastwirkung erscheint er am Himmel, vorausgesetzt, daß er erscheint. Aber wenn auch die Sterne nicht lügen, so müssen darum die Astronomen nicht die Wahrheit sagen, und es hat sich herausgestellt, daß sie vom Kometen lange nicht so viel verstehen wie die Praterwirte, die bei seiner Erwartung besser abgeschnitten haben als jene bei seiner Erfüllung. Denn bis sich auf allgemeines Verlangen dieser Nebelstreif am Himmel zeigte, haben sie die Existenz des Kometen mit seiner Unsichtbarkeit bewiesen und den Durchgang aus der Feststellung, daß man ihn nicht beobachtet habe. Sie sagten, daß das, was wir nicht sahen, der Komet gewesen sei, und nur ihrer ehrenwörtlichen Versicherung glauben wir jetzt, daß das, was wir sehen, der Komet sei, weil wir ja schließlich keinen Grund haben, anständigen Leuten zu mißtrauen. Der religiöse Glaube sorgt auch für die Sinne. Was aber sind die Tröstungen einer Wissenschaft wert, die einen kahlen Himmel bietet? Er bewahrte uns vor Cyanwasserstoff; doch das vergeben ihm die Wiener nicht, daß er um ein Spektakel sie betrog. Der Komet ist ungefährlich; aber daß man auch die ganze Zeit nichts Verdächtiges bemerkt hat, untergräbt den Kredit der Wissenschaft und zerstört nur jenen Kometenaberglauben, unter dem man fortan den Aberglauben versteht, daß es Kometen gibt. Nun soll ja der Astronomie, die gewiß eine riegelsame Wissenschaft ist, nicht nahegetreten werden, aber sie hat sich diesmal schwer kompromittiert, weil sie sich den Hervorrufen eines fortschrittlichen Gafferpöbels eher und bereitwilliger zeigte als der Komet. Sie hat sich täglich mit den Reportern der Aufklärung eingelassen und sich damit auf ein Niveau begeben, auf dem sonst nur die Vertreter einer anderen Wissenschaft nach dubiosen Ehren auslugen, nämlich jener, die auf Wunsch der Nachtredaktion über einen hohen Patienten Ferndiagnosen stellt. Gewiß, sie haben eine Bevölkerung beruhigt, die bisher bloß gewohnt war, auf ein Dach hinaufzuschauen, während sich jetzt die Verkehrshindernisse auch durch die Betrachtung des Firmaments ergaben. Aber sie haben diese Bevölkerung zugleich enttäuscht und die Aufgeklärtheit, zu der sie ihr täglich zweimal verhalfen, in Nihilismus verwandelt. Sie sollten aus Schamgefühl die Sternwarte zusperren, wenn sie heute den Satz im Kometenbericht lesen: »An einem Tische wird der Artikel des Hofrates Weiß, der im heutigen Abendblatt der Neuen Freien Presse erschienen ist, verlesen. Die Stelle, welche den Anblick für die nächsten Abende in sichere Aussicht stellt, findet bei dem Publikum lebhaftesten Beifall«. Halley hatte es auf diesen Beifall nicht abgesehen, und dennoch gelang es ihm, den Kometen zu einer Produktion zu gewinnen. Unsere Welttheateragenten aber dachten an das Publikum, und als es wie die Buben auf der Galerie einer italienischen Schmiere zu stampfen begann, kamen sie immer wieder heraus und beruhigten es mit Versicherungen von eingetretenen Hindernissen, Wolkenvorhang, Kostümwechsel, Unpäßlichkeit und was dergleichen Ausreden mehr sind, die aufgeregte Impresarios stets bei der Hand haben, wenn die Laune eines Stars sie blamiert hat. »Nach Sonnenuntergang war der westliche Himmel in Dunst gehüllt. Es ist dagegen zu erwarten, daß der Komet morgen Samstag abends endlich am Wiener Himmel erscheinen werde. D a s P u b l i k u m m ö g e n i c h t u n g e d u l d i g w e r d e n u n d n o c h e i n e n T a g z u w a r t e n – schließlich wird der Halleysche Komet in aller Pracht erscheinen«. Er erschien nicht; nicht Samstag, nicht »heute und die folgenden Tage«. Aber den Dunst, den man einem Publikum vorgemacht hat, auf den Himmel schieben, ist eines Astronomen unwürdig, vorausgesetzt, daß er nicht darauf spekuliert, das Geschäft jenes Impresarios zu übernehmen, der sich kürzlich in Wien aus unglücklicher Liebe zu einem Stern zweiter Größe umgebracht hat. Daß den Herren der Komet zwischen der Sonne und der Erde durchgegangen war, ist ja gewiß tragisch, aber wenn sie nicht so heftig mit der kosmischen Pünktlichkeit geprotzt hätten, hätte ihnen niemand aus der kosmischen Unordnung einen Vorwurf gemacht. Auch die Südbahn wird ja nur deshalb getadelt, weil sie so unvorsichtig ist, einen Fahrplan herauszugeben. Und so ist es gekommen, daß nicht nur die Welt im allgemeinen nicht zugrundegegangen ist, sondern insbesondere nicht das Wirtsgeschäft auf dem Kahlenberg. Wien hat ein gastronomisches Ereignis zu verzeichnen. Wäre die Welt untergegangen, dann hätten nur die Fiaker profitiert, weil sie sich für berechtigt gehalten hätten, den ihnen gebührenden Betrag mit der Begründung zurückzuweisen: »Aber Euer Gnaden, an so an Tag!« So aber bleibt alles beim Alten. Der Wiener, dem Basiliskenblick der Ewigkeit entronnen, hat zum Hausmeister zurückgefunden. Die Zehnuhrsperre dieser kleinen Welt läßt sich ertragen.

Eine Kollektion Ansichtskarten

Das einzig Interessante, was man bei der Eröffnung der Jagdausstellung sehen konnte, soll der Hirsch gewesen sein. Nämlich der von der Neuen Freien Presse. Sie hatte ihn lebend beigestellt und er tummelte sich zwischen den Jägern herum, kam zutraulich näher und fraß aus der Hand. Dieser Hirsch hat die Eigenschaft, daß er auf die Honoratioren Jagd macht, und da es sich somit um ein Unikum handelt, beschloß man, die denkwürdigsten Momente des Schauspiels, das sich bei der Ausstellungseröffnung darbot, durch Ansichtskarten zu verewigen. Unter dem Vorwand, den Kaiser zu porträtieren, nahm man den Hirsch auf. Wer jetzt vor einer Ansichtskartenhandlung stehen bleibt, kann sich unschwer davon überzeugen, daß die weidmännische Pointe dieser Aufnahme der Hirsch war. Man erkennt ihn auf den ersten Blick, auch wenn man ihn im Leben nie gesehen hat, und ich setze einen Preis aus für den, der ihn verkennt. Da steht zum Beispiel der Kaiser und vor ihm der Präsident, und der Präsident scheint eine Ansprache an den Kaiser zu halten. Aber auf dem Anstand wartet der Hirsch. Bum, hat ihn schon! Wir sind Zeugen des denkwürdigen Moments, wie sich im Hirn des Vertreters der Neuen Freien Presse die Eindrücke formen. Ein Gesicht, das auf den ersten Blick dem Charakterkopf Rudolf Lothars gleicht, aber es ist der Hirsch, ich weiß, es ist der Hirsch; denn der Lothar jagt für den Lokalanzeiger. Wie befangen stehen die Honoratioren neben ihm: er blickt interessiert, aber ruhig drein, den Kopf ein wenig vorgebeugt, seiner Sache sicher. Dies das erste Bild. Auf dem zweiten Bild sehen wir den Hirsch elastischen Schrittes neben dem Kaiser einen Pavillon verlassen. Der Momentphotograph hat den Augenblick in der bekannten charakteristischen Weise festgehalten, wie die aufgenommene Persönlichkeit den einen Fuß auf den Absatz stellt und die Sohle zeigt. Aber man hat doch den Eindruck, daß der Hirsch rüstig ausschreitet. Assyrischer Bart, Zylinder, offener heller Überzieher, Umlegkragen, die ganze Gestalt breiter als lang – so und nicht anders hat man sich den Vertreter der Neuen Freien Presse vorgestellt, neben dem die eleganten Herren im Gehrock und gar der Kaiser im schlichten Generalsrock verschwinden. Einer vom Tagblatt stapft auch hinterher, aber er kann sichtlich gegen den Hirsch nicht aufkommen. Drittes Bild: Der Kaiser steht zwischen zwei Herren; der Hirsch sieht die Gruppe so von unten hinauf von oben herab an, als wollte er sagen: Ich bin einer unserer Mitarbeiter, der Gelegenheit hatte. Im Hintergrund tauchen etliche Strebervisagen auf, Komiteemitglieder, Konsuln und so Leute, die ein freundliches Gesicht machen, weil sie mit dem Kaiser photographiert werden sollen. Der Hirsch hält das für selbstverständlich. Er hat sich nicht vorgedrängt; er war früher da. Viertes Bild: Der Kaiser verläßt die Ausstellung. Einer der Herren macht vor Verlegenheit einen schiefen Mund; der Hirsch bleibt ruhig. Ein Ministerialbeamter senkt in seines Nichts durchbohrendem Gefühle das Haupt. Er ist ganz zerschmettert. Er macht den Eindruck, als ob ihm das den Rest gegeben hätte. Der Hirsch steht aufrecht. Er denkt: 118 Zeilen Einleitung. Er wird die Ausstellung für eröffnet erklären. Wenn er in die Redaktion kommt und vor seinem obersten Kriegsherrn steht, wird er vielleicht die Unbefangenheit ein wenig verlieren. Aber wenn er dann die Ansichtskarten vorweist, wird er belobt werden ... Man kaufe diese Ansichtskarten. Vielleicht wird sich einmal dieses Wien mit Scham an die Zeiten erinnern, da es seinen alten Kaiser durch Ausstellungen führte und im Sonnenbrand jedem dieser wertlosen Dabeiseinwoller mit unverminderter Freundlichkeit ein Wort sagen ließ, dessen Kurs von den Inseratenhändlern bestimmt wurde. Aber die Ansichtskarte, auf die es ihn, der in seinem Leben schon wahrlich besseren Hirschen begegnet ist, mit einem Hirsch gebracht hat, der auf den ersten Blick als der von der Neuen Freien Presse kenntlich ist – sie bleibt ein österreichisches Dokument, das über alle zeitliche Scham hinaus die Wesensart dieses Landes fixiert und nicht in eine Jagdausstellung gehört, sondern in eine Weltausstellung.

Das ist so allgemein bekannt ...

Die Neue Freie Presse hat sich zum erstenmal in ihrem Leben dazu hinreißen lassen, auf einen Angriff zu reagieren. Der Abgeordnete Viktor Adler hatte von ihr gesagt, sie sei das energischeste und gefährlichste Regierungsblatt. Darauf brachte sie, am 28. April, eine Erklärung, die von so sprudelndem Witz und von so hinreißender Phantasie zeugt, daß sie von der ›Fackel‹ nicht totgeschwiegen werden darf. Sie lautet:

(Die Neue Freie Presse ist ein vollständig unabhängiges Blatt, das in allen Fragen des öffentlichen Lebens seine gänzlich unbeeinflußbare Überzeugung zum Ausdruck bringt und vertritt. Das ist so allgemein bekannt, daß es überflüssig wäre, ein weiteres Wort darüber zu verlieren. Es hat noch keine Regierung in Österreich und in der ganzen Monarchie gegeben, die das Recht gehabt hätte, der Neuen Freien Presse ihre Haltung vorzuschreiben. Die Neue Freie Presse ist nach bestem Gewissen bemüht, den öffentlichen Interessen und dem Publikum zu dienen, aber sonst niemandem. Anmerkung der Redaktion.)

Die Neue Freie Presse hat mir mit dieser Erklärung, die sie an meinem Geburtstag erscheinen ließ, eine große Freude bereitet. Es heißt zwar wirklich Pauschalien in die Neue Freie Presse tragen, wollte man heute noch an ihrer Unbestechlichkeit zweifeln. Aber so ein offenes Wort nach jahrzehntelangem Schweigen tut wohl. Man wußte es ja schon längst, daß sie vollständig unbeeinflußbar sei, aber niemand hatte es ihr bisher nachweisen können, und jetzt sind die letzten Zweifel geschwunden. Man munkelt nicht mehr, sie sei ein hochanständiges Blatt, der Bann ist gebrochen und über Österreich hat sich nach diesen aufklärenden Worten eine so heitere Stimmung verbreitet, daß die Neue Freie Presse selbst sich über die Ruhe wunderte, mit der man überall dem Kometen entgegensah. Jetzt weiß sie den Grund. Der ganze Humor in der Kometennacht war nur ein Vorwand. Man war seit Wochen so gut aufgelegt, daß man einander in den Bauch stieß und »Schnipfer!« sagte, sobald einer im Kaffeehaus nur die Neue Freie Presse verlangte. Und der Satz: »Das ist so allgemein bekannt, daß es überflüssig wäre, ein weiteres Wort darüber zu verlieren«, hat Flügel bekommen und wurde zum Refrain eines Lachkuplets in der Art, wie sie früher beliebt waren. Wenn einer jetzt zum Beispiel sagt: Ja, der Cook hat den Nordpol entdeckt, oder: Die Dokumente im Friedjung-Prozeß sind echt – so antwortet man nur mehr: Das ist so allgemein bekannt u. s. w. Der Satz schlägt jeden Gassenhauer, und als kürzlich in einem Nachtcafé ein Sänger weit das Maul aufriß, um das schlichte Volkslied »Das ist mein Freund, der Löbl« zu singen, ließ man ihn nicht, denn kaum hatte die Musik eingesetzt und er die Worte: »Das ist –« herausgebrüllt, da fiel der Chor der Besucher donnerähnlich ein: »Ja das ist so allgemein bekannt, daß es überflüssig wäre, ein weiteres Wort darüber zu verlieren!«

Juli 1910

Vom Lynchen und vom Boxen

»Ich bitte Sie, zu erklären, daß die in Mastodon, Mississippi, vollzogene Lynchung des Negers Curl in aller Ruhe und in vollster Ordnung vor sich ging. Sie wurde von den angesehensten Leuten des Ortes, Bankiers, Advokaten, reichen Landwirten und Kaufleuten, geleitet.... Ich kann sagen, daß noch niemals vielleicht an einer Lynchung so viele wahrhaft vornehme Menschen sich beteiligt haben ...«

Diese Erklärung erschien, wie die verläßliche Schere des Neuen Wiener Journals behauptet, in vielen amerikanischen Blättern. Sie war ein Protest gegen die mögliche Unterstellung, daß es bei dieser Lynchung grausam zugegangen sei. Im Gegenteil wurde nichts getan, was irgendwie gegen die Vorschriften einer humanen Lynchung verstoßen hätte.

»Ich verlangte für mich nur ein einziges Vorrecht: ich wollte beim Hochziehen des Negers, den wir aufknüpfen wollten, als Erster den Strick in die Hand nehmen. Meine lieben Freunde und Nachbarn erklärten diesen meinen Wunsch für durchaus berechtigt und legten mir kein Hindernis in den Weg. Aber ich glaube, daß der Neger schon vor Angst tot war, als ich mit einem starken Zug ihn in die Luft hinauf beförderte. Er bewegte sich nicht mehr und zappelte nicht mehr mit den Gliedern; von dem Augenblick, in welchem er hochgezogen wurde, zuckte kein Muskel seines Körpers mehr.«

Aber auch bis dahin wurde nichts unterlassen, was der Philanthrop vorzukehren hat, wenn es gilt, dem Schwachen beizustehen:

»Bevor ich noch den Strick in Bewegung setzen konnte, mußte ich den Neger stützen, denn die Beine zitterten ihm so, daß er nicht stehen konnte.«

Ein Akt christlicher Nächstenliebe, der um so größere Anerkennung verdient, als gerade bei Lynchungen sonst fast durchwegs etwas rücksichtslos verfahren wird. Der Verfasser der Erklärung ist ein Steuererheber namens Miller, dessen Bruder nämlich, ein Polizeibeamter, vom Neger Curl getötet wurde. Auch für diese Tötung wird ein Grund angegeben. Der Polizeibeamte wollte den Neger Curl verhaften. Aber auch dafür wird ein Grund angegeben: »weil Curl an eine weiße Frau einen beleidigenden Brief geschrieben hatte«. Ob auch dieses Vorgehen einen Grund hatte und ob etwa der Brief eine Antwort auf einen schmeichelhaften Brief war, haben wir nicht erfahren. Aber bald darauf wurden tausend Neger gelyncht und der Grund, hieß es, war ein Sieg im Boxen, den ein Neger über einen Weißen errungen hatte. Vielleicht war aber dieser Grund nur ein Vorwand, und vielleicht lag bloß die Gefahr nahe, daß tausend Neger an zehntausend weiße Frauen beleidigende Briefe schreiben könnten. Die verläßliche Schere des Neuen Wiener Journals hat uns darüber mit einer Schilderung vom Negerhaß in Amerika beruhigt, in der es hieß:

> Der Schwarze ist in den Augen des Amerikaners eben nun einmal kein richtiger Mensch. Die amerikanische Dame, die sonst an Prüderie mit ihren Stammesgenossinnen in der ganzen Welt es reichlich aufnimmt, kleidet sich in Anwesenheit eines Negers ruhig an oder aus, und wenn die erstaunte europäische Freundin sie darob zur Rede stellt, so antwortet sie kaltblütig: »Der Nigger ist doch kein Mann!«

Sehr richtig! Aber die europäische Freundin soll nur nicht so erstaunt tun. Auch sie würde sich, wenn ein Somali-Dorf in die Nähe kommt oder bei sonst einer besonderen ethnographischen Gelegenheit, in Anwesenheit eines Negers ruhig an- oder auskleiden. Denn ob der Nigger kein Mann ist, davon möchten sich alle, die Weiber sind, gern überzeugen. Und weil das ihre Männer fühlen, darum werden sie die Nigger vom Erdboden weglynchen, bis diesen kein Muskel mehr zuckt. Bankiers, Advokaten, Landwirte und Kaufleute und alle wahrhaft vornehmen Menschen werden sich an dieser Lynchung beteiligen. Und werden dann sagen, daß sie doch besser boxen können. Und nur einen Champion werden sie nicht besiegen: den Neger der weiblichen Phantasie. Denn den hat den Weibern die Natur als Entschädigung für den reellen Christen gegönnt.

Der gebildete Ton

Manchmal liest man einen Satz, welcher einem den ganzen Haß gegen die formale Bildung zuführt, den man fürs Leben braucht und den man sich sonst erst umständlich aus Büchern, Leitartikeln, Universitätsvorlesungen und gesellschaftlichem Verkehr zusammenklauben muß. So schreibt zum Beispiel der Herr Doktor Viktor Ruß – gewiß nicht nur einer der maßgebendsten, sondern auch einer der gebildetsten Männer dieser an ihrer fürchterlichen Bezeichnung noch immer nicht krepierenden »Jetztzeit« – in der Neuen Freien Presse die folgenden Worte, in denen der Bildungs-Ruß die greifbarsten Formen angenommen hat:

Diese Tatsache war für den mit der Vorberatung betrauten Permanenzausschuß des Staatseisenbahnrates mitbestimmend, daß sein Subkomitee eine Expertise einberief, über deren vorläufiges Ergebnis nicht so sehr, weil des Materials viel geliefert wurde, als vielmehr über deren vorläufigen Eindruck Mitteilung zu machen, die Redaktion mir den Wunsch ausgesprochen hat, den ich als Vorsitzender dieser Enquete unbefangen zu erfüllen gerne bereit bin.

Was gebührend zur Kenntnis zu nehmen, ich in diesem Falle nicht anstehe ausdrücklich und unter Hinweis auf den durch dieses vorläufige Ergebnis des Permanenzausschusses der liberalen Ödigkeit erzielten Eindruck zu erklären, weil es sich um eine Tatsache handelt, die für den Staatseisenbahnrat mitbestimmend sein könnte, ähnliche Verkehrshindernisse unbefangen zu beseitigen, womit ich die Ehre gehabt zu haben wohl gespeist zu haben wünsche.

Resignation

Es geht das Gerücht, daß jetzt eine Operette Zulauf findet, in der die Verse vorkommen:

Nur in Wien am Donaustrand
Sind die Frauen fesch beinand.

Ich will der Sache nicht nachgehen. Ich habe in diesem Leben so viel Schreckliches durchgemacht, daß ich dieses Letzte gern von mir fernhalten möchte. Ich schließe mich ein und will so tun, als ob ich nichts gehört hätte.

Zur Erleichterung des Lebens

und um allen Wiederholungen wie auch Reklamationen künftig zu begegnen und um es den Wißbegierigen so bequem wie möglich zu machen, habe ich mich entschlossen, einen Normalbericht zusammenzustellen, in dem alle Nachträge zur Kaiserfeier und überhaupt alles Wissenswerte aus Kurorten und Sommerfrischen sowie auch schon die künftigen Brände der beliebtesten Alpenhotels ein für allemal berücksichtigt sind. Während also »Wien im Festkleid« erscheint und die durch besondern Schmuck hervorragenden Firmen sich vorteilhaft repräsentieren, übermittelt uns der Draht die traurige Nachricht, daß eine der schönsten und leuchtendsten Perlen aus dem reichen Kranze imposanter Hotelbauten, den unser herrliches Alpenland Tirol in den letzten Jahrzehnten der überquellenden Fülle seiner natürlichen Reize gesellt hat, ein Raub der Inseratenagenten geworden ist. Frau Lewinsky-Precheisen riß durch den Vortrag von Goethes Gott und die Bajadere die aus allen Weltteilen stammende Zuhörerschaft zu wiederholtem nicht endenwollenden Beifall hin. Unter den von der Katastrophe betroffenen Hotelgästen befand sich der Chef des Sicherheitsbureaus Regierungsrat Stukart, die meisten aber hielten sich im Walde auf, ja viele Personen verließen das Hotel zu Spaziergängen, als die Katastrophe schon eingetreten war. Während dort unbeschadet des internationalen Charakters das Wienertum sich von seiner schönsten Seite zeigte, indem es den Fremden die üppig erblühte Rubenspracht seiner Frauen wies, hielt die Festrede Oberrabbiner Akiba Schreiber. Direktor Bardy, seine Gattin und das gesamte Personal arbeiteten mit größter Aufopferung, um die Gäste, von welchen viele noch gar nicht aufgestanden waren, ins Freie zu bringen. Frau Sonja Schapira aus Baku trug einige Lieder mit künstlerischer Vollendung vor und wurde besonders der Umfang und die Kraft ihrer Stimme bewundert. Vierhundertsechzig Gäste kampierten rings um das Hotel. Man bemerkte unter anderen den Bankier Schoßberger aus Budapest. Die Effekten sind zum größten Teil verloren, und leider auch ein Verlust an Menschenleben nicht zu beklagen. Den Kaisertoast sprach der bekannte Wiener Hof- und Gerichtsadvokat Herzberg-Fränkel. Es ist sehr zu beklagen, daß im ganzen Hotel nicht ein einziger Hydrant oder Wassereimer vorhanden war. Die herrliche, starke und für eine Höhe von fast 1800 Metern doch milde Luft inmitten der prächtigsten Nadelwälder und des großartigsten Hochgebirgspanoramas, sowie die internationale Gesellschaft, unter welcher Österreicher und Deutsche das Hauptkontingent bilden, trugen in gleicher Weise dazu bei, daß das Feuer rapid um sich griff und binnen kurzem sechs Häuser eingeäschert wurden. Fräulein Elsa Kulka aus Saaz und Herr Edgar Neugröschl aus Komorn hatten sich in liebenswürdigster Weise bereit erklärt, ein Gelegenheitsstück, das Paul Wilhelm zum Verfasser hat, aufzuführen. Es scheinen verbrecherische Anschläge vorzuliegen. Mit militärischer Hilfe wurde die Feier gelöscht. Das Feuer schloß mit einem animierten Tanzkränzchen. Auf Antrag des Herrn Angelo Ei –, dessen Name bei den Rettungsarbeiten verstümmelt wurde, wurde eine Huldigungsdepesche nach Ischl gesendet. Nähere Nachrichten fehlen zur Stunde, da die Telephonleitungen unterbrochen sind. Ein gegenwärtig noch unkontrollierbares Gerücht spricht davon, daß sich die Fassade des Zacherlhauses Wien, I. Brandstätte besonders vorteilhaft repräsentiert hat.

Der Deutlichkeit halber

In Berlin, unter den Linden, ist das Schaufenster eines Hofphotographen. Dort ist einer mit einem Pinsel in der Hand photographiert: aha ein Maler! Dann ist einer mit einer Zigarette in der Hand photographiert: aha ein Raucher! Dann ist einer, der gar nichts in der Hand hat, photographiert: aha ein Nordpolentdecker! Und dann ist noch Herr Harden mit einer Feder in der Hand photographiert: aha ein Schriftsteller!

Dezember 1910

Der kleine Korngold

Wäre mir zu allen Flüchen auch noch der Sinn für Musik gegeben, ich würde jetzt einen Eingriff in das Familienleben des alten Korngold begehen, mit der Beißzange den Dämon hervorholen, der diesen Vater zwingt, unaufhörlich kritische Tellschüsse auf das Haupt seines Kindes abzugeben, und nachweisen, daß die Musikpolitik von allen Strebungen, die sich in einem Kunstgebiet einnisten, von allen Verbindungen zwischen Ideal und Leben die gemeinste und gefährlichste ist. Ich würde es tun, wenn ich informiert wäre. Ich unterlasse es, weil ich nur überzeugt bin. Ich habe mehr als die Gewißheit, ich habe eine Ahnung, daß jetzt die ganze reproduzierende Tätigkeit der Musikanten, die williger als die Vertreter aller andern Kunstbranchen dem Preßwink folgen, auf den kleinen Korngold eingestellt ist. Schauspieler können nicht auf eigene Faust Journalistenstücke annehmen, sondern unterstehen der Preßfurcht des Direktors. Ich habe das unbestimmte Gefühl, daß jetzt alle selbständigen Virtuosen, alle Trios, Klavierstimmer und Werkelmänner, die sich der Gnade kritischer Beachtung würdig erhalten wollen, und aller Schall, der fern meinen Ohren eine Konzertsaison füllt, und alle Walzen, Repertoirs, Programme und Tourneen und alle Telegraphenämter und überhaupt die ganze irdische Schöpfung auf die Eingebungen des kleinen Korngold warten, die ja auch der Vater selbst mit sympathischer Teilnahme begleitet. Das »Gott wie talentvoll!«, zu dem sich sonst in einem geordneten musikalischen Familienleben die Überraschung des Vaters versteigt, ist hier zu einem europäischen Schlagwort geworden und zur Parole, die einander die Musikkritiker aller Zonen abnehmen, so daß der Vaterstolz, der sich an den eigenen Waschzetteln berauscht, durch jede Erfüllung begehrlicher gemacht, sich nicht mehr beruhigt, sondern sich bäumt und in die Kissen weint, wenn vor der schöpferischen Tätigkeit des Sohnes die Kritik nicht ruft: »Talentvoll wie Gott!« Auch das hat er schon erreicht. Herr Max Kalbeck, jener Kollege, der an den Kindern gutmacht, was er den Männern der Musik angetan hat, jener Herr aus der Ära des Wagner- und Brucknerhasses, der noch den toten Hugo Wolf nicht entdeckt hat, aber sich nicht nachsagen lassen will, er habe einen neugebornen Korngold verkannt, hat die Gewogenheit, den Satz niederzuschreiben: »›Alle, die ihm zuhörten, verwunderten sich seines Verstandes und seiner Antwort‹, heißt es von dem zwölfjährigen Jesusknaben. Möge auch Erich Wolfgang zunehmen an Weisheit, Alter und Gnade bei Gott und den Menschen!« Die öffentliche Duldung dieses Vergleichs ist ein erfreulicher Beweis, daß sich der Geschmack in den Jahrzehnten abgehärtet hat, da die Faustschläge des Journalismus auf ihn niedersausen. Aber dieser Vergleich stimmt einerseits deshalb nicht, weil das Publikum, das Jesus gekreuzigt hat, im Bösendorfer-Saal begeistert ist, und weil anderseits der bescheidene Weltruhm, zu dem die Heilslehre gebracht werden konnte, sich nicht mit dem Aufsehen vergleichen läßt, das die Wundertaten des kleinen Korngold bewirken. Mindestens haben damals die Korrespondenten nicht von den Redaktionen telegraphische Ordre bekommen, günstig zu referieren. Peinlich ist auch die Vorstellung, welche Rolle in dem Vergleich der Vater Korngold spielt, und man muß rein annehmen, daß sie ihm selber nicht paßt. Ihm ist der Part des alten Mozart lieber, und er hat auch nicht gezögert, diesen in einem Feuilleton zu übernehmen. Schließlich, so gut wie der Onkel Kornau an Vereinsabenden die Burgschauspieler kopiert, macht die übrige Familie ihre Sache auch. Allerdings muß man sehen, wie schlecht wieder der junge Mozart, der zwar auch mit Talent, aber ohne Presse auf die Welt kam, bei dem Vergleich abschneidet, und man mag sich fragen, was aus diesem andern Wolfgang hätte werden können, wenn sein Vater so die Hand im göttlichen Spiel gehabt hätte wie der alte Korngold. Aus allen Positionen hat dieser den jungen Pseudo-Korngold des achtzehnten Jahrhunderts verdrängt und in alle den wahren Mozart des zwanzigsten schon gebracht. Als im letzten Sommer infolge eines unliebsamen Mißgriffs der andere in Salzburg gefeiert wurde, erschien zum Glück rechtzeitig der Vater mit dem Sohne, im Nu war die Aufmerksamkeit der internationalen Gesellschaft auf das wahre Weltwunder gerichtet, und es war wie eine Generalprobe jener Musikfeste, die dereinst in Brünn abgehalten werden sollen. Was aber die Eignung des kleinen Korngold für die Ovationen betrifft, die seinem Andenken schon jetzt bereitet werden, so ist wohl zu sagen, daß man nicht Sachverständiger sein muß, um sie unberechtigt zu finden. Denn entweder verrät der kleine Korngold wirklich Spuren einer genialen Begabung, dann soll man sie nicht weiter verraten, dann ist es ein raffiniertes Verbrechen, sie in der Panik des publizistischen Tumultes umkommen zu lassen, und die Kinderrettungsgesellschaft, die sich nicht immer nur geprügelter Nachbarskinder anzunehmen brauchte, hätte die Pflicht, einzuschreiten. Oder der kleine Korngold ist um seiner Fertigkeit willen ein Schauobjekt, dann ist zwar das Aufsehen berechtigt, aber es hat sich außerhalb der Sphäre abzuspielen, in der man Kunst wertet. Und selbst dann müßte die Kinderrettungsgesellschaft einschreiten, weil es sich zwar um einen Erwerbszweig handelt, der so unreell ist wie ein anderer, weil aber auch die Frühreife noch einer Entwicklung fähig wäre, in der sie künstlich gehemmt wird, um den Zwecken der Schausteller zu dienen. Wunderkinder sind immer zugleich Wunder der Zurückgebliebenheit, und ein Krüppel, der turnen kann, gibt ein unerquickliches Schauspiel. Ich weiß nicht, ob die Kritik recht hat, die den fetten Knaben als »Prachtjungen« preist, »dessen mächtiges Talent ein der Natur verwandtes Geheimnis bleibt«. Ich weiß nicht, ob es nicht vielmehr ein der Neuen Freien Presse verwandtes Geheimnis, also ein Redaktionsgeheimnis und ein Familiengeheimnis zugleich ist. In jedem Falle sollte es das bleiben. Wenn der kleine Korngold »einer bedeutenden Zukunft entgegengeht«, so möge ihm die Genie-Korrespondenz des Vaters den Weg nicht verstellen. Wenn er aber nur ein Monstrum ist, so lohnt seine Gegenwart den Rummel nicht. Mit solchen traurigen Fällen, wo einer mit drei Jahren die Ilias auswendig kann, hat sich die Wissenschaft auf Kongressen abzugeben und nicht die Kritik in den Journalen. Der Knirps, der Kopfrechnungen mit zehnstelligen Zahlen ausführt, wird im Variété gezeigt, aber es hat noch niemand zu schreiben gewagt, ein zweiter Gauß sei erstanden. Kinder, die man mit kritischem Geist berauscht macht, bleiben im Wachstum zurück, und das nützt zwar dem Geschäft, aber schadet der Gesundheit. Und vor allem ist zu sagen, daß die Wunderkinder heute überhaupt zu ihrer organischen Minderwertigkeit noch ihren Geltungswert verloren haben. Denn alle Kinder dieser hypertrophischen Zeit sind Wunderkinder. Aufgeweckte Jungen, die sich als Männer nach dem Schlaf sehnen werden, um den die Zeit sie gebracht hat. Sie sind auf einem schwindelhaften Niveau geboren, auf dem sie alle imponieren, weil es keine Gipfel gibt. Sie sprechen druckreifer als die Väter geschrieben haben. Sie schreiben flüssiger als die Väter gedacht haben. Sie musizieren besser als die Väter gehört haben. Darum der grenzenlose Stolz der Väter. Sie konnten solche Kinder zeugen. Aber die Kinder dieser kommen tot zur Welt.

Januar 1911

Wozu

die Volkszählung war, weiß man endlich. Um den Statistikern über ihr grundloses Dasein hinüberzuhelfen und sie durch ein entscheidendes Erlebnis von den verzehrenden Melancholien zu bewahren? Hm. Um das Publikum den Staat fühlen zu lassen, weil die Leute, wenn man sie längere Zeit nicht zum magistratischen Bezirksamt vorlädt, übermütig werden? Immerhin. Oder weil in jedem Menschen eine unzerstörbare Sehnsucht nach dem Heimatsschein lebt und weil es die Pflicht der Obrigkeit ist, dieser Sehnsucht gelegentlich mit der Anregung entgegenzukommen, seine Dokumente zur Ausweisleistung bereitzuhalten? Kann sein. Weil der treueste Anhänger dieses verlorenen Staates sich sagt, daß ihm ein Heimatsschein noch immer lieber ist als dieser Schein von Heimat? Vielleicht. Weil in Österreich einer Behörde das was sie nicht weiß, unerheblich scheint, während sie das was sie ohnehin schon weiß, nämlich daß ich gebürtig, zuständig und wohnhaft bin, gern erheben läßt? Möglich. Weil die Stärkung der Hausmacht des Portiers wichtig war und weil ihm für die Verheimlichung des Meldzettels, die sich die Behörde hatte abtrotzen lassen, eine Revanche geboten werden mußte? Nicht ausgeschlossen. Weil abgebrannte Staaten vor allem auf die Idee verfallen, die Häupter ihrer Lieben zu zählen, und weil unbeschäftigte Ämter zum Zeitvertreib gern die Leut »umanand« treiben? Hat viel für sich. Weil die Aussichtslosigkeit vor diesem Chaos von Dialekten, in dem sich die Entwicklung mit einem verdrossenen »Schieb i denn net eh an« wehrt, die Staatssekkatur zum Justament reizt? Das wäre plausibel. Weil wir der Volkszählung wirklich »wertvolle Aufschlüsse« verdanken, zum Beispiel, daß »wir heute bereits wissen, daß es nur eine Frage der Zeit ist, einer nahen Zeit, und auch wir haben eine City, zu der sich die Innere Stadt in unverkennbarer Weise entwikkelt«? Traun! Das wäre ein Resultat. Die Erkenntnis ist wertvoll. Aber kann sie, können alle andern Argumente den großen Aufwand rechtfertigen? Also muß wohl die Volkszählung einen noch tieferen Grund haben, einen noch höheren Zweck, eine Bedeutung, von der die gezählten vierzig Millionen nichts ahnen? In einem Staat, in dem es nur markante Persönlichkeiten gibt, kommt es auf eine genaue Statistik gar nicht an. Man kennt die Leut eh. Man bemerkt jeden Gastwirt, der die Freundlichkeit hatte, sein persönliches Erscheinen beim fünfundzwanzigjährigen Jubiläum des Fiakereigentümers Anton Wurzer, genannt »der Blade mit der Nelken«, zuzusagen, und man achtet den Kaffeesieder, der unermüdlich an seiner Entwicklung gearbeitet und nunmehr auch das Mezzanin dazugemietet hat. Sie sind alle unterscheidbar und ragen alle hervor. Und alle wollen wissen, wie sich alle bei der Volkszählung benommen haben. Da man aber nicht alle in den Zeitungen nennen kann, die gezählt wurden, weil sonst der sogenannte Pallawatsch noch größer würde, so genügt allen die Versicherung, daß »der Minister a. D. Začek, Graf Adalbert Sternberg und Frau Mizzi Günther vom Johann Strauß-Theater ihre Zählbogen tadellos ausgefüllt haben«. Das entschädigt auch die Behörde dafür, daß die anderen Österreicher sich vielfach Ungenauigkeiten zuschulden kommen ließen. Das war die tiefere Bedeutung. Bei der Volkszählung hat es sich gezeigt, daß die großen, beispielgebenden Individualitäten noch nicht ausgestorben sind.

Die Volkszählung

hat ergeben, daß Wien 2,030.834 Einwohner hat. Nämlich 2,030.833 Seelen und mich.

Februar 1911

Wahrung berechtigter Interessen

»Der Kassationshof unter Vorsitz des Hofrates Kleeborn hatte gestern den Freispruch zu überprüfen, welchen das Wiener Schwurgericht im Mordprozeß gegen den Hausierer Josef K. gefällt hat. K. hatte im Jahre 1907 ein Mädchen geheiratet, das vorher unter sittenpolizeilicher Kontrolle gestanden war; sie setzte auch nach der Eheschließung, wie sie angibt, von ihrem Manne gezwungen, den unsittlichen Lebenswandel fort . . . . Am 30. Mai 1910 verließ die Frau den Mann und übersiedelte zu ihrer Schwester; dort suchte ihr Mann sie noch am selben Abend auf und versetzte ihr, als sie sich weigerte, zu ihm zurückzukehren, von hinten zwei Messerstiche in Hals und Nacken. Das Rückenmark wurde verletzt, so daß die Frau dauernd gelähmt ist. K. gab anfangs die Mordabsicht zu, später erklärte er, er habe seine Frau nur verletzen wollen. In der Schwurgerichtsverhandlung gab er an, er wisse überhaupt nicht, was ihm damals durch den Kopf ging, er sei infolge der Aufregung ganz verwirrt gewesen. Auf Grund dieser Verantwortung beantragt der Verteidiger eine Zusatzfrage auf Sinnesverwirrung, die auch zugelassen und von den Geschwornen mit sechs gegen sechs Stimmen bejaht wurde. Den Freispruch, der nach dem Verdikt erfolgte, focht die Staatsanwaltschaft mittels Nichtigkeitsbeschwerde an. Der Kassationshof verwarf diese aber und bestätigte das Urteil erster Instanz.«

Urteilsbegründung: A Hur war's!

aber, dieser letzten Zuflucht großstädtischer Unmoral, hat die Justiz schrecklich aufgeräumt. Kellnerinnen haben dort im separierten Zimmer einer Weinstube nackt serviert, wobei die Besitzer das Lebensmittelgesetz übertraten. Die Reporter schwankten zwischen der Version, daß die Mädchen den Dienst im Evakostüm, und daß sie ihn im Kostüm der Monna Vanna zu versehen hatten, waren aber einig in der Versicherung, daß sie die Gäste »in mehr als entgegenkommender Weise bedienten«. Der Vorsitzende »hob hervor, daß die als Animiermädchen angestellt gewesenen Kellnerinnen mit Rücksicht auf die Bedingungen, unter denen sie angestellt waren, nicht nur im vulgären Sprachgebrauch, sondern auch vom Standpunkt des Strafgesetzes als Schanddirnen aufzufassen seien«. Darauf wäre ihm aber zu antworten, daß nur mehr das Strafgesetz diesen vulgären Sprachgebrauch kennt und daß die einzige Schanddirne, die heute noch mit vollem Recht als solche bezeichnet wird, die miese Themis ist. Aus Schamgefühl hat sie die Augen kostümiert und bedient ihre Gäste in mehr als entgegenkommender Weise.

»Entführung eines Autotaxi«

Wie herzig das klingt. Und nie noch ist eine notwendiger gewesen als diese:

Ein eigenartiger Diebstahl ereignete sich heute in der Hegelgasse. Der Chauffeur des Mietautomobils A II 681 wollte in dem an der Ecke der Schwarzenbergstraße und der Hegelgasse befindlichen Kaffeehaus eine Schale Tee trinken. Er stellte den Motor seines Wagens ab, ließ den Wagen ohne Aufsicht stehen und ging in das Lokal. Wenige Minuten später kurbelte ein fremder Mann den Motor an und fuhr, bevor er daran gehindert werden konnte, gegen den Ring zu in raschem Tempo davon. Der Chauffeur machte sofort die polizeiliche Anzeige.

Der Dieb, ein Freund des Fortschritts, auf der Stelle bereit, diesen gegen die Ansprüche der seßhaften Wiener Chauffeure zu verteidigen, hat etwas getan, was ihm in diesen langsamen Zeiten hoch angerechnet werden muß. Er fand den typischen Anblick der Automobildroschke mit der vorgesteckten Bestelltafel unerträglich. Er erkannte blitzartig, daß ein Automobil nicht so sehr dazu diene, den Chauffeur ins Beisel, als den Passagier ans Ziel zu bringen. Er für seine Person hätte vielleicht warten können, bis das Schalerl geleert war. Aber er entschied die Angelegenheit rein prinzipiell. Er wartete nicht einmal ab, bis der Wasserer, der Türlaufmacher, der Grüßer und die andern Funktionäre herbeigeeilt waren, die der Wiener Fortschritt aus dem tierischen Betrieb so komplett herübergerettet hat, daß stündlich die Rückbildung des Chauffeurs in den Fiaker zu erwarten ist. Er wollte von nichts wissen, sah nichts, hörte nichts, überlegte nicht, ob es ein billiger oder teurer Wagen sei, einer, dem ein oder zwei Pferde fehlen, besann keines der Wiener Probleme: ob man sich schon an der Grundtaxe ruinieren solle oder erst später, von welcher Gesellschaft der Wagen sei, ob Zick kostspieliger als Watt, rote Fahne gefährlicher als gelbes Rad, und ob der Taxameter deshalb eine ungerade Ziffer zeige, weil man fünf Heller sich weder zurückgeben lassen noch geben kann und somit gezwungen ist, mehr zu geben. Vielleicht zog all dies an seinem Geiste vorüber, er gedachte der Vielen, die da im Leben standen, rasch an ihr Tagwerk gelangen wollten und an dem Widerstand der Chauffeure, die Zeit haben, verbluten mußten, und er beschloß, der Qual ein Ende zu machen, ehe sie begonnen war. Vielleicht auch fiel ihm ein: Der Kerl wird doch einmal herauskommen, aber dann, wenns losgeht, überfährt er mir den Wachmann an der Ecke, der den Straßenverkehr zu regeln hat. Und waren es auch nicht Gedanken, wars nur die Vision von Hindernissen und Gefahren, die ihm das Stilleben dieses verlassenen Autotaxi bot, es riß ihn hin, er kurbelte an, schwang sich empor und ward nicht mehr gesehn. Ein Fahrzeug dient zum Fortkommen, sagte er zu seiner Rechtfertigung. Und weil es ein Automobil ist, kann es sich auch ohne Chauffeur weiter bewegen. Und schneller. Eine Sonderauffassung, die meinen Beifall hat. Nur möchte ich finden, daß dem Verkehr noch besser durch die Entführung der Chauffeure gedient wäre. Denn wenn sie ohne Automobil zurückbleiben und auf dem Trottoir herumstehen, haben wir erst recht nichts vom Fortschritt. Das einzige, was sie »sofort« machen können, ist die polizeiliche Anzeige, und selbst die bringt uns nicht weiter. Wie dem immer sei, nie ist ein Diebstahl organischer aus den bestehenden sozialen Verhältnissen hervorgegangen. Hier ist ein Langfinger auf eine offene Wunde gelegt worden. Mit moralischem Nasenrümpfen wird man dem Mutigen nicht beikommen. Alle Werke des Fortschritts wären ungetan geblieben, wenn die Welt gewartet hätte, bis die Chauffeure ausgetrunken haben.

Peinlich

ist die Spitzmarke, die jetzt hin und wieder in der Neuen Freien Presse auftaucht: »Diebstahl an einer Verlorenen«, »Raubmordversuch an einer Verlorenen« u. dgl. Warum bläht sich der Reporter? Was will die einsame Träne, die eine Frau nicht darum bedauert, weil ein Raubmordversuch an ihr begangen wurde, sondern weil sie nicht zu der Klasse gehört, in der ein Raubmordversuch des Aufhebens wert wäre! So verloren wie die Neue Freie Presse ist eine rechtschaffene Prostituierte noch lange nicht, und wenn jene von dieser als von »einer unter polizeilicher Aufsicht stehenden Frauensperson« spricht, so kommt nur der typische Hochmut der Soliden zum Ausdruck, die sich der polizeilichen Aufsicht zu entziehen weiß, weil sie Beziehungen zur Polizei hat.

»Als er ihre alsbald gestellte Geldforderung unter dem Vorwande nicht befriedigen wollte, daß er nur eine Tausendkronennote bei sich habe, forderte sie ihn auf, das Zimmer zu verlassen, und drehte die Lampe ab.«

Das soll schon manchem Bankdirektor passiert sein. Traurig ist nur, daß sich noch keiner zu einem Raubmordversuch an der Neuen Freien Presse entschlossen hat.

Zweiunddreißig Minuten

und sechzehn Stationen hat neulich abends die Elektrische vom Schwarzenbergplatz bis zur Oper gebraucht, weil vorn einer aufgestellt war, der eine beschwörende Pantomime machte, weil ein Automobil vorüber wollte, vor dem ein Passant erschrak, der links ausgewichen war, weil ein Einspänner kam, dem ein Fiaker rechts vorfahren wollte, indem er Hoah rief, um einen Leiterwagen zu überraschen, der nicht weiter konnte, weil vor ihm ein Radfahrer war, der hinter einem Handwagen fuhr, dem ein Lastwagen nicht Platz machen wollte, dessen Kutscher Hüah rief, weil eine Bewegung entstand, indem der vorübergehende Truchseß Dobner von Dobenau sich anschickte, einen vorüberfahrenden Hofwagen zu grüßen, in welchem Herr Salten saß.

Bevorstehende Razzia auf Professoren der Literaturgeschichte

Historiker sind Leute, die zu schlecht schreiben, um an einem Tagesblatt mitarbeiten zu können. Schreibt einer von ihnen so gut, daß er an einem Tagesblatt mitarbeiten kann, so entsteht eine Sensation in den Kreisen der Historiker und der Journalisten, indem sich die Journalisten über den Fleiß und die Historiker über die äußere Form wundern. Ein rechter Ausgleich zwischen Hand und Hintern ermöglicht so den »Kampf um die Vorherrschaft«. Dem Problem Friedjung, dem ins Archiv verschlagenen Leitartikler, verwandt ist das Problem Harden, der in den Leitartikel verschlagene Archivar, nur daß dort der Treffpunkt zweier geistigen Ebenen erreicht ist, während hier ein Abgrund klafft, den ein schwitzender Tourist emporklimmt, um auf die Höhe seiner Fläche zu gelangen. Wenn Journalisten Leute sind, die einen Beruf verfehlt haben, so haben sie immerhin einen Beruf erreicht, den die Historiker verfehlt haben. Vollends jene unter diesen, die an der literarischen Entwicklung schmarotzen, führen ein unnützes und ärgerliches Dasein. Sollte ich irgendeinmal in den Zustand einer Narkose gelangen, die mich stumpf gegen die Eindrücke des Tages macht und taub vor den Motiven, mit denen ein Zeitungsblatt auf mich eindringt, ja die bloße Vorstellung eines solchen, so gebe ich das Versprechen, daß ich mich nur mehr von den Schapseln der Historie anregen lassen und die Seminare so konsequent ablausen werde wie bisnun die Redaktionen. Traun, da werden Verwandtschaften zutage kommen, von denen man noch keine Ahnung gehabt hat, und es wird ein neues Erlebnis sein, mit germanistischer Lückenlosigkeit die verschiedenen Lesarten derselben Unkultur darzustellen. Es wäre nicht unklug, wenn vor der Razzia auf Literaturprofessoren, die ich vorhabe, die Redaktionen rechtzeitig ihren Bedarf decken wollten; denn wenn ich erst einmal die Kathederreporter, die da in die Nachwelt hineinstinken, mit nassen Fetzen dorthin jage, wohin sie gehören, in den lokalen Teil, könnte ein solches Gedränge in den Redaktionen entstehen, daß der Tagesbetrieb gestört wäre, was beim Publikum, dem die Interessen der Ewigkeit ohnehin etwas fern liegen, einige Beunruhigung hervorrufen könnte. Bis dahin ergötze mich der Typus des literarhistorischen Schmocks, den die Tagespresse schon hat, von Fall zu Fall. Der, den sie noch nicht hat, kommt hinein, das garantiere ich ihm. Aus Fiakern werden Chauffeure, und war es noch voriges Jahr eine Drohung, dem roßbewußten Kutscher zuzurufen, er werde noch einmal ein Automobil lenken müssen, so habe ich es unlängst erlebt, daß mir ein Chauffeur, dem ich wegen Unbotmäßigkeit die Rückverwandlung in einen Fiaker androhte, die Worte zurief: Dös wern Sö nöt derleben! Es gibt Kantianer, denen ich es prophezeie, daß sie noch als Warenbörseberichterstatter enden werden, und es gibt Schillerbiographen, denen ein Variétéreferat dringend nötig wäre, wenn sie die Fähigkeit hätten, es zu übernehmen. Gelingt's einmal, werden sie nicht mehr zurück wollen. Literaturgeschichte ist die Unfähigkeit zum Journalismus, aber wenn der Mensch Glück hat, kann er es auch in einem schweren Beruf zu etwas bringen. Der geübteste Literarhistoriker, dem ein Theaterreferat anvertraut ist, wird sich im Anfang etwas unsicher benehmen. Er kann noch von Glück sagen, wenn es sich um »Elga« von Hauptmann handelt. Da hilft eine unzerreißbare Assoziation: Grillparzer, Kloster von Sendomir. Hauptmann hat nämlich nur deshalb an Grillparzer »angeknüpft«, damit man auch an Grillparzer anknüpfen kann. Wieso und warum hat er aber ausgerechnet an Grillparzer angeknüpft? Er wurde von der Wiener Akademie der Wissenschaften mit dem Grillparzerpreis gekrönt, und ist dies an und für sich schon ein Erlebnis, so fühlte sich Hauptmann verpflichtet, daraufhin »gewissermaßen zur Huldigung für den großen Wiener Tragiker«, sein Trauerspiel »Elga« zu schreiben. Das gehört sich. Daß er um den Schillerpreis nicht sofort zur Huldigung für Schiller gedichtet und für den Bauernfeldpreis nicht an Bauernfeld angeknüpft hat, ist eine bedauerliche Tatsache, die den Literarhistorikern noch Kopfschütteln verursachen wird. Aber selbst im Fall Grillparzer, wo Hauptmann doch so tat, hat er sich eigentlich nicht ganz korrekt benommen. »Eine Huldigung für Grillparzer«, entdeckt der sehr akkurate Literarhistoriker, »kann man diese Dichtung so recht eigentlich nicht nennen, denn Gerhart Hauptmann hat dem düsteren Stoffe seinen eigenen Stempel aufgedrückt.« Eine schöne Grillparzerhuldigung das, bei der man nicht einmal den Stempel Grillparzers aufdrückt! Unzweifelhaft wäre der letzte Wiener Feuilletonist, wenn er den Grillparzerpreis bekommt, so tüchtig, einem Grillparzerschen Stoff auch den Stempel Grillparzers aufzudrücken. Herr v. Berger ist infolge Überbürdung verhindert, einen Prolog zu Ende zu dichten, und Herr Paul Wilhelm setzt ihn fort. Daß er den Bergerschen Stempel, der schon zum Teil drauf war, ganz aufdrückt, versteht sich von selbst. Sieht man dann gar nichts, so fühlt man sich doch erhoben. Wer keinen Stempel hat, überzeugt durch die Gebärde. Hat einer einen eigenen Stempel und macht er davon Gebrauch, so hat er es sich selbst zuzuschreiben, wenn Herr Moriz Necker ungehalten und dennoch froh ist, auseinandersetzen zu können, daß es bei Grillparzer nämlich so ist, während es bei Hauptmann anders ist, nämlich »unerquicklich«. Man beachte die Tatsache, daß im modernen Theater gerade die unerquicklichsten Leute immer erquickt werden wollen. Die Kunst soll mich erheben, verlangt der Bürger für sein Geld; den Schmutz der Gasse hat er zu Hause. Aber wir hätten keine Kunst, wenn nicht eine innere Stimme dem Bürger noch im Stadium der äußersten sittlichen Erbitterung zuriefe: Soll er verdienen!

Wiener Totschlag

Im Kot erstickt. Der 23jährige Hilfsarbeiter Stephan W. hatte sich gestern wegen eines folgenschweren Roheitsaktes zu verantworten. Er hatte sich am 19. Februar in einen Streit, den der Taglöhner Ludwig R. mit mehreren Burschen hatte und der ihn gar nichts anging, eingemengt, dem R. einen Stoß versetzt und dem Fliehenden einen Stein nachgeworfen, der den R. so unglücklich am Hinterhaupt traf, daß er niederfiel und im Straßenkot erstickte. W. stand nun gestern wegen Totschlages vor den Geschwornen . . . Die Geschwornen erkannten den Angeklagten schuldig, worauf der Gerichtshof ihn zu zwei Jahren schweren Kerkers verurteilte.

Der Zustand der Wiener Straßen ist ein nicht nur das Leben, sondern auch das Delikt der Körperverletzung erschwerender Umstand. Er führt unbedingt den Tod herbei und würde deshalb selbst die Tat eines Hilfsarbeiters, der einen Taglöhner bloß um die Erd haut, als Todschlag qualifizieren. Auch ohne Steinwurf muß die Sache letal enden. Maßgebend ist allein, daß der Betroffene auf der Straße lag, daß also eine Situation gegeben war, die den Erstickungstod herbeiführen mußte. In anderen Städten wäre es ein schlechter, vielleicht ein roher Spaß, einen hinzulegen. In Wien ist es die Tat eines Unholds. In anderen Städten ist die Behauptung, daß man im Straßenkot ersticke, eine Metapher. In Wien bezeichnet sie einen Tatbestand.

Gefährlich

sind hierzulande auch die Osternummern der Tagespresse. Während in anderen Städten ein Zeitungsblatt bloß eine Bedrohung der geistigen Gesundheit bedeutet, wächst es sich in Wien immer mehr auch zu einer Gefahr für die körperliche Sicherheit heraus. Bei einem Streit, den der Taglöhner Vinzenz Ühlein mit dem vazierenden Hilfsarbeiter Jaroslaw Wlk hatte, zog er die ›Zeit‹ aus der Tasche und verletzte den Gegner nur unerheblich, während dieser, wie der Wachmann Kržiž behauptet, im Besitze der Osternummer des ›Neuen Wiener Tagblatts‹ war. Ühlein erlitt mehrere Rißquetschwunden sowie eine Luxation des rechten Schultergelenkes. Wlk wurde deshalb wegen schwerer Körperverletzung und wegen Übertretung des Waffenpatents zu sechs Monaten verurteilt. Die Sachverständigen hatten ausgesagt, daß die Nummer, deren Umfang 216 Seiten betrug, unter Umständen den Tod herbeiführen konnte. Das Gericht erkannte auf Saisierung des Kleinen Anzeigers. Dagegen wurde der Staatsanwalt mit dem Antrag auf Strafverschärfung durch Lektüre des Textteiles abgewiesen, was das Gericht mit dem Hinweis auf den Grundsatz »minima non curat prätor« begründete.

Hinaus!

rief ich, als die Bedienerin die Osternummer der Neuen Freien Presse auf mein Bett legte und mein Blick auf eine Zeile fiel, in der etwas vom »King Edward« stand, dem Clemenceau »in Böhmen gesagt hatte«. Glauben Sie, ich weiß nicht, von wem das ist? schrie ich und verfiel sofort in einen betäubungähnlichen Schlaf, in welchem ich vom Gummi-King träumte und von seiner Leistungfähigkeit am hiesigen Platz und daß es in Marienbad oder Karlsbad, aber bestimmt nicht in Böhmen war, während eine Weiberstimme »Jessas unser Herr is narrisch worn!« durch die Brunnenkolonnade gellte. Ich erkannte, daß es Verfolgungwahn sei, und bat, die S-Laute nicht wegzuwerfen, sondern in die Sammelstelle für Spitäler abzuliefern. Als Schnellzug fuhr ich durch den Tunnel, den ich mir durch die Presse gegraben hatte. Ich wäre sonst, da ich unter ihr lag, erstickt. Meine Maschine sauste und es roch weit und breit nach Kaffee. Da brachte ihn die Bedienerin, die ihn eben gemahlen und gekocht hatte, herein und fragte, warum ich heute wieder gar so grantig sei.

Aus der Übergangszeit

Nun, sagte ich zu einem Chauffeur, nun, wie sieht die Welt aus ohne Pferdehintern? – Ah woos, erwiderte er, lekmimoasch.

Juni 1911

Der Nachruf

muß – das Handwerk bringt es mit sich – lange vor dem Tod geschrieben sein, damit er unmittelbar nach dem Tod erscheinen kann, und eine Zeitung, die ihn irrtümlich vor dem Tod erscheinen läßt, steht immer noch höher im Ansehen, als eine, die ihn nach dem Tod erst schreibt. Das Odium des Handwerks nehmen jene auf sich, die sich ihm ergeben. Die journalistischen Särge müssen vorher bestellt werden, und der Leser wartet nicht so lange wie der Totengräber. Wer jener Concordia angehören will, die die Leichen schneller bestattet, darf nicht vor der Vorstellung zurückbeben, daß er eines Tages genötigt sein könnte, sich hinzusetzen und in der einen Hand die Telephonmuschel dem Abonnenten zu antworten: Mahler geht's besser, und mit der andern zu schreiben: Mahler ist nicht mehr! Wer's nicht nötig hat, wird diesen Beruf nicht ergreifen. Verächtlich ist er in einer aufgeklärten Zeit so wenig wie der des Henkers. Soziale Notwendigkeiten sind eben notwendig. Verächtlich sind bloß jene, die sich freiwillig in den Dienst solcher stellen, die dafür bezahlt werden. Verächtlich sind Zuschauer einer Hinrichtung, die dem Henker bei seiner schweren und verantwortungsvollen Aufgabe beispringen. Verächtlich sind Hoftheaterdirektoren, die über Gustav Mahler, der am Donnerstag 11 Uhr 5 Minuten nachts gestorben ist, im Freitag-Morgenblatt der Neuen Freien Presse Nachrufe veröffentlichen. Die Hoftheaterbehörde frage unverzüglich die Herren Gregor und Berger, wie der Hergang war. Sie frage den Herrn Gregor, der die Disziplin der Theaterfremdheit hält und hier in Wien im Verkehr mit Schauspielernerven just die Ordnung herstellen will, die der Schutzmann von der Oper nicht erzielen kann: wann er zwischen 11 Uhr 5 Minuten – vorausgesetzt, daß er den Tod Mahlers in derselben Minute erfuhr – und der Drucklegung des Morgenblatts den Satz niedergeschrieben hat: »Nun hat ihn ein unerbittliches Geschick hingestreckt!« Um wie viel Uhr er Betrachtungen über das Universum, über die Bezirke, wo unser Kausalitätsgesetz endet (ich glaube, es sind sämtliche Bezirke Groß-Wiens), angestellt hat. Wann er die von tiefer Bescheidenheit zeugende Erkenntnis ausgesprochen hat, daß wir da, wo Mahler war, jetzt eine Leere empfinden. Die Hoftheaterbehörde frage den Herrn von Berger, der ja mit dem Betrieb der Neuen Freien Presse schon mehr vertraut ist, wie lange er in der Nacht, da Mahler starb, Zeit hatte, um den Metteur nicht aufsitzen zu lassen. Und wie sich das überhaupt abgespielt hat, als der Bote der Neuen Freien Presse nach Hietzing kam, den Burgtheaterdirektor weckte und dieser eine Erinnerung an Mahler niederschrieb, der einmal in Hamburg einer Aufführung des »Doppelselbstmord« beigewohnt hat. Man frage den Herrn von Berger, um wie viel Uhr er das aus dieser Erinnerung entsprungene Wort niedergeschrieben hat: »Und jetzt hat dieser Feuergeist in der heimatlichen Erde dauernd Ruhe gefunden«. In der Nacht seines Todes war Mahler noch nicht begraben. Aber vielleicht war, als Herr v. Berger aus Entgegenkommen für die Neue Freie Presse das Begräbnis veranstaltete, Mahler auch gar nicht gestorben. Wenn die beiden Hoftheaterdirektoren sich wecken ließen, um der Zeitung zu Willen zu sein, so ist das ein schöner Eifer, für den sie die vorgesetzte Behörde loben darf. Aber es besteht der dringende Verdacht, daß die beiden Herren den Tod Mahlers verschlafen haben und dafür schon früher ihre Pflicht erfüllt hatten. Das ist nun ein Punkt, über den selbst die Preßfreundlichkeit einer vorgesetzten Behörde nicht hinüberkönnen sollte. Es mag der Zeiten Schande sein und nicht individuelle Schuld, daß Hoftheaterdirektoren sich um Mitternacht wecken lassen, um für die Zeitung zu schreiben, anstatt sich nicht wecken zu lassen oder wenn es schon geschehen ist, den Ruhestörer hinauszuwerfen und die Kondolenz auf den nächsten Tag zu verschieben. Aber es ist eine für das gröbste und dem Zeitungsgeist dienstbarste Gefühl unerträgliche, schändliche und entehrende Vorstellung, daß Hoftheaterdirektoren beim Tode Gustav Mahlers geschlafen und am Morgen aus ihren Nachrufen erfahren haben, daß er gestorben sei.

Ein Satz

des Herrn Paul Goldmann:

Man kann den zweiten Teil des »Faust« wohl nur so verstehen, daß Faust, der im ersten Teil das Glück vergebens im Genießen gesucht hat, es nun im zweiten Teil durch Handeln zu finden sich bemüht, bis ihm endlich die tiefe Wahrheit aufgeht, daß das Genießen nicht zum Glücke führt und daß das Handeln zwar dem Glücke näher, aber doch auch nicht ans Ziel bringt, weil eben dieses ersehnte Ziel des Glückes überhaupt unerreichbar ist, weil der Mensch immer nur nach Glück zu streben, niemals glücklich zu werden oder vielmehr es nur dann zu werden vermag, wenn er, indem er durch tüchtiges Handeln glücklich zu werden strebt, bereits im Streben nach dem Glück das Glück findet.

Der Worte sind genug gewechselt – nichts zu handeln? Weil man, wenn man, indem man so etwas liest, unwillkürlich ins Genießen kommt, nicht genug bekommen kann, so besteht das Glück darin, daß man bloß danach strebt, es zu Ende zu lesen und bereits im Streben nach dem Ende das Ende findet, was aber vor allem für die Leute gilt, die nicht viel Zeit haben, weil sie, wenn sie, indem sie durch tüchtiges Handeln glücklich zu werden verstehen, Geschäftsleute sind, etwas besseres zu tun haben, während der Mensch, was kommt arm auf der Welt, ist besser man hackt ihm gleich den Kopf ab.

Der Fackel-Kraus

ist eine Bezeichnung, die zu den unverlierbaren Privilegien des Franz Josefs-Kai gehört. Es ist der ortsübliche Ausdruck einer Lebensbetrachtung, die das Werk nicht nach dem Mann, sondern den Mann nach der Ware bezeichnet. Er bezeugt die unselige Popularität, die ein grinsendes Wien verleiht, welches die Individualität auf hundert Schritte herausfindet und wie das Mutteraug unter allen Schlesingers den Paprika-Schlesinger sogleich erkannt hat. Wenn im herbstlichen Ischl Regenfluten die Kanaille weggeschwemmt haben und man endlich hofft, von Blicken unbetastet seiner Wege gehen zu können, zischt noch aus der Konditorei wie die Natter aus dem Gebüsch das Aviso: Mama der Fackelkraus! Und es sagen's aller Orten die Jourbesucher. Aber die Gefahr, die so bezeichnet wird, fühlt sich durch die Furcht bedroht, durch die Aufmerksamkeit erschreckt und möchte Ruhe haben. Weiß Gott, ich wünsche jedem, der's ausspricht, die Angina an den Hals. Oder zum wenigsten, daß alle diese glotzenden Spaziergänger, die vom Aug in den Mund leben, einmal zusammen auf den Potsdamer Platz getrieben würden. In Berlin, wo die Nullen sich nicht vor den Einser stellen, sorgt die heilige Regel dafür, daß man auf der Straße ein Privatmann bleibt. Eine trostlose Ausnahme bilden nur jene Berliner, die durch vorübergehenden Aufenthalt in Wien aus den Scharnieren geraten sind. Zum Beispiel Herr Paul Schlenther, der hier sogar mehrere Jahre lang das Burgtheater geleitet hat und wiewohl ihm Herr v. Berger auf dem Fuße gefolgt ist, kein gutes Andenken hinterläßt. Aber mit wahrem Bedauern sah man, daß er nach der Glanzperiode des Löwenbräus in Berlin als Theaterkritiker frisch angeschlagen wurde. Als solcher nun begann er kürzlich ein Referat mit den folgenden Worten:

> Schon vor mehreren Jahren machte in Wien der kleine »Fackel-Krauß« in einer der positiven Anwandlungen seines verneinenden Geistes den Versuch, Frank Wedekinds zweite Lulutragödie »Die Büchse der Pandora« auf die Bühne zu bringen. Es geschah sogar mit Hilfe von Hoftheatermitgliedern . .

Das ist richtig. Vielleicht erinnert sich sogar Frank Wedekind an diese Aufführung. Was nun die Kontrastierung der Kleinheit des Veranstalters und der Größe des Wagnisses betrifft, so ist es Geschmacksache, ob es nicht in solchen Dingen ausschließlich auf den Erfolg ankommt, und ob nicht das Mißverhältnis zwischen Herrn Schlenther und einem Dezennium Burgtheatergeschichte krasser ist. Was aber die Ornamentierung und Orthographie meines Namens anlangt, so ist zu sagen, daß ich solche Scherze nicht liebe. Gewiß, der dicke Burgtheaterschlender hat sich damals, als er seinen Schauspielern die Erlaubnis zur Mitwirkung an den beiden Abenden der »Büchse der Pandora« erteilte, sein Verdienst um die moderne dramatische Literatur erworben. Gebe ich dies aber auch mit meinem Danke zu, so berechtigt es den Mann noch zu keiner Intimität. Wir sind nie beisammen im Löwenbräu gesessen, und obschon er ein alter Leser der Fackel ist, so haben wir doch nie mitsammen die Schweine gehütet, sondern er weiß, daß ich es im Umkreis der Wiener Presse ganz allein besorgt habe und ihm oft zur stillen Freude. Was soll das also! Der Mann weiß ganz genau, wie mein Name geschrieben wird. Er ahme nicht die Nonchalance der literarhistorischen Sippe nach, die wenn sie schon einmal so tut, als ob sie mich nicht kennte, den Lehrerwitz macht, meiner Schärfe mit einem scharfen ß gerecht zu werden. Es ist kleinlich von mir, aber ich wünsche das nicht, lieber Schlenter. Wir wollen uns in hundert Jahren wieder sprechen, lieber Schlenter. Wir wollen sehen, wers länger aushält. Hofrat werde ich bis dahin bestimmt nicht. Auch wird es von mir nicht heißen, daß ich zwar alle möglichen Mängel hatte, aber doch ein gemütliches Huhn war. Und dennoch fürchte ich, daß man dann den richtigen Schlenther, wiewohl es sicher nur einen des Namens gibt, aus der Menge von Stammgästen nicht herausfinden wird, wenigstens solange nicht, bis jemand erklärt, er meine ja den dicken Löwenbräu-Schlemmter. Während es bei mir, der zeitlebens bloß sich satt gespottet und das Blut seiner Feinde getrunken hat, näherer Hinweise nicht bedürfen wird.

Ein Fiebertraum

– kein Zeitungsbericht. Der Männergesangverein in Rom. Flakkernd sucht mein Blick das Gräßliche. Empfang auf dem Kapitol – meinetwegen. Besuch im Vatikan – es sei. Das Hallodri-Quartett im Mausoleum des Augustus – habeat sibi. Aber da – oh – Nachtkonzert – im – – Kolosseum! . . . Stand Caracalla nicht auf? Und winkte er nicht seinen Bestien, deren Gebrüll durch die Jahrtausende tönt, feierlicher als der Gesang der Rechnungsräte? Erbleichte der Mond nicht? Zog er sich nicht zurück? Saß die Kaiserin nicht auf ihrem Sitz, ihn vor Entweihung durch die Frau Hadrawa zu schützen? Und du, unerforschliche Vorsehung, ließest es zu, daß sich Herr Dworatschek zwischen den Trümmern schlängelte, und daß es, als sich Herr Ackerl in die Arena legte und unter der Leitung des Chormeisters Keldorfer Storchs »Nachtzauber« ertönte, »einen unbeschreiblich magischen Eindruck machte«? Oh du würdeloser Weltgeist, wie ließest du das geschehen! Wo war denn dein Reibsackl? Nimmermehr wird ein Romsucher seinen Fuß in dies geschändete Heiligtum setzen. Denn hier, wo die Vergangenheit mit Jahrlegionen in die Mondnacht einzubrechen schien, wird die Stille nicht mehr nur mit den Stimmen wilder Tiere zu uns reden – hier stand im Halbkreis der Wiener Männergesangverein! Und die Italiener – nicht Römer waren es – riefen: »bis, bis!« Das tun sie immer. Stünde Heliogabalus auf, er müßte zugeben: Das Maiprogramm hat dem Kolosseum einen vollen Erfolg gebracht . . . Ach wäre der Bericht hier zu Ende! Sie haben in der Weimarer Fürstengruft gesungen; wo immer ein Denkmal irdischer Größe steht – sie werden davor singen. Das Leben will es. Oh daß der Bericht hier zu Ende wäre! Aber nun entsetze sich, wer Menschengräuel überwunden hat, staune, wer dem Triumph des Philisters über Länder und Meere, der Macht des Hausmeisters über Raum und Zeit eine Grenze gewußt hat, erstarre, wer geglaubt hat, ein Gesangsverein im Kolosseum sei das letzte der Wunder. Denn hier – schließt euer Ohr Wände der Ewigkeit, verstumme Echo, erblinde strahlendes Auge der Nacht – hier deklamierte zum Schlusse Vereinsmitglied Rezitator Weiser ein Bruchstück aus dem »Tod des Tiberius«. »Jedes Wort war in dem weiten Raume deutlich vernehmbar. Es waren unvergeßliche Impressionen, unter denen die Wiener am ersten Abend in Rom standen.« – Oh du gerechter Gott im Himmel, wenn du mir noch Atem gibst, hienieden zu sein; wenn es noch Gebot ist, unter den Menschen zu leben, und nicht Pestilenz und Krieg kommt als Strafe solcher Taten, so gib Rat, wie man in der Lage sich verhalten soll, um nicht schuldig zu sein, wenn man dereinst vor deinem hohen Richtersitz bekennen muß: Auch ich war ein Wiener!

Juli 1911

Die Weiber

können jetzt nur mehr ihres Lebens froh werden, wenn sie den Männern die Notwendigkeit des Geschlechtslebens bestreiten. In der Versammlung einer Gesellschaft zur Bekämpfung der Geschlechtskrankheiten, einer von jenen, die immer skandalös verlaufen, weil sich die Männer nicht trauen, sie ohne Delegierte von Frauenvereinen abzuhalten, erklärte ein Stockholmer Arzt,

daß er es nicht verstehe, wie man trotz der schlechten Erfahrungen der Geschichte jetzt ein neues Mönchsideal aufrichten wolle. Er betonte, daß die Enthaltsamkeit zu schweren körperlichen und geistigen Gefahren führen kann, so daß es ganz unbegreiflich erscheint, wie man unter denkenden Menschen sich über diese Frage überhaupt noch streiten könne.

Ein Berliner Arzt schilderte

die schweren körperlichen und seelischen Gefahren der Abstinenz und wies vor allem auf die Verirrungen hin, die eine erzwungene Abstinenz notwendig zur Folge haben müsse.

Da erhob sich Frau v. Scheven (Dresden)

und protestierte gegen die Unterstellung, als ob die sexuelle Abstinenz notwendig zu Verirrungen führen müßte. Diese Schlußfolgerung sei roh. Im Namen der unverheirateten und tadellos lebenden Frauen protestiere sie mit aller Entschiedenheit gegen solche beleidigende Unterstellungen.

Da erhob sich Frau Henriette Fürth (Frankfurt a. M.)

und warnte davor, der Sexualität eine zu große Bedeutung beizumessen. Die Sexualität habe gar nicht die übertriebene Wichtigkeit, die man ihr beimißt.

Gott, das ist ganz subjektiv. Bei den einen ist es so, bei den andern wieder so. Was mich betrifft, so halte ich eine Gesellschaft von Ärzten, die sich dergleichen anhört, für feiges Gesindel, nicht wert, von ein paar tüchtigen Masseusen durchgepeitscht zu werden. Delegierte Weiber kann ich nun einmal auf den Tod nicht leiden, weil das Wort von delego und nicht von diligo kommt. Der Ernst des Lebens wird mich für einen Zyniker halten, aber wiewohl gerade ich den Mönch dem Lebemann vorziehe und mir ganz gut denken kann, daß man auf die Mitwirkung der Frauen nicht nur dort verzichtet, wo es sich um wissenschaftliche Dispute handelt, muß ich doch, und wenn man mich vierteilt, bekennen: jene sind die besten, von denen am wenigsten in Versammlungen gesprochen wird und zu deren Namen man nicht nur Dresden und Frankfurt, sondern die volle Adresse angeben kann.

»Der Polizeihund Leni hat sich geirrt«

Auf Verlangen des Verteidigers erzählt Regierungsrat St. noch eine Episode mit dem Polizeihund »Leni«, der in das Haus, Jägerstraße 35, eine Blutspur verfolgte; deren Herkunft fand indessen eine natürliche Aufklärung. In dem Hause war eine Frau, deren Unwohlsein den Hund angelockt hatte. Der Hund war übrigens noch ungeübt und ermüdet.

Nicht doch, er war geübt, er war weise, er wollte jene Polizeimenschen beschämen, die da glauben, ein Weib blute nur dann, wenn es gestochen sei. Durch die Leni, die jetzt beschimpft wird, haben sie erst entscheidende Aufschlüsse bekommen, daß es einen Unterschied gibt zwischen den Geschlechtern und daß eine Kriminalistik, die darauf nicht Bedacht nimmt und die das Weib, diese lückenhafte Schöpfung, mit ihren Normen quält, des Teufels ist. Sie ist wohl imstande, Morden nachzugehen, aber sie kann dabei auf die Unterstützung der Polizeihunde nicht mehr rechnen, denn diese gehen nicht mit, sondern apportieren ihr menschliche Erkenntnisse und führen sie so in die Irre. Die Leni hat nicht nur die Institution der Polizeihunde, sondern auch die der Polizeimenschen ad absurdum geführt, indem sie ihnen ein Blut verriet, das offenbar nicht von einem Morde stammte und deshalb von unbekannter Herkunft ist. Die Polizei aber sollte nicht nachträglich so tun, als ob sie gewußt hätte, was es bedeutet; sie war gewiß maßlos erstaunt und wahrscheinlich wurde in einer Bezirksleiterkonferenz beschlossen, sich künftig nicht täuschen zu lassen, weil eben Blut Blut sei und die Regel der Mord. Dann aber dürfte ein Polizeibezirksarzt, der zweimal in der Woche das Leben kennen lernt, erklärt haben, es sei doch nicht ganz so und es komme tatsächlich bei Frauen vor, daß sie bluten, ohne verletzt oder gar ermordet zu sein. Man wollte schon eine Untersuchung gegen unbekannte Täter einleiten, aber der Polizeiarzt erklärte auf das dezidierteste, daß sie resultatlos verlaufen müsse. Nachdem einige Beruhigung eingetreten war, kam man zu dem Entschluß, das Institut der Polizeihunde aufzulassen. Sie haben versagt. Man wollte sie zu Kriminalisten heranbilden, die erbarmungslos, ohne Unterschied der Person und des Geschlechts, nur das Gesetz zur Geltung bringen, und siehe, sie suchen das Frauerl!

September 1911

Was man im Traum aufsagen kann

Vor dem hiesigen Strafgerichte hatten sich heute die beschäftigungslosen Hilfsarbeiter Jedlicka und Machacek .... Ersterer wurde zu zehn, letzterer zu sechs .... stürzte sich Jedlicka auf den Gerichtsaufseher und würgte ihn .... stürzten sich mit gezücktem Säbel auf Jedlicka und drückten ihn .... In diesem Moment warf Machacek ... gegen den Votanten Landesgerichtsrat Sedlacek .... Glücklicherweise gelang es .... Nur mit Mühe konnten ....

oder:

Offiziell wird heute mitgeteilt .... bei einer in Favoriten erkrankten Fabriksarbeiterin .... Die Kranke wurde sofort .... alle Vorsichtsmaßregeln sind selbstverständlich .... Isolierung dieses vereinzelten Falles, dessen Provenienz bis zur Stunde .... Zu irgendwelcher Beunruhigung ist naturgemäß nicht der geringste .... Auch im vergangenen Jahre wurden einzelne Fälle ... Das ist trotz aller Vorsicht bei den modernen Verkehrsverhältnissen .... Aber unsere Stadt ist kein Boden .... Wien mit seinem einzig dastehenden Hochquellwasser und seiner vorzüglichen Kanalisation .... Unsere Sanitätsbehörden stehen bereits seit Jahresfrist Gewehr bei Fuß .... Man kann getrost der Überzeugung Ausdruck geben, daß, wie in vergangenen Jahren, auch diesmal ....

Die Welt ist taub vom Tonfall. Ich habe die Überzeugung, daß die Ereignisse sich gar nicht mehr ereignen, sondern daß die Klischees selbsttätig fortarbeiten. Oder wenn die Ereignisse, ohne durch die Klischees abgeschreckt zu sein, sich doch ereignen sollten, so werden die Ereignisse aufhören, wenn die Klischees zertrümmert sein werden. Die Sache ist von der Sprache angefault. Die Zeit stinkt schon von der Phrase.

Riedau und Lido

In Riedau war ein Typhusfall, da hetzten sie den Arzt, der ihn anzeigte, in den Tod, die Rückständigen. Und da schrieben sie Leitartikel dagegen, die Aufgeklärten. Und ich meinte damals, daß wenn an der Riviera viele Blatternfälle seien, die Hoteliers sich mit Annoncen helfen. Und man sagte, das wäre eine Übertreibung. Und es ward Sommer und in Venedig gab es viele, viele Cholerafälle. Da nahmen sie einen großen Haufen Geldes, die Hoteliers und verteilten ihn unter die Aufgeklärten. Und es erschienen ganzseitige Annoncen, in denen erzählt ward, daß Venedig die Königin der Adria, die von Poeten, von Musikern und von Malern begeistert gepriesene Schönheitskönigin der Adria, Venedig, dieser zahllose Kunstschätze bergende Schatz der Natur, Venedig, der historische Liebling der Kulturwelt, Venedig, der Wallfahrtsort der schönheitsdurstigen Menschheit hat zu seinen vielen lockenden Reizen in den letzten Jahren einen neuen gewonnen, den Lido, vornehmsten, schönsten, beliebtesten, schwoll der Strom der Fremden an, Gestade der blauen Adria, Licht, Sonne und Wasser, paradiesisch, Allheilmittel der gütigen Natur, Hermann Bahr, Lügengewebe, Mildenburg, eingehendste Erhebungen, berükkend, blühend, erlogene Alarmgerüchte, verleumderische Tatarennachrichten, Gesundheitszustand der glänzendste, Stelldichein pester Gesellschaft, zahlreiche fürstliche Persönlichkeiten, Festprogramm, in ähnlicher Reichhaltigkeit, feenhaft, auf nach Venedig, auf zum Lido! – Und oben war ein Bild mit einem Gondolier. Und die Annoncen erschienen in denselben Blättern, welche die verleumderischen Tatarennachrichten und deren Bestätigung durch die venezianische Ärztekammer gebracht hatten, und es waren Wiener Blätter, die den Satz druckten, daß solche verdächtige Erkrankungen »auch in Wien« vorkommen. Und Gott ließ nicht Pech und Schwefel regnen über eine Stadt, die es erträgt, ohne den Aufgeklärten in die Diebsfratze zu speien.

Fiebertraum im Sommerschlaf

. . . . Wien hat Festkleider angelegt . . bekanntlich auf Anregung des Cáfetiers Riedl . . hochherzig . . Prater hüllt sich in schimmerndes Gewand . . Praterstraße hat das charakteristische Gepräge . . Der Semmering hat Festgewand angelegt . . auf Anregung des Restaurateurs Dangl . . Meer von Licht . . Flaggengala angelegt . . umfassendsten Vorbereitungen . . werden teilnehmen . . Exekutivkomitee . . Der Wettergott scheint die Wünsche Ischls . . ungemein effektvoll wirkende Prachtillumination . . Tausend Hände rühren sich . . Frau kaiserliche Rat Miliczek . . Seeauer . . Ansprache . . überreichten . . begaben sich . . befanden sich . . Familie Bassewi hält einen Familientag . . großes Interesse kundgibt . . in Blumenhain verwandelt . . in imposanter Weise . . sein Schärflein . . entwickelte sich eine lebhafte Konfettischlacht . . erst in vorgerückter Stunde . . Abbazia hat Festtoilette angelegt . . feenhafter Anblick . . österreichisch-ungarische Kolonie . . in formvollendeter Festrede . . brillantes Feuerwerk . . Feuersbrunst . . ernstlich bedroht . . Während sich das Praterbild gestern entfaltete, gewann es heute das Gepräge . . Riedl . . Mit vereinten Kräften gezeigt, daß auch unsere Kaufmannschaft von heute keineswegs jenes künstlerischen Zaubers entbehrt . . lustig flatternde Fahnen und Fähnchen, die in der Nachmittagssonne flimmerten . . farbenreich . . farbenfroh . . glitzerten und blinkten . . blitzten . . eine illustre Gesellschaft vereinigte sich . . Dr. Hugo Salus . . Bonbon . . einen gleich würdigen Verlauf nahm . . Dangl . . Panhans . . machten sich verdient . . mit Begeisterung aufgenommen . . Feuerwerk abgebrannt . . Feuersbrunst . . abgebrannt . . ein recht stattliches Sümmchen . . Man vermag auch sogleich gewisse Typen zu differenzieren . . äußerst animiertes Tanzkränzchen beschloß . . Eine genaue Liste zu geben wäre ein Ding der Unmöglichkeit . . Miliczek . . Pamesberger . . Lichtenstern . . Deutsch . . Frey . . ohne daß diese Liste auf Vollzähligkeit

Anspruch erheben . . in den Dienst der Wohltätigkeit gestellt . . ins Gespräch gezogen . . begab sich . . Endlich rief Prinz Leopold von Bayern: Nun bin ich total ausgesackelt! Nicht eine Krone habe ich mehr! . . bei dem Herr Fritz Berlitzer einen geschmackvollen Kotillon arrangierte . . Regierungsrat Hoch . . dreimaliges Hoch . . Aus Unterach: Auch hier . . Aus Rekawinkel: Auch hier . . Aus Veldes: Auch hier . . Vom Karersee: Auch hier . . Festtoilette angelegt . . Festgewand angelegt . . Festkleider angelegt . . Dangl . . in sehr beredter Weise . . Herr Rosenberg aus Wien gedachte der Herrschertugenden . . In glänzender Weise wurde in dem schönen Kurbade Tarcsafürdö . . Auch in Breslau . . Die hiesige österreichisch-ungarische Kolonie . . gedachte . . wies hin . . Nach dem anläßlich des Geburtsfestes abgehaltenen Höhenfeuer entstand . . weiter um sich griff . . In der Kirche anwesend Frau Dr. Frischauer aus Paris . . In der Synagoge . . Der Steinschlag erschwert die Löscharbeiten . . Riedl . . Dangl . . Gestern Abend prangte unser Kurort . . Auf Vorschlag des Herrn Angelo Ei– wurde eine Huldigungsdepesche . . Exekutivkomitee . . Das Damenkomitee bestand aus den Damen Gelber, Morgenstern, Pollak und Herrn Paul Wilhelm . . Blumen: Herr Paul Wilhelm . . Bier: Prewein und Wabenik . . Wein: . . Prachtillumination . . Auch hier . . Dank den Bemühungen . . rapid um sich griff . . Höhenfeuer . . Den Abschluß bildete eine sehr animierte . . Feuersbrunst . . feenhaft . . Fleischanderl . . flotte Musik . . Flottenverein . . erst gegen Mitternacht zum großen Unwillen der tanzlustigen Jugend sein Ende . . Auch in unserer aufstrebenden Sommerfrische . . unter reger Teilnahme . . ein Somaliboot der Brüder Schmeichler erregte Aufmerksamkeit . . in hervorragender Weise begangen . . lauschten dem Kaisertoast, welchen der Kurgast Angel aus Wien in formvollendeter Weise . . Dangl . . Madonna di Campiglio, diese Perle der Brenta-Alpen . . auch heuer seine alte Anziehungskraft bewährt . . Die frische würzige Bergesluft, die herrlichen Laub- und Nadelwälder, die abwechslungsvollen Spaziergänge machten den Aufenthalt . . Stukart . . verbreitete sich . . vereinigte in den reizenden Räumen . . gewähltes . . erlesenes . . in schwungvollen Worten . . Hofschauspielerin Lewinsky erfreute die Anwesenden . . animiert . . abgebrannt . . Kirchlein . . Riedl . . mit dem Andenken der Kaiserin verknüpft . . befanden sich . . begaben sich . . versammelten sich . . dem dann eine Tombola . . dem dann ein animiertes Tanzkränzchen . . dem dann eine Tombola und ein animiertes Tanzkränzchen . . Oberleutnant Kovacevic . . voll des Lobes . . sowie für . . In Landro . . Auch hier . . Stukart . . Auch hier . . Der Hotelgast Granichstädten . . zündend . . um sich griff . . vereinigte die österreichisch-ungarische Kolonie . . In hellen Scharen waren sie dem Rufe . . Hofrat Wolf aus Wien . . erstrahlte abends . . Herzberg-Fraenkel rühmte die Herrschertugenden . . um sich griff . . würdigte der Leiter der Anstalt . . Auch in unserem stillen Agathenhof dieser weltabgeschiedenen Lufthüttenkolonie in den Kärntner Tauern gab es . . mit Beifall überschüttet . . Der lange zurückgehaltene Übermut . . Jung und alt . . Reich und arm . . Ohne Unterschied . . Mößlacher, Oblasser, Zehetner . . Nemeny . . Körmendi . . Ornstein . . Rosl Goldschmied . . Rosl Schur . . Rosl Neumann . . Dr. Husserl . . Fräulein Neustadtl verkündete . . reißenden Absatz . . begeisterten Widerhall . . erhebenden Verlauf . . in markig schlichten Worten . . in solenner Weise . . versammelten sich . . begaben sich . . begab sich . . begabt . . Das Kurhaus, welches mit allem Komfort der Neuzeit . . erstrahlte . . österreichisch-ungarische Kolonie . . Reinerträgnis . . betrug . . Brand . . Wie alljährlich, so auch heuer . . Riedl . . Dangl . . Riedl . . Dangl . . Riedl . . Dangl . . Riedangl . . Riedangl . . driangel . . drangel . . rangl . . dlangl . . langl . . angl . . gl – –

Die Lage der Deutschen in Österreich

Eben dachte ich daran, daß es Worte gibt, die mir den Aufenthalt in diesem landschaftlich begabten Lande so sehr erschweren. Da ist zum Beispiel das Wort, das die äußere Unordnung des hiesigen Lebens so sehr verschärft: das Wort »Pallawatsch«. Da ist ferner das Wort, das es einem fast zur Pein macht, länger »doder« zu bleiben. Da ist der vollkommen rätselhafte Ausruf, der jeden Stoß oder Fall, den man hierzulande erleidet, zur Katastrophe steigert: »Pumpstinazi«. Da ist jene Bezeichnung für einen gesunden Nachwuchs, die gebieterisch zur Fruchtabtreibung drängt: »Pamperletsch«. Da ist ein Wort, das allem Sinnengenuß den Garaus macht, indem es das höchste Entzücken des Wieners an den weiblichen Brüsten ausdrückt. Während sie nämlich Schiller – als er noch Kraft hatte – für die »Halbkugeln einer bessern Welt« ansah, prägt sich die bezügliche Weltanschauung des Wieners in dem viehisch tastenden Behagen aus, das zur Schöpfung des Wortes »G'spaßlaberln« geführt hat. Es ist ein vernichtendes Wort, eines, das unbedingt in Lebenshaß und Askese treibt. Es drückt die Beziehung des Hausmeisters zum Eros aus und hat mir schon üble Stunden bereitet. Und da es mir beim Anblick des Gesichts, das ein Wirtshausgast machte, als ihn die Kellnerin streifte, einfiel und ich darüber nachdachte, wie es denn komme, daß in keinem andern Idiom der Welt die Welt so häßlich sei – fiel mein Blick auf die Speisekarte. Nicht daß es hier Powidltatschkerln gab, war geeignet, mich dem Hungertod preiszugeben. Ich las ein anderes Wort. Ich erfuhr, daß es die Bezeichnung für ein belegtes Brot sei. Es hieß nicht, wie häufig üblich, nach dem Wirt. Nehmen wir an, der Wirt hieße Stohanzl – ein Name, der mir oft beim Lesen der Wiener Zeitungen aufstieß –, so wäre die Titulatur: Stohanzl-Appetitschnitte eine natürliche Fügung. Wie anders sollte sich denn die Individualität hierorts ausdrücken, als daß man den Wirt nach der Speise oder die Speise nach dem Wirt benennt? Nein, so hieß es nicht, das belegte Brot! Es hieß vielmehr – man wird es nicht erraten – es hieß zu Ehren einer deutschnationalen Tischgesellschaft, auf welche die Kellnerin hinwies, als ich sie nach der Provenienz des Namens fragte. Nun könnte man vielleicht glauben, daß es sich um ein Südmark-Brötchen gehandelt hat. Das wäre ja trist. Aber schließlich, die Politik geht sonderbare Wege und die Lage der Deutschen in Österreich ist etwas, woran man nicht oft genug erinnert werden kann. Nein, nein, so hieß es nicht, das belegte Brötchen. Auf der Karte stand vielmehr – auf der Karte stand: »Südmark-G'spaß 70 Heller«. Ich fürchte, daß ich darüber nicht hinwegkommen werde.

Das Pärchen

[Eine mysteriöse Bluttat in London.] Aus London wird uns berichtet: Eine rätselhafte Mordtat hat sich Samstag in London zugetragen. In East Greenwich wurde früh morgens am Fuße ihrer Haustreppe die Leiche einer hübschen jungen Frau namens Annie Eckhardt gefunden. Der Kopf war vom Rumpf fast vollständig getrennt. Der Leib wies zahlreiche Schnittwunden auf. Die Ermordete, von Geburt eine Engländerin, war die Frau eines Deutschen, der als Maschinist auf Küstenfahrern dient und Mittwoch vom Hause weggegangen war, um seinen Dienst anzutreten. Freitag nachts empfing die Frau den Besuch ihres Liebhabers, gleichfalls eines deutschen Seemannes namens Koch. Dieser weckte nach 7 Uhr morgens eine Nachbarin und zeigte ihr die Leiche. Nach seiner Erzählung, die er auch der Polizei gegenüber wiederholte, hatte sich folgendes zugetragen.

Zwischen 1 und 2 Uhr hatte das Pärchen ein Klopfen an der Haustüre gehört; die Frau eilte zum Fenster, rief: »Es ist mein Mann«, und ging hinunter um die Tür zu öffnen, während Koch sich in einem anderen Zimmer verbarg, wo er einschlief. Als er erwachte und sich aus dem Hause stehlen wollte, sah er die Leiche der Frau. Eckhardt wird jetzt von der Polizei gesucht.

Wo wir starren, zwinkert die Moral. In der Tragödie noch machen zwei ein Pärchen. Man glaubte bloß einem Mord auf der Spur zu sein, und hat einen Ehebruch entdeckt. Die Nachbarin, die täglich zweimal erscheint, um nachzusehen, was es Neues gibt, wendet sich ab: denn aus einem Pärchen, und wenn der leibhaftige Tod dazwischenfährt, wird sein Lebtag kein Paar . . . Auf! Dem Korrespondenten, der uns Leben und Tod verstellt, Druckerschwärze in den Rachen! Es wird die Tat sein, die uns wieder ein freies Atmen gestattet.

Geduld,

Geduld, es kommt jeder dran. Es war ein heißer Sommer, und die Rückstände des Winters müssen auch noch aufgearbeitet werden. Ich vergesse den letzten Wurm nicht, der sich mir auf einem alten Notizblatt krümmt. Alles wird besorgt. Jede Gotteslästerung persönlich genommen und umgekehrt – nur so kommen wir weiter. Was des Spottes nicht wert ist, wird der höheren Ehre teilhaftig werden, sich als Anstoß der Erkenntnis wiederzuerkennen. Wir kommen ins Reine. Ich verspreche es, die Straßen der Stadt sollen heuer so aussehen, daß man zweifeln wird, ob es bloß Dreck oder Hirn sei.

Oktober 1911

Teilnehmer an der Tafel erzählen

daß der prächtige neue Saal mit dem vornehmen gesellschaftlichen Treiben, den vielfarbigen Uniformen, den Priestergewändern und Prunktoiletten der Damen ein bezauberndes Bild zeigte und daß die Unterhaltung die vergnügteste war.

Wie das? Man hat nicht gesehen, wie sie gegessen haben, man hat nur gehört, wie sie gegessen haben? Zeichen und Wunder! Eine

Hoftafel, bei der oben auf der Galerie nicht mitgeschrieben wird, was unten gespeist wird? Teilnehmer an der Tafel erzählen? Das klingt pikant, aber das klingt auch pikiert! Das Bild nur bezaubernd? Die Unterhaltung nur die vergnügteste? Das ist wenig genug, das gibt bloß in plastischer Anschaulichkeit einen Zustand wieder, bei dem die Presse das Nachsehen, aber nicht das Zusehen hat! Und wenn dereinst auch die Teilnehmer nicht mehr erzählen werden – Gott man kann nicht wissen, wie sehr sich noch die Zeiten zu ihrem Nachteil ändern werden –, dann könnte es ja geschehen, daß man auf die reine Vorstellung angewiesen wird? Die unten vertragen nicht mehr zuzusehen wie die auf der Galerie zusehen wie sie essen? Und wenn sie auch nicht mehr vertragen zu hören wie die Presse gehört hat wie sie gegessen haben? Vor zehn Jahren gab es noch zwanzig Zeilen zu jedem Gang, heut gibts nur noch fünf Zeilen über zehn Gänge, und morgen wird uns schon die Phantasie zuhilfe kommen müssen. Zuhilfe, es wird katholisch!

Angesichts

des folgenden Memorandums, das die Delegierten der außerordentlichen öffentlichen Professoren aller österreichischen Hochschulen dem Parlamente überreicht haben und das von den Worten:

Angesichts des Umstandes, daß die außerordentlichen öffentlichen Professoren an allen Hochschulen bisher – in Widerspruch zu den Besoldungsgrundsätzen, wie sie allgemein für den Staatsbeamtenorganismus gesetzlich festgelegt sind – insofern zurückgesetzt erscheinen, als sie nicht den Gehalt ihrer Rangsklasse (gegenwärtig der siebenten) beziehen, ein Zustand, der gleichermaßen dem Rechte wie der Billigkeit widerspricht; angesichts der weiteren Tatsache, daß auch für die außerordentlichen öffentlichen Professoren beim geltenden Rechtszustande der Kollegiengelderbezug wegfällt, der früher bis zu einem gewissen Grade eine Ausgleichung zwischen dem ihnen gesetzlich zuerkannten und dem ihnen nach ihrer Rangsklasse gebührenden Gehalt bewirkte; angesichts ferner der Entwicklung, die es dazu gebracht hat, daß das Extraordinariat längst aufgehört hat, durchweg ein Provisorium auszumachen, und sich für allzuviele auch dann zu einem Definitivum gewandelt hat, als für das von ihnen vertretene Fach Ordinariate systemisiert sind, um so mehr aber, wo dies nicht der Fall ist; angesichts des unleugbaren Umstandes, daß eine materiell mehr als bisher gesicherte Stellung die unerläßliche Voraussetzung für wissenschaftliche Arbeit, für die Lehre gleichermaßen wie für die Forschung bildet; angesichts schließlich der herrschenden Teuerungsverhältnisse, die in allen Staatsbeamtenkategorien das Streben nach Besserung ihrer materiellen Lage ausgelöst haben und natürlich um so mehr das Streben der außerordentlichen öffentlichen Professoren nach Zuerkennung der Bezüge gerechtfertigt erscheinen lassen, die ihnen nach ihrer Rangsklasse gebühren, fordern die Delegierten der außerordentlichen öffentlichen Professoren aller österreichischen Hochschulen eine Änderung des gegenwärtigen Rechtszustandes im folgenden Sinne: Die außerordentlichen öffentlichen Professoren aller Hochschulen stehen in der der Rangsklasse der Ordinarien nächstfolgenden Rangsklasse und beziehen nebst der systemmäßigen Aktivitätszulage den Stammgehalt ihrer Rangsklasse (beim gegenwärtigen Rechtszustande also 4800 K) und drei annähernd gleiche Quinquennalzulagen, die für sämtliche außerordentlichen öffentlichen Professoren, mag nun ihre Besoldung gleich von ihrer Ernennung an oder erst in einem späteren Zeitpunkt eingetreten sein, vom Ernennungstage an –

bis zum Ende dieses Satzes zu lesen bis jetzt nicht möglich war, so daß die weiter unten stehende Bitte um Einleitung der nötigen Schritte zur Verwirklichung obenstehender Wünsche möglicherweise unerfüllt geblieben ist, sowie angesichts des Umstandes, der ein Zustand ist, der gleichermaßen der Grammatik wie der Lebensfreude widerspricht; angesichts des Umstandes, daß beim geltenden Zustande alles wegfällt, was früher bis zu einem gewissen Grade eine Ausgleichung zwischen dem ihnen offiziell zuerkannten und dem ihnen nach ihrer Rangsklasse gebührenden Bildungsgrade bewirkte; angesichts ferner der Entwicklung, die es dazu gebracht hat, daß das schlechte Deutsch längst aufgehört hat, ein Provisorium auszumachen, und sich für allzuviele auch dann zu einem Definitivum gewandelt hat, als sie Hochschulprofessoren geworden sind, umso mehr aber, wo dies nicht der Fall ist; angesichts des unleugbaren Umstandes, daß eine grammatikalisch mehr als bisher gesicherte Stellung die unerläßliche Voraussetzung für wissenschaftliche Arbeit, für die Lehre gleichermaßen wie für die Forschung bildet; angesichts schließlich der herrschenden Teuerungsverhältnisse, die in allen Staatsbeamtenkategorien die Anschaffung einer deutschen Grammatik vor der Abfassung eines deutschen Memorandums unerschwinglich gemacht und natürlich umso mehr das Streben der außerordentlichen öffentlichen Professoren nach Zuerkennung eines Bildungsgrades, der ihnen nach ihrer Rangsklasse gebührt, erschwert haben, fordere ich für die Delegierten der außerordentlichen öffentlichen Professoren aller österreichischen Hochschulen eine Änderung des gegenwärtigen Zustandes im folgenden Sinne: Die außerordentlichen öffentlichen

Professoren aller Hochschulen stehen auf der der außerordentlichen Bildungsstufe der öffentlichen Volksschüler aller Volksschulen nächstfolgenden Bildungsstufe und beziehen, mag nun ihre stilistische Unfähigkeit gleich von ihrer Ernennung an oder erst in einem späteren Zeitpunkt eingetreten sein, eine Quinquennalzulage zum Bezuge eines ordentlichen geheimen Unterrichts. Damit nämlich nicht angesichts dieser Umstände Zustände einreißen, die angehörs eines solchen Memorandums möglicherweise nicht zu der Einleitung der nötigen Schritte zur Verwirklichung obenstehender, aber sonst berechtigter Wünsche führen könnten, umso mehr aber, wo dies nicht der Fall ist!

November 1911

Nicht auszudenken

»Gestern abend mußte der Beiwagen der Linie ›Klosterneuburgerstraße‹ der städtischen Straßenbahnen an der Ecke des Franz Josefs-Kais und des Schottenringes halten. Die 28jährige Schlossergehilfensgattin Resi P . . . . hatte um Assistenz wegen ihres Befindens gebeten. Der Sicherheitswachmann Johann Grill ersuchte nun die zahlreichen Passagiere, den Wagen zu verlassen. Dann brachte die Frau unter Assistenz des Sicherheitswachmannes und des Kondukteurs ein gesundes Mädchen zur Welt. Inzwischen war ein Train der Rettungsgesellschaft vorgefahren. Der Inspektionsarzt brachte die Frau in ihre Wohnung, Klosterneuburgerstraße Nr. 88.«

Jammer über Jammer! So greift der Beiwagenkondukteur ins Leben. Er tutete und die Mutter erschrak, glaubte daß es schon an der Zeit sei, und siehe, es war ein Mädchen. Was wird aus ihm? Wie wird es mit diesem ersten Tramway-Erlebnis fertig? In jähem Schreck zur Welt gefahren, von einem Trompetenstoß ins Leben gelockt, unter der Assistenz eines Kondukteurs und eines Sicherheitswachmanns geboren: wäre es ein Knabe, er hätte die Wahl. Wie wird sie im Geräusch und Geracker sich zurechtfinden? Als sie das Licht dieser Welt erblickte, war es gerade ausgeschaltet. Der Beiwagen krachte, die Tafel tanzte, der Kondukteur trat der Mutter auf die Füße, rief »Instign bidee!«, und vorn war eine Aufschrift »BZd–KB16« und es bedeutete Währing. Wie soll sich das Mädchen da auskennen? Der Kondukteur half, zwickte etwas ab und fragte, ob das Kind unter zehn Jahren sei. Die Rettungsgesellschaft kam und das Kind erkannte, daß Dr. Charas an der Spitze sei. Nun gabs aber kein Zurück. Auch standen schon hundert Leute herum und die Zeitungen hatten bereits den Namen. Was für ein Leben beginnt da! Heute, wo man alles auf frühe Eindrücke der Kindheit zurückführt, kann man es sich an den Fingern ausrechnen. Ein Trompetenton gellt durch ihre Tage. Sie wird einen Trompeter lieben und man wird wissen, was es bedeute. Mußte es sein? Wenn Amtspersonen die Geburten fördern, sollten Hebammen sie nicht verhindern? Glücklich jene, die ein gütiges Schicksal im vordern Wagen geboren werden läßt! Sie werden Nichtraucher und ihr Leben gleitet dahin. Aber ein Fluch haftet an der Beiwagengeburt. Im Pferch geboren, wird dieses Kind von den lieblosen Menschen herumgestoßen werden. Der Beiwagen krachte, es klang wie Pamperletsch, und ein Verkehrshindernis kam zur Welt . . . Die Tute ist schuld. Sie wird uns noch alle ins Unglück stürzen. Was ist der Mensch, und was hat nicht alles in einem Beiwagen Platz! Der Kondukteur ist Herr über Geburt und Sterben. Wenn wir einsteigen, wenn wir umsteigen, wenn wir aussteigen: er tutet. Treten wir in dieses Leben voll Schweiß und Qualm, tut er tuten. Und erlöst uns der Tod, tut er in der Tat auch tuten.

Aber natürlich

». . Darum dürfte die Idee des Kollektivkaufhauses ganz besonders zum Herzen der Wiener reden, die gern dem Zuge der Zeit folgen, aber ihre ursprüngliche persönliche Note bewahren wollen. Denn es läßt sich nun einmal nicht leugnen, daß der Wiener dem eigentlich amerikanischen Geschmack des Warenhauses durchaus kühl gegenübersteht und, seinem harmonischen Charakterzuge folgend, vorzieht, dort zu kaufen, wo er nicht nur Käufer, sondern in erster Linie Persönlichkeit ist . .«

Was steht zu Diensten Herr von Flohberger, immer wohlauf bei der Witterung, etwas Apartes für die Gnädige, der Herr Sohn gestern vorübergangen, uns aber nicht beehrt, mir haben sich noch alle gewundert, no ja momentan keinen Bedarf nicht, ujegerl bei die schlechten Zei – – Kistand, habdehre, pfehlmich, schamsterdiener, behren uns bald wieder die Dame!

Ein weitverbreitetes Mißverständnis

ist der Glaube an meine Feindseligkeit. »Sie zu überzeugen, versuche ich nicht. Aber ich darf trotzdem sagen, daß Sie mir in meinen Motiven und Absichten Unrecht tun.« Oder: »Ich gestehe, daß es mich kränkt, daß Sie mir mit solchem Übelwollen, ja mit solcher Feindseligkeit gegenüberstehen.« Welches Vorurteil! Ich stehe niemand in der Welt gegenüber und bin das Wohlwollen selbst. Ohne Ansehen der Person reagiere ich auf Geräusche, und interessiere mich nicht für die Richtung, aus der sie kommen. Wäre der Inhalt meiner Glossen Polemik, so müßte mich der Glaube, die Menge der Kleinen dezimieren zu können, ins Irrenhaus bringen. »Sie haben mich kürzlich zum Objekt Ihrer Satire genommen«, schreibt einer, streicht »genommen« und setzt dafür »gewählt«. Ich aber kann mit ruhigem Gewissen sagen, daß ich mir noch nie einen zum Objekt meiner Satire genommen oder gar gewählt habe. Hätte ich da etwas dreinzureden, so wäre ich nicht Satiriker und würde eine bessere Wahl treffen. Denn die Satire wählt, nimmt und kennt keine Objekte. Sie entsteht so, daß sie vor ihnen flieht und sie sich ihr aufdrängen. Die Würdigkeit der Objekte mag den Wert der Polemik bestimmen; aber Name oder Andeutung eines Kleinen, oder was irgend von ihm in einer Satire steht, ist Kunstelement. Wie ein Schneuzen, wie die Trompete eines Beiwagenkondukteurs oder wie sonst etwas, das ich mir nicht wähle; wie sonst ein Stoffliches, von dem ich den Stoff nicht wähle, sondern abziehe. Kann ich dafür, daß die Halluzinationen und Visionen leben und Namen haben und zuständig sind? Kann ich dafür, daß es den Münz wirklich gibt? Habe ich ihn nicht trotzdem erfunden? Wäre er Objekt, ich wählte anders. Erhebt er Anspruch, von der Satire beleidigt zu sein, beleidigt er die Satire. Außerhalb dieser mag er ein Dasein haben, aber keine Berechtigung. Der Leumund mag in Ordnung sein, kommt aber für die Satire nicht in Betracht. Motive und Absichten prüfe ich nicht. Die sind unbesehen gut oder schlecht. Nichts ist der Satire egaler. Die Polemik kann es als Einmischung in ihr Amt empfinden, wenn das Objekt sie zu überzeugen versucht, oder sie mag mit sich reden lassen wie ein Amt. Der Satire Vorstellungen machen, heißt die Verdienste des Holzes gegen die Rücksichtslosigkeit des Feuers ins Treffen führen. Nun muß ja freilich der Brennstoff kein Verständnis für die Wärme haben und der

Anlaß mag sich so weit überschätzen, daß er sich durch die Kunst beleidigt fühle. Aber das Verhältnis der Satire zur Gerechtigkeit ist so: Von wem man sagen kann, daß er einem Einfall eine Einsicht geopfert habe, dessen Gesinnung war so schlecht wie der Witz. Der Publizist ist ein Lump, wenn er über den Sachverhalt hinaus witzig ist. Er steht einem Objekt gegenüber, und wenn dieses der polemischen Behandlung noch so unwürdig war, er ist des Objektes unwürdiger. Der Satiriker kann nie etwas Höheres einem Witz opfern; denn sein Witz ist immer höher als das was er opfert. Auf die Meinung reduziert, kann sein Witz Unrecht tun; der Gedanke hat immer Recht. Er stellt schon die Dinge und Menschen so ein, daß keinem ein Unrecht geschieht. Er richtet die Welt ein, wie der Bittere den verdorbenen Magen: er hat nichts gegen das Organ. So ist die Satire fern aller Feindseligkeit und bedeutet ein Wohlwollen für eine ideale Gesamtheit, zu der sie nicht gegen, aber durch die realen Einzelnen durchdringt. Das Lamentieren ist unnütz und ungerecht. Die sich beleidigt fühlen, unterschätzen mich; sie halten sich für meine Objekte, und da fühle ich mich beleidigt.

Was wir hoffen

»Eine merkwürdige Verfügung. Den Volksschullehrern im Großherzogtum Sachsen-Weimar ist durch eine Verfügung des Großherzoglichen Staatsministeriums verboten worden, für die Tagespresse irgendwie journalistisch tätig zu sein.«

Die Verfügung ist merkwürdig, und zumal in Österreich sollte man sie sich merken. Hier, wo nicht einmal die Volksschullehrer die Macht haben, das Staatsministerium von der Mitarbeit an der Tagespresse zurückzuhalten! Die Verhinderung der Volksschullehrer – das ist nur ein bescheidener Anfang. Die Hochschulprofessoren zu zügeln, das ist die schöne Aufgabe, die der sogenannten Reaktion – dem Kinderschreck erwachsener Idioten – vorbehalten bleibt. Wenn wir aber erst so weit sind und die Kompagnie der bebrillten und der bezwickerten Intelligenz getrennt haben, dann lasset uns auch daran gehen, die Hochschulprofessoren von der Hochschule zu entfernen, und dann verbieten wir der Tagespresse, irgendwie journalistisch tätig zu sein! Überhaupt bin ich dafür, daß alles was jetzt besteht, bei Todesstrafe verboten und diese auch im Falle der Befolgung vorläufig vollstreckt wird.

Ein Hörfehler

Vor einem Prager Gericht wurde, wie die Neue Freie Presse behauptet, Shakespeare folgendermaßen zitiert:

Dr. W. hob ferner hervor, daß es eine Versündigung an dem Geiste der Strafprozeßordnung bedeute, wenn fertige Urteile in die Verhandlung mitgebracht würden. Wenn man diesem Vorwurf gegenüber darauf verweise, daß dies allgemein üblich sei, so sei dies ein Brauch, »von dem der Brauch mehr ehrt, als seine Übung«.

In Wirklichkeit verhält sich die Sache so: Auf die Frage Horatios, ob das Gebrauch sei (nämlich daß an des Königs Tafel unter Musik und Lärm gesoffen werde), antwortet Hamlet: »Nun freilich wohl: Doch meines Dünkens (bin ich eingeboren und drin erzogen schon) ists ein Gebrauch, wovon der Bruch mehr ehrt als die Befolgung.« Nun besteht ja kein Zweifel, daß in Prag zwar nicht der Wortlaut, aber der Sinn richtig zitiert und gesagt wurde, es sei ein Brauch, von dem der Bruch mehr ehrt als seine Übung. Ferner besteht auch kein Zweifel, daß genau berichtet wurde, was gesagt wurde. Aber die Berichte werden telephonisch übermittelt, und wenn sich zwischen die Aussprache in Prag und das Gehör in Wien solch ein Hindernis stellt, dann kann man für nichts gut stehen. In Prag wurde nämlich ganz richtig hineingerufen: ». . so sei dies ein Broch, von dem der Bruch . . .« In Wien wurde zwar der Broch ganz richtig verstanden, aber auch der Bruch klang wie Broch und wurde infolgedessen als Brauch geschrieben. Telegramme sind, besonders wenn es sich um Shakespeare handelt, verläßlicher. Denn das Telephonieren, meines Dünkens (bin ich eingeboren und drin erzogen schon), das ist ein Broch, von dem der Bruch mehr ehrt als seine Übung.

Wahrung berechtigter Interessen

»Aus Leitmeritz, 27. d., wird uns berichtet: Heute stand vor dem hiesigen Geschwornengerichte der Fabriksarbeiter Wenzel Proksch in Tetschen unter der Anklage, am 29. Oktober in Tetschen im öffentlichen Haus des Markus Bloch die Prostituierte Marie Ungermann in mörderischer Absicht getötet zu haben. Am 29. Oktober abends kam in das Haus des Markus Bloch in Tetschen ein junger Mann, der mit der Prostituierten Ungermann auf deren Zimmer ging. Kurz darauf ertönte aus dem Zimmer die elektrische Klingel. Die Wirtschafterin Wendel eilte zur Zimmertür und hörte ein

Stöhnen. Gleich darauf stürzte ein junger Mann aus dem Zimmer, dessen Tür offen stand. Sie drehte das elektrische Licht auf und sah nun vor dem Sofa die Ungermann in einer Blutlache liegen. Die herbeigerufenen Ärzte konnten nur den bereits eingetretenen Tod des Mädchens konstatieren. Trotz eifriger Recherchen gelang es in den ersten Tagen nach der Tat nicht, des Täters habhaft zu werden. Am 1. November stellte er sich jedoch selbst dem Gerichte. Der Täter Wenzel Proksch gab vor dem Untersuchungsrichter an, er sei am 28. Oktober abends bei der Ungermann gewesen und habe ihr zwei Kronen gegeben. Am nächsten Morgen hätten ihm seine Eltern das leere Portemonnaie gezeigt, wodurch er zur Überzeugung gelangt sei, daß ihm die Ungermann vier Kronen genommen habe. Im Ärger über den Verlust des Geldes faßte er den Entschluß, sich an der Prostituierten zu rächen. Er nahm ein Küchenmesser, steckte es in die Rocktasche und ging in das Haus und wartete auf das Mädchen. Als sie herauskam, habe sie ihn aufgefordert, mit in ihr Zimmer zu gehen. Er sei sofort mit ihr gegangen, um sie zu töten. Die Prostituierte habe die Tür des Zimmers verriegelt, Licht gemacht und wollte sich entkleiden, wobei sie ihm mit dem Rücken zugekehrt war. In diesem Augenblick habe er ihr einen Stich in den Rücken versetzt und dann noch mehrere Stiche gegen sie geführt, bis sie zusammengestürzt sei. Während er sie mit dem Messer bearbeitete, sei jemand zur Tür gekommen, weshalb er auf Flucht und Rettung bedacht gewesen sei. Er habe das Messer weggeworfen, das Licht verlöscht, die Tür aufgerissen und sei geflohen. Er sei nach Hause gelaufen, habe sich in der Waschküche die blutigen Hände gewaschen, den blutigen Rock habe er in den Schrank gehängt und Tags darauf, als er allein daheim war, gewaschen und gebügelt. Da ihm sein Gewissen keine Ruhe gelassen, habe er am 30. Oktober mittags seinen Eltern alles mitgeteilt, einen Revolver gekauft, sei auf den Friedhof gegangen, habe aber nicht den Mut gefunden, sich zu erschießen. Über Anraten seiner Eltern habe er sich dem Gerichte gestellt. – Die Sachverständigen erklärten in einer zweistündigen Darlegung Proksch für geistig gesund. Den Geschworenen wurden zwei Hauptfragen vorgelegt. Die erste auf gemeinen Mord wurde mit neun Stimmen verneint, die zweite wegen Übertretung des unbefugten Waffentragens wurde mit zehn Stimmen verneint. Auf Grund dieses Verdiktes wurde Proksch freigesprochen.

Urteilsbegründung: A Hur war's.

*

Und nie, solange diese Welt lebt, wird die Urteilsbegründung anders lauten . . . Mit Messern in den Rücken – no ja, bei dem Lebenswandel Herr Obmann, sagen S' is des a Wunder? San mer froh, daß mer keine Menscher nicht sein, wos? Hehe! Aber was unsereiner riskiert! Wenn im Börsel nacher vier Kranln fehlen, wann man von so einer kommt Herr Nachbar, das spürt man am eigenen Leib, das kann jedem von uns passieren. Wär net schlecht. Daß das überhaupt geduldet wird, wo es doch im Gesetzbuchö oosdrücklich steht, wer Schanddirnen beherberget. Neen, da verneene ich die Schuldfragee ... Und wegen Betrugs war die Ungermann nicht mehr zu fassen. Das Urteil ist ein ethisches Bekenntnis. Der Mord wird nicht bestraft, sondern belobt, denn ausdrücklich wird anerkannt, daß auch die Übertretung des Waffenpatents gegen eine Prostituierte erlaubt ist. Ein Fall der Notwehr. Hätte der Bursch einen Stein gegen einen Wachmann geworfen, unter einem Jahr wär's nicht abgegangen. Unter sieben nicht, wenn er einen Justizminister verfehlt hätte. Der hungrige Altersgenosse, der einer Frau die Handtasche zu entreißen versucht hat, bekam lebenslänglichen Kerker. Die höhere Instanz machte zwölf Jahre draus; die Tuberkulose vier. Der Delinquent ist tot und sein Richter hat einen schlechten Schlaf. Das Tier, das eine Frau, nicht zur Lust, aber so oft in den Rücken stach, als ihm Kronen in der Tasche fehlten, wird frei herum gehen. A Hur war's, Leitmeritz ist eine deutsche Stadt, die Sprachenfrage ist wichtig, die Justiz ist eine Institution, das Schwurgericht ist ein Korrektiv, und die Lage der Deutschen in Österreich ist kein Messer in den Rücken wert.

Ein Unhold

»**Eine Ehrenrettung Sapphos.** In der französischen Akademie der Wissenschaften hat Salomon Reinach die vielgelästerte antike Dichterin Sappho rehabilitiert. Besonders ihrer ›Schule der Dichterinnen‹ wurde bisher viel Übles nachgesagt. Nach Reinach war diese Schule nichts als ein Mädchenpensionat für die höheren Töchter von Lesbos. Sappho selbst verkehrte nur in den besten Bürgerfamilien, und ihre ganze Verwandtschaft protzte geradezu mit Philistrosität. Einer der Brüder war Weinhändler, ein witziger Bonvivant, wie es heute noch viele unter den Weinhändlern gibt. Er verdiente viel Geld, das er gewissenhaft mit einem Fräulein Rhodopis wieder um die Ecke brachte. Sappho war aigriert und hielt dem Bruder eine Moralpredigt in dem berühmten, nach ihr getauften Versmaß.«

Ich bin nicht gesonnen, Mitmensch des Herrn Salomon Reinach zu sein. Wie komme ich denn dazu? Wenn das nicht anders wird, stelle ich die Alternative, wer länger leben soll, ich oder die Historiker, und wenn die Antwort zu meinen Gunsten ausfällt, organisiere ich eine Kulturschutztruppe, die mit Knüppeln losgeht. Die paar Lichtpunkte, die die Menschheit hat, wenn sie sich an ihr Altertum erinnert, werden uns jetzt auch noch ausgetreten! Nicht nur, daß wir in einem Kellerloch hausen müssen, nein, es soll auch ehedem nicht ohne Ungeziefer abgegangen sein. Sappho war Gottbehüte keine Lesbierin, sondern eine Pensionatsinhaberin, sie verkehrte in den besten Bürgerfamilien und zur Beruhigung der Zeitgenossen, denen die Verhältnisse von Lesbos schon längst nicht gepaßt haben, wird versichert, daß die ganze Verwandtschaft mit Philistrosität geradezu geprotzt habe. Die Auskunft ist glänzend. Einer der Brüder – der das Verhältnis gehabt hat, Gott ja, wenn schon – nimmt man 'nem jungen Menschen nich übel, wer arbeitet, soll sich auch amüsieren – war Weinreisender für ein erstes Haus, später hat er sich selbständig gemacht ... Man denke, Sapphos leiblicher Bruder! Man wird also von jetzt an in der anständigsten Gesellschaft ruhig von lesbischer Liebe reden können. Herr Salomon Reinach ist vorläufig nur Historiker, aber zu seiner Rehabilitierung wird sich vielleicht auch einmal herausstellen, daß er Weinreisender war. Jedenfalls ist er immer mit der Wahrheit auf dem Marsche, und auch er hat, wie man weiß, eine feine Verwandtschaft. Lauter Leute in guten Berufen, befassen sich, je nachdem, mit der Unschuld des Dreyfus oder mit der Unschuld der Sappho. Der Historiker ist besonders tüchtig. Er kann einem das ganze Altertum verekeln. Und es ist höchste Zeit; denn das Altertum ist der Neuzeit schon lange verdächtig. Wollen mal sehen, was herauskommt, wenn man das Land der Griechen mit der Dreckseele sucht. Das geht nicht mehr so weiter mit den Griechen. Zuerst haben wir sie hysterisch gemacht, da waren sie noch immer schöner als wir. Jetzt wollen wir Christen und Juden aus ihnen machen. Die Häßlichkeit der sogenannten Jetztzeit hat rückwirkende Kraft. Seien wir auf beruhigende Mitteilungen über Sokrates gefaßt! War 'n rechtschaffener Oberlehrer, Inhaber einer Knabenschule. Bauen wir nicht auf die unumstößliche Schönheit der Phryne! Es wird sich herausstellen, daß sie, als die Hülle fiel, die Richter durch ihre Säbelbeine eingeschüchtert hat, während ihre Ähnlichkeit mit der Nase des Herrn Salomon Reinach schon vorher nicht zu verkennen war. Nun, ein witziger Bonvivant, wie es heute noch viele unter den Weinhändlern gibt, ist Herr Reinach auch. Man muß die Ergebnisse seiner Wissenschaft nicht zu ernst nehmen. Schön. Aber daß sich die Rache der Parias an den Träumen der Menschheit vergreifen darf, daß Gedicht und Sage dem elenden Bedürfnis der Historik und Psychologie verfallen, Religion und alle heilige Gewesenheit der Spucknapf sind für den intellektuellen Auswurf –

das ist es, was dieses Leben erst unerträglich macht, wenn es über alle Hindernisse der Zeit gesiegt hat! Diese Forschernasen beschmutzen die Kunst, diese ungewaschenen Vollbärte, die uns heute Kleist erklären und morgen die Sappho läutern, stechen die Scham der Menschheit. Fort mit ihnen! Weg mit dem, was heute Manneszier trägt. Lasset uns eine Akademie der Wissenschaft, die anstatt Holz zu hacken, der Ehrenrettung Sapphos gelauscht hat, rasieren oder kastrieren! Daß mir dieser Salomon Reinach in seinem jetzigen Zustand nicht mehr unter die Augen trete!

Dezember 1911

Das aparte Innenleben

»(Tagebuchblätter). Ein dichterisches Gemüt bewahrt auch in der kalten dörrenden Atmosphäre der Aktenarbeit sein eigenes Wesen und Leben, und wenn es hinauszieht aus den Räumen mit ihrem drückenden Bann der verwaltungstechnischen Beschäftigung, so regt es gemach seine bunten Schwingen und strebt empor ins farbige Reich der Phantasie. Regierungsrat Dr. S. Freund, ein hoher Polizeifunktionär, hat eine Sammlung von Gedichten und Sprüchen erscheinen lassen, die »Tagebuchblätter« (Verlag von Karl Konegen, Wien) betitelt und dem Polizeipräsidenten Karl R. v. Brzesowsky gewidmet ist. Der Verfasser, tief drin in dem frostigen Gehege dieses Zweiges der öffentlichen Administration, hat es doch vermocht, sich die aparte Innenwelt zu erhalten, die ihm seine poetische Begabung geschaffen. Sein Sehnen, »das, was (wie er im Vorwort der gewählten Sammlung äußert) im Herzen, in der Seele des Menschen ruht, aus den Tiefen hervorzuholen, sein Gefühlsleben, sein notwendig sittliches und soziales Empfinden darzustellen, die Merkmale wahren Menschentums aufzuzeigen«, bringt er in den Gedichten glücklich zum Ausdruck, die dieses Schwärmen und Streben nicht nur in sinnfälligen und wohlabgetönten Bildern, sondern auch stimmungsvoll und in anmutiger Form bekunden. Die Sujets sind sehr mannigfaltig. Bald abstrakte Vorstellungen, bald die Wiedergabe von Geschautem in der Natur und im Menschengewühl, findet man aber auch kritische Glossen über Erscheinungen des Alltags, wie sie in mehr oder minder ephemer Art auftauchen, dies ganz besonders in den Sprüchen, deren Tendenz der Autor in dem vorangestellten Motto angedeutet hat, das lautet: Wahrheit zeige dich! – Dich nur suche ich. – Bist verborgen du, – Läßt's mir keine Ruh'.«

Das wollen wir nun gar nicht mal erst aufkommen lassen! Ah da schauts her, ein Regierungsrat will gemach seine bunten Schwingen regen und strebt empor, aber nicht wie man glaubt, sondern ins farbige Reich der Phantasie? Als ob nicht bei Gericht, in den Ministerien, bei der Südbahn schon genug Herrschaften wären, die sich die aparte Innenwelt erhalten haben, um sich gelegentlich darüber in Dramen, Skizzen, Gstanzeln zu äußern. Nämlich über das was wie er im Vorwort äußert in der Seele des Menschen ruht und in der Polizeisprache Gefühlsleben genannt wird. Die Merkmale wahren Menschentums aufzeigen – meinetwegen, solange es bei blond, mittelgroß, proportioniert sein Bewenden hat und den trostlosen Jargon jener Büchel bedeutet, die immerhin ungleich wertvollere Kulturdokumente sind als alles, was je im Verlag von Karl Konegen, Wien erschienen ist. Was das notwendig soziale und sittliche Empfinden anlangt, so äußere es sich darin, daß man Demonstranten auf der Wachstube nicht prügelt und ruhige Kupplerinnen ungeschoren läßt, aber wenn man schon durchaus das Bestreben hat, eine aparte Innenwelt aufzustöbern, lästige Dilettanten verhaftet. Das fehlt nämlich noch, daß die Beamtenkategorie, die dazu berufen ist, das Leben »bedenklich« zu finden, darüber nachzudenken beginnt! Oder daß die Herrschaften, bei denen man Scherereien hat, weil einem ein Pelz gestohlen wurde oder weil Gott sie an die Spitze eines Paßdepartements gestellt hat, ihr Schwärmen und Streben in andern Bildern zum Ausdruck bringen, als in jenen, die ein Verbrecheralbum schmücken. »Bald abstrakte Vorstellungen, bald die Wiedergabe von Geschautem in der Natur und im Menschengewühl, findet man aber auch kritische Glossen«: das reine Erkennungsamt! Die mannigfaltigen Sujets, die Erscheinungen des Alltags, wie sie in »mehr oder minder ephemer« Art auftauchen: das reine Zentralmeldungsamt! Wahrheit zeige dich, dich nur suche ich: das reine Evidenzbureau! Aber im Verkehrsamt muß es nicht klappen, denn während die Funktionäre Verse protokollieren, werden die Passanten von zwanzig verschiedenen Automobiltypen überfahren, und was das Preßbureau anbelangt, so ist es höchste Zeit, daß gegenüber den immer wieder auftauchenden Versuchen, eine Verbindung von Polizei und Schöngeisterei anzubahnen, eine verschärfte Polizeizensur etabliert wird. Ich bin ein Vertrauter, ich habe erhoben, daß die Muse eine bedenkliche Frauensperson ist, nämlich die 1857 aus Wien auf sechzig Jahre abgeschaffte Private Ludmilla Drahokupil, die damals unter sittenpolizeilicher Kontrolle stand und im Salon der bis dahin unbescholtenen 102jährigen Seraphine Freund, welche nicht befugt war, galante Zusammenkünfte zwischen Herren und Damen der vornehmen Lebewelt herbeizuführen und daraus Nutzen zu ziehen, wobei die vorbestrafte 103jährige Hilfsarbeiterin Mizzi Brzesowsky (vulgo Kügerl) als Postillon d'amour fungierte und an die Damen und Herren Briefe überbrachte, in denen diese zu einer festgesetzten Zeit eingeladen wurden, trotz wiederholter Beanstandung ein- und ausgegangen ist.

Ich habe nie ein Hehl daraus gemacht

daß Präservativ-Annoncen der einzige anständige, vernünftige und geschmackvolle Beitrag sind, den die Tagespresse jahraus jahrein aufzuweisen hat. Aber da sie selbst nicht dieser Ansicht ist und vorn gratis verleugnet, was sie hinten für Geld vertritt, so ist die, wie die Moral sagt, »gewisse« Annonce ein Bild der Widerwärtigkeit, verschärft in dem Falle, wo es als Schutzmarke einen Offizier aufweist, der sich, um die Sache schmackhafter zu machen, den Schnurrbart streicht. Dieses ist »Olla«. Ein Problem der sozialen Nützlichkeit vertieft sich in die maßlos häßliche Vorstellung, daß die Abonnenten der Neuen Freien Presse von der Empfehlung Gebrauch machen. Und tatsächlich steht in fetten Lettern zu lesen:

> 10.000 Stück »Olla«! Gratis! Um »Olla« allen intelligenten Schichten des P. T. Publikums zugänglich zu machen und die Konsumenten zu überzeugen . . . von keiner einzigen anderen Marke auch nur annähernd erreicht . . . haben wir uns entschlossen, an jeden Interessenten, der seine volle Adresse (Name und Beruf) angibt, ein Stück gratis und franko abzugeben . . .

Die Plastik dieser Vorstellung ist atemraubend. Alle sehen sie jetzt so aus, als ob sie bezogen hätten, die Herren auf dem Korso, im Parkett und überall wo Lebensfreude ist. Dazu tritt die Gewißheit, daß die Firma, wenn sie noch etwas mehr Geld springen läßt, die namentliche Anführung jedes der zehntausend entzückten Empfänger an jener Stelle, wo sie sonst kondolieren durften, durchsetzen kann. Denn vorne macht sich ja nur darum die Sittlichkeit breit, weil die Pachtung dieser Rubriken den Gummifirmen zu teuer käme. Aber es mag ihnen genügen, sich auch hinten den intelligenten Schichten des Publikums verständlich machen zu können und sie für den Verlust der Mona Lisa auf die passendste Art zu entschädigen . . . Wenn sie so ihre Andacht verrichten – die einzige, deren sie noch fähig sind – in diesem einzigen Augenblick, wo ihre Intelligenz ausgeschaltet ist – in ihres Betts blutschänderischen Freuden, da, wo der Gummikönig sich zum Gebete kniet – ich wäre der Hamlet, kurzen Prozeß zu machen!

Der kleine Brockhaus

Wo wird die Mutter sein, die uns Erwachsenen die Stirn hält, wenn wir einmal die ganze Bildung von uns geben! Was mir dort im Leben widersteht, nehme ich in meinen Traum herüber, und da hatte ich kürzlich etwas Fieber und dachte, jetzt, ach, jetzt müßte ich den kleinen Brockhaus brechen. Ich befreie mich in diesen Übergängen vom Wissen zum Vergessen, wo Gottes Finger mir im Halse steckt, und sein Auge ist in jedem dieser Gesichter, die nachsehen kommen, ob wir schon schlafen: sie erstrahlen, wenn wir zu wissen aufhören, und erlöschen, wenn wir zu träumen beginnen. Eine Drucksorte war meiner Hand entsunken, auf der stand, daß der kleine Brockhaus 1911, Preis jedes Bandes 12 M., soeben erschienen sei. Wie nun noch aufhören, zu wissen? Die Bildung besteht aus 2100 Textseiten, 80.000 Stichwörtern, 168 Beilagen, 4500 Abbildungen, 128 Tafeln, 431 Land- und Situationskarten, der Preis ist niedrig für das unermeßliche Kapital an Aufklärung, das der Erwerber gewinnt, elegant in Halbleder, Unterzeichneter bestellt hiermit, in monatlichen Raten, das Nichtgewünschte bitte zu durchstreichen. Wie groß ist doch die Welt, wenn sie nur bietet, was auf dieser Musterkarte Platz hat. Siehe, da war die Behrsche Einschienenbahn zwischen Listowel und Ballybunnion und die Statue des Augustus, die Reibungs-Elektrisiermaschine und Raphaels Papst Julius II., der Lastenzug für die deutschen Kolonien mit 40-50 pferd. Spiritusmotor und das Kapitol in Washington, und alles andere. Mit einem Wort: der kleine Brockhaus ist »der Phönix unter allen Nachschlagewerken«. Und wer ihn auswendig gelernt hat, dem könnte kein besserer Satz gelingen, um ihn zu bezeichnen. Und alle brauchen ihn. »Der Beamte in seinem Büro oder am Schalter, der Gelehrte zwischen seinen Büchern, der Kaufmann an seinem Pult und im Verkehr mit der Kundschaft, der strebsame Angestellte hinter dem Ladentisch und das Fräulein an der Schreibmaschine, der Lehrer unter den fragenden Schülern, der Landwirt, der die Zeitung liest, und der Reisende, der sich nicht verblüffen lassen will, jedermann braucht den kleinen Brockhaus . . .« Wie durch die hohle Gasse ziehen sie alle ihres Weges fort an ihr Geschäft und meines ist der Mord. Aber sind sie nicht alle ein- und derselbe? Verschmelzen sie nicht zwischen Büro und Zeitung zu dem einzigen Typus, der nachschlägt, weil er sich nicht verblüffen lassen will, und der verblüfft, weil er nachschlagen kann? Oh, wie schlecht ist mir von all dem. Ein Phönix! Ich lasse mich nicht verblüffen, ich schlage nach, das ist der Sonnenvogel, ein fabelhafter ägyptischer Wundervogel, der 500 Jahre leben, dann auf einem von ihm selbst bereiteten Lager sich verbrennen und aus seiner Asche verjüngt wieder ... »Daher ist sein Platz an der Seite jedes arbeitsamen Menschen, der den Anforderungen seines Berufes gerecht werden will und kein beschämenderes Wort kennt als das Eingeständnis: ›Das weiß ich nicht‹.« – – Ich schäme mich zu schlafen, seitdem ich diesen Satz gelesen habe. Denn sie fangen jetzt an, schon zu wissen, wie man zu träumen hat. Und es gibt nicht Nacht mehr und Nebel, nicht Schleier noch Schatten. Und ich schäme mich zu sterben, seitdem ich diesen Satz gelesen habe. Denn ein Reisender, der sich nicht verblüffen lassen will, wird sich über mich neigen und mir die Augen aufreißen.

Januar 1912

Die Arbeiter-Zeitung läßt sich hinreißen

»Dichter und Publikum. In Wels wurde Schönherrs Dichtung ›Glaube und Heimat‹ aufgeführt. Das Theater war von protestantischen Bauern aus der Umgebung dicht besetzt. Als der Vorhang zum letztenmal gefallen war, erhoben sich alle und sangen das alte Luthersche Kirchenlied: ›Eine feste Burg ...‹ Ein Dichter hat den Hall erweckt!«

Aber, aber, wer wird denn! Hat denn ein Wahlkompromiß zwischen Luther und Lassalle Aussichten? Und wenn die Kanzel keine Tribüne sein soll, darf die Bühne Kanzel und Tribüne sein? Und ist es Sache eines Dichters, einen Hall zu erwecken? Ist es nicht eher ein Beweis gegen den Dichter, wenn nachher gesungen wird? Und singen die Bauern nicht, was ein Agitator intoniert? Und schlüge Ganghofer nicht auch wie ein Blitz in die Gemüter? Und hat denn »Glaube und Heimat« in Wien versagt, weil die Kommerzialräte nicht »Eine feste Burg« gesungen haben? Ist es ein Beweis für Schiller, wenn die Bauern den Darsteller des Franz Moor nach der Vorstellung prügeln? Hat ein Dichter den Hall erweckt, wenn im Boulevardstück einer ruft: »Es ist die Pflicht der Großbanken, notleidenden Kaufleuten beizustehen!« und aus der Loge eine dicke Dame, im Umfang einer Konkursmasse, antwortet: »Braawo!«? Und überhaupt, was geht Gott die Sozialdemokraten an? Warum begeistert sich die ›Arbeiter-Zeitung‹, wenn ein Dichter einen ihr fremden Hall erweckt hat? Wann wird sie einmal zu melden haben, daß ihr eigener Hall einen Dichter erweckt habe?

Schlichte Worte

Knapp vor dem Weltuntergang hat die Neue Freie Presse noch eine neue, glückliche Formel für das Wesen der Soireen gefunden. Gesetzt wird die Tatsache, daß sich morgen die Tochter des deutschen Botschafters mit einem Legationsrat vermählen wird. Was tut sich da?

Lange vor 9 Uhr fuhren Automobile und Equipagen vor dem Palais vor und hielten unter der Loggia. Damen in prächtigen Roben, Herren in glänzenden Uniformen und im ordensgeschmückten Frack stiegen aus und vor dem Gittertor der Einfriedung drängte sich trotz des kalten Winterabends schaulustiges Publikum. An der Dienerschaft in Galalivree vorbei bewegte sich der ununterbrochene Zug der Gäste in die Empfangssalons, in denen der Botschafter und seine Gemahlin die Honneurs machten.

Das ist von schlichter Sachlichkeit und wirkt nach den impressionistischen Einbrüchen der letzten Jahrgänge, nach der Hinopferung des Besitzstandes der Hof- und Personalnachrichten an eine Platte von Beobachtern wie eine Errungenschaft. Wenn uns der Fasching nichts weiter vorbehält als Damen in prächtigen Roben und Herren in glänzenden Uniformen, wollen wir das Leben noch eine Weile mitmachen. Siehe, da trat der Wiener Männergesangverein an Botschafter Herrn v. Tschirschky mit dem Ersuchen heran, zur Feier des Abends mit einem heiteren Programm beitragen zu dürfen. »Herr v. Tschirschky hat gerne angenommen, und so war eine Elitesängerschar von etwa 50 Herren unter Führung des Obmannes . . .« Was geschah da?

Die Konversation, die ungezwungen in den Salons schwirrte, wurde durch die Vorträge der Wiener Meistersänger angenehm unterbrochen. . . . Nach dem gesanglichen Intermezzo wurde die Konversation wieder aufgenommen.

Und dann?

Um die Teetischchen sammelten sich kleine Gesellschaften und bis nach Mitternacht ertönte Lachen und Plaudern in den Salons.

Hier wird nicht mehr geschildert, was einer beobachtet hat, sondern hier verrät einer, was er weiß. Die Zeitung dient wieder dem

Zweck. Wir wollen nicht, daß man uns etwas vormacht, sondern daß man uns informiert. Wie waren die Roben? Prächtig. Und die Uniformen? Glänzend. Und der Frack? Ordensgeschmückt. Der Winterabend hingegen? Oh, brr, man hätte keinen Hund ... Der Reporter beginnt wieder zu schwärmen ... Maul halten, wie war der Abend, nun ... Kalt! Richtig. Das Publikum? Ja das ist nicht so einfach ... Kscht, wie war das Publikum? ... Schaulustig. Gut, weiter. Die Konversation? Ungezwungen ... Das ist bisl zu wenig. Was tat sie? Sie, sie schwirrte. Richtig. Aber was ertönte? Lachen und Plaudern. Gut, ab! Und daß mir keiner von euch wieder daherkommt und eso und eso sagt, weil er nicht weiß, ob er eso oder eso sagen soll, wo doch die Sache ganz einfach eso ist und nicht eso.

Vision vom Wagentürlaufmacher

Und sie lebten vom Gruß. Ein Volk von Wagentürlaufmachern, das ich aber nicht, wie jene tristen Antiösterreicher, wegen seiner Unfreiheit hasse, sondern wegen meiner Freiheit. Allerwärts sprang einer aus dem Boden, den man nicht brauchen konnte und der darum den Hut zog. Fuhr ich, so lief einer nach; denn ich fuhr und er hatte den Schlag noch nicht geöffnet. War weit und breit kein Wagen zu sehen, so war ein Mann, der öffnete. Er muß von fernher gekommen sein, atemlos, aber er hatte geahnt, daß ich ihn nicht werde brauchen können, und erschien wie der Blitz. Nein, das Pflaster hatte ihn ausgespieen. Es ist unbegreiflich. Er entstand vor meinen Augen, hier war er noch nicht und hier ist er schon. So tanzt er vor mir her und macht ohne Dank die Gebärde, als ob er auf eine Klinke drückte. Sie ist ihm Unterpfand seiner Hoffnung und alles. Ich fasse die unsichtbare Klinke und wehre mich mit Geistesgegenwart. Ein betrunkener Kutscher muß mich dorthin geführt haben, wohin ich nicht sollte. Er ist mit Dem im Bunde, der von der Klinke nicht läßt. Jetzt klirrt ein Fenster, die Klinke bleibt, an ihr eine Hand, an ihr ein Mann, der mit der andern Hand unaufhörlich eine Mütze zieht. Er wird nicht müde, denn er wechselt ab. Er erklärt sich zu Überstunden bereit. Nun halte ich einen Leichenwagen an und frage, ob er frei sei. Wer aber beschreibt mein Erstaunen, als ich – oh letzter Gruß!

Ich habe gelesen

daß es ein Couplet vom »Drahdiwaberl« gibt. Verhindert hat es keiner von den Freunden, die angeblich für mich durchs Feuer gehen – nur verschwiegen. Feigheit, nicht Rücksicht, die mir das Äußerste ersparen will, nenne ich das Vorgehen, es erst zum Äußersten kommen zu lassen und dann mir die Kenntnis vorzuenthalten. Das Leben ist schwer, aber wenn ich leben soll, um geschont zu werden, hätte ich mirs früher überlegt. Jetzt, wo sich herausstellt, daß es wirklich ein Ding wie ein Drahdiwaberl gibt, bestehe ich unbedingt darauf, es kennen zu lernen. Ich erinnere mich noch, wie es mich gepackt hat bei dem Parlamentsbericht, der den Zwischenruf enthielt: »Rrrtsch – abidraht!« Ich bekam sofort 40 Grad und mußte nach dem Süden geschickt werden. Das jetzt ist ärger. Die Freunde sind zartfühlend, aber die Feinde verstehe ich vollends nicht. Es gibt Worte in Wien, die man mir nur bei gegebener Zeit eingeben muß, um vor mir Ruhe zu haben. Nun aber die Vorstellung, daß ein Radibua ein Drahdiwaberl abidraht – damit kann man mich noch aus der Hölle treiben.

Blutiger Ausgang einer Faschingsunterhaltung

Seit vielen Jahren gehört nebst dem Narrenabend des Männergesangvereins, dem Gschnasfest der Künstlergenossenschaft und dem Narrenabend des Schubertbunds die Verteilung des Bauernfeldpreises zu den Faschingsunterhaltungen, in denen der Humor der Wiener Bevölkerung sich an tollen Kapriolen und ausgelassenen Einfällen nicht genug tun kann. Namentlich die Verteilung des Bauernfeldpreises, bei der sich die Jugend das Tanzrecht erobert und das fröhliche Maskentreiben seinen Höhepunkt erreicht, übt als die traditionelle Gelegenheit zur Entfaltung des Frohsinns und der heiteren Laune eine durch die Jahre unverminderte Anziehungskraft aus. Veranstaltet wird der Ulk von den Herren Minor, Professor der Literaturgeschichte, Ritter von Stadler, Sektionschef im Unterrichtsministerium, Intendant Gregori, Redakteur Kalbeck und Advokat Weissel. Die Preise werden so verteilt, daß immer von jenen, die es nicht nötig haben, und von jenen, die nichts dafür können, die allerbesten ausgesucht und zum allgemeinen Gaudium, sei es als die bedürftigsten oder als die bedeutendsten Dichter des Jahres vorgeführt werden. Armut und Talent werden in einem Sinne geehrt, der den Karnevalsverpflichtungen durchaus gerecht wird, indem die Preisrichter der Vereinfachung halber jene aus der Masse der Teilnehmer herausnehmen, die durch Talentarmut prädestiniert sind. Unter unbeschreiblichem Halloh vollzieht sich jedesmal das Bauernfeldtreiben, und der Rädelsführer Minor muß es sich gefallen lassen, daß die ganze Dorfjugend ihn neckend, unter scherzhaften Verwünschungen und indem sie ihn am Barte zupft, in das Seminar zurücktreibt. Diesmal wäre aus dem Scherze beinahe blutiger Ernst geworden. Ich habe nämlich gegen meine sonstige Gepflogenheit, die mich davon abhält, etwas mitzumachen, dem Jux beigewohnt und geriet in eine derart besinnungslose Wut, daß es erst begütigender Zurufe bedurfte, um mich vom Äußersten abzubringen. Ich kam eben dazu, als die Preisrichter in ihrer Vermummung – Herr Kalbeck trug einen Schlapphut, Herr Minor seinen natürlichen Vollbart – auf die Estrade traten und verkündeten, ein Vertreter der Manufakturbranche namens Salten und ein reicher Seidenfabrikant namens Trebitsch seien die preiswürdigsten Dichter des Jahres. Man sah mir sofort an, daß ich einem Blutsturz oder einer Gewalttat nahe war, und um beides zu verhindern, rief man mir zu, es sei nur zum Spaß. Aber noch ein solcher Spaß und ich kann für nichts gut stehen. Mit solchen Dingen spaßt man nicht. Träume sind auch nur ein Spaß. Aber wenn ich einmal davon träumen sollte, daß Herr Salten, der sich leicht tausend Kronen verschaffen kann, indem er ein Akzept auf eine Renaissancenovelle oder einen Wechsel auf ein Altwiener Libretto gibt, gekrönt wurde, ich wäre bös auf den Tag, der solchen Traum ablöst, und ich verwünschte die Weltordnung, die auch nur als Halluzination die Krönung des Dichters Trebitsch zuließe. Viele leiden Hunger und manche sind begabt. Was ist das für ein satanischer Betrug, auch nur den Gedanken herbeizuführen, geschickte oder reiche Leute könnten als Dichter belohnt werden? Da aber setzte sich der Spaß fort. Trebitsch erkannte, daß er genug habe, und verteilte das Geld unter die armen Leute. Das war sehr anständig von ihm, und die Preisrichter – zum Spaß – machten verdutzte Gesichter. Denn sie hatten nicht gewußt, daß Trebitsch reich sei, sie hatten nur geglaubt, daß er ein Talent sei. Ich ärgerte mich aber sehr, daß er nicht – zum Spaß – auch die Ehre zurückwies, welcher er sich bei einigem Nachdenken nicht für würdig erachten konnte. Ich dachte an Peter Altenberg, der, ein Dreiundfünfzigjähriger, am Vorabend des Festes eine lyrische Skizze veröffentlicht hat, deren letzter Beistrich – im Ernst – alles erledigt, was seit zehn Jahren in Österreich – zum Spaß – den Bauernfeldpreis bekommen hat. Warum, fragte ich mich im Ernst, machen sich die Veranstalter nicht einmal den Spaß, Peter Altenberg, der kein Spaßverderber ist, den Bauernfeldpreis, den ganzen, in der Höhe von fünftausend Kronen, zu verleihen? Sie fürchten, man würde sie ernst nehmen, und das Fest wäre gestört? Dann gibt es aber noch eine Möglichkeit, um in Ehren weiterleben zu können und sich im Alter nicht nachsagen lassen zu müssen, daß man sein Leben mit Gschnasfesten verbracht habe. Man erschieße sich. Ich fordere die Herren Minor, Ritter von Stadler, Gregori, Kalbeck und Weissel, die sich einen Jux machen wollten, hiemit auf, dies zunächst öffentlich und ausdrücklich zu erklären. Als Herr Leo Feld gekrönt wurde, hat man Tränen gelacht. Die Sache ist diesmal vielfach ernst genommen worden. Sie sollen sagen, daß es nicht so gemeint war. Sie sollen mit Bedauern die Bauernfeldpreise zurückziehen und erklären, daß sie nicht in der Lage sind, den Wahrheitsbeweis anzutreten. Oder sie sollen, wenn sie das nicht über sich bringen, zu fünft ein Hotelzimmer mieten und den Selbstmord, den sie durch Verteilung des Bauernfeldpreises markiert haben, vollziehen.

Ich rufe die Rettungsgesellschaft

zu einem Werk der Nächstenliebe. Ein Mädchen, das im Leben und im Wunsch, zu sterben, jenem Mädchen glich, dem der ärztliche Ausspruch galt: »Packt's es bei die Füß, ladt's sie auf und schauen wir, daß wir wegkommen!«, hat durch Selbstmord aus unglücklicher Liebe geendet. Sie hatte sich in den Jahren, wo sie den Vielen geopfert hatte – beim Himmel, in Ausübung eines so opfervollen Berufes, wie der des Arztes! – und ehe sie das Opfer eines Einzigen wurde: zwanzigtausend Kronen in Barem und Schmuck im gleichen Wert erspart. Sie hatte sich immer gewünscht, daß ihr, wenn sie einmal stürbe, ein Grabstein gesetzt würde. Hierauf vermachte sie ihren Besitz der Wiener Freiwilligen Rettungsgesellschaft und erschoß sich. Nachdem sie beerdigt war, wurde im Kreise ihrer Kameradinnen angeregt, ihr einen Grabstein zu setzen, wie sie sich ihn immer gewünscht hatte. Sie beriefen sich auf den Wunsch der Toten und glaubten, es müsse sich von selbst verstehen, daß von dem vielen Gelde, welches sie hinterlassen hatte, etwas erübrigt werde, um den Grabstein zu setzen, wie sie sich ihn also immer gewünscht hatte. Der Advokat aber, der das Testament zu vollstrecken hatte, sagte, es sei bereits vollstreckt und die Rettungsgesellschaft im Besitz des ganzen Erbes. Die Mädchen beschlossen, eine Kollekte untereinander zu veranstalten. Ich aber sage euch: Das wird sie nicht zulassen, die Rettungsgesellschaft! Ich sage ja nicht, daß sie selbst ihrer Wohltäterin einen Grabstein setzen wird, dessen Inschrift den Dank der Rettungsgesellschaft zu bekunden hätte. Das würde sich in einer besseren Zeit und Zone von selbst verstehen. Wir müssen nachsichtiger sein. Gewiß. Es geht nicht an, daß die Rettungsgesellschaft, die eine freiwillige Einrichtung ist, einer Prostituierten für die Überlassung ihres Vermögens danke; daß sie sich in der großen Öffentlichkeit, die ein Friedhof bedeutet, mit einem öffentlichen Mädchen affichiere. Wer bei deren Lebzeiten den Schandlohn einer solchen einhebt, sagt ihr auch nicht küß die Hand dafür. Die Rettungsgesellschaft konnte ihr nicht mehr helfen, da die Kugel tödlich war, und um sie hierauf bei den Füßen zu packen und aufzuladen, dazu war eine andere Wohlfahrtseinrichtung berufen. Die Rettungsgesellschaft kam zu spät, aber sie kam zur rechten Zeit, um ein Erbe abzuholen. Diese Vorurteilsfreiheit ehrt sie. Sich coram publico zu ihr zu bekennen, dazu braucht sie sich nicht zwingen zu lassen. Gewiß nicht. Es handelt sich um einen Gewinn, der »mit Rücksicht auf den Ursprung des Anspruchs nicht einmal zivilrechtlich klagbar wäre«, wenn ihn die Liebhaber dem Mädchen vorenthalten hätten. Zum Glück der Rettungsgesellschaft haben sie es nicht getan. Aber das muß – mit Rücksicht auf den Ursprung des Anspruchs – die Rettungsgesellschaft nicht bestimmen, öffentlich ihrer Wohltäterin so einer Person zu danken. Dennoch, von einer gewissen Verpflichtung will ich sie nicht freisprechen. Die Kameradinnen, arme Mädchen, denen oft genug vorenthalten wird, was mit Rücksicht auf den Ursprung des Anspruchs nicht einmal zivilrechtlich klagbar ist, sie, die mehr geben als sie bekommen – sammeln! Die Rettungsgesellschaft interveniere schleunig. Es ist Gefahr im Verzuge, daß die Mädchen den Grabstein bezahlen und daß die Rettungsgesellschaft den Grabstein nicht bezahlt! Sie beeile sich. Ich werde nachsehen. Ich werde klingeln. 2605. Ich werde rufen, ich werde mahnen, vivos voco, mortuos plango, fulgura frango!

Aushebung von Wortkupplerinnen

Wenn die Frau Pospischil Kinderschänder bedient hat, so sagt der Bericht, in ihren eleganten Appartements hätten sich lebenslustige Herren getroffen: ohne daß die Lebenslust der Herren durch Anführungszeichen getadelt wird. Wenn die Herren aber die Altersgrenze respektierten, so werden die Damen in »Damen« verwandelt, die Frequenz der Lasterhöhle wird übertrieben, indem dort »Lebemänner, die auch über die entsprechenden Mittel verfügten« – das ist die Definition der Besucher – einander die Türklinke reichten oder die Besucherinnen ein- und ausgingen – man möchte wenigstens einmal dabei gewesen sein, wie sie ausgingen, aber immer kommt man zu spät –, und mit einer Mischung aus Überlegenheit und Staunen wird alles so beschrieben, als ob es sich um den ersten Fall dieser Art handelte und die Schlange im Paradies soeben dabei betreten worden wäre, wie sie den Versuch machte, »Männlein und Weiblein« – in diesem Ausdruck grinst die protokollarische Visage – zusammenzubringen. Man hat immer die Vorstellung, daß in so einem Salon gleichzeitig mindestens zwanzig Paare beisammen sind. Von der Pospischil heißt es, sie habe lebhaften »gesellschaftlichen« Verkehr unterhalten, wobei das »gesellschaftlich« natürlich nicht ernst gemeint ist, sondern eben in Anführungszeichen gesetzt wird, damit der Leser eben wisse, wie das gemeint ist, und nicht ärgerlich, sondern vergnügt sei. Mit derselben Betonung heißt es, daß die weiblichen »Schützlinge«, die die lukrative »Gastfreundschaft« der Pospischil genossen haben, die Hälfte des Gewinnes an die Pospischil abführen mußten. Das Waschweib Polifka aber gefällt sich »in der Rolle eines Postillon d'amour« und hatte den Auftrag, die »Damen« zu avisieren, daß die Herren – ohne Anführungszeichen – eingetroffen seien und vice versa. Wie man das halt so macht, um die Leute zu verständigen. Es ist tierisch. Mitangeklagt ist gewöhnlich eine 27jährige Private. Was ist das männliche Pendant zu einer Privaten? Nun, Idiot heißt auch Privatmann. Solche Fälle, wo die Behörde Wahrnehmungen macht, die zu Verhaftungen führen, häufen sich jetzt. Aber immer werden wir von neuem mit den Grundbegriffen des außerehelichen Geschlechtsverkehres vertraut gemacht. Über alle Maßen gräßlich wird es, wenn irgendwo eine Lebedame stirbt. Das ist nun ein Geschehnis, das den Idioten förmlich höhnisch stimmt. Es handelt sich also um »das Ende einer Lebedame«. Dieses wird folgendermaßen vorbereitet: Zuerst, da festgestellt wird, daß sie wegen ihrer Schönheit in der Lebewelt bald bekannt wurde, gehts noch; denn die Lebewelt, soweit sie nicht aus Lebedamen besteht, wird ernst genommen. Aber dann beginnt sich die Lebedame zu entwickeln. Sie hat eine elegant eingerichtete Wohnung inne, in der sie »nicht nur die ihr befreundeten Herren zu empfangen pflegte«, sondern auch anderen »Damen« Aufenthalt gewährte. Der »Betrieb an dieser Stätte« wird nun mit der Zeit »so rege«, daß sie – man wird es nicht glauben, was nun geschah und was eben wichtig genug ist, um in Depeschen weitergegeben zu werden – »daß sie sich schließlich sogar ein Telephon legen lassen mußte«. Die Worte »ein Telephon« werden unterstrichen, so daß dem Leser auf den ersten Blick die Ungeheuerlichkeit der Tatsache auffällt, die so bezeichnend ist für ein abschüssiges Leben und direkt den letalen Ausgang vorbereitet. Das kann nicht gut enden und muß namentlich in Wien Eindruck machen. Ein Telephon hat sie gehabt! (Vielleicht hat sie's auch sofort nach der Anmeldung bekommen! Hier müssen die intellektuellen Berufe oft sechs Monate warten, und dann wird man erst nicht verbunden. Ein Telephon hat sie gehabt!) Legen hat sie sichs lassen! Nun geht es rapid bergab. Es kommen Intermezzos. Einer ihrer »Beschützer« hatte sich im vergangenen Jahre wegen ihrer »Untreue« in Stettin erschossen. (So wird ein Fall beschrieben, der vielleicht eine Katastrophe der Menschlichkeit in sich schließt, wie sie sich nicht einmal in der Vorstellung eines lumpigen Korrespondentengehirnes abspielen könnte, geschweige denn in einem lumpigen Korrespondentenherzen.) »Das scheint aber auf das leicht veranlagte Mädchen keinen tieferen Eindruck gemacht zu haben«, wagt der Lump, der's eben selbst noch begrinst hat, hinzusetzen. Die einzige Folge des »vielbesprochenen Intermezzos« sei gewesen, daß sie ihre Zelte in Berlin abbrach – natürlich nur eine Phrase, der Lump will nicht einmal sagen, daß sie »in den Zelten«, einer eleganten Straße Berlins, gewohnt hat –, und hierauf stürzte sie sich – na wohin? in den Strudel des internationalen Lebens. Nun trat sie als »Grande Dame« auf, versteht sich, nie ohne Gänsefüßchen. Der Korrespondent aber kennt den faulen Zauber. Er nennt sie noch immer die »üppige Fine«. Und jetzt, da sie tot ist, wird sie wohl nichts dagegen haben, sich von dem Kerl abgreifen zu lassen. Aber ordentlich neidisch werden die Prostituierten der Feder, wenn die vom andern Geschlecht Karriere machen. »So mag es ihr gelungen sein, den unglücklichen Marchese Volpicelli«, nun? – in ihre Netze zu ziehen. – Seine Phrasen setzt natürlich so ein Lump nie in Anführungszeichen, nur immer die Dinge, die es wirklich gibt. Beschützer gibts Gottseidank, Untreue gibts auch Gottseidank, aber das ist alles nur Klischee des Hohnes. Ernsthaft bleibt die Sorte nur, wenn sie sagen kann, daß eine ihre Zelte abgebrochen, sich in den Strudel gestürzt und einen in ihre Netze gezogen hat. Wie sich der Korrespondent das große Leben vorstellt: So eine Lebedame führt viel Gepäck mit, da sind Koffer mit Toiletten, Hutkoffer, Schuhkoffer, Wäschekoffer und dann vor allem, vor allem, der große Koffer, in dem die Netze sind. Kolossal umständlich. Nun, die Zeit ist angebrochen, wo es gilt, die Worte wieder in das Recht ihrer Gegenständlichkeit einzusetzen und die Phrasen, die einmal Bilder waren, einzelweise abzumurksen. Sonst wird man bald nicht mehr einem Fischfang zusehen können, ohne daß einem übel wird. Man glaubt nämlich, der Fischer fange den Fisch mit einer Phrase, und er sei eine Kokotte.

Bitte, das ist mein Recht, das lass' ich mir nicht nehmen, die Frage muß mir beantwortet werden,

war der in der Meldung

[Oskar Blumenthals 60. Geburtstag.] Aus Meran wird uns gemeldet: Anläßlich Oskar Blumenthals 60. Geburtstag brachte die Bürgerkapelle heute vormittags auf Veranlassung Dr. Reinhardts dem Jubilar ein Ständchen . . . Kurvorsteher Dr. Huber von Meran gratulierte persönlich

genannte Dr. Reinhardt, auf dessen Veranlassung die Bürgerkapelle von Meran anläßlich Oskar Blumenthals 60. Geburtstag heute vormittags dem Jubilar ein Ständchen brachte, während der Kurvorsteher Dr. Huber persönlich gratulierte, schon vorher wer, oder ist er erst bei dieser Gelegenheit hervorgetreten, und wenn es keinem Zweifel unterliegt, daß man, wenn man dereinst vom Dr. Huber sprechen wird, nicht sagen wird: das war der, der dem Oskar Blumenthal persönlich gratuliert hat, sondern sagen wird, das war der Kurvorsteher von Meran, ob man, wenn man dereinst vom Dr. Reinhardt sprechen wird, sagen wird, er sei dies oder das gewesen, oder ob man vielmehr sagen wird, er sei der gewesen, auf dessen Veranlassung anläßlich Oskar Blumenthals

60. Geburtstag die Bürgerkapelle heute vormittags dem Jubilar ein Ständchen gebracht hat, während Dr. Huber – persönlich – Dr. Reinhardt – also bitte – oh nicht weggehen, bevor ich es weiß! . . . Aber der Tag, dieser grausame Vogt, hört mich nicht und gibt mir nur die Antwort:

Bei der Ankunft des Erzherzogs Karl Franz Josef in Leipnik wurde ihm vom Volksschüler Paul Tauber, Sohn des dortigen Kaufmanns Samuel Tauber, ein Blumenstrauß überreicht.

Wie?, rufe ich, ist's möglich? Wie kommt das, der Südpol ist doch entdeckt worden, die Welt wird größer mit jedem Tag? Ich werfe mich dem Weltblatt zu Füßen und flehe, mich aus der Hölle der Zweifel zu erlösen. Was ist Wahrheit? Da zuckt die Neue Freie Presse die Achseln und weiß mir nur die bittere Antwort:

Erzherzogin Zita hat während ihres Aufenthaltes in Mährisch-Weißkirchen das Zeitungs- und Papiergeschäft E. Gewürz besucht und dort Einkäufe besorgt.

Da ward mir schwarz und gelb vor den Augen, die Erde drehte sich wie eine Rotationsmaschine, eine Kolumne aus Dreck stieg zum Firmament empor, wo eben aufgegangen waren die beiden Sterne Gewürz und Tauber, ich hörte auf Veranlassung Dr. Reinhardts alle Engel singen und die Chronik begann zu kreißen und aufzuwerfen Namen und Ständchen und Geschäfte. Da erschrak ich und alles Volk, denn wir sahen Schlangen- und Tiger- und Leopardengesichter zurückgeworfen aus dem entsetzlichen Spiegel. Und ich hörte eine Stimme schallen aus dem Rauche des Felsens: Gnade, Gnade jedem Sünder der Erde und des Abgrunds, morgen ist das Riedl-Jubiläum und du allein bist verworfen!

Mai 1912

Ich glaube an den Druckfehlerteufel

»Ein bis jetzt unbekanntes Trauerspiel von Shakespeare wurde jüngst im Inseratenteil einer in St. Gallen erscheinenden Zeitung angekündigt. Es hieß nämlich dort, daß im Stadttheater von St. Gallen zur Aufführung gelange: »König Lehar«, Trauerspiel in fünf Aufzügen von W. Shakespeare.«

Da gibts gar nichts zu lachen. Es ist grauenhaft. Der Setzer hat keinen Witz machen wollen. Das Wort, das er nicht zu setzen hat, die Assoziation, die ihm in die Arbeit gerät, ist der Maßstab der Zeit. An ihren Druckfehlern werdet ihr sie erkennen. Was hier zu lesen war, ist ein Shakespearesches Trauerspiel.

Stilblüten sammeln

sollte nur, wer ein Liebhaber ist. Sie auszujäten zeugt von einem schlechten Geschmack, von einem, der da wünscht, daß in der Zeitung nur korrekte Phrasen wachsen. Stilblüten sind die glücklichen Ausnahmen, denen wir in der Wüste der Erkenntnis begegnen. Und ist es nicht von einer ergreifenden Symbolik, wenn einer Zeitung der Satz gelingt:

»Sterbend wurde sie ins Spital gebracht, wo sie einem toten Kinde das Leben gab.«

Geschieht das nicht unser aller gemeinsamen Liebsten, der Kultur? Sterbend wurde sie in die Redaktion gebracht und gebar die Phrase. Ach, wer doch dem toten Kind das Leben gäbe! Er würde die Mutter retten.

Das Ende

(Ein Juris-Doktor vom Stamme der Siouxindianer.) Die Siouxindianer, einer der bekanntesten Stämme der kupferfarbenen Rasse, sollen sich bereits auf dem Aussterbe-Etat befinden. Die wenigen Angehörigen des Stammes, die sich noch erhalten haben, legen eine außerordentliche Anpassungsfähigkeit an den Tag. So hat der Siouxindianer, dessen Porträt wir hier reproduzieren, vor kurzem in Chicago das juristische Staatsexamen bestanden: er nennt sich Dr. Charles Eastmann.

Eine schöne Welt. Auf dem Bild hat der arme Teufel noch den Tomahawk. Er hat sich aber, um nicht ausgerottet zu werden, angepaßt und rennt jetzt mit der Aktentasche herum. Er wird Verteidiger in Strafsachen und wird fortan das »Streitaxt begraben« und das »Friedenspfeife rauchen« als Phrasen erleben. Er scheint eine dicke Rothaut zu haben. Er wird Kollege des Herzberg-Fränkel. Ich hätte mich aufgehängt.

den Dichter zu zeigen, ist ein Problem der modernen Photographie. Die meisten widersetzen sich, weil sie sich schämen, in Anwesenheit des Photographen schöpferisch tätig zu sein, oder weil sie es dann einfach nicht könnten. Der Dichter hat am Schreibtisch nichts zu suchen, wenn der Photograph kommt, aber dieser will gerade, daß der Dichter am Schreibtisch sitzt. Über die Schwierigkeit, die sich hiedurch ergibt, ist vorläufig nicht hinwegzukommen, und die illustrierten Zeitschriften, denen es wohl gelingen mag, die Minister beim Regieren zu erwischen, verzweifeln an der Aufgabe, ihrem Publikum zu zeigen, wie sich die Dichter beim Schreiben benehmen. Nur in Ausnahmsfällen hat der Photograph Glück und kriegt den Moment zu fassen, wo die Produktion sich ungestört von der Aufnahme vollzieht. Eine Berliner Zeitschrift hat Herrn Hugo v. Hofmannsthal in seinem Heim vorgeführt. Der Dichter sitzt am Schreibtisch und liest ein Buch.

Interview mit einem sterbenden Kind

Ich habe dieses hier zu Gesicht bekommen:

Die Tragödie einer kranken Mutter

Springt mit zwei Kindern aus dem vierten Stock. – Mutter und Kinder tot

Das furchtbare Familiendrama, das sich gestern morgens im Hause Stefaniestraße 2 im II. Bezirk abgespielt hat, erregte allgemein die größte Teilnahme. Die 30jährige Reisendensgattin Paula Deixner ist in Abwesenheit ihres Gatten, der sich auf Reisen befindet, mit ihrem dreijährigen Sohne Egon aus einem Fenster ihrer im vierten Stock gelegenen Wohnung auf die Straße gesprungen und ihr älterer Sohn, der neunjährige Paul, ist der Mutter unmittelbar darauf gefolgt, Mutter und Kinder haben den Tod gefunden.

Was sich in der Wohnung der Familie abgespielt hat, weiß man nur aus einer Darstellung des armen Paul, der seine Mutter und seinen Bruder nur um wenige Stunden überlebt hat. Es war einige Minuten nach 1/2 7 Uhr morgens, als der Sicherheitswachmann Karl Aiginger .... fand Frau Deixner mit ihren Kindern im Blute liegend .... Während Frau Deixner und der kleine Egon bewußtlos waren, befand sich Paul, der ältere der Knaben, trotz mehrfacher schwerer Verletzungen bei vollem Bewußtsein und gab die folgende Darstellung der Schreckenstat.

Was der kleine Paul erzählte

Die Mutter, die seit einiger Zeit krank war und seit gestern abends eine Pflegerin hatte, erwachte heute früher als sonst. Sie klagte über Schmerzen und bat die Pflegerin, ihr einen Tee zu kochen. Während die Krankenpflegerin in der Küche den Tee bereitete, sagte die Mutter:

»Paulchen, ich werde mit Egon aus dem Fenster springen. Spring' Du mit!«

Ich fragte: »Warum denn, Mutter?«

Darauf sagte sie: »Wir wollen nicht länger leben!«

Der Knabe erzählte dann, von fortwährendem Schluchzen unterbrochen, daß er um Hilfe rufen wollte. Da habe die Mutter ihm gedroht, sofort mit Egon aus dem Fenster zu springen. Dann habe sie ihm wieder zugeredet und habe unter anderem gesagt:

»Paulchen, was wirst Du mit Papa allein machen, wenn Egon und ich nicht mehr da sind?«

Bevor der Knabe noch eine Antwort gab, riß die Mutter das Fenster auf, stieß den kleinen Egon vom Fensterbrett und stürzte sich gleichzeitig selbst in die Tiefe. Ohne zu wissen, was er tat, schwang sich nun auch Paul auf das Fensterbrett und stürzte sich mit dem Rufe: »Mutter!« ebenfalls aus dem Fenster.

Fast gleichzeitig sausten Mutter und Kinder zur Erde nieder und als im nächsten Augenblicke Passanten und Nachbarn sich um sie bemühten, gaben Frau Deixner und das jüngere der Kinder keine Lebenszeichen mehr von sich.

In der Wohnung hatte man nichts gemerkt

Als eine Minute später der Wachmann Aiginger in der Wohnung der Familie Deixner anläutete und das Dienstmädchen öffnete, hatte weder dieses, noch die Krankenschwester eine Ahnung davon, was sich soeben abgespielt hatte . . . Bald darauf erschien die Freiwillige Rettungsgesellschaft mit Inspektionsarzt Dr. Silber und die Verletzten wurden auf die zweite Unfallstation überführt. Kurze Zeit nach der Aufnahme starb Frau Deixner, eine halbe Stunde später der kleine Egon und um 12 Uhr mittags folgte ihnen Paul in den Tod . . .

Er hatte wie der Telegraphist der Titanic bis zum letzten Augenblick seinen Dienst versehen. Aber sein Fall ist grauenhafter. Er war schon im Ertrinken und mußte noch die Fragen der Menschenhaie beantworten, die Gelegenheit hatten. Er lag im Blute und mußte den Polizeireportern und dem Vertreter des Illustrierten Wiener Extrablatts Auskunft geben, über den Hergang der Tat, über seine Eindrücke. Der Bericht ist authentisch, sie haben ihn aus erster Hand, sie rühmen sich dessen. Es geht über die Fassungskraft. Ein Kind erzählt dem Interviewer, wie es aus dem Fenster sprang. Hanneles Fiebervisionen mitstenographiert. »Sie sagte: Spring' Du mit!« »Ich fragte: Warum denn, Mutter?« »Ich stürzte mich mit dem Rufe: Mutter! ebenfalls aus dem Fenster.« Die Presse ringt mit dem Tode, um früher als er am Sterbebett eines blutenden Kindes zur Information zu kommen. Vor diesem Schauspiel verstummt aller Haß und alle Verachtung der Presse. Nichts läßt es übrig als Trauer: ich vermisse diese Menschen in der Totenliste der Titanic.

Juni 1912

Stadtverordnete besuchen Gemeinderäte

Wenn 48 Sedlatscheks 24 Langerhänse führen, so ist das ein Ereignis. Die Langerhänse, einzelweis nationalliberal und wasserfarbig wie die Seele des Berliners, bei dem es eben nicht auf die Seele ankommt, sondern auf die Straßenreinigung, die Langerhänse also bieten den Vorteil, daß sie die Straßen reine machen, während hingegen wieder die Sedlatscheks mehr Gemüt haben und den Straßendreck vorziehen. Wenn die Fremden ankommen, so genügt eine Fahrt durch das Weichbild Wiens und sie werden sofort nach dem Steinhof geführt, wo sie sich beruhigen können, weil dort jene Wiener untergebracht sind, deren torkelndes und unartikuliertes Gehaben nicht mehr die Passage hindert. Dort ist Ordnung. Kaum daß sich aber die Fremden ein wenig akklimatisiert haben, zerrt man sie zurück in das Wiener Verkehrsleben und zeigt ihnen jenes Chaos, das dazu dient, den Wald- und Wiesengürtel auszufüllen. Wien hat bekanntlich die schönste Umgebung, aber die schönste Umgebung hat dafür bekanntlich auch Wien. Von der Terrasse des Kobenzl präsentiert sich die Sachlage sehr einfach und man hat einen prächtigen Ausblick auf Dinge, die man nicht gern sieht. Am Fuße des Kahlenbergs liegt etwas, was ich dort lieber vermissen möchte. Was sagen die Berliner, denen man unsere Schätze von obenher und ringsherum zeigt, zu der Landbevölkerung, die in der Inneren Stadt wohnt? Als ich kürzlich wieder in meinem geliebten Hainbach war, machte ich eine Entdeckung. Es gefielen mir auch die Wiener, die ich dort traf. Sie störten gar nicht, ja im Gegenteil, sie ergänzten Baum und Wiese vorteilhaft. Sie gehören zur Landschaft. Und sie waren gewiß in den Zeiten, da die Stadt, die mitten ins Grüne gebaut ist, noch nicht aufbegehrte, eine liebenswürdige Bevölkerung. Mit der Elektrischen, mit dem Automobil, mit dem

Telephon hat man dieses Volk und diese Einrichtungen aus Rand und Band gebracht. Zwei Millionen Landbewohner werden auch dann noch keine Großstadt machen, wenn es drei Millionen sein werden. Vor dem Automobil haben sich die Pferde beruhigt, die Wiener werden noch scheu. Hat man den Berliner Gästen eine Wiener Automobilkatastrophe vorgeführt, eine resche, die was einen Schneid hat? Zerfleischte Familien und den Pahöhl der Passanten? Haben die Berliner beobachtet, wie die Tafeln des Beiwagens der Elektrischen Straußische Walzer tanzen? Das ist fidel, aber wer drin sitzt, hat nichts zu lachen. Was sagen die Stadtverordneten zu dem Wachmann an der Kreuzung vor der Oper? Haben sie bemerkt, wie drei gefährliche Wagen vor ihm habtacht stehen und er über diese Veränderung des Straßenbildes und über den Aufschwung Wiens im allgemeinen nachdenklich wird, als wäre er Feuilletonist eines großen Wiener Blattes? Wie er, den Chauffeur erkennend, ihn begrüßt, ihn verabschiedet und dazwischen aus einem Buch dem Fremden Auskunft gibt, wo hier die Kärntnerstraße ist? Haben die Berliner beobachtet, wie man hier geht, so für sich hin, um nichts zu suchen? Hat einer der Herren in einem Wiener Restaurant zu essen versucht und eine der angeschriebenen Speisen zu verlangen getrachtet? Hat einer in Wien telephoniert? Hat er eine Verbindung bekommen? Hat er sich um zehn Uhr abends in der Strauchgasse aufgestellt und beobachtet, was sich da begibt? Die plötzliche Verwandlung einer entvölkerten Gegend, tagsüber unwirtlich, weil dort die Anglobank haust, nachts aber friedlich, in ein Schlachtfeld – auf den Wink eines Mannes, der aus dem Hinterhalt bricht, mit offener Hand, und in den völlig unverständlichen Ruf ausbricht: »Aschpanaa! Irschta!« Wie im nächsten Augenblick ein herzzerreißendes Gebrüll anhebt, aus allen Ecken, Winkeln und Seitengassen Pferde und Menschen hervorbrechen, ineinanderverkeilt, rettungslos verloren – zwischen Rufen wie »Ochtanfuchzigaa!« »Fahr füra Rabasbua vadächtigaa« und »Der Wamperl vom Kinigswartaa!« unaufhörlich, noch von sterbenden Lippen »Euer Gnaden doder!« geächzt wird, zwischen Hufen und Händen Kappen von den Köpfen fliegen und alle Aussicht geschwunden scheint, daß eines dieser wertvollen Menschenleben werde gerettet werden können, und alle Gewißheit gegeben, daß der Feind, der von dieser Wagenburg aus beschossen werden soll, verloren ist. Weshalb rast der Bürgerkrieg? Warum steht Mensch gegen Menschen auf? Was ist geschehen? . . . Ein Konzert ist zu Ende.

Petite chronique scandaleuse

»Unser Mitarbeiter Dr. Paul Zifferer wurde für seine Verdienste um die französische Literatur zum Offizier der Ehrenlegion ernannt.«

»Herr Dr. Paul Zifferer wurde nicht zum Offizier der Ehrenlegion, sondern zum Offizier der französischen Akademie ernannt.«

Darauf sage ich nichts als: Parbleu! Denn c'est plus qu'un crime, c'est une faute. C'est le commencement de la fin. Dis-moi ce que tu manges, je te dirai ce que tu es. Übrigens chaque pays a le gouvernement qu'il mérite. Tout comme chez nous. Et voilà justement comme on a donné le prix du Bauernfeld au Trebitsch. Du sublime au ridicule il n'y a qu'un pas. Jeunesse dorée! On ne prête qu'aux riches. Une main lave l'autre. Entente concordiale. Revenons à nos moutons. Tout comprendre c'est tout pardonner. Il n'y a rien de changé en France, il n'y a qu'un Français de plus! Tout soldat français porte dans sa giberne le bâton de maréchal de France. Aber: je n'en vois pas la nécessité. Dans son genre il est grand, mais son genre est petit. Tant de bruit pour une omelette! Le style c'est l'homme. Tout est perdu nebbich, hors l'honneur. Und bekanntlich un sot trouve toujours un plus sot qui l'admire. La France marche à la tête de la civilisation. Non parce que, mais quoique. Überhaupt impossible n'est pas un mot français. Tu l'as voulu, George Dandin! Weit gebracht! Tout est pour le mieux dans le meilleur des mondes possibles. Da kann man nichts machen, les dieux s'en vont. Qui s'excuse, s'accuse. J'accuse! La verité est en marche! Après nous le déluge! Écrasez l'infâme! L'État c'est moi!

Ein Standpunkt

»Man hat in der Verhandlung gehört, wer die Konsumenten dieser kostspieligen Literatur sind. Es sind Angehörige der herrschenden Schichten, Leute, die das Volk im Staate, in der Kaserne und an den Profiterzeugungsstätten knechten. Und von dem Gelde, das dem Volke als Steuer abgenommen wird oder das sie ihm als Mehrwert abpressen, geben sie große Summen für eine ›Literatur‹ aus, die nach dem, was man gestern vorlesen gehört hat, nichts mit Geist, ja nicht einmal mit Spaß gemein hat. Das Aufreizende des Prozesses ist es, wie die ausbeutenden Schichten den Ertrag der Arbeit des Volkes vergeuden: ein erotisches ›Werk‹ aus dem Verlag Stern kostete sechzig Kronen und die Konfiskation soll, wie Stern sagt, den Marktpreis auf zweihundert Kronen gesteigert haben. So wird das verschwendet, was man dem hart arbeitenden Volke abnimmt.«

Von dieser Seite sah ich's nie ... Aber man hätte geglaubt, daß ein bürgerliches Blatt wie die Arbeiter-Zeitung sich nachgerade an die Verwendung des Reichtums zu Luxuszwecken gewöhnt hat. Daß die herrschenden Schichten im Gegensatz zu den breiten Massen in den Prater nicht zu Fuß gehen und im Theater nicht auf der Galerie sitzen, daß es seidene Unterwäsche, Reiherfedern, Automobile, Maitressen und sonstige vom Mehrwert bestrittene Annehmlichkeiten gibt, die Beschwerde darüber ist lange unterdrückt worden. Daß aber die reichen Leute jetzt auch noch Privatdrucke kaufen, das schlägt dem Faß den Boden aus. Man hat in der Verhandlung gehört, wer die Konsumenten sind. Nicht das Volk ist es, sondern Leute, die das Volk knechten. Steuer und Mehrwert, kaum eingehoben oder abgepreßt, sind sofort in die Buchhandlung Stern getragen worden. Das ist eine schöne Enthüllung. Speziell die Verwendung der Steuergelder ist mysteriös. Man hatte zwar aus dem Prozeßbericht ersehen, daß die Steuerbehörde den pornographischen Verleger gesteigert hat, und die Sozialdemokratie müßte es eigentlich beklagen, daß die der Pornographie abgenommenen Gelder für Dreadnoughts anstatt für Schulen verwendet werden. Das ist ein rechter Wirrwarr. Jedenfalls ist es »das Aufreizende des Prozesses, wie die ausbeutenden Schichten den Ertrag der Arbeit des Volkes vergeuden«. Sie kaufen Schweinereien. Nicht, daß es Ausbeutung gibt, wäre das Schlimme, aber wie die Beute verwendet wird. Die Sozialdemokratie war bis zum Prozeß Stern im Glauben, daß das Geld vernünftig verwendet werde. Darum hat sie so lange geschwiegen und sogar mit den herrschenden Schichten Wahlbündnisse geschlossen. Nach dem Prozeß Stern wird das nicht mehr geschehen können. Man wird strenge darauf achten, daß die dem Volke abgenommenen Gelder nicht verschwendet werden. Die Sozialdemokratie hat ein neues Programm: sie behält sich die Kontrolle der Verwendung des Ertrages der Ausbeutung vor und sie wird in Profiterzeugungsstätten, deren Inhaber witzlose Privatdrucke kaufen, streiken lassen.

Pornographien

braucht die Menschheit wie einen Bissen Brot. Denn man glaubt gar nicht, wie viele Menschen, auch in höheren Kreisen, ohne Text nicht onanieren können, und wie viele, wenn sie selbst den Text haben, auch noch die Illustration dazu brauchen. Die Verfolgung der pornographischen Verleger ist deshalb so töricht wie die der Kupplerinnen. Wie bei diesen ist es auch verwerflich, wenn Verleger die Autoren preisgeben wollen, die sich um des Geldes willen hingegeben haben. Auch ist die Berufung auf Kunst und Wissenschaft so lächerlich, wie wenn sich eine Kupplerin auf die Ästhetik und auf die Sozialpolitik ausreden wollte. Erlaubt und geboten ist dagegen in beiden Fällen der offene Hinweis auf die bessere Kundschaft, weil es immer Eindruck macht und in Gerichtskreisen von der Natürlichkeit des Geschlechtstriebes überzeugt, wenn bekannt wird, daß ein Hofrat auch so etwas nötig hat. Jeder Versuch, die Unsittlichkeit abzuleugnen, ist so niedrig wie die Sittlichkeit, die sie anklagt. Die Verteidigung hat darin zu bestehen, daß der angeklagte Verleger zugibt, er habe Schweinereien angeboten, weil nach Schweinereien Nachfrage ist. Ein Freispruch, der aus andern Gründen erfolgt, ist als unwürdig zurückzuweisen.

Die Abgeordnete

wird ihr Mandat vielleicht doch nicht ausüben können, weil es im Gesetz heißt: »Als Landtagsabgeordneter ist jeder wählbar, der ...« Jedes Gesetz hat aber nach der fortschrittlichen Ansicht zwei Eigenschaften: einen Wortlaut und einen Geist des Gesetzes. »Wird nun das Reichsgericht so engherzig sein und nach dem Wortlaut ...?« »Aber hoffentlich wird das Reichsgericht nicht nach dem Buchstaben, sondern nach dem Geist ...« Journalisten und Staatsrechtslehrer sind am Werke, sich für den Geist zu entscheiden. Herr Austerlitz von der ›Arbeiter-Zeitung‹, gewiß der scharfsinnigste Vertreter beider Gruppen, von dem fanatischen Glauben erfüllt, daß Gott die Welt mit Logik erschaffen habe, und ihm darin ebenbürtig, argumentiert aus dem Umstand, daß im böhmischen Gesetz »jeder, der« steht und in die Gesetze der andern Länder die ausdrückliche Einschränkung auf das männliche Geschlecht nachgetragen wurde – ja, was glaubt man? Daß die andern Länder sich gegen einen möglichen Mißbrauch des Textes schützen und dem Geist zu seinem primitivsten Recht verhelfen wollten? Nein, daß »die Einschränkung vorher nicht bestanden hat«. Fälschlich sage man eben: wenn das Gesetz den Frauen die Wählbarkeit geben wollte, müßte es dies ausdrücklich sagen. »Daß es neben den im Gesetz verzeichneten Voraussetzungen, an die das Wahlrecht gebunden wird, auch eine ungeschriebene, gleichsam von Natur aus gesetzte Bedingung gäbe, nämlich das männliche Geschlecht, ist einleuchtenderweise ein logischer Unsinn.« Eine Wahlordnung, die das Wahlrecht »den Frauen vorenthalten« will, müsse es »auf die Männer ausdrücklich einschränken«. Und das tue sie auch in den meisten Ländern ... Herr Austerlitz ist der fähigste fortschrittliche Publizist und es gelingt ihm darum die Reduzierung des fortschrittlichen Glaubens am besten. Nach diesem Glauben ist der Wortlaut immer nur eine Verirrung, und der Geist wollte ursprünglich ganz etwas anderes. Der Geist hat im Jahre 1861 einleuchtenderweise auch an die Wählbarkeit der Frauen gedacht und nur so schlampigerweise »jeder, der« hingeschrieben. Aus Herzlosigkeit hat aber das Volk den offenbaren Wunsch des Geistes durch all die Zeit unberücksichtigt gelassen und sich an den Wortlaut geklammert. Nun, ich möchte keinen Unfrieden zwischen dem Geist und der Sprache aufkommen lassen, denn ich bin überzeugt, daß sie sich im Grunde vertragen. Hätte der Gesetzgeber »jede Person, die« gesagt, so würde ich behaupten, selbst dieser Wortlaut spreche gegen die Weiber. Ein Frauenhasser würde sogar der Wendung »jeder Mensch« diesen Sinn imputieren. Den Schutz solcher Tendenz hat der Mann, der im Landtag keine Frau wünscht, nicht nötig. Er braucht sich nicht einmal auf die Sittlichkeit zu berufen, die mit mehr Recht als gegen die Pornographie gegen die Wählbarkeit der Frauen benützt werden könnte. Ihm genügt der Wille der Sprache, und der hat ein für allemal die Frauen der Landesvertretung verwiesen. Die Frauenrechtler mögen verzweifeln, aber es läßt sich nun einmal nicht ändern: Die Sprache hälts mit dem Mann. Sie ist noch immer nicht emanzipiert. »Jeder« kann sich tatsächlich auch auf Frauen beziehen; aber das eben sollte sie in Harnisch bringen, daß die Sprache zur Bezeichnung einer Allgemeinheit das Maskulinum gewählt hat. Warum sagt sie nicht »Jede«, um beide Geschlechter zu berücksichtigen? Vollends dem »Jedermann« müßte eine Suffragette die Augen auskratzen. Wenn jedermann in den Landtag gewählt werden kann, so können gewiß auch Frauen hineinkommen. Aber das erste, was sie dort tun müßten, wäre: dafür zu stimmen, daß dieses Wort aus dem Sprachschatz zurückgezogen oder daß es auf sein Geschlecht eingeschränkt und daß zur Bezeichnung eines Zustandes, der ausdrücklich beide Geschlechter umfassen soll, das einzig zeitgemäße »jedefrau« eingeführt werde.

»Zwischen den Brüdern Eisig und Karl Kretz herrscht erbitterte Feindschaft. Wiederholt kam es zwischen den beiden zu heftigen Renkontres. Die Folge davon war, daß die beiden Brüder einander auf das ängstlichste mieden, um jedem Streit auszuweichen. Mittlerweile war der Sohn des Karl Kretz, Josef, erwachsen und griff in den Streit der Brüder auf seine Weise ein. Eines Tages erhielt die Frau des Eisig Kretz, Elka Kretz, offene Karten, die Schmähungen enthielten. Es konnte eruiert werden, daß sie von ihrem Neffen herrührten. Da sich Josef Kretz entschuldigte, verzieh ihm seine Tante und sah von einer Bestrafung ab. Im Januar ereignete es sich nun, daß Frau Elka Kretz täglich telephonisch aufgerufen wurde. Erschien sie beim Telephon, ertönte die stereotype Frage: »Ist Frau Kretz dort? Sie sind ein Trampel!«, worauf regelmäßig ein starkes Hornsignal ertönte. Herr und Frau Kretz vermeinten nun, daß der telephonische Anonymus niemand anderer sein könne als ihr Neffe und erstatteten bei der Direktion des Rainer-Gymnasiums gegen diesen die Anzeige mit dem Ersuchen, ihn disziplinarisch zu bestrafen. Die eingeleitete Untersuchung ergab aber die Schuldlosigkeit des Josef Kretz. Am selben Tage, an dem Elka Kretz die Anzeige gegen ihren Neffen erstattet hatte, wurde Karl Kretz, der Vater des Beschuldigten, telephonisch angerufen. Als er beim Telephon erschien, meldete sich eine Stimme, die ausrief: »Eure Kinder soll der Schlag treffen! Wartets, Gesindel, ich werde euch schon umbringen.« Karl Kretz war wieder der Überzeugung, daß der Anrufer unbedingt mit seinem Bruder identisch sein müsse, und überreichte wegen dieser Äußerung und der gegen seinen Sohn erhobenen ungerechtfertigten Beschuldigung gegen seinen Bruder Eisig und seine Schwägerin Elka Kretz durch Dr. Herzberg-Fränkel die Ehrenbeleidigungsklage, über welche gestern der Bezirksrichter Dr. Wüstinger (Leopoldstadt) zu judizieren hatte. Die Angeklagten waren geständig, gegen ihren Neffen die Anzeige bei der vorgesetzten Schulbehörde erstattet zu haben. Der telephonierten Beleidigung aber stehe er vollständig ferne. Dr. Herzberg-Fränkel forderte die strengste Bestrafung der Angeklagten. Durch die bei der Direktion des Gymnasiums erfolgte Intervention wäre es leicht möglich gewesen, den Sohn des Klägers aus seiner ganzen Karriere hinauszuwerfen. Dies sei eine geradezu diabolische Handlungsweise. Bezirksrichter Dr. Wüstinger sprach die beiden Angeklagten von der wider sie erhobenen Anklage frei. Im Falle der Anzeige an die Direktion müsse ihnen der gute Glaube zugebilligt werden. Was die zweite Anschuldigung bezüglich der durch das Telephon erfolgten Beleidigung betreffe, könne nicht festgestellt werden, ob es tatsächlich der Angeklagte war, der die Beschimpfungen ausstieß.«

Das sind meine Gegenstände! Das ist mein Horizont! Das ist die Gegenwart und ihr Gedicht! Ein anderes Heldenepos werde ich nicht schreiben. Ich habe oft und oft mir den Zeitgeist vorgestellt, wie er aussehen mag, wie er spricht, wie er geht, wie er ißt, wie er heißt. Ich glaubte, er heiße Laczy Zeitgeist. Er heißt aber Eisig Kretz.

Ich

muß es mit tiefem Bedauern eingestehen: Was mich gegen mich einnimmt, ist die Fähigkeit, in der papiernen Schande nicht zu ersticken, die über die Schöpfung gebreitet ist: so daß es mir gelingt sie bloßzulegen. In diesem Inferno des Tages alle eure Sünden, jede einzeln, abzubüßen, weil die Kraft größer ist als die Qual. Aber diese Qualität ist ein Wortspiel, und so werde auch ich erlöst.

September 1912

Auf der Suche nach Fremden

die sich durch die vielversprechende Wiener Hotelannonce: »Bäder im Hause« wider Erwarten nicht einfangen ließen, hatte man sich zu Konzessionen an den Zeitgeist entschlossen und erließ die Hotelannonce: »Lift im Hause«. Die Fremden aber wußten, daß es auch Wurzerei im Hause gebe, und sagten ab. Da tat man denn das Äußerste und rief: »Kruzitürkenüberanand, Beethoven im Hause!« und arrangierte eine Musikfestwoche. Zu dieser drängten sich nun rechtzeitig so viele Wiener, um die Fremden zu sehen, daß diese hinterher keinen Platz fanden. Einige waren tatsächlich gekommen und von den Vertretern der Presse agnosziert worden. Die Hotels wurden abgesucht, und unter dem Titel »Präludien zur Musikfestwoche« konnte festgestellt werden:

.... Es ist selbstverständlich, daß man diesem ersten Versuch, Fremde – nicht nur aus der Monarchie, sondern auch aus dem Auslande – durch besondere Darbietungen auf dem Gebiete der Kunst nach Wien zu bringen, mit den größten Hoffnungen entgegensieht. Und es scheint, soweit man nach dem bisherigen Stande der Anmeldungen urteilen kann, daß diese Hoffnungen nicht enttäuscht werden dürften. Wenn man zum Beispiel im Hotel Bristol oder Meißl & Schadn nachfragt, so lauten die Auskünfte recht befriedigend. Bristol hat über 25 Zimmerbestellungen speziell für die Musikwoche, im Meißl & Schadn trifft aus Deutschland heute eine ganze Gesellschaft von 21 Personen ein. Am 26. Juni wird eine größere Gesellschaft aus England erwartet. Hotel Sacher und Erzherzog Karl haben desgleichen sehr viele Zimmerbestellungen, erfreulicherweise auch eine ganz beträchtliche Anzahl aus dem Auslande. . . . Da die Karten nur unter Angabe des Namens und der Adresse vorgemerkt wurden, so kann man daraus eine gewisse Berechnung über den Prozentsatz der Inländer und Ausländer anstellen. Ungefähr 30 Prozent der bis jetzt angemeldeten Teilnehmer sind Nichtwiener und davon die Hälfte Ausländer. . . . In der Liste der Angemeldeten finden sich Namen, die in der künstlerischen oder Gelehrtenwelt einen sehr guten und auch internationalen Klang haben, wie Dippel, der Direktor der Metropolitan Oper in Newyork, der Geheimrat Neisser aus Breslau; aber das sind im Grunde genommen keine eigentlichen Fremden für Wien. Dagegen fehlen noch die großen und ganz großen Namen aus England und Amerika, mit denen andere Städte ihre Fremdenlisten aufputzen können. . . .

21 Zimmerbestellungen bei Meißl & Schadn! 25 bei Bristol! Am 26. Juni! Dazu 30 Prozent! Macht 102! Man bekommt Herzklopfen. Wenn auch die Fremden eigentlich keine internationalen Namen haben und die internationalen Namen keine eigentlichen Fremden sind, macht nichts, es ist kolossal. Und dabei hat man noch gar nicht berücksichtigt, daß die eigentlichen Fremden, die nach Wien kommen, mit Vorliebe im Hotel Holzwarth absteigen, weil dort das Fremdenblatt aufliegt! Dieser Beethoven, sagte ein Portier, reißt uns alle heraus. Seitdem wir den eing'führt haben, brauch'n wir kein Zimmertelephon nicht einführen, und unsere besten Passaschere, die was wegen dem Loch von an Schreibzimmer raisonniert haben, kommen jetzten sowieso wegen dem Mozart!

Ich pfeife auf den Text,

ich bin imstande, das Antlitz der heutigen Welt mir aus dem hintern Annoncenteil zusammenzustellen. Paßt auf! wie sie leben, wie sie lieben, hier steht es geschrieben. Hier sprechen sie alle aus dem Schlaf. Die Erde wimmelt von Idealisten und Seelenfreunden, sie träumen unter Chiffre »Elitemenage« und frisch gewagt, ist halb gewonnen. Zu Spasseln sind sie nicht aufgelegt, bei grünen Jalousien sind sie nicht aufgewachsen, und was sie bieten, ist ernstgemeint 575. Universell gebildet sind sie alle. Der eine ist ein junger, jüdischer, fescher 30jähriger Fabrikant und verlangt dafür 300 Mille unter »Gentleman Nr. 1«, der andere lebt in einer größeren Stadt Südungarns und wird unter »Beethoven« ein junges, isr., musikalisch gebildetes (Klavier) Mädchen finden. Der da legt Wert auf ein gemütl. Heim, jener ist disting. und stellt mehr weltmännische Ansprüche. Während eine todkranke Künstlerseele sich nach der Dame mit hohem Seelenschwung verzehrt, geht der energische Bankbeamte gradaus auf das Gediegene. Die Einheirat ist ein stiller Hafen, aber solang man jung ist, will man sich amüsieren, warum nicht, recht hat er. Reisebegleiterinnen tauchen auf. Einer ruft: Bussi! und sie versteht ihn. Mooschen Budweis welkt in Sehnsucht. Plötzlich wieder unterbricht das Getändel ein ernster Ton:

Suche keine Odaliske
sondern eine geistig und körperlich gesunde, ebenbürtige Ehekameradin aus nur intell., jüd., wohlhabend. Milieu, über 35 J., die Zeit u. Sinn für eine gediegene, bereits vorhandene Häuslichkeit hat. Bewerber herzensgut und keine Dutzendnatur, viel gereist. 15 J. in Budapest ansässig. Möglichst aufrichtige Zuschriften, die streng diskret –

Den möcht ich zu gern kennen lernen. Ob er wohl Schweißfüße hat? Vielleicht wäre hier das Gewünschte:

Le style c'est l'homme!
Ideale, die nicht im Dufte der Ferne zerrinnen und mit tief ethischem Sinne einen Ruheplatz für Seele und Gedanken suchen, wären sehr eleganter, reifer Frau erwünscht, die auf sozialer und materieller Höhe steht. Freiherrn derselben Sphäre und die Weltflucht lieben, werden geladen, zu schreiben unter –

Die Seele ist ein weites Land, schon bietet »Olla« 10.000 Stück gratis, und warnend erhebt jener Mann sein Haupt, der seiner Zeit das Bild totaler Nervenzerrüttung bietet. Solche Wege ins Freie lassen sich eben nicht allein machen, und der Ruf des Lebens ertönt, der den in großer Provinzstadt Lebenden, aus sehr feiner isr. Fam., von heiterem und sonnigem Temperament, mit Geist & Gemüt, zu Haasenstein & Vogler zieht. Nicht jeder Bewerber paßt mir so gut wie der:

Suchender des Lebens.

Optimist und Poet dazu, Romancier, sucht Lebensgefährtin zur Wanderung nach der Sonnenhöhe. Verlangt wird völlige, auch materielle Unabhängigkeit und ideale Lebensführung, geboten soziale Position und aussichtsreichste Zukunft. Antworten unter »Höhenwege« –

Das muß ein Schnitzler-Epigone mit Wiener Prima-Referenzen sein. Er braucht sich nur umzudrehen, schon liegt sie neben ihm, die ideal Veranlagte:

Rêve de campagne!

Eine elegante Frau vornehmer Sehnsucht wünscht einen Partner für den Mythos des Gemüts und den warmen Stoff der Seele. Romantischer Optimismus u. blauer Duft der Wahrheit sollen den Edelwert der Harmonie begründen, die nur mit anerkanntem Edelmann gedacht ist, der Herbstesstrahlen liebt. Br. erb. unter »Seelenfeste« –

Er aber will nicht, denn sie scheint sich geradezu an Salus entzündet zu haben. Sie wird den finden, der, wenn draußen der Flieder blüht, sich mit 40 Mille begnügt. Der Geheimnisvolle, mit dunklem Bart. Offerten will er haben, mit voller Adresse nur von Verwandten, mit Phot. und Angabe der Mitgift, eines ohne dem andern zwecklos. Der eine ist vornehm denkend, der andere gibt zu, daß der Weg nicht mehr ungewöhnlich sei; der ist versiert, jener intelligent: einheiraten wollen sie alle; der Dr. Deutsch heilt schnell und gründlich, der Raubitschek hat sich verlobt, das Leben geht weiter und die jeune Parisienne von der Tuchlauben accompagne noch immer étrangers auf die promenades, toujours, toujours, toujours . . .

Oktober 1912

Ein sonderbares Selbstmordmotiv

»Ihr Ideal war nämlich, Schauspielerin zu werden, und zwar strebte sie gleich darnach, an das Burgtheater zu kommen. Da ihr Wunsch unerfüllbar schien, hatte für sie das Leben keinen Reiz und sie beschloß, in den Tod zu gehen.«

Daß der Wunsch unerfüllbar war, muß ihr ein Laie eingeredet haben. Der Fall ist unglaublich. Wie die Dinge heute liegen, mußte die Meldung lauten: Ihr Ideal war, Schauspielerin zu werden. Da sie aber ans Burgtheater engagiert wurde, hatte das Leben für sie keinen Reiz mehr und sie beschloß in den Tod zu gehen.

Du mußt es dreimal sagen

[Dreimaliges Blühen eines Apfelbaumes.] In dem großen Garten des »Hotel Marienhof« in Pfaffstätten an der Südbahn befindet sich ein Apfelbaum, welcher heuer schon das drittemal in Blüte steht. Von der ersten Blüte sind jetzt noch reife Äpfel zu sehen; von der zweiten sehr reichen Blüte viele kleine Äpfel und jetzt blüht der Baum zum drittenmal.

Und es nützt ihm nichts und es nützt ihm nichts. Ringsherum finden ganz andere Ereignisse Beachtung. Solche Apfelbäume sollten lieber totgeschwiegen werden. Ich wünsche so etwas in der Neuen Freien Presse nicht mehr zu lesen: auch wenn sie nur die Wunder eines Hoteliers preisen wollte und nicht Gottes Komfort. Aber sie tue es nicht. Nichts von Blüte in solchem Mund! Nichts von Blüte, wo nur Blätter sind! Dem Baum nützt es nicht, und wenn er viermal sagte, was man nicht hören will, und ihr glaubt man's nicht. Es ist, als ob ein Menschenfresser Tränen hätte, weil eine Schiffbrüchige in gesegneten Umständen ans Land kommt. Nein, toller: es ist, als ob die Neue Freie Presse gerührt wäre, weil ein Apfelbaum blüht!

Wer sein Kind lieb hat, der züchtigt es

»(Die Zeitung als Erziehungsmittel.) Der ›Temps‹ veröffentlicht den Brief eines Lesers über das originelle Erziehungssystem eines Familienvaters, der die Ausbildung seines heranwachsenden Sohnes durch die Zeitung vervollständigen will. Nachstehend zitieren wir einige Stellen aus dem Briefe: ›Mein Freund hat seinem Sohne schon sehr früh die Zeitungen zu lesen gegeben, indem er die kleinliche Furcht vor dem skandalösen Tagesereignis mißachtete, an dem ein gesunder Geist keinen Schaden nehmen kann. Diese Mißachtung der Vorurteile hatte den glücklichsten Erfolg. Das Kind hat auf diese Weise eine Anzahl von Kenntnissen jeder Art erworben, die, ihm unbewußt, in sein junges, empfängliches Gehirn drangen. Wenn Vater und Sohn während der Schulferien getrennt sind, abonniert mein Freund, der gewöhnlich von Geschäften in Paris zurückgehalten ist, den Knaben auf zwei oder drei Zeitungen, die dessen Selbstbewußtsein schmeicheln und ihn zur Lektüre aneifern. Und was besonders meine Bewunderung erregt hat und mich bewogen hat, dieses Erziehungssystem mit aller ihm gebührenden Diskretion vor die Öffentlichkeit zu bringen, das ist das System der ›Ausschnitte‹. Nahezu jeden Tag legt der Vater seinem Brief an den Sohn eine Anzahl Artikel oder Artikelfragmente, die er aus den Zeitungsblättern ausschneidet, bei. Wird durch die Anwendung dieses Systems nicht das Hirn der Kinder durch eine ständige logische und ausdauernde Orientierung wunderbar vorbereitet?«

Der Spaltpilz

gehört zur Klasse der Stilblüten, die schnell, namentl. auf fauligem Grund, also in Zeitungen, emporschießen. Ich kenne mich in der Politik nicht aus, aber so viel verstehe ich von der Botanik, daß die ›Mittagszeitung‹ ganz recht hat, wenn sie sagt:

> Die Türkei hat wie ein Spaltpilz zwischen Österreich und Rußland gewirkt.

Das ist natürlich nur ein Bild, aber es beruht auf der bekannten Tatsache, daß die Spaltpilze zum Spalten des Holzes verwendet werden. Man braucht einen Spaltpilz nur anzusetzen, und die ganze Arbeit ist fertig. Die Axt im Haus erspart den Zimmermann. Sagte Schiller und meinte den Spaltpilz.

Der Diplomat

sagt, daß

> die Erklärung nicht unstatthaft sei, daß man sich jetzt von der Möglichkeit sehr ernster Gefährdungen des allgemeinen Friedens etwas weniger als vor kurzem bedrückt fühlt.

Noch weniger unstatthaft ist die Erklärung, daß man sich noch weniger bedrückt fühlen würde und daß von einem Krieg keine Rede wäre, wenn statt von sehr ernsten Gefährdungen des allgemeinen Friedens vom Krieg die Rede wäre. (Wie ja auch erwiesenermaßen die Syphilis abgenommen hat, seit von ihr gesprochen werden darf.) Wenn wir also ein Gewerbe los wären, das die Kriege durch Umschreibung anzettelt und durch äußerste stilistische Vorsicht den Frieden unmöglich macht. Wenn die Leute brotlos würden, die heute dafür bezahlt werden, daß sie geschwollen daherreden. Die Zeitungen, die seit Wochen dieses hundertfach verklausulierte Nichts herumtragen und die Welt auf der Folter zwischen Spannung und Entspannung halten, hätten nicht von Fall zu Fall konfisziert, sondern für die Dauer einer politischen Gefahr und auch nachher verboten zu werden. Dann würde es sich plötzlich herausstellen, daß es keine politische Gefahr gibt. Diplomaten sind überflüssig, wenn es keine Journalisten gibt. Dienstmänner sterben aus. Man ersetze sie, ehe es zu spät ist.

Das Geld schreit

Vor allem abzuschaffen wäre die Börse mit ihrem Seelenleben. Daß sie unter Larven die einzig fühlende Brust ist, müßte nachgerade selbst die Larven schaudern machen. Aber wenigstens hat der Zeitgeist noch eine Geliebte, die himmelhoch jauchzend und zu Tode betrübt sein kann. Ärger ist es, wenn auch sie nicht explodiert, sondern bloß Stimmungen hat und die Bulletins über ihre Zustände im Ton nervenärztlicher Diagnosen gehalten werden. Dann würde man rein glauben, daß unser Klärchen ein alter Jud ist, der von nichts wissen will. In Wien hat die Thronrede »keinen Eindruck gemacht«. »In London hat die Wahl Wilsons zum Präsidenten der Vereinigten Staaten verstimmt.« Aber all das drückt sich nicht etwa durch ein mürrisches Schweigen aus, wie es enttäuschte Verdiener oft zur Schau tragen. Ob schön, ob Regen – die Börse brüllt. Ob Wien oder Berlin, Paris oder London – wenn man sich um eine bestimmte Stunde einer bestimmten Gegend nähert, so wird man den Lebensschrei einer in sich verschlungenen Quantität hören. Überall dieselbe Einheit von Zwietracht, die nach Schall und Erscheinung wie ein belebtes Ensemble von hundert Laokoon-Gruppen wirkt. Man glaubt, daß diese Existenzen um den Notausgang kämpfen, daß eine Panik ein Schauspiel schafft, welches sich nie mehr wiederholen wird, und man ist sehr erstaunt, zu erfahren, daß es jeden Mittag zu besichtigen ist. Eine Lava der Leidenschaft, von der Menschenschlacken bleiben. Der Urschrei des Geldes: aber hier hört man ihn wenigstens. Hier ist er nicht durch den Vorwand des Geistes gedämpft. Alle die Söhne aller der Väter sind bereits Künstler.

Der Dichter der Pippa und des Hannele

der die Verse der drei Engel geschrieben hat und das Gespräch des fiebernden Kindes mit der Vision der Mutter: »Ruhst Du aus, wenn Du müde bist?«, »Hast Du Speise zu essen, wenn's dich hungert?«, hat am Tische der Concordia Trinksprüche über sich ergehen lassen und ausgebracht. Ja, es ist eine mitleidlose Zeit. Die Echtheit braucht nur fünfzig Jahre alt zu sein, und man glaubt ihrs nicht mehr. Aber wir wollen uns lieber sagen, daß es der Dichter der »Klosteruhr« war, der da gefeiert wurde. Das kann man sich schon wieder vorstellen. Der andere hätte, wenn er schon der Lust, sich mündlich gratulieren zu lassen, partout nicht Herr werden konnte und wenn ihn schon Ahnungslosigkeit unter diese Gratulanten führte, die Verpflichtung gehabt, beim ersten Anblick der Elite des geistigen Wien, beim Betreten des Saals, ohnmächtig zusammenzubrechen und sich hinaustragen zu lassen. Absichtlich kann er nicht hingegangen sein. Wenn er etwa eine Tragödie des Geistes schreibt, so ist er doch wahrhaftig nicht mehr auf Milieustudien angewiesen. Er arbeitet doch nicht mehr mit Dialekt. Wie konnte er das aushalten? Welcher Gerhart Hauptmann war das, der sich von Wiener Journalisten anhauchen ließ? Sein Wesen muß Untiefen haben, und deren eine wird zur Siedelung der Gelegenheitsparasiten. Man möchte ihn gegen die Qual der Goldmanns beschützen, und er setzt sich mit den Goldmanns zu Tisch. Er hätte nichts dagegen haben können, wenn sie ihm den eigentlichen Goldmann als Vis-à-vis gegeben hätten. Es muß ein deprimierendes Schauspiel gewesen sein, wie sie ihn da brachten. Er hatte soeben eine Vorlesung gehalten und sich zum fünfzigsten Geburtstag dem Publikum gestellt. Er war den Gratulanten ins Haus gekommen, von Deutschland nach Wien: Hier bin ich, auf den Tag fünfzig Jahre alt. (Bravo-Rufe. »Sehr richtig!« »Noch älter werden!« Redner wird beglückwünscht). Nun hatte er freilich die Weihe für's Bankett. Um 10 Uhr vereinigte sich eine Gesellschaft –. Gerhart Hauptmann kam, flankiert von einem pensionierten Börsenredakteur und einem aktiven Kulissenplauderer. Viele Kommunalredakteure, Lokalerer und Librettisten warteten schon im Speisesaal. Zwischendurch eingestreut das offizielle Österreich. Der Unterrichtsminister persönlich, die Cwiklinski und Milosch v. Fesch, die von Literatur weniger verstehen dürften als ich vom Ressort, die wahrscheinlich wegen der Zusammengehörigkeit gekommen waren (Deutscher Dichter, Deutschland, Deutsch-Österreich) und die hierzulande Stipendien an Juxbasardichter austeilen. Von diesen Herren behauptete der Börsenredakteur Ehrlich, daß sie den Altar der Dichtkunst bekränzen. Herr von Hussarek persönlich also hatte es sich nicht nehmen lassen, zu kommen und zu sprechen. Aber Gerhart Hauptmann muß sich nicht zu viel darauf einbilden, daß ihn ein klerikaler Kultusminister gefeiert hat. Der wäre nicht gekommen, wenn nicht ein Verein jüdischer Journalisten das Bankett veranstaltet hätte. Einer der Anwesenden ernannte ihn deshalb zum Minister für Kultur. Viel bemerkt wurde Trebitsch. Ferner soll das heimische Schrifttum einer Version zufolge auch durch Klinenberger vertreten gewesen sein. Und noch durch andere interessante Profile. Somit war, wie der Börsenredakteur sagte, der deutsch-österreichische Parnaß fast vollzählig erschienen. Die Diplomatie ließ sich durch Münz vertreten. Die Feier begann mit einem Lob des Männergesangvereins: »Die klingende Seele Wiens durfte bei unserem Feste nicht fehlen«. Die Feier endete mit einem Bänkel von Bauer: »Diesmal hatte sich der Satiriker übertroffen; mit dem Schalk ging der ernste Betrachter und Kritiker«. Der Börsenredakteur sagte, daß die Concordia die Ideale Schillers auf ihre Fahnen geschrieben habe. Aber diese Fahnen sind manchmal Bürstenabzüge, die den Banken vor Erscheinen gezeigt werden, und wenn die Banken bei der Lektüre wahrnehmen, daß dort Schiller'sche Ideale stehen, so dürften sie sich das Nichterscheinen sehr viel kosten lassen. Schiller'sche Ideale sind gefährlich für Banken. Die Concordia, wurde gesagt, fördere alles Edle und Gute; sie habe allzeit dem geistigen Adel gehuldigt. Vermutlich ist der geistige Adel des Mendl Edlen von Singer gemeint, der unmittelbar, nachdem er ihn bekommen hatte und nachdem ihm alle Fürsten, Grafen und Minister des Reiches gehuldigt, einen warmen Nachruf für eine verstorbene Koscher-Wirtin erscheinen ließ, der wirklich gut und gediegen war. Was aber den bekannten Aphoristiker Ludwig Karpath anlangt, der immer den Nagel auf den Kopf trifft, wenn er behauptet, daß man sich in einem Konzert nicht laut schneuzen soll, und dessen Aussprüche sich von den Unarten, die er bekämpft, dadurch unterscheiden, daß sie nicht geräuspert, sondern nur gedruckt werden, so ist es ein Unrecht, daß man ihm statt des Adels bloß den Franz Josefsorden geben will und auch den nicht. Will man denn in Österreich immer warten, bis die Künstler alt sind oder sterben? Es braucht lange, bis eine solche Ehrung – ich will mich mit aphoristischer Kürze ausdrücken – eine den Aktenstaub bereits abgestreifte Affäre geworden ist, und es ist zu hoffen, daß dieser Hinweis genügen wird, um einem Großen und Dicken zu der Anerkennung zu verhelfen, die ihm gebührt. Ganz abgesehen davon, daß die Erscheinung aus der Musikgeschichte nicht mehr zu entfernen ist, da Richard Strauß sowohl wie Hans Richter ihn mit »Lieber Freund« ansprechen. Der Börsenredakteur hat die Anwesenheit Hauptmanns benützt, um ausschließlich von der Concordia zu sprechen und ganz plötzlich die Frage aufzuwerfen: »Warum bluten die Herzen und schlagen zugleich? Das kommt, weil sie lieben müssen. (Lebhafter Beifall.)« Man hielt es für ein Wort des Redners, der aber Ehrlich genug war, um diese eines Börsenredakteurs unwürdige Bemerkung auf Gerhart Hauptmann und seinen »Michael Kramer« abzuwälzen. Worauf allerdings die Mehrzahl der Anwesenden fragte: Welcher Kramer? Hierauf hielt Herr Salten, der Verfasser des »Blauen Helden«, den offiziellen Toast. Er rief: »Wir haben dich lieb, Gerhart Hauptmann!« Dieses Du ist natürlich keine Intimität, sondern nur eine Ehrfurchtsbezeigung. Aber wenn ich der liebe Gott wäre, ich würde Wert darauf legen, daß Herr Salten vor Leuten Sie zu mir sagt. Der Unterrichtsminister sagte: »Concordia soll ihr Name sein«, und nannte das Bankett »eine Familienfeier«. Er beleidigte also gleich zwei deutsche Dichter auf einmal. Zur Versöhnung nannte er dann den fünfzigsten Geburtstag Hauptmanns einen Markstein in der Entwicklung. Er habe einmal mit Baron Berger über Hauptmann gesprochen, wisse aber nicht mehr, was damals gesprochen wurde, nur so viel wisse er, daß manches der Erinnerung werte Wort fiel. Mehr weiß er aber nicht. Hierauf kam die Zusammengehörigkeit mit dem deutschen Kulturleben, und der Minister trank auf die Gemeinsamkeit des geistigen Bandes. Gerhart Hauptmann sagte, »der Anteil der österreichischen Wärme an seinem Wirken und seiner Eigenart dulde keinen Verdacht«. (Soeben war ihm aus dem Künstlerzimmer der Hut gestohlen worden.) Aber er wolle »alles beiseite lassen, was auch nur im allergeringsten problematisch ist«. Hierauf nannte er die Concordia »aller kulturellen Kräfte Pflegerin«. Und trank auf sie. Wir hatten dich lieb, Gerhart Hauptmann! . . . Hierauf sprach der Kulissenplauderer. Er sagte: »Wir sitzen hier am Tisch des Mitleidsdichters«. Darum wolle er »ein klein wenig das Fenster öffnen«. Nicht wegen der schlechten Luft, sondern bildlich: der Krieg soll aufhören! Herr Thimig, Burgtheaterdirektor, sagte, daß die Wiener Kritik »der darstellenden Kunst in Wien die Wege vorzeichne«. Herr Thimig ist Sachse und meints also immer ehrlich. Herr Kalbeck, dessen Sohn er schon engagiert hat, sagte ein Gedicht in schlesischer Mundart auf. Die Wiener Kritik, mecht ma sprecha, zeichnet auch den Theaterdirektoren die Wege vor. Dafür is se aber ooch imgänglich. Nu juju, – nu neenee. Zum Schluß »vereinigten sich alle Teilnehmer am Bankett zu Ovationen«. Natürlich nicht für Hauptmann, sondern für Bauer. Das Weberbänkel riß alle hin, wiewohl sie nicht Hundebraten zu essen bekamen. Auch mich. Das kan au hie baal nimeh a su weiter gihn. . . . Mir leida's nimeeh! Mir leida's nimeeh, mag's kumma, wie's will!

Conrad von Hötzendorf

– wie Trateratata klingt das, haben uns die Feuilletonisten oft und oft erzählt, wenn sie so um das Lagerfeuer saßen und von gewonnenen Schlachten träumten. Das mag alles sehr berechtigt sein, denn kein Name ist unverdient. Nur muß man sich ihn verdienen. Einer, der etwa Kotschitschka von Lilienfeld hieße, hätte es schwerer, aber der erste Sieg gäbe dem Namen Pathos. Hinwieder kann oft eine Trompete zu früh losgehen. Mit Recht hat der sogenannte Conrad von Hötzendorf einem Interviewer gesagt, daß man einen Feldherrn eigentlich erst nach seinen Taten beurteilen könne. Nur hatte er nicht Recht, es einem Interviewer zu sagen. Er ist wahrscheinlich der bedeutendste Feldherr aller Zeiten und niemand würde ihm persönlich einen Vorwurf aus dem Frieden machen, der ihn verhindert, es zu beweisen, wenn er nicht gerade vor dem Vertreter des Neuen Wiener Tagblatts bescheiden wäre. Sonst kennt man ja von ihm wirklich nicht viel mehr als dieses Interview. Richtig: noch eine Zuschrift an die Neue Freie Presse. Zwar nur achtungsvoll, aber doch eigenhändig. Und kann man sich denn sonst gar kein Bild von ihm machen? Oh doch, im ›Interessanten Blatt‹, in der ›Woche‹, in den ›Wiener Bildern‹ ist es bereits zu sehen. Nun, werden die Beschützer eines großen Feldherrn sagen, berühmte Männer kommen da eben hinein, ob sie wollen oder nicht. Denn wenn es auch ein Recht am eigenen Bilde gibt, so können berühmte Männer doch nicht verhindern, daß sie zwischen Wer weiß etwas?, einer Probiermamsell, Herrn Treumann und dem deutschen Kaiser auf der Sauhatz ihren Platz finden. Freilich könnte man antworten, es komme darauf an, wie sich die berühmten Männer photographieren lassen und ob sie schon bei der Aufnahme gewußt haben, für welchen Zweck sie bestimmt sei. Wenn Wilhelm II. eigenhändig dem Tier den Genickfang gibt, so steht ein Photograph auf dem Anstand und jener – sagen wir – kann nichts dafür. Er ist unschuldig wie der Hirsch. Es war ein Moment. Dichter lassen sich – mit Ausnahme des Herrn von Hofmannsthal, der ein Buch liest – nicht bei der Arbeit photographieren. Wie nimmt man Generalstabschefs auf? Ich schlage vor: Brustbild, ganz ungezwungen, ein freundliches Gesicht, auch wenn es draußen wettert. Aber um Gotteswillen nicht so: »Der österreichisch-ungarische Generalstabschef Conrad von Hötzendorf beim Studium der Balkankarte«!

Das ist doch beinahe Verrat militärischer Geheimnisse! Auch nicht so: »Der Chef des Generalstabs G. d. I. Conrad von Hötzendorf studiert mit seinem Flügeladjudanten Major Rudolf Kundmann die Balkankarte.« Ja, wie macht man das? Nun, der Chef des Generalstabs sitzt auf einem Tisch, neben ihm steht der Major und beide starren auf die Balkankarte. So sieht das also aus, wovon der Ruhm kommt? Wer hat den Photographen ins Zimmer gelassen? Warum haben sich die Herren nicht im Studium der Balkankarte unterbrochen, als der Photograph kam? Ist es denn möglich, daß sie, als der Photograph kam und etwas Apartes machen wollte, das Studium der Balkankarte erst begonnen haben? Nun, trotzdem kann ja noch immer eine Schlacht unter Conrad von Hötzendorf mit einem glänzenden Sieg enden, kein Zweifel. Aber die Feinde hätten doch noch mehr Angst, sie lebten jedenfalls mehr in der Ungewißheit, wenn sie nicht Gelegenheit hätten, den österreichisch-ungarischen Generalstabschef Conrad von Hötzendorf beim Studium der Balkankarte zu sehen. Man soll das nicht so herzeigen, man soll nicht. Hat man einen Kopf, so genügt Brustbild. Hat man keinen, so nützt die Balkankarte auch nichts, im Gegenteil. Und darunter steht: »Zum Wechsel in der Leitung des österreichisch-ungarischen Generalstabes«. Ja, wie war das also früher? Hat der frühere Generalstabschef nie die Balkankarte studiert? Oder anders? Wird's jetzt ernst? Gewiß, die Herren Schemua und Auffenberg haben sich durch ihren Verkehr mit Humoristen, Fakiren und Journalisten nicht vertrauenswürdig gemacht; es ist nicht gut, wenn von hohen Militärs zu viele Leute behaupten können, daß sie sie persönlich kennen. Von Conrad von Hötzendorf hatte man nur den Schall, kein Gerücht. Es war nicht angenehm, daß sein Name öfter von dienstuntauglichen Leuten mit einer Trompete verglichen wurde. Aber sei's drum, und wenn die Trompete statt der Kanone losging, er konnte noch immer der tüchtigste Feldherr sein. Er ist es wahrscheinlich. Aber vom bulgarischen Generalstabschef haben uns die Plauderer erzählt, wie er bei der Nachtlampe arbeite. Sie haben es nicht gesehn, sie haben es gehört. Kein Photograph wurde ins Zimmer gelassen, und trotzdem gab es bulgarische Siege. In Österreich wurde es ernst. Da wurde Conrad von Hötzendorf Generalstabschef. Da studierte er die Balkankarte. Da siegte am Hofe die Friedenspartei und da trat der Hofphotograph Scolik ein. »Eine kleine Spezialaufnahme wenn ich bitten darf –!« »Für die Weltgeschichte?« »Nein, für das interessante Blatt.« »Aha, zur Erinnerung an die Epoche!« »Ja, für die Woche.« »Ich bin aber grad beim

Studium der Balkankarte –« »Das trifft sich gut –« »Wirds lang dauern?« »Nur einen historischen Moment wenn ich bitten darf –« »Soll ich also das Studium der Balkankarte fortsetzen?« »Gewiß Exzellenz, setzen ganz ungezwungen das Studium der Balkankarte fort – so – ganz leger – nein, das wär' unnatürlich – der Herr Major wenn ich bitten darf etwas weiter zurück – nein, nur ganz ungeniert – kühn, bitte mehr kühn – es soll eine bleibende Erinnerung an die ernsten Zeiten sein – so ists gut, nur noch – bisserl bitte – so – machen Exzellenz ein feindliches Gesicht! – jetzt – Ich danke.«

Wenn Herr Harden glaubt

daß ich seine Frage »Was wünscht sich Michel unter die Weihtanne?« nicht übersetzen kann, so irrt er. Michel wünscht sich unter die Weihtanne, daß Herr Harden einmal, einmal nur die Courage habe, »Deutschland« und »Weihnachten« zu schreiben. Das wäre eine Überraschung! So aber gibts alleweil nur Ärgernis. In Deutschland und soweit der Dreibund reicht. Uns nennt Herr Harden wohl die Austriaken. Gut, schlucken wir's hinunter. Aber die Italiener – wie glaubt man, traktiert er die Italiener? Schlechtweg als Italiäner, Italier, Italer, Italersprossen, Italiens Einwohner, Italioten? Nein. Nennt er sie verächtlich Welsche? Nein. Welschlandbewohner, Welschländer? Nein. Ich habs: Rinderlandbewohner, Rinderländer? Nein (aber auf eine gute Idee hat er mich gebracht, sagt jetzt Herr Harden). Wie also? Wie nennt er sie? Wie? Nicht erschrecken, gefaßt sein – wir haben ja alles Mögliche schon erlebt, es trifft uns nicht unvorbereitet – Brüder, Mut – er nennt sie: Stiefelinsassen!

Sprichwörter-Erraten

[Journalistisches.] Nach dreißigjähriger angestrengter und erfolgreicher Tätigkeit ist der Wiener Korrespondent des ›Berliner Börsencourier‹, Herr Siegfried Löwy, aus dieser Stellung geschieden. Herr Löwy hat sich durch seinen geradezu sprichwörtlich gewordenen Pflichteifer, seine Gewissenhaftigkeit und Sachkenntnis unbestrittenes Ansehen in der Wiener Journalistik erworben. Der vortreffliche Kollege wird sich in Hinkunft als Wiener Korrespondent der ›Frankfurter Nachrichten‹ betätigen.

Nicht Ruhe, nur Veränderung. Immer weiter, immer höher. Die Volksseele, aus der die Sprichwörter kommen, fühlt, was sie an ihm hat. »Verläßlich wie Löwy«, sagt das Volk. (Nach dem Sprichwort gebildet: »Tüchtig wie Löwy und flink wie Hirsch.«) Oder: »Ein lebendiger Löwy ist besser als ein toter Hund.« Mütter, die nur ein Kind haben, sagen gleich der Löwin in Aesops Fabel: »Eins, aber es ist ein Löwy!« Und sogar in den Redaktionen werden noch Kinder und Kindeskinder von einem, der bis Berlin telephonieren kann, rühmen: »Er blost wie Löwy.«

Ein Weiser

(Falsche Neujahrsgratulanten.) Vor dem Margaretner Strafrichter Dr. Wokurka waren gestern sechs Burschen, Franz Abster, Heinrich Czerni, Theodor Zeratni, Franz Hotko, Johann Mörser und Wenzel Stipalik, angeklagt, weil sie paarweise, von Haus zu Haus gehend, sich bei den einzelnen Parteien als Rauchfangkehrer ausgaben und auf diese Weise für ihre Neujahrsgratulationen Geldgeschenke erhielten. Schon seit dem Christtag hatten diese Burschen in den Bezirken Wieden, Margareten und Meidling ihr Unwesen getrieben und den Wohnparteien namhafte Summen entlockt. Sämtliche Angeklagten waren geständig, nur Mörser erklärte, er sehe nicht ein, daß das ein Betrug sei, wenn er sich als Rauchfangkehrer ausgebe. Seine Glückwünsche seien ebensoviel wert wie die eines echten Rauchfangkehrers. Der Richter verurteilte die Angeklagten zu je zwei Wochen Arrest.

Ein Sachverständigenbeweis über den Wert der Glückwünsche eines echten Rauchfangkehrers wurde nicht zugelassen. Dieser Prozeß führt zurück in ein Wien, das noch besser war, als jenes, dessen Postbüchel bereits Kolo Moserschen Einfluß aufweisen. Nur das Urteil, das zwischen echten und falschen Neujahrsgratulanten unterscheidet, ist neuwienerisch. Früher hat man gesagt: Wenn einer so freundlich ist, uns am 1. November ein glückseligs neux Jahr zu wünschen, so wird er es selbst wohl nötig haben. Wenn heute in Wien ein falscher Rauchfangkehrer gratulieren geht, so empfindet man das so, wie wenn in Deutschland ein falscher Hauptmann von Köpenick eine Gemeindekasse plündert. Aber dieser Mörser ist ein guter Mörser. Er hat eine Bombe geworfen. Dafür muß der Mörser in den Block. Er hat sein Unwesen getrieben, denn er hat das Unwesen ohne Lizenz betrieben. Eine aristokratische Kultur erkennt das Betteln als Fähigkeit an, die demokratische als Beruf. Ein Neujahrsgratulant ist nicht mehr jene Erscheinung, die das Gemüt anspricht oder die Nerven belästigt, sondern eine, die das Rechtsbewußtsein interessiert. Eine legitime Beziehung zwischen ihm und uns muß vorhanden sein. Den Wagentürlaufmacher kennt man so, der Mistbauer muß beglaubigt sein, sonst hat er kein Recht, an unser Gemüt zu appellieren. Wenn dir einer entgegentritt und dir Glück wünscht, so sei vorsichtig und frage zuerst: Ja, wer sind Sie denn? Nimm nicht aus Nächstenliebe jeden Kanalräumer an, wirf nicht der Einfachheit halber jeden hinaus, der unter dem Vorwand einer Sympathie Geld von dir will, sondern prüfe und lehne nur den falschen Kanalräumer ab, der unter dem Vorwand, ein echter zu sein, dir Sympathie entgegenbringt. Das erfordert mehr Zeit. Aber wozu lebt man denn?

Der Schmock, das Talent und die Familie

Zum Dokument wird, was sich so in den Häusern der Kolingasse gesprächsweise täglich begibt, in den Spalten des ›Merker‹. Hier ist alles. Hier sind wir bei den letzten Dingen. Man glaubt, einer sage einem andern das Ärgste nach, und es ist ein Lob. Der Urschmock spricht:

Stefan Zweig.

.... Dieser schmale, elegante, junge Mensch, mit dem nervösen feinen Gesicht, von dem man nicht weiß, ob es einem Lyriker oder einem Bankbeamten gehört, dieses gehetzte, gierige Temperament, das die verbindliche Nettigkeit des guterzogenen Wiener Bürgersohnes niemals vergißt, angefüllt mit künstlerischen, politischen, wissenschaftlichen, industriellen Interessen, heute in Kanada, morgen in Mariazell, jetzt um eine große Dichtung der Vergangenheit bemüht, in ein paar Tagen in das Studium des Panama-Kanals vertieft, dichtend, musizierend, philosophierend, einen großen Verlag mit glänzenden Ideen fördernd, Leitartikler und Lyriker, Romanist und Dramatiker fürs Kino, immer verliebt, zu Hause und in tausend Freundschaften verstrickt in Paris, Prag, Brüssel, Rom, Komotau, Madrid und New-York – was hat dieser Stefan Zweig bereits gewirkt, geschafft, gelebt! Er ist berühmt geworden durch die Nachdichtung Verhaerens, den er der deutschen Kultur entdeckt und in einer ausgezeichneten Monographie nahegebracht hat, ist in zwei Gedichtbänden voll subtiler Schönheit Hofmannsthal mit begeisterter und begnadeter Jüngerschaft gefolgt, hat in Novellen von außerordentlicher psychologischer Phantasie dem Wach- und Reifwerden der Kinderseele nachgespürt, Verlaine übersetzt und dessen Leben erzählt, Balzac und Dickens in groß angelegten Essays charakterisiert, Rimbauds Leben aufgehellt, Baudelaire in deutsche Form gegossen, in einer Tragödie »Thersites« die Psychologie der Häßlichkeit mit überraschender Kraft gestaltet, in einem Rokokospiel »Der verwandelte Komödiant« die Gewalt genialer Schauspielerei gefeiert, vor Jahren schon im »Haus am Meer« deutsche Heimatsliebe verklärt, ist heute längst wieder in ein Dutzend anderer künstlerischer Pläne verstrickt – und dabei in zahllosen Zeitschriften immer aufmerksam und ungeduldig auf dem Posten, selbst voll Anregung, jeder Anregung offen, organisiert populäre Ehrungen, plakatiert jeden Augenblick eine neue Begabung, kritisiert, plaudert, schreit, hält öffentliche Vorträge, steckt insgeheim hinter zahlreichen künstlerischen Unternehmungen, Hofmeister, Dramaturg und Impresario der literarischen Jugend Wiens, hat Rat und Hilfe und Geld für alles – und hat bei dieser vielfältigen, produktiven, eindringlichen Tätigkeit das dritte Jahrzehnt seines Lebens noch kaum betreten. Das ist unsere Jugend! Die Jugend Wiens! Und da phantasiert man draußen noch immer von der müden Phäakenstadt. Man muß ihn gern haben, diesen alarmierenden, blühenden Menschen und man freut sich seines Aufstiegs. Denn aus diesem hochgespannten Leben steigt ein Hauch von Kraft auf, der keine Müdigkeit in seiner Nähe duldet. Es riecht ja freilich ein bißchen nach Benzin so ein Leben; und es wäre ganz gut für Stefan Zweig, wenn diese kilometerfressende Energie ein bißchen ruhiger würde. Das müßte er noch lernen: Halt machen können bei den Dingen. Es wäre gut für ihn und uns. Denn es wäre ein Verlust für uns alle, wenn er an seinen schönsten Möglichkeiten vorbeiliefe.

Leo Feld.

In der kleinen Silhouette, die Leo Feld in obigen Zeilen von Stefan Zweig entworfen hat, ist ihm ein Miniaturporträt von geradezu photographischer Treue geglückt. . . .

Richard Specht.

Es dürfte wohl noch nicht in allen Gesellschaftskreisen die Überzeugung durchgedrungen sein, daß nur ein Zufall ehedem die Berufswahl bei einem Gesicht entschieden haben kann, von dem man heute noch nicht weiß, ob es einem Lyriker oder einem Bankbeamten gehört, und daß selbstverständlich auch ein noch mehr gesteigerter Konsum an Kulturgütern und eine noch tollere Postarbeit um Balzac und Baudelaire, Rimbaud und Verhaeren nichts daran ändern kann, daß das Gesicht tatsächlich einem Bankbeamten gehört. Das würde auch nicht anders, wenn bei den Dingen Halt gemacht würde, und wenn einer, der vor Jahren schon die deutsche Heimatsliebe verklärt, später alles andere gefördert und gegossen hat, verliebt und verstrickt war, geplaudert und geschrieen hat, sich Zeit ließe und ein Nach- und Nachdichter würde. Gott wie talentvoll sind doch diese Leute, wenn sie zugleich Geld für alles haben! Da lebt so ein hundertarmiger Riese in Wien, und an der Fülle, die er herbeigewälzt hat, sieht man erst, wie reich die Kultur ist und daß sie es fast mit der Buchhandlung Heller aufnehmen kann. Wie kommt es nur, frage ich mich, daß ich, der doch schließlich sitera vierzehn Jahren in Wien auch nicht faul ist, mit so einem Briareus noch nicht zusammengeraten bin? Einer, der nicht bloß Geld für alles, sondern auch ein Herz für alles hat wie nur ein Bahr und mit seinen Beinen die Welt umfaßt wie nur ein Lothar, aber frischer ist als diese einer früheren Epoche angehörigen Agenten, müßte doch irgendwo einmal in einer Seitengasse, wenn's niemand sieht, sagen wir in einer stillen Gasse der Wiener Vorstadt auf mich gestoßen sein? Denn wenn ich auch nicht ausgehe, so bin ich doch da, das ist nun einmal nicht zu leugnen. Ich wachse, blühe und alarmiere, ohne daß man es sieht und hört, aber verwandte Naturen müssen es doch spüren. Gut, man kann mit mir nicht plaudern. Aber einer, der alles fördert und plakatiert, allem folgt und nachspürt, so ein Ganzehrlicher, grenzenlos Hingegebener, müßte doch einmal z. B. an eines meiner Bücher geraten oder in eine meiner Vorlesungen hineingeweht worden sein und da aufgeschrieen haben? Es wäre mir beileibe nicht lieb. Ich behielte mir sogar vor, mich gelegentlich zu erschießen, wenn's geschähe, wenn mir von solcher Seite je Empfänglichkeit zu teil würde. Aber weiß Gott, es wäre dann nicht solche Seite! Ich glaube schon, daß ich ein wenig das Maß der Ehrlichkeit bin und der Luschheit, wenigstens für die im Reichsrat vertretenen Länder, und wenn das nicht, so immerhin die harte Form für das Weichbild dieser Stadt! An mir zeigt sich's. Nicht, daß ich nicht um verborgene Gefühle wüßte. So ein Zweig hat sich schon auch in mich vertieft, ich weiß, er verehrt mich, wäre ich in Brügge, er würde mich übersetzen, ich würde es verbieten – aber da ich in Wien bin: die Hand würde ihm verdorren, ehe seine Feder es wagte, zu bekennen, was er an mir erlebt hat, oder erlebt haben wollte, wenn er könnte und dürfte. Denn diese Gattung weiß Bescheid um das, was man an mir zu erleben hat, sie ist informiert über die Kunst, und darum schreibt sie auch, wenn sie darf, Kritiken über mich, um deren Tiefe oder sagen wir Unbefangenheit oder sagen wir Wortbestand ich sie beneide. Nur darf sie meistens nicht. Jedes Schwein wird nun sagen: daß ich, wenns anders wäre, wenn auch meine Heimarbeit dem kulturellen Einkommen des Herrn Zweig – offiziell – zugute gekommen wäre, anders von Herrn Zweig dächte. Und jedes Schwein hätte Recht! Nur daß es sich zwischen mir und der Literatur so verhält: Die Fähigkeit, zu mir zu stehen, erlasse ich keinem, den Beweis allen. Die Fähigkeit traue ich keinem zu, den Beweis allen: denn selbst mit mir kann man Geschäfte machen. Man ahnt aber nicht, wie unsicher ich bin. Ich bin imstande, vom Unbestand abzufallen und den Verrat preiszugeben. Wahrlich, ich sage euch, es gibt Kommis in der Literatur, die mich wissen lassen, daß sie demnächst in meine Vorlesung kommen werden. Als ob das möglich wäre! Als ob nicht eher ein Kameel durch ein Nadelöhr ginge. Und als ob, wenn es technisch möglich ist, dieser Entschluß, der Macht, der andern Macht, zu parieren, nicht den Unwert erst bewiese. Ich kann mein Auditorium nicht sieben; sonst würde ich jedem Wiener Dichter die Skrupel abnehmen. Es wäre trostlos, wenn in der Pause meiner Leseabende die Geschäfte fortgesponnen würden, und es ist mir die angenehmste Erinnerung, daß von einer Gedenkfeier, die ich für Strindberg vor akademischen Hörern hielt, sich jene Burschen samt und sonders absentiert hatten, die, wenn sie rudelweise auftreten, geistiges Wien heißen. Ob nun der Haß gegen mich oder die Furcht voreinander – denn jeder möchte unsichtbar mein Hörer sein – oder die Stumpfheit, die nur dort auftaut, wo ein Rebbach zu holen ist – dies alles ist im Grunde dasselbe –, ob Schwäche oder Berechnung abgesagt hat: man würde meinen, meine akademischen Hörer müßten die wahre Ehrung solcher Gelegenheit durch die Absenz des geistigen Wien zu einer hohnvollen Demonstration benützt haben und jene unter ihnen, die noch des Glaubens wären, daß das geistige Wien bei Strindberg, wenn schon nicht bei mir, sein müsse, würden etwa ein Manifest angeregt, einen »Ruf« haben ergehen lassen, worin sie den schändlichen Vorfall dem kulturellen Europa bekanntgäben. Man würde mit Unrecht meinen. Denn die akademischen Hörer merkten sich zwar alle jene, die meiner Gedenkfeier für Strindberg ferngeblieben waren, aber nur, um sie als Vortragende der nächsten Saison auf ihrem Podium zu begrüßen. Das ist unsere Jugend. Ich habe den Fehler, Halt zu machen bei den Dingen und die Phrasen konsequent zu Ende zu denken. Das ist nicht schön vor mir. Das ist ungemütlich für die Jugend. Ich spüre dem Wach- und Reifwerden der Kinderseele nach! Sie fühlt sich durch mich in ihrem Besitzstand gestört wie ein ausgewachsener Jude. Die dampfenden Jünglinge sehen mich so entsetzt an wie die alten Verdiener: da muß wohl die Schuld an den dampfenden Jünglingen liegen, nicht an mir! Speziell diese brausenden Anreger, diese Glänzenden und Musizierenden, Blühenden und Alarmierenden, Reifenden und Rufenden, angefüllt mit künstlerischen, politischen, wissenschaftlichen, mit einem Wort industriellen Interessen, diese zwischen Komotau und der ganzen Welt verzweigten Talente, von Natur unruhig, haben ein schlechtes Leben an meiner Seite. Denn – entsetzlich – ich muß sie nicht einmal entlarven. Ich muß nur zitieren, was zu ihrem Lob gesungen wird: und es ist der tückischeste Angriff. Ich nehme Honig von triefenden Lippen und siehe, es ist Pech. Einer entlarvt den andern. Zehn stehen in einem Zwischengang beisammen, und kompromittieren einander so gründlich, daß man wieder durch kann. Am schlechtesten gehts dem Besten. Herrn Hofmannsthal werdet ihr an seinen Früchten erkennen, denn der Jünger wirft immer ein schiefes Licht auf den, der auch nicht an der Quelle saß und Kunstblumen sich zum Kranze wand. Sie führen ein Leben, das es ihnen ermöglicht, das Leben Verlaines zu erzählen, und mit einem unartikulierten Dichterschrei schmeißt sie ein Peter Altenberg aus der Reputation. Subtil sind sie alle, auch Trebitsch, um den noch heute die Seidenbranche weint, und alle werden sie im Burgtheater aufgeführt. Dort hört man dann – wenn es nicht gut erfunden ist, ist es wahr – im Zwischenakt den besten Dialog:

»Was, da sind Sie stolz über den Sohn, Herr Kommerzialrat, ich gratuliere, sehn Sie, ich hab es immer gesagt: ein Talent!« »Was kauf ich mir dafür –« »No hören Sie – aufgeführt in der Burg –« »Abber – gehn Sie – wär mir auch lieber, er wär was anderes geworn wie Dichter –« »Warum haben Sie ihn dann d a s wern lassen?« »Ich bitt Sie, die jungen Leut – «

Ehrlicher Vater, entstammend einer Zeit, wo der Betrieb noch kein höheres Ziel kannte als den Betrieb – du allein vermagst zu sagen, ob das nervöse feine Gesicht deines Sohnes einem Lyriker gehört oder einem Bankbeamten! Und wenn du, tieferer Ahnung voll, ihm tief ins Auge blickst, vielleicht reißt es sein Herz zum aufschluchzenden Bekenntnis: Vater, endlich, an deinem erwärmenden Herzen, in dieser Stunde, bin ich, der ich bin, ein Bankbeamter!, und du entlässest ihn mit treuer Hand: Ruh aus, mein Sohn, jetzt, allem Zwange losgezählet, bist du, der du nicht bist, ein Lyriker!

Fern sei es von mir, den »Professor Bernhardi« zu lesen

denn läse ich ihn, ich fühlte mich hingerissen, ihn zu zitieren, und zitierte ich ihn, man läse ihn richtig. Denn ihr alle wisset doch schon, daß die Dinge, die ihr anderorts mit Wohlgefallen betrachtet, hier plötzlich ein anderes Gesicht annehmen, indem sie das werden, was sie sind. Denn mir ist ein Engel erschienen, der mir sagte: Gehe hin und zitiere sie. So ging ich hin und zitierte sie. Und kann Existenzen dem Hungertode preisgeben, bloß dadurch, daß ich sie hier noch einmal und wörtlich das sagen lasse, wodurch sie Reichtümer erwerben. Und wahrlich ich sage euch, ich besitze eine Skizze von Salus, welche in der Sonntags-›Zeit‹ erschienen ist. Und wenn ich sie abdrucke, wird sich Europas Sorgenantlitz glätten und es wird wieder sein wie vor dem Kriege. Ich aber tue es nicht, weil ich ein anständiger Mensch bin. Diese geheime Kraft, die mich befähigt, die deutsch-österreichischen Autoren vor Gott und Menschen mißliebig zu machen, übe ich mit Bedacht. Schnitzlers Zeit ist noch nicht vollendet. In zehn Jahren wird man wissen. Und aber in zehn Jahren wird man nicht mehr wissen. Fern sei es von mir, seine besten Sätze abzudrucken. Denn er ist allen sympathisch und alle würden von mir sagen, ich sei ungerecht gegen ihn. Was ich aber schon heute verraten kann, ist, was ich nur vom Hörensagen weiß. Es soll ein ernstes Stück sein, ein soziales Stück, und Priester und Arzt reichen sich die Hand über dem Abgrund. Das habe ich gehört und mache mir Gedanken. Ich weiß, daß es nicht das Lustspiel ist, das sie von ihm erwartet haben. Denn jegliche Saison, wenn das Fest der Laubhütten kam, gingen die zehn Ältesten hinaus zu ihm und sahen nach, ob er ihnen schon das Lustspiel geschenkt hatte. Aber immer kehrten sie um und sagten: Noch nicht, aber fast. Er sei berufen, seinem Volk dereinst im Volkstheater das Lustspiel zu geben. Aber er gab es nicht, und die zehn Ältesten kehrten um und sagten: Noch nicht, aber fast. Und sie sahen, daß er sich mit unreinen Dingen abgab, mit der sogenannten Erotik. Das verdroß sie im Herzen und sie fragten: Siehe, warum gibt dieser hier, wenn er schon nicht das Lustspiel gibt, nicht wenigstens das ernste Schauspiel, das seriöse mit den sozialen Problemen, wo man hineinführen kann die Tochter? Und er gab nicht das Lustspiel, aber er gab das ernste Schauspiel, das seriöse mit den sozialen Problemen und sie wollten hineinführen die Tochter, aber die Zensur erlaubte es nicht. Dieses war Professor Bernhardi. Und sie sagten: Seine erotischen Probleme haben bei aller Feinheit der Psychologie nicht immer Wohlgefallen ausgelöst, jetzt aber, wo er ernst ist und gediegen, wird er verboten? Sitzt Glossy nicht im Beirat und gibt er nicht preis die Kunst dem Rotstift des Schergen, der päpstlicher ist als der Papst? Soll es nicht erlaubt sein einen Spiegel vorzuhalten, so lasset verschwinden Nathan und den Pfarrer von Kirchfeld und die Perlen von unseren Bühnen. Wieso erblickt man im Hauptproblem den Stein des Anstoßes, wo es doch einen Kardinalpunkt der kirchlichen Lehre bildet? Die Kirche scheut doch selbst nicht die »öffentliche Darbietung des Konflikts zwischen Dies- und Jenseits«, warum erlaubt man ihn nicht als Premiere im Volkstheater? Ist es gerecht, wenn man auf der Bühne nur erlaubt die Probleme des Ehebruchs, »als ob unser Liebes- und Eheleben aus lauter solchen Späßen bestünde«? Der so fragte, war ein hervorragender Rechtslehrer und er nannte sich so und verschwieg seinen Namen. Denn die Stimme des Herrn gebot ihm, zu schreiben gegen die geheime Fehme, wenn auch anonym, und den Satz zu schreiben von den »Gönnern, die zwar ihre schönen Namen gerne in den Dienst einer humanen Sache stellen, die aber in dem Augenblicke sich verkriechen, wo sie Männer sein sollen«. Dieser hier aber verkroch sich in dem Augenblick, wo er seinen schönen Namen in den Dienst der humanen Sache stellen sollte, und tat es anonym, was den Zweifel ausschloß, daß es ein Universitätsprofessor sei. Ich aber sage euch, es gibt deren viele. Und keiner von ihnen ist, der nicht bereit wäre, für die Überzeugung einzutreten, daß Gott die Welt unmöglich in sechs Tagen erschaffen haben kann. Und keiner von ihnen ist, der nicht bei der Vorstellung des »Professor Bernhardi« erschüttert wäre, aber unbewegt bei der Vorstellung, daß vor dem Premierenpublikum des Deutschen Volkstheaters vom Sakrament gesprochen wird. Und keiner von ihnen ist, der nicht bereit wäre, anonym die Behörde anzugreifen, weil sie die Frage, ob der Priester im Sterbezimmer zu erscheinen habe, kurzerhand durch die Verfügung erledigt hat, daß er nicht vor dem Auswurf der Menschheit zu erscheinen habe. Ich sage euch, es gibt einen Typus, der verderblicher ist als Hunger, Pest und Meer. Er nennt sich einen hervorragenden Rechtslehrer oder eine besondere Seite, er kann ein Historiker sein oder ein Nervenspezialist oder er muß auch nichts von Frauenleiden verstehen. Er ist in jedem Falle ein Freidenker und hat einen warmen Vollbart. Ist man sensibel, so kann man gegen den Typus nichts unternehmen, weil man als Kindheitseindruck irgendeine schäbige Maxime aus solchem Mund durchs Leben trägt und sich noch in reiferem Alter von einem Bart, der sich einst über ein Gitterbett beugte, gekitzelt fühlt. Ist man brutal, so sieht man in solchen Attrappen den Feind, bereit, sie überall anzuspringen, wo sie sich vor Kunst und Leben stellen. Diese Akkoucheure jeglicher Banalität stehen noch immer mit ihren Umgangsformen dem Geist im Weg. Viel mag von dieser Vollbärtigkeit im Professor Bernhardi, im Helden, im Werk und im Dichter stecken, nur daß hier als ornamentaler Hintergrund noch ein weites Land dazugehören mag. Der Gedanke aber, der in die starrste Konsequenz kirchlicher Formen verläuft, kommt von noch weiterem her. Das Sterbesakrament beginnt noch nicht einmal dort, wo das Sterbefeuilleton aufhört. Anonyme, aber hervorragende Rechtslehrer sehen in diesen Dingen eine Gelegenheit, sich in die Mannesbrust zu werfen, mit dem Voll- und Ganzbart zu protestieren, und sie loben einen Causeur erst dort, wo er sich endlich auch thematisch in ihren Horizont begeben hat und zum Leitartikel emporwächst. Denn Gott ist ihnen etwas, was sich überlebt hat, die Weltanschauung des Vereins katholisch Geschiedener ist ihnen etwas, was einen Dichter begehrenswert macht, und das Geschlechtsleben, um das sie so sicher Bescheid wissen wie um die Religion, ist etwas, was man nach der Arbeit betreibt, aber kein eines ernsten Menschen (der im Leben steht) würdiges Studium. Schnitzlers erotische Probleme haben nicht ihr Wohlgefallen ausgelöst. Aber was denn auf der Welt sollte Wohlgefallen auslösen, wenn nicht Schnitzlers erotische Probleme? Beunruhigt haben sie noch keinen hervorragenden Rechtslehrer, selbst wenn sein Eheleben aus lauter solchen Späßen wie Ehebruch bestünde. Es ist alles beim Alten geblieben, kein Mißverständnis zwischen den Geschlechtern wurde beseitigt und um Schnitzlers willen werden noch in hundert Jahren die Freidenker ruhig schlafen können und die Freidenkerinnen unruhig schlafen müssen, und die Welt wird nicht mit Schnitzlerischen Gedankenkeimen zur Welt kommen, und wenn es geschähe, würde es ihrer Verdauung auch nichts schaden. Gegen das Liebesleben der Leute hat er nichts unternommen. Darum war es höchste Zeit, daß er auch etwas für ihre Gesinnung getan hat. Um sie erotisch zu unterhalten, muß man mindestens ein Mikosch sein. Ein Gedanke würde ihnen die Nacht verderben. Psychologie verpatzt ihnen nur den Abend. Schnitzler hat sich rehabiliert, als wäre er früher Strindberg gewesen. Der Professor Bernhardi ist »eines der besten seit lange geschriebenen Dramen«. Zu wissen, wer so urteilt, und zu wissen, was darin vorkommt, möge dem Wissenden genügen. Ich stehe ganz auf dem Standpunkt des humanen Arztes und bin dagegen, daß man dort, wo die Kunst stirbt, es ihr auch noch sage. Und als Priester würde ich ihr nicht einmal Trost spenden und keine Absolution gewähren. Wie die Schnitzlersche Patientin hinter der Szene ist sie verloren, »aber glaubt sich genesen.« Überlassen wir alles Weitere den Freidenkern und bleiben wir im Vorraum.

Von einer Feuerwehr, die sofort erscheint

(Brände in Königspalästen.) Aus Potsdam, 11. d. M., wird telegraphiert: Heute vormittags brach im Adjutantenflügel des Neuen Palais ein Brand aus. Die Potsdamer Berufsfeuerwehr rückte sofort mit der Dampfspritze und allen verfügbaren Kräften aus. Der Brand nahm keinen großen Umfang an und wurde bald gelöscht. – Aus München, 11. d. M. wird telegraphiert: Heute früh brach im Wittelsbacher-Palais, in dem der Prinz-Regent Ludwig gegenwärtig residiert, in der Garderobe ein Kaminfeuer aus. Die sofort erschienene Feuerwehr löschte den Brand in kurzer Zeit.

Es ist schön, daß die Feuerwehr allerorten keine Protektion kennt, sondern Königspaläste ebenso schnell bedient wie die Hütten der Armen. Aber es ist zugleich ein Beweis, wie die Presse, die ihre Kunden auch alle gleich schnell bedient, den Schwachsinn bereits verwöhnt hat. Die Feststellung, daß ein Brand gelöscht wurde, genügt nicht mehr. Es ist auch nötig, zu sagen, daß er von der Feuerwehr gelöscht wurde. Und daß die Feuerwehr zur Stelle war, genügt auch nicht mehr. Es ist nötig, zu sagen, daß sie sofort zur Stelle war. Feuerwehr ist zwar ohnehin etwas, das sofort ausrückt: das ist ihr wesentliches Merkmal, und es wäre eigentlich nur bemerkenswert, wenn sie's einmal nicht täte, wenn sie also aufhörte, eine Feuerwehr zu sein. Aber von einer Schnecke zu sagen, daß sie langsam vom Fleck kam, ist Sache des Berichterstatters, der es beobachtet hat. Und bekanntlich weiß sich die Zeit, die keine Zeit hat, die Zeit damit zu vertreiben, daß sie sich in infinitum definiert. Denn so ist das Leben, daß es so ist.

ist noch trüber als die Welt, ein australischer Handelskommissär sieht also auch nicht anders aus als ein Berliner Budiker, das neue portugiesische Ministerium besteht aus acht Zahlkellnern, die deutsche Kronprinzessin hat zwei Buben, das Gefolge geht spazieren, wobei ein Fuß vor den andern gesetzt wird, ein bekannter Bildhauer wurde 70 Jahre, der Bischof von Birmingham treibt Wintersport, zwei Schauspielerinnen sind nicht schön und wurden deshalb zur Beratung des Theatergesetzes herangezogen, der König von Spanien ist auf einem Pferd angebracht, der Maler Meyerheim auf einer Plakette, vierzehn deutsche Polizeipräsidenten sind so, wie man sich sie vorgestellt hat, der von Stuttgart steigt gerade ins Auto und ist schneidig, die andern studieren die Aktenlage, es gibt Botschafterkonferenzen und polare Katastrophen, es ist alles da, stark wie die Mark, breit wie der Quark, und so sieht derselbe Herr nach Wiedererlangung eines gesunden kräftigen Haarwuchses aus.

Gelungene Einzelfiguren boten

Hofrat Peßler (Alt-Wien), Hofrätin Peßler (Zukunftsmode), Bezirksvorsteher Blasel (Phantasiekostüm), Kommerzialrätin Epler (Cokesreklame), Bildhauer Schwarte (preisgekrönter Bildhauer), Landesgerichtsrat Dauer (Luftminister), Herr Sarkanyi (Wallenstein), Kaiserlicher Rat Weinberger mit Gemahlin und Tochter (Adriahäfen, die nicht übergeben werden), Fräulein Pfaundler (Achtung! Benzin!), Hofzahnarzt Martens (Gigerl).

Es gibt nur eine Strafe. Die das Zeug haben, gelungene Einzelfiguren zu bieten, müßten in diesem Zustand das ganze Jahr hindurch im Amt, in der Familie, auf der Straße herumgehen und nur in der einen Nacht, in der Humor und Frohsinn in ihre Rechte treten, unbemerkt bleiben. Zu viel Phantasie ist eben auch nicht gut. Ich weiß nicht, wie ein Bildhauer aussieht, der wie ein preisgekrönter Bildhauer aussieht, einen Luftminister kann ich mir auch nicht vorstellen, aber es wäre schrecklich, wenn es dereinst einem solchen einfallen sollte, als Landesgerichtsrat auf ein Kostümfest zu gehen. Es könnten Verwechslungen vorkommen. Statt eines Adriahafens kann man auch anderes übergeben. Aber da die Serben sich mit allem abfinden lassen, nur nicht mit einem kaiserlichen Rat, so heißt's vorsichtig sein. Gewiß, dieses Österreich ist ein Männergesangverein, der seinen Narrenabend erlebt. Aber es wäre schade, wenn es sich in gelungene Einzelfiguren auflösen sollte, die kein europäischer Staat haben will.

Wiener Faschingsleben 1913

Unter dieser Devise, an leitender Stelle eines Wiener Abendblattes, dessen erste Seite die heitere Seite des Lebens vorstellt, während der Ernst der Politik mehr hinten kommt, habe ich, der am Schreibtisch verbrachten Nächte überdrüssig, gefunden, was ich gesucht habe. Ich stürz mich in den Strudel, Strudel hinein:

Ein kurzer Fasching, wie der heurige hat seinen eigenen Reiz. Man hat nicht Zeit, tanzmüde und blasiert zu werden, Vergleiche anzustellen und lange zu wählen. Im flottesten Dreivierteltakt eilt man von Genuß zu Genuß, man läßt mehr das Herz sprechen, das rascher entscheidet als die kühl berechnende Vernunft. Man amüsiert sich rasch und denkt nicht an morgen, denn es gilt, den kurzen Karnevalstraum rasch zu genießen, ehe der Aschermittwoch-Morgen dämmert und an den Ernst des Lebens mahnt. So kommt ein flotteres Tempo in diese ohnehin raschlebige Zeit, in der Nächte zu frohen Stunden werden und Wochen zu einem kurzen Taumel der Lust. – – – Man merkt dem Wiener Nachtleben schon die Kürze des Faschings an. Alles hat die Tendenz, sich gleichsam von vornherein für den späteren Ausfall zu entschädigen, rasch noch eine frohe Stunde und noch eine dem Leben abzuringen. – – – Die Wiener Hausgeister, die Gemütlichkeit und der Frohsinn, schwingen siegreich ihr Zepter, und nur, wenn hie und da noch eine Musikkapelle ein patriotisches Lied intoniert, denkt man der ernsten Tage, in welchen wir leben. Aber das ist nur ein Augenblick, dann läßt man wieder froh die Gläser klingen: »Ein Prosit der Gemütlichkeit!« Wer's nicht glaubt, der sehe einmal mit eigenen Augen nach, der begleite uns auf einer kleinen Rundfahrt durch das fidele Wien bei Nacht von heute oder er wähle selbst und empfinde die Qual der Wahl unter diesen gleich empfehlenswerten Adressen, die unter dem Titel »Wiener Faschingsleben« im Inseratenteil unseres heutigen Blattes zusammengefaßt sind.

.... Wer vom Sophiensaal oder aus der Stadt auf den Ring kommt, wird nicht widerstehen können, Dobners musterhaft vornehm geleitetem Café Stadtpark einen Besuch abzustatten. Wer seinen Weg über den Franzensring nimmt und insbesondere, wer vom Burgtheater kommt, wird nicht versäumen, in's Künstlercafé einen Abstecher zu machen. Besucher der Hofoper können am einladenden Café Fenstergucker (Scheidl) nicht vorbeikommen, ohne hier eine Erfrischung zu nehmen. Wer den Alsergrund zu durchqueren hat, dem seien das eben renovierte gemütliche Café Maria Theresia und das gegenüber der Volksoper gelegene renommierte Café Hofstötter bestens als Ruhe- und Erfrischungsstationen empfohlen. Freunde eines guten Tropfens und kreuzfideler Stimmung werden die Residenz-Weinstube in der Annagasse zu finden wissen sowie Gourmands in Mariahilf und in der Stadt sicherlich in das Restaurant Leber (Deierl) gehen werden. Aus dem Lustspieltheater, Zirkus Busch-Varieté, Carl-Theater, Intimen Theater geht man selbstverständlich in das Admiral-Café (Rosner) im Lloydhof (Praterstraße). Besucher des Strauß-Theaters finden von selbst das renommierte bürgerliche Restaurant »zum roten Rößl« in der Favoritenstraße. Reich genug ist die Auswahl fürwahr, und wer es versucht, diese Rundfahrt zu machen, wird überall auf seine Rechnung kommen, Denn es ist ein kurzer aber eben darum doppelt lustiger Fasching, der von 1913!

Ich bin dabei, ich mache mit, ich will mehr das Herz sprechen lassen. Rasch den kurzen Karnevalstraum genossen und hinein zum Dobner. Ich wollte widerstehen, aber es ging nicht. Ich kann nur sagen, es war toll. Vornehm geleitet, aber toll. Nun war ich nicht mehr zu halten. Man denke: durch fünfzehn Jahre ausgehungert! Nun eilte ich im flottesten Dreivierteltakt von Genuß zu Genuß. Was sage ich, eilte: ich taumelte. Die kühl berechnende Vernunft sagte mir: Geh nach Hause, Alterchen. Ich aber ließ mehr das Herz sprechen und versäumte deshalb nicht, ins Künstlercafé einen Abstecher zu machen. Dort waren lauter Künstler. Ein augustisches Zeitalter schien angebrochen. Schon aber dämmerte auch der Aschermittwoch-Morgen und mahnte an den Ernst des Lebens. Ja, Schnecken! Eheu fugaces, Postume, Postume! Drahma um! Wer wird an morgen denken? Ich zog weiter. Nur die Qual der Wahl trübte mir das bacchantische Glück, weshalb ich einen Wachmann fragte, wo hier die Wiener Hausgeister siegreich ihr Zepter schwingen. Er sagte: Gleich rechts um die Ecke, dann links, im Café Hofstötter. Nachdem ich den Alsergrund durchquert hatte, was an und für sich schon eine Hetz ist, wußte ich in kreuzfideler Stimmung die Residenz-Weinstube zu finden. Hierauf wollte ich am Café Scheidl vorbeikommen, ohne eine Erfrischung zu nehmen. Das war aber leichter gedacht als ausgeführt. Ich konnte einfach nicht vorbei, ich mußte hinein. Dort ging es drunter und drüber, das fröhliche Treiben erreichte seinen Höhepunkt, und auch ich nahm eine Melange und hierauf eine Erfrischung. Gourmands in Mariahilf, sagte ich mir, gehn jetzt natürlich zum Deierl. Ich sage nichts als: Evoë! Mein Gang war beschwingt, als ich wieder auf die Straße kam, und nun wollte ich in das renommierte bürgerliche Restaurant zum roten Rößl. Ich fragte einen

Wachmann, wo es sei, der aber antwortete: Das finden S' von selbst! Tatsächlich fand ich es von selbst. Ich verbrachte dort eine tolle Stunde. Ein Passant, der später des Weges kam, fragte mich, ob ich noch ins Admiralcafé gehe. Selbstverständlich, sagte ich und ging ins Admiralcafé (Rosner). Es war das im Lloydhof (Praterstraße) und hier war des Jubels kein Ende. Alle Besucher aus dem Lustspieltheater, Zirkus Busch-Variété, Carltheater und Intimen Theater hatten sich eingefunden. Die Leute standen Kopf an Kopf und nur mit Mühe konnte ich mir ein Plätzchen erobern. Was hier geboten wurde, überstieg alles. Man hatte nicht Zeit, blasiert zu werden. Ich beschloß, hier zu bleiben, in der Hoffnung, daß nunmehr auch ein flotteres Tempo in diese ohnehin raschlebige Zeit kommen werde, um Nächte zu Stunden und Wochen zu einem kurzen Taumel der Lust zu wandeln. Als ich wieder auf die Straße trat, traf ich einen Wachmann, fragte ihn, wo man hier noch eine frohe Stunde und noch eine dem Leben abringen könne. Denn der Fasching sei kurz. Und man wolle sich eben für den späteren Ausfall entschädigen. Der Wachmann sah mich an und sagte: »Waren S' schon im Admiralcafé?« Ich sagte: »Selbstverständlich«. »Gehn's zum Dobner!« »War ich schon.« »Gehn's zum Deierl!« »War ich auch schon.« »Gehn's zum roten Rößl, dös finden S' von selbst!« »War ich schon.« »Laßn S' das Herz sprechen und gehn's zum Scheidl!« »Kenn ich auch schon.« »Ja, was wollen's denn nacher haben? Wenn einer eh schon alls mitg'macht hat und is noch nicht zufrieden –! Mirkwirdik san die Menschen!« Ich torkelte nach Hause. Am nächsten Tag stand ich mit einem fürchterlichen Katzenjammer auf. Ein Freund suchte mich zu überreden, mit ihm ins Café Stadtpark zu gehen. Ich widerstand. Er sagte, ich sei blasiert.

März 1913

Wien und Wedekind
(Se non è trovato, è ben vero)

Aristokraten beim Auftreten des Jack:

»Schau d'r den an, charmanter Kerl das!« »Du, der Edi Liechtenstein hat g'sagt, mir wern uns a Jahr z'sammsetzen und alle Gemeinheiten was passieren z'sammschreiben. Dialog brauch'n mr eh nicht. Nacher habn mr a Stück, was an Mordssükseß hat.

Der Guido hat auch g'sagt.« »Der Harnoncourt hat gleich g'sagt, daß's ein Dreck is«

Juden nach Schluß der Vorstellung:

»Ich hab immer nur gedacht, wo bleibt die Büchse?« »Alles, was überhaupt exestiert, kommt vor!« »Ich hab a Freid, ich war dabei, es is überstanden.« »Das is nicht mehr pervers, das is schon Schweinerei.« »Der zweite Akt könnt auch besser ausgestattet sein. Der Mann hat doch zwei Millionen im Vermögen? Schkandalees!« (Die Gattin:) »In unserer Reihe war der Schnitzler.« »Schnitzler war da? Schnitzler hab ich nicht gesehn.« »Was? Ihr habts Schnitzler nicht gesehen? Sehr gut. Er war doch in unserer Reihe?« »Schnitzler war in eurer Reihe?« »Der Unterschied zwischen Schnitzler und Wedekind, daraus macht man noch einen sehr großen Dichter (statt: möcht ich Klavier spielen können).« »Schnitzler man kann sagen was man will is doch unbestritten der greßte lebende Dichter, was wir haben.« »Ich hab immer gewartet, eine Ziege wird zum Schluß vorkommen, das hat noch gefehlt, Schkandal!«

Mitteilungen aus unterrichteten Kreisen

»Am 1. d. beging der Beamte unserer Administration Herr M. Franz Gaida sein 25jähriges Dienstjubiläum im Verbande der ›Neuen Freien Presse‹. Er war aus diesem Anlasse Gegenstand vielfacher Ehrungen. Vor dem versammelten Beamtenkörper überbrachte Bureauvorstand Herr Heinrich Ollscher dem Jubilar die Glückwünsche des Herausgebers der ›Neuen Freien Presse‹, Herrn Moriz Benedikt, sowie der Verwaltung des Blattes, richtete an Herrn Gaida herzliche Worte der Anerkennung und des Dankes für seine langjährige verdienstvolle Wirksamkeit im Interesse der ›Neuen Freien Presse‹ und überreichte ihm ein Ehrengeschenk. Herr Inseratenchef Weber, als dessen Vertreter Herr Gaida seit Jahren fungiert, beglückwünschte ihn namens der engeren Kollegenschaft in launigen Worten, worauf der Sprecher der gesamten Beamtenschaft, Herr J. Seewald, Herrn Gaida in herzlichster Weise gratulierte und als Jubiläumsgeschenk der Kollegen eine wertvolle goldene Uhr überreichte. Zum Schlusse begrüßte der Obmann des Reichsvereines der Zeitungsbeamten Österreichs, Herr Laurenz Schmerz, Herrn Gaida namens des obgenannten Vereines.«

Es ist bezeichnend, daß die französische Presse, die sich sonst so gern in gehässigen Deutungen österreichischer Tatsachen ergeht, dieses günstige Merkmal der fortschreitenden Entspannung geflissentlich ignoriert. ›Nowoje Wremja‹ hält gleichfalls an der pessimistischen Auffassung der Lage fest. Interessant ist, daß der Erzherzog Rainer seiner jubilierenden Köchin persönlich gratuliert hat, während der Herausgeber der Neuen Freien Presse seine Glückwünsche nie eigenhändig abgibt, sondern durch den Bureauvorstand überbringen läßt. Wiewohl man zugeben muß, daß die Köchin für das Leben nicht annähernd so wichtig ist wie ein Inseratenchefstellvertreter für das Blatt. Ist er doch der einzige, der hier die Wahrheit sagt. Denn alle die Kollegen, die vorne arbeiten, stecken die Ideale aus, wenns ums Geld geht. Die hinten sprechen vom Geld, wenns um die Ideale geht. Vorn ist ja auch die Welt, wie sie ist, nämlich die, die so tut als ob. Auf dem Arsch trägt sie keine Larve, und wenn man sich nur an diesen hält, braucht man nicht erst Redoutengespräche zu führen. Benedikt liebt Umschweife, Gaida kürzt die Wege ab. Jener würde singen und sagen, die Ehe sei eine heilige Institution. Gaida sagt:

Zur Einheirat

in großes Textilunternehmen wird 45 bis 50 Jahre alter Herr aus feiner isr. Familie, mit Vermögen gesucht. Eventuell Vereinigung mit bestehender Weberei nicht ausgeschlossen. Gefl. direkte Anträge unter »Prima P. S. Nr. 146« an Rudolf Mosse, Wien, I. Bezirk, erbeten. 2180.

Einer wird für ein großes Textilunternehmen gesucht. Man glaubt, es werde ihm eine eventuelle Vereinigung mit einem Weib in Aussicht gestellt werden, nein, es handelt sich um eine eventuelle Vereinigung mit einer Weberei. Mit keinem Wort wird das Weib erwähnt. Daß zwischen Textilunternehmen und Weberei Begriffe wie Liebe, Schönheit, Treue, Untreue, Beischlaf, Schwangerschaft und dergleichen Begleiterscheinungen des kommerziellen Lebens Platz haben, ahnt man auch nicht einmal. Die Gefahr dieser Ehe wird nicht die Impotenz, sondern die Insolvenz sein; wenn ein Hausfreund auftaucht, so besteht der Verdacht, daß er unlautern Wettbewerb treibe; und gegen Kinder gibt es Markenschutz. Man müßte das Seelenleben der Frau, die hier zwischen den Zeilen welkt, bis zum Grab verfolgen. Man dürfte nicht Bomben auf Könige werfen, sondern müßte solch ein Ehepaar aus dem Bett holen oder aus der Volkstheaterpremier' und dem versammelten Volk Anschauungsunterricht über das große Weltverbrechen geben. Nicht wie sich die Pariser Kokotte entkleidet, werde stereoskopisch vorgeführt. Sondern unter den Klängen eines Chopinschen Trauermarsches genieße man in allen Buden das Schauspiel, wie die Textiltochter die Anträge unter »Prima P. S. Nr. 146« durchliest, wie ihr der Textilerzeuger zuredet, wie der 50jährige aus feiner isr. Familie erscheint, sie anstinkt und an ihr endlich die Handlung vornimmt, aus der das Leben kommt, und wie ihr das Leben in den folgenden Nächten und Jahren abstirbt, zwischen Schmerz und Gaida, und wie die Kinder aussehen und was sie lesen und wie auch sie der Vereinigung mit bestehender Weberei entgegenharren. Und wenn man dann noch nicht einsieht, daß die Administration recht hat und die Zeit eine goldene Uhr verdient und daß der große Schinder irgendwo im Kosmos lauert, um diesen hundstollen Planeten zusammenzuschießen, dann ziehe ich alles zurück und gehe als Optimist verkleidet auf den Narrenabend des Gesangvereins österreichischer Eisenbahnbeamten unter der Devise: »Unt're, ent're und and're Gründ'«.

April 1913

Der Wirrwarr

». . . . Als Gast erschien Fräulein Maria Mayen vom Berliner Lessing-Theater. (Zur Lösung des Wirrwarrs, der jetzt besteht: Fräulein Maria Mayen aus Berlin und nicht Fräulein Maria Mayer von der Volksbühne. Maria Mayen gastiert in dieser Woche und spielt niedliche Mädchen. Maria Mayer wird im Mai gastieren und Charakterrollen geben.) Maria Mayen also erschien gestern als Helene . . . .«

Dieser Salten hat eine Entschiedenheit in der Lösung von gordischen Knoten, daß man ihm ruhig das Balkan-Problem anvertrauen könnte. Wenn die albanische Abgrenzung so glatt von statten ginge, und die Enunziationen des auswärtigen Amtes so klar wären wie die Sprache der Theaterrubrik des Fremdenblatts, dann würde Europa das tun, was ihm jetzt in allen Leitartikeln gegönnt wird: aufatmen. Sollte man meinen. Aber auch die klarste Sprache scheint nicht mehr imstande zu sein, eine Entspannung zu fördern, denn die Demarche des Herrn Salten endet mit einem Fiasko. Montenegro gibt nicht nach. Wer hätte das für möglich gehalten? Nach dieser dezidierten Erklärung, mußte man annehmen, kann doch kein Zweifel mehr bestehen, daß die Mayen nicht die Mayer ist und infolgedessen die Mayer nicht die Mayen, ferner mußte man wissen, wann die Mayen und wann die Mayer gastiert und daß die Mayer erst im Maien auftritt, während die Mayen schon im März drankommt. In Skutari gehts drunter und drüber, aber das zum Kuckuck wird man sich doch endlich merken! Ja, wenn wir nicht in Wien wären, wo bekanntlich die größte Schlamperei herrscht und wo man immer erst fühlen muß, um zu hören. Die Enttäuschung eines Wachmanns, der durch die Kärntnerstraße geht und fortwährend: »Bitte links! Bitte links!« sagt, muß nicht ärger sein als die des Herrn Salten, wenn er nunmehr die folgende Notiz liest:

> Fräulein Mayen wird mit Beginn der nächsten Saison Mitglied des Burgtheaters. Die Engagements des Fräuleins Marie Mayen und des Herrn Viktor Schwanneke hängen vom Erfolge ihrer Gastspiele ab.

Und dafür hat man gekämpft! Herstellt! mag er rufen, wie kann denn um Gotteswillen das Engagement des Fräuleins Mayen erst vom Erfolg ihres Gastspiels abhängen, wenn dieses bereits absolviert und sie schon engagiert ist, und wie kann denn das Fräulein Mayen engagiert sein, wenn ihr Engagement erst vom Erfolg des Gastspiels abhängt? Aber Salten bedenkt nicht, daß der Setzer nur das Opfer seiner strengen Erziehung ist. Denn der Setzer hatte gewußt, daß man die Mayen nur zu leicht mit der Mayer verwechselt, und hat es deshalb gleich vorgezogen, die Mayer mit der Mayen zu verwechseln. In Berlin, wo man Ordnung hält, sind die Setzer noch unbefangen und darum erschien, als der Korrespondent des Berliner Tageblattes das Engagement des Fräuleins Mayen meldete, die folgende Notiz:

> Marie Mayer wurde einem Privat-Telegramm zufolge nach ihrem erfolgreichen Gastspiel am Wiener Burgtheater für fünf Jahre an diese Bühne verpflichtet.

Da aber der Korrespondent des Berliner Tageblattes Herr Salten ist, so muß ihn der Anblick des Satzes annähernd in den Zustand versetzt haben, in dem sich Timon von Athen befand, als ihm die falschen Freunde von dem Geld nichts borgen wollten, das er ihnen geschenkt hatte: Verzweiflung, Menschenhaß und das Gefühl grenzenloser Einsamkeit. Es ist aber das Schicksal der Persönlichkeit, daß sie leiden muß, wo sie beglücken wollte. Möge dieses unerhörte Erlebnis die Saat sein, der der Gedanke entsprießt:

Die Maria Mayen soll sich, um fürder nicht mehr Verwechslungen ausgesetzt zu sein, von nun an Maria Mayer nennen! Sollte aber dann etwa die Gefahr bestehen, daß man sie von der Maria Mayer nicht unterscheiden kann, so nenne sich diese einfach Maria Mayen. Damit ist allen Teilen geholfen, der Erfolg gleicht auf ein Haar den Zugeständnissen, die Österreich für sein Prestige erzielt, und keine Unzufriedenheit kann nie nirgends nicht mehr aufkommen.

Nachschrift. Montenegro gibt nach. Der Setzer dieser Glosse hat, um die Lösung des Wirrwarrs zu erleichtern, überall statt Mayen Mayer und statt Mayer Mayen gesetzt.

So ist es

Die Sachs ist tot – die Urania lebt. Verschafft jedem die Bildung, die er haben will. Die Nachbarn sind nicht entrüstet, die Polizei hat nichts dagegen. (Vielleicht auch nur, weil die Urania hohe Protektion hat.) Neulich gings bei ihr her! »Die Zeitung von einst und jetzt« wurde aufgeführt. Und kein Jud rief: »Das is nicht mehr pervers, das is schon Schweinerei!« Aber ein Satz wurde gesprochen, der sein Geld wert war:

Im allgemeinen ist Wien kein übermäßig fruchtbarer Boden für Zeitungsgründungen. Die Wiener Tagesblätter dürfen nicht gezählt, sondern sie müssen gewogen werden.

Nie ist im Salon des jedermann zugänglichen Wissens eine nacktere Wahrheit gezeigt worden. »So ist es!«, rief ein Viktualienhändler und kaufte sich sofort um fünf Kreuzer die sechs Kilo schwere Osternummer des Neuen Wiener Tagblatts, die ihn für sieben Wochen mit Packpapier versorgt. Nie wurde – nicht in vierzehn Jahren der Fackel – das Grauen des Wiener Geisteslebens mit schlichteren Worten ausgedrückt. Sie wollen weniger gelesen und lieber mehr gewogen sein!

Pfleget den Fremdenverkehr

(Lesestücke über den Fremdenverkehr.) Auf Anregung des Ministeriums für Kultus und Unterricht veranstaltete der Landesverband für Fremdenverkehr in Wien und Nieder-Österreich im Juni 1912 ein Preisausschreiben für die besten, zur Aufnahme in die Lesebücher der Volks- und Bürgerschulen geeigneten Lesestücke, welche in anziehender Form der Schuljugend die Bedeutung des Fremdenverkehres für die Allgemeinheit darlegen und geeignet erscheinen, die Jugend in Dorf und Stadt zu freundlichem Entgegenkommen den Fremden gegenüber zu erziehen. An der Preisausschreibung konnten alle in Nieder-Österreich ansässigen, zur Lehrtätigkeit an öffentlichen Schulen befugten Personen beiderlei Geschlechtes teilnehmen. Es wurden zuerkannt: erster Preis (100 Kronen in bar nebst einer Plakette): dem Volksschuldirektor in Loosdorf bei Melk Alexander Ohm-Januschovski Ritter von Wischehrad für das Lesestück »Ein Goldstrom«; zweiter Preis (50 Kronen in bar nebst einer Plakette): dem Lehrer in Gföhl Adolf Goldnagel für das Lesestück »Der Fremdenverkehr«; dritter Preis (ein Landschaftsbild): der Volksschullehrerin in Perchtoldsdorf Else John für das Lesestück »Pfleget den Fremdenverkehr«. Außerdem wurden mehrere Arbeiten zur Aufnahme in die »Mitteilungen des Landesverbandes für Fremdenverkehr in Wien und Nieder-Österreich« empfohlen.

Die wir heute unter dem Fluch, im Zeichen des Fremdenverkehrs zu stehen, vorzeitig altern, können uns manchmal noch vor der Wichtigkeit des Hotelportiers in ein Logis der Erinnerung retten. Dann dringt, nicht greifbarer als ein Sonnenstrahl im Staub, ein Tanz von Stimmen, Farben und Gerüchen ein, ein toter Tag schlägt seine Augen auf, und wir ertappen uns beim Einsagen, beim Zuspätkommen, beim Nachsitzen. Wir memorieren Lesestücke, sie waren von Pfeffel, Hölty, Kopisch und vor allem von Hey, und ferne klingt es wie: Bei einem Wirte wundermild, und: Hinaus in die Ferne . . . Und dennoch, es galt nicht dem Fremdenverkehr. Was wird euch Kindern der Zeit nach dreißig Jahren durch den Traum ziehen? Das Bäumchen, das andere Blätter hat gewollt, wird längst zu Zeitungspapier verdorrt sein, aber eine Welle des Lebensfrühlings trägt euch die Mahnung zu: »Pfleget den Fremdenverkehr!« . . . Und wisset ihr auch, wer der wackere Fremdling war? fragte der Lehrer. Wir wissen es, antworteten die Schüler. Es war Pierpont Morgan. Und nicht mehr hieß es: »Gebet den Armen!«, sondern: »Nehmet vom Reichen!« Und die Klasse sang:

A a a, der Fremde der ist da.
Die stieren Zeiten sind vergangen,
Der Fremdenverkehr hat angefangen,
A a a, der Fremde der ist da.

E e e, Euer Gnaden wissen eh.
Fesch das Zeugl, fesch die Madeln,
Gstellt vom Kopf bis zu die Wadeln,
E e e, Euer Gnaden wissen eh.

I i i, wir wurzen wie noch nie.
Seids net fad, ruckts aus mit die Maxen,
Reiß'n ma aus der Welt a Haxen,
I i i, wir wurzen wie noch nie.

O o o, wie sind die Wiener froh.
Mir werns euch schon einigeigen,
Laßts euch das Wiener Blut nur zeigen,
O o o, wie sind die Wiener froh.

U u u, nun hat die Seel' a Ruh.
Wien ist und bleibt die Stadt der Lieder,
Bitte beehren uns bald wieder,
U u u, nun hat die Seel' a Ruh.

So merkten sie sich die Vokale. Und nur so ergab sich: Austria erit in orbe ultima. Denn nur ein Volk, das es versteht, in seine Idylle hineinzutölpeln, erträgt einen staatlichen Reformeifer, der die Kinder des Landes zu Lohndienern erziehen möchte. Und nur ein Volk, das den Unterschied der Geschlechter durch die Merkmale des Blitzens und des Wurzens ein für allemal festgelegt hat, erträgt den schamlosen Witz, der Kinderseelen für die Zwecke einer tollgewordenen Volkswirtschaft präpariert und in den Kindermund Mitteilungen des Landesverbandes für Fremdenverkehr in Wien und Nieder-Österreich stopft. Und nur eine Tradition, die es für ihre letzte Lebensbedingung hält, ihre Basalte den Fremden zu apportieren, versinkt nicht in Grund und Boden bei der Vorstellung, daß der Staat aus der Schnorrerei einen Unterrichtsgegenstand macht. Eine Staats- und Volksfaulheit, die nicht das geringste dazu tut, um den Einheimischen das Leben erträglich zu gestalten, fiebert seit Jahren in Sehnsucht, Fremde zu entzücken. Das von Feuilletonisten viel berufene »österreichische Antlitz« ist die Visage eines schwitzenden Hoteliers, der überall selbst Hand anlegt, sich unaufhörlich vor leeren Tischen verbeugt und Leben in die Bude bringt, indem er die Kaisersemmeln untereinander auswechselt. Die Kellner warten mit Hangerl und Bangerl der Entwicklung, und ihrer zwölf kommen auf einen Fremden. Darum bleibt er vom Mahle fern, nach dessen Beendigung es ihm doch geschehen könnte, daß ihm die zwölf auf die Gasse nachstürzen und ihn an eine nicht angesagte Semmel erinnern. Nachdem dies geschehen ist, ruft ihm noch der Hotelier nach, daß er den Lift im Hause und beileibe nicht daneben habe. Mit solcher Erlebnisfülle vermag das Bewußtsein, daß die Volksschüler des Landes gut präpariert sind, kaum zu versöhnen. Die Kinder sollen dazu abgerichtet werden, die Verdrießlichkeiten wegen schlechter Gasthofsitten, zuspätkommender und verschweinter Züge, teurer Automobile und elender Telephone auch ihrerseits durch Zudringlichkeit wettzumachen. Denn mir ham halt die Alpen. Die Schweizer haben schließlich auch eine Gegend und sind ein einig Volk von Hoteliers geworden, aber Wilhelm Tell hätte die Zumutung Geßlers, auf den Kopf seines Kindes Lesestücke über den Fremdenverkehr loszulassen, glatt abgelehnt. Kein Staat Europas läßt sich wegen des Fremdenverkehrs so graue Haare wachsen wie Österreich, jeder erwartet geduldig und ohne Aufregung, was der Sommer bringt. Man ist in England, Frankreich und Deutschland noch immer der Ansicht, daß es wichtiger ist, für die Einheimischen als für die Fremden zu sorgen, weil nämlich die Fremden von selbst kommen, wenn für die Einheimischen gesorgt ist. Nur am Kraterrand stehen Banditen, die einige Lire dafür verlangen, daß sie sie in Lava eintunken, und nur Völker, die auf einem Vulkan tanzen können, haben noch die Geistesgegenwart, dafür Entree einzuheben. Mögen die Europäer, die für Österreich Fremde sind, eine Generalversammlung einberufen und den Beschluß fassen, daß so lange Zuzug fernzuhalten sei, bis Österreich für den Einheimischenverkehr gesorgt habe.

Die Jugend

[Abiturienten-Akademie des .... Gymnasiums.] .... zugunsten der Schülerlade der Anstalt. ... Unter der umsichtigen Regie des Oktavaners H. H. ging sodann »Goethe« von Dr. Egon Friedell in Szene. Die Rolle des Goethe gab F. W., den Professor L. E., den Ziest G. M. Alle Schauspieler fanden reichen Beifall. Zum Schlusse hatte Dr. Egon Friedell die Freundlichkeit, Lustiges über die Entstehung seines »Goethe« und über Peter Altenberg vorzubringen. Ein Tanzkränzchen bildete den Abschluß dieser gelungenen Veranstaltung.

Ich freue mich schon auf diese Generation! Die hats allerdings besser als die vorige, die von Goethe ungefähr nur die Vorstellung hatte, die ihr die Schulfuchser erschwerten, und der ein befreiender

Humor noch nicht den Ausweg zeigte. Wenn sie heute hinaus wollen, so ist die Freiheit, die sie meinen, unter allen Umständen der Abort. Man kann aber nicht früh genug die Probe machen, ob eine Klasse auch dereinst ein tüchtiges Kabarettpublikum abgeben wird, und man hört ordentlich die Stimme des modernen Pedanten: Wie wollen Sie denn ins Nachtleben hinaustreten, wenn Sie nicht wissen, wann Friedells »Goethe« entstanden ist? Aber zwei Dichter mit einem Schlag der jugendlichen Begeisterung empfehlen ist schon eine Leistung. Über Goethe werden sie wissen, daß er von Friedell war, und das ist immerhin erfrischender als wenn man sie gezwungen hätte, Tasso von Goethe aufzuführen, und von Altenberg erfahren sie rechtzeitig, daß er die Aussprüche über die Mortadella und über das Eichhörnchen getan hat. Von der Fürstengruft zum Krankenbett windet sich das Spalier einer ehrfürchtigen Jugend in Lachkrämpfen über die Lozelachs, durch die ihnen das Menschliche ihrer Dichter nähergebracht wird. Ein Hanswurst führt den Kondukt, die Regie hat der Oktavaner Haha und Schulmänner assistieren. Die Befürchtung, daß der Jahrgang 1913 sich zu Psychoanalytikern, Neopathetikern und Buchrezensenten entwickeln könnte, würden sie alle mit der Versicherung zerstreuen, daß sie es bereits seit der Sexta seien. Es bleibt nur mehr die typische Prognose: »Sie werden noch am Galgen enden!« zu erfüllen. Nie ist mir die Berechtigung dieser Fernsicht – nicht als Befürchtung, aber als Chimäre – deutlicher geworden, als angesichts der Jugend, die ich so in den letzten Jahrgängen heranwimmeln sah. Zehntausend schwarze Intelligenzen gegen den Geist! Nicht mehr auszurotten. Aber, glaubet mir, eine Armee von Läusen wird mit der Liebe fertig.

25 Jahre – Komponist!

[Bürgertheater.] Charles Weinberger, der fleißige Operettenkomponist, feiert sein 25jähriges Komponistenjubiläum, und da traf es sich gut, daß gerade in diesem Jahr »Der Frechling«, Weinbergers vorläufig letzte Operette, im Bürgertheater en suite aufgeführt wird. So ergab sich der Rahmen für eine solenne Feier von selbst. Sie warf bereits in den ersten zwei Akten der heutigen »Frechling«-Aufführung ihre Schatten voraus. Das Tempo war noch flotter, und die abwechselnden Walzer und Polkas klangen noch vertrauter als sonst. Fritz Werner, der als Frechling mit »gut sitzendem Frack« und nicht ganz ebensolcher Tenorstimme auf die Damen bezaubernd zu wirken hat, war voll guter Einfälle und placierte geschickt die Namen der Weinbergerschen Operetten im Dialog. Fräulein Petko trug ihren Charme, Frau Pohl-Meiser ihren Humor, Fräulein Myra ihre fabelhaften Toiletten zur Schau; und so war der zweite Akt mit Lachen, tragischen Schauern und Applaus zu Ende gegangen. Und nun begann die eigentliche Ehrung für Charles Weinberger, die in Form einer Konzertakademie vollzogen wurde. Weinberger erschien am lorbeergeschmückten Dirigentenpult, vom Orchester mit einem Tusch empfangen. Er dirigierte die Ouverture zu seinem reifsten Werk: »Schlaraffenland«. Diese Oper enthält wirklich schöne, wenn auch von Wagner stark beeinflußte Stellen .... Die »Lachenden Erben« vertraten Frau Marion und Herr Agel glaubhaft. ... Frau Dirkens sah sehr vornehm aus und weckte mit ihrer Art zu tanzen einen Jubel, der sich noch steigerungsfähig erwies, als Frau Pohl-Meiser mit den Herren Brod und Carlo Böhm das enorm parodistische Terzett »Rosa! Rosa!« aus der Operette »Die romantische Frau« mit geradezu groteskem Humor zum besten gab. Damit war der künstlerische Teil des Programms erledigt und es trat nun der Komponist in seine Jubiläumsrechte. Der Applaussturm steigerte sich zum Beifallsorkan, als Weinberger inmitten seiner Künstler auf der Bühne erschien. Die Bühne verwandelte sich in einen Blumen- und Lorbeerhain, Fritz Werner überreichte dem Komponisten sein Bild und umarmte ihn, was den Beifall verstärkte. Das Orchester fiel neuerlich mit einem Tusch ein und ungezählte Male hob und senkte sich der Vorhang. Im Namen des also Gefeierten, der zu ergriffen war, um sprechen zu können, dankte Fritz Werner mit einigen improvisierten, witzigen Worten dem Publikum. Nun erst konnte die Operette »Der Frechling« zu Ende gespielt werden. Die Vorstellung dauerte vier Stunden.

Daß solche Dinge möglich sind, ohne daß Himmelserscheinungen wie Kometen oder mindestens ein flammendes Kreuz, beobachtet werden, ist mysteriös. Man sagt, daß ein Weinberger-Jubiläum mit einer Werner-Umarmung einen Steinregen im Gefolge habe, dem in der Regel eine Auswanderung der Feldmäuse und ein Einbruch von Heuschrecken-Schwaden vorangegangen sei. Eine Weinberger-Feier wirft ihre Schatten voraus. Wenn nichts dergleichen außer ein bißl Beifallsorkan und Schwefelregen eingetreten ist, wenn die Bühne in einen Blumenhain verwandelt wurde, anstatt Blumenhaine in Wüsten, dann ist es Zeit, abergläubisch zu werden, dann verbirgt uns der Himmel seine Absichten und übers Jahr gibts Krieg und Pestilenz.

Die Phrase im Krieg

Blut ist unter allen Umständen nötig. Barbarische Völker brauchen es, um endlich in den Besitz der Phrase zu gelangen: wir, um die Phrase herunterzuwaschen. Es ist bereits so weit gekommen, daß im Zusammenhang mit der Flottendemonstration der Wunsch ausgesprochen werden kann, es möge eine »Klippe umschifft« oder ein »Ufer erreicht« werden. Klippen lassen sich aber nur auf dem Festland umschiffen, zum Beispiel bei einer Krida, und Ufer werden nur in Plaidoyers erreicht. Seitdem Kaufleute Klippen umschiffen und Advokaten Ufer erreichen, können es die Admirale nicht mehr tun. Wahrlich, man ist im Wasser, wenn auf dem Wasser mit Vergleichen aus dem Wasser gearbeitet wird. In geistig bankerotten Zeiten wird statt der Anschauungsmünze das Papiergeld der Phrase verausgabt. Wenn statt der Dinge Bilder von anderen Dingen bezogen werden, steht es schlimm genug. Aber wenn diese Bilder auch dort noch gebrauchsfähig sind, wo die Dinge schon bei den Dingen sind, wenn Ufer eine Umschreibung für Ufer und Klippe eine Phrase für Klippe ist – dann ist ein Krieg unvermeidlich!

Der liebe Gott

Hermann Bahr eignet sich nun allerdings nicht zum Jubelgreis. Zwar sieht er jetzt aus, wie man sich den lieben Gott vorstellt, breitschulterig, hoch, mit wallendem grausilbernen Bart ....

Jetzt weiß man endlich, wie sich Herr Stefan Großmann den lieben Gott vorstellt. Und er erschrickt nicht vor dem Bilde, wiewohl dieser liebe Gott unstreitig auch eine Familienähnlichkeit mit Herrn Engelbert Pernerstorfer hat, jenem lieben Gott, der einem entlassenen Direktor der Volksbühne die beleidigendsten Dankschreiben nachsendet. Das ist ja aber eben nicht der richtige.

Jedoch je reifer Hermann Bahr wird, desto weniger gern steigt er zu den Siedelungen der Menschen herab und desto ähnlicher wird er dem lieben Gott, der niemanden zu sich heranläßt.

Das ist wohl nicht ganz zutreffend, wenigstens so weit es Bahr betrifft. Denn während der liebe Gott es aus Gründen der Weltanschauung ablehnen würde, im Auftrage der Ortsgruppe Wiesbaden des Provinzialvereines Hessen-Nassau für Frauenstimmrecht einen besonders für diese Gelegenheit verfaßten Vortrag über das Recht der Frau zu halten, tut der liebe Bahr, was eine strenge Masseuse will. Aber er ist auch sonst nicht faul, und wenn er nicht eben der Trost aller verstauchten Talente wäre, so würden diese wohl nicht in der Lage sein, ihn für den lieben Gott zu halten.

Daß es heute ein dichterisches Jungösterreich gibt, ist diesem hell tönenden Organ zu danken. Oh, wie konnte er schmettern! . . . . Wie hat er uns junge Leute, alle, in den Zeiten der inneren Unsicherheit durch sein gutes Ja! gekräftigt und gefestigt!

Das ist es ja, was mich an diesem lieben Gott so verdrießt. Er hat alle geborenen Bankrotteure, alle Zwischencharaktere ermuntert, alle Schieber geschoben und allem Schleim zu einer Kruste verholfen.

Damals wandelte er noch gern auf Erden, aber seine Hilfe war dem kühnen Künstler so sicher wie die Hilfe Gottes.

Die kühnen Künstler sind denn auch richtig etwas geworden. Ursprünglich der Kunst bestimmt, haben sie sich später dem Handelsberuf zugewendet. Bahr aber glaubt, es seien nicht dieselben, sondern ganz andere. Während er selbst immer göttlicher wird.

In der letzten Zeit ist Hermann Bahr dem lieben Gott schon gar zu ähnlich geworden. Er hat sogar, verdrossen über die Wiener Verkleinerungssucht, die nur den mediokren und geschäftigen Burschen günstig ist, sein Wiener Heim aufgelöst und thront in Salzburg auf dem Berge.

Ganz wie der liebe Gott. Nur daß dieser vielleicht die Erschaffung des dichterischen Jung-Österreich Gottbehüte abgelehnt hätte, weil er ganz sicher wüßte, daß es mit den mediokren und geschäftigen Burschen identisch sei. Der liebe Gott unterscheidet sich aber auch sonst von Bahr. Wenngleich Herr Großmann nur weiß, wo Bahr wohnt, ist Gott wohl auch in Salzburg, aber man interessiert sich in Berlin nicht für ihn. Dagegen Bahr:

Hier in Berlin sitzt eine etwas vergrämte Dame und wartet auf ihn. Sie ist nicht mehr in den jüngsten Jahren, aber sie will doch noch »erlöst« werden. Unter den wenigen kultivierten Menschen, die für die höchst anspruchsvolle Dame in Betracht kommen, ist Hermann Bahr der wichtigste. Die Dame wartet unverzagt und hofft unverdrossen, daß ihr Hermann eines Morgens doch noch gut gelaunt vom Berge des Propheten niedersteige zu ihr, zur deutschen Komödie!

Das ist niedlich. Herr Stefan Großmann, konfessionslos wie er ist, trägt doch noch einen Glauben im Herzen. Er glaubt an Bahr. Vielleicht wirkt der noch Wunder! Gott hat nicht verhindern können, daß Herr Großmann mit einer so kleinen Abfindungssumme die Volksbühne verließ. So Bahr will, werden die Geschäfte jetzt besser gehen. Aber Gott unterscheidet sich auch darin vom lieben Bahr, daß man von ihm nicht das große Lustspiel erwartet, sondern – Bahr behüte – den Weltuntergang.

Das kommt von den Vorurteilen, ich bin auch so

Vor dem Bezirksgerichte Margareten sollte gestern die Ehrenbeleidigungsklage zur Verhandlung gelangen, welche Herr Artur Trebitsch durch Dr. K. gegen seinen Bruder, den bekannten Schriftsteller Siegfried Trebitsch, und Professor Ferdinand Gregori angestrengt hat. . . . . daß Herr Gregori auf dem Heimwege nach einer Vorlesung zu Herrn Siegfried Trebitsch folgendes sagte: »Die für den Vortrag in Aussicht genommene Novelle des Herrn Artur Trebitsch ist ein Schmarrn und Mist.« Dieser Äußerung soll auch Herr Siegfried Trebitsch beigestimmt und außerdem hinzugefügt haben, er habe nur einmal etwas von seinem Bruder gelesen, was derart dilettantisch war, daß er schon daraus über die Qualität der Novelle seines Bruders, die er zwar nicht gelesen, Klarheit gewonnen habe. Sein Bruder Artur leide übrigens an Größenwahn und Verfolgungswahn, da er sich an Gregori wende. . . .

Ich weiß nicht, ob es Verfolgungswahn ist, sich an Herrn Gregori zu wenden. Größenwahn ist es bestimmt nicht. Was aber Herrn Siegfried Trebitsch anlangt, so weiß ich, daß die Novelle »Des Feldherrn Traum« ein Schmarrn und Mist ist. Ich habe nur einmal etwas von ihm gelesen, was derart dilettantisch war, daß ich schon daraus über die Qualität der Novelle, die ich zwar nicht gelesen, Klarheit gewonnen habe. Überdies kann ich mich auf das Zeugnis des Herrn Gregori berufen, der diese Novelle auch nicht gelesen und ihr deshalb den Bauernfeld-Preis zuerkannt hat. Was aber das Schauspiel »Ein Muttersohn« des Herrn Siegfried Trebitsch anlangt, so weiß ich gleichfalls, daß es ein Mist und Schmarrn ist. Ich habe schon aus der Novelle »Des Feldherrn Traum«, die ich nicht gelesen habe, über die Qualität des Dramas, das ich nicht kenne, Klarheit gewonnen. Überdies kann ich mich auf den Burgtheaterdirektor Thimig berufen, der der gleichen Ansicht ist und deshalb das Stück aufgeführt hat.

meine Theaterunlust einmal zu überwinden und in die Trebitsch-Premiere zu gehen. Da ich gegen jede Störung einer Produktion bin, habe ich es unterlassen. Man sagt mir aber, daß ich es nicht bereuen muß. Es soll nämlich das Beste gestrichen worden sein und ein Betrug der Regie vorliegen, den das Publikum sich nicht gefallen zu lassen brauchte. Wenn Trebitsch versprochen wird, so hat man auch ein Recht, Trebitsch zu bekommen. Den ursprünglichen, den wilden Trebitsch, nicht den durch Striche gemilderten Trebitsch. Ich verpflichte mich, eine jede fremde Arbeit durch bloße Striche, ohne Änderungen oder Zusätze, so umzuarbeiten, daß sie von mir ist. Aus einer Trebitsch-Aufführung kann eine vorsichtige Regie immerhin einen normal langweiligen Burgtheaterabend machen. Wo bleiben aber die Überraschungen? Es soll den Leuten so gegangen sein, wie dem bekannten Theaterbesucher, der von der Absage der »Wildente« nicht unterrichtet ist und beim »Bibliothekar« den Nachbar fragt: Wo bleibt denn die Wildente? Sie fragten einander, ob das Stück denn auch wirklich von Trebitsch sei – eine Frage, die ja immer ihre Berechtigung hat, auch wenn das Stück von Trebitsch ist. Man sage nicht, daß vor einem Auditorium, welches nur aus Anhängern der Seidenbranche besteht, das Schicksal des Stückes von vornherein gesichert war. Nichts ist im Theater gesichert. Der Wille zum Applaus kann den Applaus bewirken, aber die Wirkung nicht verhindern. Publikum bleibt Publikum, auch wenn man weiß, wer hineingeht. Was sind das für Foppereien? Wenn statt des erwarteten »Muttersohns« Don Carlos gegeben wird, ja d a s ist keine Kunst, d a kann ein Stück von Trebitsch n i c h t durchfallen!

Philippe Derblay . . . . Hr. Reimers

(Ein Zwischenfall im Burgtheater.) Im Burgtheater hat sich heute während der Vorstellung ein eigenartiger Zwischenfall abgespielt. Es wurde der »Hüttenbesitzer« gegeben, und der zweite Akt war dem Schlusse nahe, als einer der anwesenden Detektivs beobachtete, daß sich ein Herr in der Parterreloge Nr. 7 fast vollständig entkleidet hatte. Der Detektiv rief andere Beamte, den Gebäudeinspektor und schließlich den diensthabenden Theaterarzt herbei, die nun den seltsamen Logengast in unauffälliger und rücksichtsvollster Weise aus der Loge in das Inspektionszimmer brachten. Der entkleidete Herr leistete keinerlei Widerstand. Er machte den Eindruck eines Geistesgestörten .... Er war in Touristenkostüm, mit Wadenstrümpfen und Bergschuhen, gekleidet und hatte zuerst einen Parterresitz gehabt. Knapp vor Beginn der Vorstellung tauschte er den Sitz gegen eine ganze Parterreloge um .... Als er nun im zweiten Akt sich langsam zu entkleiden begann, bemerkten dies in dem übrigens ziemlich schlecht besuchten Hause nur sehr wenig Personen. Erst seine Wegführung erregte einiges Aufsehen ....

Der Mann muß gar nicht geistesgestört sein. Nach einem Bericht gab er, um den Grund seines Vorgehens befragt, die Antwort: »Es war ja so leer.« Die Abwesenheit von Menschen ist sonst nicht gerade ein zwingender Grund, sich auszukleiden. Der Anblick des Burgtheaterzuschauerraumes wirkt aber offenbar als unwiderstehlicher Zwang. Es geht einem ähnlich wie in einer der Grotten von Sorrent oder Capri: es wird ja doch niemand kommen, und man badet. Als eine Ovation für die Schauspieler kann eine Entkleidung nicht gut gedeutet werden, nur als die Benützung einer sich darbietenden Gelegenheit. Ob der Mann eine Freikarte gehabt hat, war nicht zu ermitteln. Die Wegführung dieses Zuschauers erregte natürlich einiges Aufsehen außerhalb des Theaters, weil ja doch die Straße beim Burgtheater von ein paar Leuten besucht wird. Man stelle sich nur den Rummel vor: die Türen werden aufgerissen, draußen ertönt das Gebrüll: Aus iiis ...! und es strömt ein Zuschauer heraus, und der ist nackt.

Das tut man nicht

.... In der Verhandlung gab die Zeugin unter Tränen an, daß sie ihr ganzes Leben hindurch eine brave Frau gewesen und erst durch die Vorspiegelungen der Angeklagten gestrauchelt und für ihr ganzes Leben unglücklich geworden sei. – Richter: So ganz korrekt haben Sie sich auch nicht benommen. Nach der ersten Bekanntschaft gibt man sich einem Manne nicht hin. – Die Zeugin schilderte nun den Verführer als einen schönen, schwarzen Mann mit bleicher Gesichtsfarbe und Perlenzähnen. ...

Immerhin, so benimmt man sich nicht.

Geheime Verhandlungen mit Zulassung der Presse

Aus der geheimen Verhandlung.

Unter Ausschluß der Öffentlichkeit wurde Zeuge Oberleutnant (voller Name) über seine und der Angeklagten Krankheitsgeschichte vernommen. Er teilte mit, daß er im Jahre 1906 erkrankte und in der Behandlung des Stabsarztes Frühauf, sowie eines Regimentsarztes stand. Im Herbst 1908 erklärten ihn die Ärzte als völlig geheilt, später sind nie mehr die leisesten Symptome dieser Krankheit hervorgetreten, eine Kur in Bad Hall habe er nur vorsichtshalber gebraucht. Anfangs 1909 lernte er dann die Angeklagte kennen, die drei Monate darauf erkrankt ist und sich in Bielitz von einem Arzt, dessen Name dem Zeugen nicht bekannt ist, behandeln ließ. In Wien habe sie die Kur fortgesetzt.

Gibt es irgendwo auf dem Planeten noch so eine Bagage? Wenn in Berlin eine Verhandlung geheim durchgeführt wird – wie es gleichzeitig geschah – so kann auch nicht ein Ton in die Presse dringen. Der Saal ist im Nu gereinigt, und wenn sich's gar um die geheime Krankheit handelt, kann man sicher sein, daß nicht geschmiert wird. Ein Berliner Vorsitzender, dem man zumuten wollte, das »Publikum« auszuschließen und die Preßkerle drinzulassen, würde den Antragsteller fragen, ob er ihn für einen Idioten halte. In Berlin denkt man immerhin so weit, daß man rechnet: 100 Zuhörer erzählen es nur einem Publikum von 500, das der Saal nicht gefaßt hätte; aber einer, der's schreibt, bringt es einer Million bei. In Wien glaubt man, die »Öffentlichkeit« einer Verhandlung sei kongruent mit der Zahl, die das Zimmer faßt: wenn also drei als »Vertrauensmänner« drin bleiben, so sei das bei weitem nicht die Öffentlichkeit. Und den dreien sieht man es an der Nase an, daß sie Berichterstatter sind: eben deshalb werden sie zugelassen. Denn keine Minute könnten Funktionäre, die in die Zeitung kommen wollen, unter deren Ausschluß verhandeln. Den Bock zum Gärtner machen ist kein sprichwörtliches Absurdum mehr; es ist eine Möglichkeit geworden neben jenem Unternehmen, das längst die Beachtung des Büchmann verdient: den Schmock zum Gärtner machen. Und hier, wo es sich um Sexuelles handelt, den Bock zum Vertrauensmann. Diese schändliche Praxis fällt in Wien keinem Kulturzeugen mehr auf. Hier kann eine Überschrift »Aus der geheimen Verhandlung« lauten. Geheime Verhandlungen mit Zulassung der Presse. Geheime Krankheiten mit Zulassung der

Öffentlichkeit. Kein Geheimnis ohne Öffentlichkeit. Keine Kur in Bad Hall ohne Presse. Der Arzt muß das Berufsgeheimnis wahren. Der Jurist nicht. Er kennt den Namen des Patienten, er bedauert, daß dieser den Namen des Arztes nicht preisgibt. Mögen Existenzen, die vielleicht eine Gerichtsverhandlung überdauern könnten, an der Gerichtssaalberichterstattung zugrundegehen! Die Strafe genügt nicht. Man stellt fest, daß sie vorbestraft sind, man sorgt dafür, daß sie auch nachbestraft werden. Die Diskretion der geheimen Krankheit gegenüber beschränkt sich darauf, daß man sie nicht Syphilis nennt! So viel Hundspeitschen können gar nicht fabriziert werden, als man brauchte, um in Wien Anstand und Menschlichkeit zu erpressen!

Öffentliche Verhandlungen mit Ausschluß der Presse

Zur Hundspeitsche zu schlecht ist eine Presse, die trotz der Bindung durch Vornotizen den Bericht über den Abschluß des Trebitsch-Prozesses unterschlagen hat. Sie tat es, wiewohl der Ausgang für den Beklagten aus formal-juristischen Gründen günstig war. Die liberale Presse hat den Prozeßbericht zur Gänze unterdrückt, die antisemitische und sozialdemokratische hat, was schlimmer ist, hinter dem Schein der objektiven Notiznahme die Hauptsache unterschlagen. Sie können sich auf die Gerichtssaalkorrespondenz ausreden, die schon gewußt hat, was sie den Redaktionen zumuten dürfe, und der sie diesmal nicht ins Handwerk gepfuscht haben. Nur einem Blatt, der ›Reichspost‹, ist die folgende Tatsache zu entnehmen:

Im Verlaufe einer Gerichtsverhandlung hat heute der ehemalige Hofschauspieler und gegenwärtig am Konservatorium als Lehrer wirkende Professor *Gregori zugegeben*, daß *er als Kurator der Bauernfeldstiftung durch Abgabe seiner Stimme für die Zuerkennung des Preises an den Schriftsteller Siegfried Trebitsch für die Novelle »Des Feldherrn Traum« eingetreten ist, wiewohl er diese nicht einmal gelesen hatte.* Herr Gregori wußte zu seiner »Entschuldigung« noch anzuführen, daß *auch andere Mitglieder des Kuratoriums der Preiszuerkennung zustimmten, ohne die Novelle gelesen zu haben.*

Er verklausulierte diese ungeheuerliche Tatsache mit der Erklärung, man habe diesem Buch des Trebitsch in Hinblick auf dessen *sonstige literarische Verdienste* den Preis zuerkannt.

Wir wollen nicht annehmen, daß neben diesen literarischen Verdiensten auch die sicher nicht kleinen Verdienste des reichen Seidenfabrikanten Trebitsch als Kriterium für die Preiszuerkennung gegolten haben. ... Es ist nur eine selbstverständliche Forderung, daß Gregori und die anderen Mitschuldigen ihr Amt im Preisrichterkollegium des Bauernfeldpreises niederlegen.

Aus dem Prozeßbericht:

.... Herr Gregori habe ein Buch seines Bruders, das er nicht einmal selbst gelesen habe, für den Bauernfeldpreis vorgeschlagen.

Gregori erwiderte darauf, er habe sämtliche Werke des Siegfried Trebitsch gelesen, nur das Buch »Der Traum des Feldherrn« nicht. – Kläger: Gerade dieses Buch erhielt den Bauernfeldpreis und Herr Gregori hat für die Preizuerkennung gestimmt.

Zeuge: Ich bin überzeugt, daß zwei oder drei andere Herren im Kuratorium gerade dieses Buch auch nicht gelesen haben, Herrn Trebitsch wurde mit Rücksicht auf seine literarischen Verdienste der Preis verliehen.

Kläger: Herr Gregori hat also zugegeben, daß er für die Preiszuerkennung eintrat, ohne das Preiswerk zu kennen.

Tausend Tatsachen aus dem Privatleben von Klägern und Beklagten werden im Lauf eines Jahres von der verächtlichsten Presse des Erdballs in die Stinkluft des Personalinteresses eingetragen. Privatleute werden öffentliche Figuren durch das Unglück, daß ein Strolch, der über Druckerschwärze verfügt, sich im Gerichtszimmer aufhält. Öffentliche Figuren, auf deren Affären das Interesse Anspruch hat, werden zu Privatleuten. Ein Druck auf den Kapitalshebel genügt und die Chefredakteure winken mit wakkelndem Kopf – »was ham wr das nethig« – ihrem Gerichtssaalreporter ab. Zehn Spalten für einen Ehebruch: der Literaturskandal der Verteilung des Bauernfeldpreises dringt durch keine Ritze. Aber sie wird ihm geöffnet werden. Es wird dafür gesorgt werden, daß diese Sache zum Klappen kommt. Der Professor Minor ist tot. Die Überlebenden des Bauernfeld-Kuratoriums sind der Sektionschef Stadler aus dem Unterrichtsministerium, der Advokat Weissel, jener Kalbeck, nach dessen Ansicht ein lebendiger Trebitsch besser ist als ein toter Wolf, und deren Anzeiger und Selbstanzeiger Gregori, der endlich – nach Burgtheater und Mannheim – seinen Posten ausfüllt. Er hat sich erleichtert. Er wollte nicht sterben, ehe diese Schuld von seinem Gewissen gewälzt war. Er hat den schmählichen Verdacht, daß er in Kenntnis einer Dichtung des Trebitsch ihr den Preis zuerkannt habe, von sich getan. Nun ist die

Reihe an den zwei oder drei andern. Die Herren werden hiermit aufgefordert, ihre Meinung über die sonstigen literarischen Verdienste des Herrn Trebitsch ausführlich zu motivieren und anzugeben, wer sie ihnen beigebracht hat; ferner wer ihnen das Recht gegeben hat, eine Meinung über literarische Dinge zu haben; wer sie ermächtigt hat, Literaturpreise zu verteilen; und überhaupt wozu sie auf der Welt sind. Sollte die Antwort nicht befriedigend ausfallen, so werden die Herren die Freundlichkeit haben, nach Rückerstattung des Trebitschpreises nebst Verzugszinsen an Bauernfeld, ihr Amt, ihre Meinung und sich selbst niederzulegen, damit mein Fuß über sie hinwegschreite.

Der Herausgeber

Es ist bekannt, daß jener Teil der Bevölkerung, aus dem die Journalisten hervorgehen, einen unwiderstehlichen Hang hat, »hinaus« und »heraus« zu verwechseln. Sie fühlen sich immer als Draußenstehende und sagen deshalb »herauskommen«, wenn sie »hinauskommen« sagen wollen. Wenn sie hinausgeworfen werden, so sehen sie sich schon vor der Tür und sagen, man habe sie herausgeworfen. Vor den Wahlen rufen sie mit Vorliebe: »Heraus aus dem Sumpf!«, als wären sie schon draußen. Vor der Entspannung wünschen sie nichts weiter als: »Heraus aus der Ungewißheit!« Ich wartete auf den Augenblick, wo sie den Abschied vom Bösendorfer-Saal beklagen und Raimunds herrliches »So leb denn wohl« zitieren würden. Der Vater Korngold hat mich nicht enttäuscht:

»Wir ziehn betrübt aus dir h e r a u s«, das naive Liedchen des Volksdichters, das schlicht eine Empfindung ausdrückt, für die wir die großen Worte scheuen, t r i t t uns a u f d i e L i p p e n.

Auf die Lippen heraus? Oder auf die Lippen herauf? Auf was herauf? Der Bösendorfer-Saal fällt der Häuserspekulation zum Opfer. Sie ziehn betrübt heraus, was herauszuziehen ist.

Was ham S' g'sagt?

»Dieser Tage fand im Künstlerhause ein von dem Truchseß und Ehrenmitgliede der Genossenschaft der bildenden Künstler Wiens und der k. k. Akademie der bildenden Künste in Wien, Herrn Fritz Dobner v. Dobenau, veranstaltetes und äußerst animiert verlaufenes, gemütliches Abendessen statt, bei welchem derselbe in Anwesenheit der weiteren Ehrenmitglieder Herren Hofrat August v. Schaeffer und Professor Rudolf Ritter v. Weyr und des leitenden Ausschusses den bisher mit seinen anläßlich des Regierungsjubiläums des Kaisers im Jahre 1898 gestifteten, seit dieser Zeit alljährlich in den Jahresausstellungen im Künstlerhause zur Verleihung gelangenden ständigen zwei Geldehrenpreisen prämiierten Künstlern zur bleibenden Erinnerung eine von Professor Stephan Schwartz in Silber künstlerisch ausgeführte Plakette überreichte.«

Gehn S' das is schön, sag'n S' es noch einmal.

Militanten

ist die Bezeichnung für jene Suffragetten, die persönlich losgehen. Und die Männer – die Bezeichnung für das schwächere Geschlecht – werden nicht einmal daran ihres Jammers inne, sondern diskutieren ernsthaft, ob man jenen das Stimmrecht geben solle. Unter solchen Umständen haben jene es sich hundertmal verdient. Und man muß endlich zugeben, daß die Entrechtung der Frauen nur von einem Standpunkt zu verteidigen ist, der weit hinter dem gedanklichen Horizont stimmberechtigter Männer liegt. So wie die Dinge heute liegen, kann man nicht zweifeln, daß eine Militante es mit zehn liberalen Onkeln noch aufnimmt. Überhaupt muß man dem Weib, das gern zur Urne schreiten möchte und derlei nicht als Schändung, sondern als Ehrung empfindet, dabei behilflich sein. Und überschätze man die öffentlichen Aufgaben nicht, auf deren Bewältigung sich übelriechende Individuen etwas zu Gute tun. Von der neidlos dem Weib zugestandenen Fähigkeit, ein Zimmer aufzuräumen, bis zu jener Tüchtigkeit, die im Staatsleben wirtschaftet, ist es nicht ganz so weit, wie sich die wichtigtuende Impotenz einbildet. Man soll die Frauen, die dazu und zu nichts Besserem Lust haben, nicht mehr hindern, Bezirksausschüsse zu werden. Im Gegenteil soll man beide Geschlechter, soweit sie dazu taugen, mit gleichen Rechten auf den Kehricht der Welt loslassen. Die Mittelmäßigkeit hat kein Geschlecht und mit der Zeit wird unter der Uniform auch das letzte unterscheidende Merkmal, das ohnehin keine Rolle mehr spielt, verschwinden. Dann ist Hoffnung, daß Liebe und Kunst, von dem heutigen Mischmasch befreit, jene entmännlicht, diese entweiblicht: eine Körperschaft, die nicht Gesetze, eine Geistigkeit, die nicht Schweinereien macht, wieder zu sich, wieder zu einander kommen.

Andauernde Entspannung

Die Chinesen sollten jetzt bald den Ehrgeiz haben, das von Christen in Skutari vergossene Christenblut zu rächen. Die Europäer werden es nicht tun, weil sich die Europäer vor einander fürchten. Sie werden weiter mit dem König von Montenegro verkehren, wiewohl nun nachgewiesen ist, daß er aus Rücksicht auf das Bankhaus Reitzes durch Monate in Keller und Kirchen Melinitgranaten gesendet hat, weil er wußte, daß dort Frauen und Kinder wären und aus der Todesangst erlöst sein wollten. Die Europäer haben ihn daran nicht gehindert und es genügte ihnen, daß er die Stätte räume, wo er gemordet hat. Die Europäer fürchten sich vor ihren ehrlichen Waffen, sie lieben den Fortschritt im Nebel der feigen Intelligenz und im Elend der internationalen Phrase. Sie lassen sich von Diplomaten und Demokraten um ihre Instinkte betrügen. Montenegro ist einig. So oft es will, wird es Europa schwächen. Nikolaus ist der Inhaber eines österreichischen Regiments. Im Kriegsfall hätte er diese Würde niederlegen müssen. Er wird nie diese Würde niederlegen müssen. Europa wird immer rüsten und Montenegro wird immer nachgeben. Darauf wird die europäische Diplomatie immer stolz sein. Sie werden drohen, zahlen und aufatmen. Der Nikolaus wird nach Wien kommen und mit achtungsvoller Sympathie begrüßt werden. Er wird bei Mercedes zwei Wagen bestellen und sie werden für ihn bezahlt werden, damit er sie verkaufen könne, weil ihm füglich ein Einspänner als Hofwagen genügt. Er wird dafür zwei Gedichte zurücklassen und das Tagblatt wird sie drucken. Die Kaffeesieder werden Daniloorden bekommen. Wahrlich ich sage euch, so viele Granaten in die Schlafhütten von Skutari einschlugen, so viele Daniloorden für barmherzige Wiener wird es geben. Denn Österreich ist der Vorposten der europäischen Schwäche. Montenegro ist der Fühler, den eine bessere Gefahr ausstreckt.

Ein Vorurteil

Das Neue Wiener Tagblatt meldet:

Bei der vorgestrigen Wohltätigkeitsvorstellung auf der Residenzbühne bot Fräulein Käte Pasqué, die als Lotte in Massenets »Werther« auftrat, durch treffliche Darstellung eine sehr gute Leistung. Die junge Künstlerin fiel durch ihre angenehmen Stimmittel auf.

Die Meldung ist richtig, nur daß es statt »vorgestrigen« »übermorgigen« heißen soll. Denn damals glaubte man noch, die Wohltätigkeitsvorstellung werde stattfinden. Aber sie wurde inhibiert, sie fand nicht statt, es wurde kein »Werther« gegeben, niemand bot eine Leistung und niemand fiel durch Stimmittel auf. Das macht aber nichts, wenn nur die Hauptsache richtig ist.

Wofür man sich erschießt

Aus Baden wird berichtet: Großes Aufsehen erregte der Selbstmordversuch der Soubrette des hiesigen Stadttheaters, Fräuleins Annie M. . . ., einer Wienerin. – – Am Samstag erschien in einem Badner Blatte über Fräulein M. eine abfällige Kritik, die sie sich sehr zu Herzen nahm. Gestern früh schrieb sie Abschiedsbriefe an ihre Eltern in Wien, an ihren Bräutigam – – Man fand in den Parkanlagen unweit der Arena Fräulein M. auf einem Rasen mit einer Schußwunde in der linken Schläfengegend mit blutüberströmtem Gesichte, doch bei völligem Bewußtsein. – – Zum Direktor sagte sie dann, daß sie die Tat wegen der abfälligen Kritik begangen habe. – – Im Rathschen Spital, wohin sie gebracht wurde, wurde konstatiert, daß die Kugel nicht in das Gehirn eingedrungen ist.

Was sagt man zu diesem sonderbarsten Mißverhältnis der Tatsachen: die Ansicht eines Individuums, in Druckerschwärze übertragen, bewirkt, daß das Gesicht eines jungen Mädchens blutüberströmt ist. In Baden soll der Machthaber über Leben und Tod ein Uhrmacher sein. Aber das ist im Grunde gleichgiltig. Wäre er von Beruf sogar Journalist, müßte man dennoch fragen, wer ihn denn berufen habe. Schauspielerkritik, die nicht von einer Persönlichkeit geübt, sondern von Schreibern betrieben wird, ist wohl die frechste Überhebung, die sich die Fremdherrschaft der Letternschmarotzer erlaubt. Denn in diesem Gebiete einer Unterworfenheit, die mit der Preßfurcht schon auf die Welt kommt, hängen Existenzen von einer gerümpften Krummnase ab. Ein Dichter wie Speidel, der nur nebenbei Schauspielerkritik übte, hat sich und dem Theater nicht genützt: aber eine höhere Gerechtigkeit dürfte hier doch ein Bedürfnis der Persönlichkeit über die Interessen der Schauspieler gestellt haben und die Kritik selbst war der Gegenwert für gekränkte Herzen. Der grobe Unfug, daß Leute, die kaum eine Meinung haben, auch ein Amt bekommen, und daß alle, deren Meinungen einander widersprechen, sie mit dem Anspruch auf die gleiche Autorität aussprechen können, aber ohne die geringste Kontrolle, ob die Meinung nicht von den unsaubersten Beweggründen: hemmungsloser Witzigkeit, Geilheit oder Geldgier sich ableitet – dieser menschenmörderische Unfug könnte nur durch das Verbot der Anonymität gelindert werden. Die Schreiber müßten wie Persönlichkeiten hinausgestellt werden und zusehen, ob sie, dem Schutz der für sie geheimnisvoll sprechenden Zeitung entrückt, mit Frechheit allein bestehen und der Frage, wer sie denn zu einer Meinung über Frl. M. berechtigt habe, standhalten könnten. Da es keine Möglichkeit gibt, das Publikum zur Lektüre mehrerer Zeitungen zu zwingen, um ihm den Glauben an die Autorität der einen mit Erfolg zu nehmen, und da der Schauspieler unter nichts so sehr leidet wie unter der Unverrückbarkeit eines Urteils, so gibt es kein anderes Mittel als dessen Entwertung durch den Autornamen. Nur wenn die Schopenhauersche Forderung eines gesetzlichen Verbotes jeglicher Anonymität wenigstens für die Theaterkritik erfüllt wäre, würde das Publikum endlich aufhören, sich dafür zu interessieren, was die Zeitung über einen Schauspieler sagt, und die Neugierde, was der Kohn sagt, so bald vollständiger Indolenz weichen, daß Kohn, Chef und Verleger die Überflüssigkeit ihrer Intervention erkennen und die Zeitungen wenigstens in dieser Rubrik ihrem Zweck wiedergegeben würden: Tatsachen wiederzugeben. Dann würde man nur erfahren, daß das Fräulein M. nicht gerufen wurde, und wenn es eine Lüge wäre, gäbe es eine Möglichkeit, sie zu berichtigen, und wenn es wahr wäre, wäre der Seelenschmerz nur die Folge eines verfehlten Berufs. Des Schauspielers und nicht des Journalisten. Und die trostlose Möglichkeit, daß ein Tintenfleck von fremder Hand durch eigenes Blut weggewaschen wird, und der unerhörte Kontrast zwischen dem blutüberströmten Angesicht eines Mädchens und der Ansicht eines von keiner Instanz der Welt berufenen Individuums, das nicht einmal vor Scham rot wird, wären uns Gott sei Dank erspart.

hat Frank Wedekind der Wiener Presse gedankt. Das macht nichts, ihm schadt's nicht und ihr nutzt's nicht. Sollte aber doch etwas Ehre haften geblieben sein, weil semper aliquid haeret – so bin ich ja doch auch da, und ich werd's schon wieder wegbringen.

September 1913

Das Gfrett mit den Dienstboten

Die »Gesellschaft zur Förderung des nationalen Friedens in Österreich« will sich

unter anderen der folgenden Mittel bedienen:

Die Geselligkeit
Das Reisen
Die Kunst

} im Dienste der nationalen Annäherung.

. . . . Dies sind einige von den vielen Mitteln, die uns zunächst und in erster Linie geeignet erscheinen, die nationalen Gegensätze zu mildern und ausgleichen zu helfen.

Last, not least die Kunst . . . Ich habe einen Freund, der sich ein Magenleiden zuzog, als er die Affiche las: »Die Kunst im Dienste des Kaufmanns«. Er dürfte sich nicht erholen, wenn er erfährt, daß die Kunst jetzt im Dienste der nationalen Annäherung steht und nicht etwa den Hausknecht abgeben soll, der die streitenden Herren Huber und Hawelka hinauswirft, sondern die Gouvernante, die sie versöhnt. Auch eine Viechsarbeit. Die Kunst ist unter allen Umständen der Dienstbote des Bürgers. Wenn die Herrschaft Geselligkeit pflegt oder auf Reisen geht, dann hat der Dienstbot noch immer nicht Ruh, sondern da geht's erst an: Melpomene, schaun S' auf den nationalen Frieden, Thalia, führen S' den Sprachenstreit äußerln. Die Polyhymnia singt den ganzen Tag in der Kuchel. Die Klio hat einen Soldaten, den sie leider dem Friedjung, einem alten Freund der Familie, vorzieht, und der Sohn des Hauses schleicht zur Terpsichore. Kurzum, was man sich mit den Schickses aussteht – nicht wissen sollen sie's, wie nötig man sie hat!

die Feuilletonisten. Taten wollen sie tun. Da kommt so ein Sonntag und findet sie alle ganz rebellisch. Wenn wir mit Rußland ins Reine kommen, so werden wir das dem Hans Müller zu verdanken haben. Er hat starke Sympathien für Rußland und gibt im eigenen wie im Namen der österreichischen Kollegen friedliche Erklärungen ab. Der Boden für eine Verständigung ist so gut wie vorbereitet, und »ein Volk, das uns die Vision Dostojewskis geschenkt hat«, muß sich wohl oder übel mit einem Volk vertragen, das sich unter Umständen mit »Hargudl am Bach« revanchieren könnte. Dieses wird aber wahrscheinlich Albanien zufallen. Wenn Italien nichts dagegen hat. Auch hier auf Milderung der Gegensätze bedacht, schreibt Müller ein sehr sonniges Feuilleton über den Lido, nicht ohne dem Ernst der Situation Rechnung zu tragen. Allerdings haben sich die Beziehungen wesentlich gebessert, Wiener Literaten werden schon zu einem Fest auf einem italienischen Kriegsschiff geladen, mit einem Wort: »Alte Wunden verblassen unter der Erkenntnis neuer, gemeinsamer Interessen.« Was auch dem Roten Kreuz die Arbeit wesentlich erleichtert. Statusquo, Prestige, Platform, europäisches Konzert, der Weg zur wirtschaftlichen Erstarkung, der Moment kontemplativer Einkehr, Mann für Mann, Herz für Herz, Schulter an Schulter – man sieht, Schmock an Schmock stürzt sich jetzt in die Politik. Sie wollen den Frieden, wenn auch nicht den Frieden um jeden Preis. Sie wollen den Krieg, wenn es um keinen Preis dazu kommt. Sie wollen sich besinnen und nicht mehr plaudern, sondern mitreden. Sie wollen etwas. Sie wollen in den Leitartikel. Dort sind die Taten. Der Zweig versichert, daß der Auernheimer nicht mehr liebenswürdig sei, sondern tief. Und man weiß, wie bedeutend der Salten sein kann, wenn's ernst wird. In solchen Zeiten ist er imstand und geht ins Parlament und beobachtet die Züge der Abgeordneten. Ganz wie in Berlin und München, wo ihnen auch die Premieren nicht mehr genügen und sie sich nach Taten sehnen. Es geht etwas durch die Zeit, es liegt etwas in der Luft, was, weiß man noch nicht, aber man kann nicht wissen. Vor einem Erdbeben wandern die Feldmäuse aus, und wenn die Feuilletonisten mobil machen, dann muß auch etwas kommen. Jetzt erklären sie alle auf einmal, daß sie sich satt haben.

Es ist reizend, von den Frauen und von der Liebe zu reden. Aber immer nur von den Frauen und immer nur von der Liebe? ... Das ist anregend und amüsant. Ganz gewiß. Mehr noch: bedeutend ist es, und aufschlußreich und künstlerisch. Was ihr wollt. Allein, ich fürchte, liebe Leute, wir haben endlich Wichtigeres zu tun. . . . Hier wird sich eine Wendung und eine Wandlung vollziehen, und in Österreich wird das anfangen. Man wird dann freilich vergessen, daß Österreich hier vorangeschritten ist, wie man es bei so vielen anderen Dingen, bei den Befreiungskriegen, beim modernen Drama und bei der Eroberung der Luft vergessen hat.

Salten, ein alter O du mein Österreicher, noch einer von der alten Garde, der noch die Koburg interviewt hat, spricht hier eine Erkenntnis aus. Wie bei den Befreiungskriegen wird man vergessen, daß die österreichischen Feuilletonisten es waren, die den Anfang gemacht haben. Man muß sich betätigen, das geht nicht mehr so weiter, liebe Leute. In allen ist das Vorgefühl, sagt er, als gingen wir ernsten Zeiten entgegen. Große Entscheidungen stehen bevor. Der Tag kann anbrechen. Abseits Stehen und Schweigen wäre Pflichtvergessenheit. Nimmermehr! Wir werden Kämpfer brauchen. Ein Tumult wird sein und ein großer Unband, er sieht es voraus. Es ist reizend, von den Frauen und von der Liebe zu reden; aber wir haben endlich Wichtigeres zu tun. Zum Beispiel Reklameartikel über den »Tunnel« zu schreiben, und über ein Stück des Dichters Deutsch de Hatvany, der noch begabter sein soll als der diesseitige Trebitsch.

Das europäische Konzert

Gleich auf der ersten Seite des offiziösen Organs des Auswärtigen Amtes geht ein europäisches Konzert los, daß einem Hören und Sehen vergeht. Denn während neben dem Türkischen Café, das im Pavillon mascotte des Palais de danse untergebracht ist, zu den Klängen der Magnatenkapelle Olah Danny der Professor Caritos mit seinen 20 französischen Elevinnen den Tango-Tanz ausführt, wobei man aber nicht vergessen darf, daß die Salonkapelle Landauer auch noch auf der Welt ist und sich überhaupt das vornehmste Nachtleben von Wien entfaltet, welches das Tagesgespräch der Gesellschaft bildet, kann anderseits kein Zweifel bestehen, daß das Chapeau-Rouge das eleganteste Nachtcafé der Gegenwart ist und ein Rendezvous der vornehmen Welt sowie ein Pariser Montmartre-Leben bietet, das sich gewaschen hat. Trotzdem kann nicht geleugnet werden – wiewohl uns die Zigeunerkapellen Bandá Marci, Munczy Lajos und ähnliche zu verwirren suchen –, daß auch Parisien das einzig bekannteste großstädtische

Nachtleben im Kreise internationaler Frauenschönheiten bietet, wobei es auch noch in der American Bar einen Treffpunkt der Bohème vorstellt, wie er in ähnlicher Art vielleicht selbst in den Zeiten Murgers nicht existiert hat, ausgeschlossen, schon mit Rücksicht auf die Verbindung mit Rußland, das durch die Balakoff-Truppe vertreten ist, die Könige der russ. Tanzkunst, die mit den Knien besser laufen als wir mit den Füßen. Das unvergleichliche Programm wird freilich von den bekannten Praterspatzen (Brüder Kleber) übertroffen, die phänomenal sind. Aber diese sind gar nichts gegen den Wolf aus Gersthof, der plötzlich im Grinzinger Wintergarten erscheint und nicht nur ein grandioses Programm hat, sondern auch ein Telephon, ferner das Original Strohmayer-Quartett mit seinen Sängern und überhaupt die Kulturstätte des Wiener Liedes, so daß man sich nur schwer von den gastlichen Räumen trennt, in denen echtes Pariser Leben pulsiert. Daß es daneben Kräften wie Haag und Ganauser gelingt, das Kaffee Maendel wiederzueröffnen und das bisher erwiesene Vertrauen auch weiterhin zu genießen, will viel besagen. Besonders, wo heute im Kampf ums Dasein die vornehmste Familien-Bar einer Gentlemen-Bar gegenübersteht, jedes Sensations-Eröffnungs-Programm von dem unübertrefflichen Septemberprogramm geschlagen wird, Begriffe wie Record, City, Reclame, Trianon nur so herumschwirren und überhaupt alles erstklassig ist. Nur mit großer Mühe kann sich unter solchen Umständen die Meinung des Auswärtigen Amtes über Bulgarien durchsetzen, man erfährt mit knapper Not, daß Adrianopel seit Wochen von türkischen Soldaten besetzt ist. Bulgarien will mit der Pforte unterhandeln, aber alles in allem sieht man bisher nur, daß die Mirzl Kirchner ihr Etablissement bereits übergeben hat und von ihren Anhängern Abschied nimmt. Es ist klar, daß die Pforte nur auf dieser Grundlage die Verhandlungen wird führen wollen und daß es sich nur darum handeln kann, welche Kompensationen die Türkei den Bulgaren für den Verzicht auf Adrianopel mit seinen Minna Rotts bieten will. Sicher ist heute schon, daß im neu renovierten Kaffee-Restaurant Apollo das Rendezvous aller Künstler und Künstlerinnen stattfindet, und die Zigeuner-Magnaten-Kapelle Munczy Karoly ist weiß Gott kein Spielverderber. Alles tanzt Tango. Rußland rutscht schon herüber. Was jetzt nottut, ist eine möglichst rasche Verständigung. Österreichs Prestige in der Adria-Ausstellung darf keineswegs zu kurz kommen, die Salonkapelle Haupt wird allen Umtrieben zum Trotz zur Eröffnung der Saison beitragen und es ist nicht Europa allein, das Ruhe braucht. Der Besitzer des Café de l'Europe und des Cafés in der Adria-Ausstellung dankt für die großen Ehrungen, die ihm anläßlich seines Namenstages von allen Korporationen und Vereinen, so namentlich vom Militär-Veteranenverein »Tegethoff«, von der Leitung der Adria-Ausstellung usw. usw. zuteil wurden und ist es ihm nur auf diesem Wege möglich hochachtungsvoll Ludwig Riedl.

Was so das bessere Publikum spricht, wenn der sogenannte Fackelkraus vorbeigeht.

[Mutwillige Alarmierung der Feuerwehr.] Erst am Montag wurde vom Bezirksgerichte Landstraße ein Bursche, der in unverantwortlicher Weise die städtische Feuerwehr alarmiert und ihr telephonisch einen fiktiven Brand gemeldet hatte, zu 24 Stunden Arrests verurteilt. Seine »Lorbeeren« ließen einen anderen »Helden« nicht schlafen, und er machte sich gestern abend den traurigen Spaß, unsere ohnehin so geplagte Feuerwehr, die namentlich vorgestern fast die ganze Nacht hindurch gearbeitet hatte, zu alarmieren. Vom Hause Markgraf Rüdigergasse 27 aus hat der Spaßvogel die Feuerwehr in Kenntnis gesetzt, daß im Hause Kaiserstraße Nr. 2, im Zentralpalast, ein Brand ausgebrochen sei. Der Meldung entsprechend rückte die Feuerwehr mit einem starken Aufgebot aus, um sich zu überzeugen, daß ein Lump den traurigen Mut aufgebracht hat, die Feuerwehr zu düpieren. Die Auffahrt der Löschkorps erregte großes Aufsehen. Die Nachforschungen nach dem Täter werden eifrig betrieben.

»Wissen Sie schon, wer –?« »Ob ich weiß!« »Sie wissen?« »Selbstredend weiß ich.« »Wieso wissen Sie?« »Weil man das weiß, weil er immer ernste Männer in der Erfüllung schwerer Berufspflicht stört. Erst die Presse, dann die Börse, jetzt die Feuerwehr. Kann da ein Zweifel sein? Also!« »Er hat bekanntlich zur Presse kommen wollen, hinausgeschmissen haben sie ihn.« »Dann hat er auf die Börse kommen wollen, das hätt ihm so gepaßt.« »Wahrscheinlich hat er zur Feuerwehr kommen wollen.« »Alles aus Rache.« »Nachdem er sieht, daß alles nichts nützt, wird er Ruh geben.« »Man kann sagen, was man will, eine Feder hat er –!« »Lassen Sie mich aus, Harden greift den deutschen Kaiser an, er kümmert sich um jeden Mist, uns greift er an!« »Kann er uns schaden? Den kauf ich mir für einen Fünfer! Eigentlich komisch, daß das noch keiner versucht hat?« »Warum? Ich wer' Ihnen sagen, weil ers nicht nötig hat leider. Er verdient hübsch und wird sich heißt es bald zur Ruh setzen.« »Gott sei Dank. Haben Sie das Bild in der Muskete gesehn? Glänzend! Der hats ihm gegeben!« »Dorten geht er –« »Pscht, er hört!« »Soll er! Auch wer!« »A bese Goschen!« »Ich kenn doch seinen Schwager!« (Ab.)

Die Tugenden

Der sympathische Blumenthal schreibt:

In seine Lebensakten möchte ich noch eine kleine Begebenheit eintragen, die mir unter dem Siegel der tiefsten Verschwiegenheit anvertraut worden ist. Aber die Untugend der Indiskretion ist die Tugend des Journalisten....

Das ist durchaus ehrlich. Hier können wir uns verständigen. Was haben nun die Individuen, die sich binnen zwanzig Jahren zu den Herren der Welt emporgeschwungen haben, noch mit dem Geist zu schaffen? Was geht die Literatur die Qualität der Indiskretion an? Es ist ganz gut möglich, daß sich zwischen einem bestechenden Bankdirektor und dem Herrn Benedikt der folgende Dialog abspielt: »Sie, weil Sie schon so anständig sind und die Notiz, die ich verlangt hab, gratis bringen, will ich Ihnen auch einen Gefallen tun. Ich hab da einen jungen Menschen, den ich Ihnen sehr empfehlen kann, für uns taugt er nichts, aber vielleicht für Sie.« »Ist er zudringlich?« »Zudringlich ist gar kein Ausdruck! Wenn Sie den schicken, keiner wirft ihn heraus! Ein sehr ein gewissenhafter und ungemein zudringlicher junger Mensch, kann ich Ihnen sagen.« »Wissen Sie, ich hab genug zudringliche Leute, da ist gerade jetzt kein Mangel bei uns. Was wir brauchen, ist indiskret. Nämlich wenn er geblieben is und gehört hat und er darf nichts sagen, daß er doch sagt!« »Ich versteh. Aber dann sag ich Ihnen, Sie machen einen Treffer! Der Mann ist Ihnen indiskret, auf den können Sie sich verlassen! Ich sag Ihnen, Sie werden Ihre Freud' haben.«

Wir haben es besser

Wenn in Hamburg so was passiert:

Vom Zuge überfahren und getötet. Sonntag abend ließ sich ein Mann von einem Personenzuge, der von Lübeck nach Hamburg fuhr, in der Gegend der Villenkolonie Klein-Ukley bei Wandsbek überfahren. Der Kopf war vom Rumpfe getrennt. Die Leiche wurde als die eines Hamburger Beamten erkannt, der seit längerer Zeit an Schwermut gelitten haben soll.

Dagegen bei uns in Wien:

[Der Selbstmord des Sektionsrates Dr. Kratzmann.] Aus Karlsbad wird über den bereits gemeldeten Selbstmord des Sektionsrates i. P. Dr. Emil Kratzmann von authentischer Seite telegraphiert: Dr. Kratzmann hatte schon wiederholt in Karlsbad als Kurgast geweilt. Auch heuer hatte er schon seine vierwöchige Kur hinter sich. Soweit bekannt ist, hat Dr. Kratzmann in den günstigsten Vermögensverhältnissen gelebt. Weniger erfreulich waren seine privaten Verhältnisse. Seit ungefähr drei Jahren hat Dr. Kratzmann fern von seiner Familie gelebt; und erst vor einigen Tagen wurde vom Gerichte die einverständliche Ehescheidung ausgesprochen. Die Gattin des Sektionsrates war mit den Kindern nach Ungarn übersiedelt. In der letzten Zeit hatte Dr. Kratzmann Zeichen großer Nervosität und seelischer Depression gezeigt. Er hatte sich seither von der Gesellschaft, in der er sonst gerne zu verkehren pflegte, zurückgezogen. Am 4. d., abends, hatte er seine Abreise von Karlsbad für den 5. d., morgens, festgesetzt. In der darauffolgenden Nacht hatte er eine Reihe von Abschiedsbriefen geschrieben. Am Morgen des 5. d. hatte er sich noch das Frühstück auf sein Zimmer bringen lassen und kurze Zeit danach wurde er in seinem Zimmer tot aufgefunden. Er hatte sich, vor einem Spiegel sitzend, aus einer Browningpistole eine Kugel ins Herz gejagt. Der Tod muß auf der Stelle eingetreten sein. Doktor Kratzmann hinterließ einen Geldbetrag von 300 K, der für das Dienstpersonal im Hotel bestimmt war. Er hatte sich noch schriftlich in einem Briefe wegen der Ungelegenheiten entschuldigt, die er durch seinen Selbstmord bereite. Außer dieser Summe ließ er . . . . auch mehrere Geldanweisungen . . . . Briefe und Telegramme . . . . Mutter, die in Marienbad weilt . . . . In einer Depesche an einen befreundeten Wiener Arzt kommt die Stelle vor . . . Nach all dem scheint es sich . . . . keineswegs finanzielle Gründe . . . . Widerwärtigkeiten privater Natur . . . . Das Leichenbegängnis findet, einem letztwilligen Wunsche des Verblichenen entsprechend in aller Stille am Donnerstag den 7. d. statt. – Weiter wird uns aus Karlsbad gemeldet: Der Selbstmord des Sektionsrates Dr. Emil Kratzmann erregt in Karlsbad allgemeines Aufsehen, noch mehr aber die geradezu einzig dastehende Kaltblütigkeit und Seelenruhe, mit welcher die Tat ausgeführt wurde. Dr. Kratzmann schrieb gestern eine Anzahl von Briefen und Telegrammen, unter anderm an seinen Wiener Anwalt, an einen hohen Prälaten in der Nähe von Karlsbad sowie an die Hotelleitung. In dem letzterwähnten Briefe entschuldigt er die Handlung . . . . Familienangelegenheiten privater Natur . . . . Er verfügte darin die Bezahlung seiner Hotelrechnung, *wünschte dem Hotelunternehmen eine weitere gute Saison* und setzte unter seinen Namen ein Postskriptum, welches lautet: »Für *Trinkgelder* an das Hotelpersonal habe ich 300 K hinterlassen.« Sodann *begab sich .... wohnte der Vorstellung der Operette »Graf von Luxemburg« bei ....* kam um 11 Uhr nachts in sein Hotel zurück. Dem Portier gab er den Auftrag .... Nun schrieb er weitere Briefe bis 2 Uhr morgens .... dem Nachtportier den Auftrag .... Zur bezeichneten Stunde wurde Dr. Kratzmann auch *geweckt ....* fest geschlafen .... noch einen Tag bleiben .... *Frühstück* ins Zimmer .... 20 Minuten später .... Spiegel .... zwei Kugeln .... *Frühstück zur Hälfte* verzehrt. *Allem Anschein* nach hatte Dr. Kratzmann *zuerst beabsichtigt*, den Selbstmord außerhalb des Hotels zu verüben, sich jedoch *erst morgens entschlossen*, noch einen Tag zu bleiben, und *während des Frühstücks dürfte ihm der Gedanke gekommen sein*, sofort zur Ausführung zu schreiten. Das Motiv der Tat ist in allen Einzelheiten .... es sind *Familienangelegenheiten ganz privater Natur*, wobei *lediglich erwähnenswert ist*, daß der Verstorbene die Disposition traf, daß ein Betrag *an seine ehemalige Gattin auszuzahlen sei ....* Verfügung über seine Beerdigung .... seinem Bruder, einem Offizier .... dessen Ankunft von Zell am See, woselbst er sich *derzeit* befindet, erwartet wird.

Und die Bagage wird nicht in der Erfüllung ernster Berufspflicht gestört!

Wenn auf der Hamburger Börse etwas passiert, so wird dort geschrieben:

Ein peinlicher Vorfall an der Börse. In einer Vorhalle der Börse versuchte heute ein anscheinend geistig gestörter Mann einen Börsenbesucher tätlich anzugreifen. Er wurde aus der Börse entfernt und von zwei Schutzleuten zur Wache gebracht.

Das Telegramm in der Wiener Presse war ausführlicher. Wäre die Sache in Wien passiert, so hätten wir die folgenden Aufschriften gelesen: Tätlicher Angriff eines anscheinend Geistesgestörten auf den Börsenrat Latzko. – Details des Attentats. – Darstellung eines Augenzeugen über den Hergang des Attentats. – Äußerungen des Präsidenten der Börsekammer über das Attentat. – Ansichten eines hervorragenden Polizeibeamten über das Attentat. – Gerüchte über die Gründe des Attentats. – Mutmaßliche Folgen des Attentats. – Die Persönlichkeit des Attentäters. – Lebhafte Befriedigung der Gesellschaft über den glücklichen Ausgang des Attentats. – Hoffnung auf völlige Wiederherstellung des Börsenrats Latzko. – Bemerkungen des Börsenrats Latzko über Warnungen vor einem Attentat. – Die bisherigen Attentate auf Börsenräte. – Ähnlichkeit des Vorgangs bei einem Attentat auf der Fruchtbörse. – Forderung nach Vermehrung des Schutzes der Börsenräte gegen Attentate .... Wenn die Qual nicht bald verstummt, wenn das Rituale der Deutlichkeit nicht endlich gestoppt wird, so wird man sich wundern müssen, daß nicht zwecks Vereinfachung der Berichterstattung der Schauplatz der Attentate in die Redaktion verlegt wird.

Der übel beratene Eros

Die Tragödie einer Mischheirat könnte man den Fall nennen, dessen Abschluß am 28. Juni erhebliches Aufsehen in Tientsin hervorrief. Frau Julian Kwan oder Frl. Dorr, wie die junge Amerikanerin in ihrer Heimat hieß, hatte einen in Amerika studierenden Chinesen kennen gelernt, den sie trotz allem Abraten heiratete und dem sie kürzlich nach China folgte. Da aber entdeckte sie, daß er bereits verheiratet war, Frau und Kind besaß und nichts dabei fand, nach orientalischer Weise mehrere Frauen zu haben. In ihrer Enttäuschung verließ sie ihren Mann, der auf Anzeige ihrer Freunde vor das Schanghaier Gemischte Gericht gebracht wurde und nach den neuen Gesetzen wegen Bigamie zu achtzigtägigem Gefängnis verurteilt wurde. Am 28. Juni, als sich die unglückliche Frau auf der Durchreise in Tientsin befand, wurde sie, wie wir im Tageblatt für Nordchina lesen, in schwerkrankem Zustande aus dem Zuge in das französische Krankenhaus gebracht, wo sie nach wenigen Stunden starb. Die Todesursache steht nicht absolut fest. Von einer Vergiftung war jedoch keine Spur zu finden. – Mögen sich das auch bei uns hier in der Heimat die Mädchen und Frauen merken, die geneigt sind, hinter jeden schwarzen, braunen oder gelben Bengel herzugucken oder gar ihm nachzulaufen, wenn nicht noch schlimmeres!

Nee, hinter Assessor Fettköter und hinter Rechtsanwalt Krotoschiner wern se hergucken, wenn nicht gar noch schlimmeres! Aber die Mädchen wissen wirklich nicht, was gut ist. Wie sagt doch Schiller? Warum in die Ferne schweifen, wo doch in der kleinsten Hütte Raum ist? Schwarz und gelb sin wa ooch. Schwarz vor Dreck und gelb vor Neid!

Ischl und die Umgebung

Durch die antisemitische Presse schleicht sich die folgende Notiz:

Sitzen bleiben! Am Geburtstage des Kaisers fand in der Bad Ischler Pfarrkirche, wie üblich, eine Festmesse statt. Die Kirche war gedrängt voll von Sommergästen, »es war alles da«, was am nächsten Tage »patriotisch« in der ›Neuen Freien Presse‹ genannt sein wollte, und man folgte mit mehr oder weniger Neugier der liturgischen Handlung. Als aber beim Evangelium die Katholiken sich von ihren Plätzen erhoben, da ertönte von rückwärts vernehmlich der Ruf: »Wos haißt dos? Sitzen bleiben! Mer seht doch nix!«

Es gibt kaum eine Anekdote, die hier die Wirklichkeit an durchbohrender Kraft erreichte. Es könnte sich auch hier um eine Anekdote handeln, wenn man nicht längst wüßte, daß das Ischler Leben alles überbietet, was die in der Jargonwelt wuchernde Erfindung bis heute hervorgebracht hat. Jedes Wort, das heute am Fuße des Jainzen gesprochen wird, ist für die Ewigkeit geprägt, belichtet eine Welt, die in ihrer unmöglichen Grauenhaftigkeit der andern Welt nicht mehr fühlbar werden kann. Geschähe es, eine solche Notiz könnte nicht in der lokalen Chronik der klerikalen Presse verschwinden, sondern müßte mit feuerroten Lettern einen Sommer lang als Leitartikel erscheinen. Vollkommene Atonie vor dem Unsagbaren, das sich täglich auf der Ischler Esplanade begibt, scheint dafür zu sprechen, daß die umgebende Kulturwelt ihr verdientes Schicksal erleidet. Sonst müßten Tonnen Pechkränze in jenes schöne Tal geworfen werden, wo eine Menschenart haust, feind ihrem und jedem Glauben, wo unter einem Publikum, dessen Kinder in Schubladen schlafen, Libretti zur Welt kommen und wo sich unter furchtbarem Geräusch allsommerlich die frechste Herausforderung der Natur abspielt. Gibt es auch längst keinen grünen Fleck mehr, der nicht gelb wäre und sich nicht von den Zwischenträgern der Kultur in Schach und Schacher halten ließe, so müßte die Welt doch staunen, wie nahe in Österreich der Schauplatz des ehrlosesten Treibens neben allem, was Majestät hat, gelagert ist. Und den Christen, die gelernt haben, mit dem Rad der Welt zu laufen oder hinter einem feigen Schein von Auflehnung sich dem fremden Talent assimilierten und die, ich prophezeie es, bald beim Evangelium sitzen bleiben werden, um dem zahlenden Publikum das Vergnügen nicht zu stören, gilt die tiefere Verachtung eines, der als Jude geboren ist!

Täglich 50.000 Baumstämme für 60 Zeitungen. Der englische Lord Northcliffe, der etwas über 60 Zeitungen besitzt oder mitbesitzt, verbraucht für die Herstellung des erforderlichen Papiers täglich rund 50.000 Baumstämme. Den Ankauf des Holzes in Skandinavien hat Lord Northcliffe aufgegeben, da trotz des Wälderreichtums dieser Halbinsel das Holz immer mehr im Preise stieg. Es wurde auf Neufundland von einer englisch-neufundländischen Gesellschaft, an deren Spitze der Lord stand, in einem Waldgebiet von 5500 Quadratkilometer eine gewaltige Zentrale errichtet, von der aus die Ausschlachtung der ungeheuren Wälder und die teilweise Verarbeitung zu Papierstoff geleitet wurde. Ein Fluß wurde aufgestaut und liefert durch zwei mächtige Stahlröhren von 712 Meter Länge und 5 Meter Durchmesser die nötige Energie für die zahlreichen Kraft- und Lichtanlagen. Heute bildet die Papierstadt bereits einen Ort mit rund 3000 Bewohnern, die sämtlich im Dienste der wälderfressenden Holzzentrale liegen. Sie hat fünf Kirchen, zwei Schulen, Hospital, Rathaus, Theater, Hotel, Klubhaus usw. und ist durch eine eigene Eisenbahn mit dem Hafen verbunden.... Wenn man bedenkt, daß die Blätter des Zeitungslords täglich einen Wald von 50.000 Bäumen verschlingen, so kann man sich auch ein Bild von der Menge der geschlagenen Stämme machen. Alle Bäume werden sofort zu Wasser geschafft, in den nächsten Fluß oder See, um dann die oft 100 Kilometer weite Reise anzutreten. Eine Mannschaft von 20-25 Personen treibt sie durch das gewundene schwierige Flußbett hinab zur Papierstadt. Etwa vier Kilometer vor der Stadt werden die Stämme in dem natürlichen Staubecken von Rushy-Pond gesammelt. Sie lagern hier zu Millionen, durch schwere Ketten am Weitertreiben gehindert. Wenn sie an der Reihe sind, werden sie zu tausenden hindurchgelassen und treiben einer ganzen Plantage von Kreissägen zu, die sie in Stücke von 80 Zentimeter schneiden. Die schlechten Stücke kommen ins Feuer, die guten in die 24 Stampfmühlen, wo sie zu Holzbrei zermalmt werden. Der Rohstoff kommt dann nach Gravensend in England, wo wöchentlich 1000 Tonnen Papier hergestellt werden, die für die wöchentlich in einer Anzahl von 25 Millionen Stück erscheinenden Zeitungen des Lord Northcliffe gerade hinreichen.

Und die Welt zweifelt noch, daß es ihr Ende ist. Jeder bessere Erpresser verfügt heute über mindestens 1000 Baumstämme täglich. Du armes Leben! Man sieht den Wald vor lauter Blättern nicht.

Von den Schwätzern

.... Es ist nämlich ein Gesetz in Kraft getreten, das dem Klatsch ein Ende machen soll. Seltsamerweise hat es zunächst nicht etwa eine Angehörige des zarten Geschlechts, sondern einen Mann ereilt .... der sich in einem Wirtshausgespräch mit einer jungen Dame seiner Bekanntschaft beschäftigt hatte. Er wird in der juristischen Terminologie des »eitlen, unnützen Schwatzens und Klatsches« beschuldigt ....

Aber zum Glück in Wisconsin, nicht bei uns in Wien! Der Verhaftete ist ein gewisser Peter Kesoki in Niagara und nicht etwa der Herr, der noch immer vom Donaukarpfenklub der Obergigerl ist. Die ›Frankfurter Zeitung‹ nennt es »eine wahre Hiobspost für Kaffeekränzchen und verwandte Veranstaltungen«. Aber die reine Geistigkeit und Zweckunterhaltung der Kaffeekränzchen sollte man doch nicht mehr in Verruf bringen in einer Zeit, wo die ganze Welt ein Wiener Café ist. Gar so seltsam ist es nicht, daß sogar am Niagara kein Weib, sondern ein Mann des unnützen Schwätzens überwiesen wurde. Die Weiber reden über das Wahlrecht und das hört sich, wenns auch auf dasselbe hinausläuft, beiweitem ernsthafter an als die Gespräche über den Koitus, die die Männer führen. Aber in Wisconsin kann man die Männer, die schwätzen, vielleicht noch genau so zählen wie die Männer, die stehlen. In Österreich fängt man die Diebe nicht, sonst wäre Raummangel in den Gefängnissen. Wo aber sollte man mit den Schwätzern hin? Man hat sie zur Not in den Kaffeehäusern untergebracht. Ich habe seit Jahr und Tag aus der Wiener Außenwelt nichts anderes vernommen, als daß der Mann, der eben sprach, die Frau, die eben vorbeigegangen war, schon gehabt hat, demnächst haben werde, haben könnte, wenn er wollte, daß er aber nicht will, weil sie schon ein anderer Stammgast gehabt hat, dem er aber dafür eine andere wegnehmen wolle, die es nicht länger erwarten könne und schon auf ihn spitze und die er nur anzurufen brauche und nur, weil das Telephon immer besetzt sei, noch nicht gehabt habe. Das erzählen die am Stammtisch nicht nur einander, sondern so laut, daß es die am Nebentisch hören, die auch ihrerseits aus ihrem Herzen keine Mördergrube, wohl aber ein Bordell machen. Es ist die einzige Wissenschaft, deren der Mensch von heute fähig ist, und ein Gesetz, das den Klatsch verbietet, schützt nicht nur das Rechtsgut der Ehre, sondern das Lebensgut der reinen Luft. Nicht die Beleidigung werde gestraft, sondern das Wissen und Sagen. Daneben gibt es aber auch Leute, die sich weit und breit, mit einer Stimme, die jedes Geheimnis zersägt, dadurch vernehmlich machen, daß sie auch das, was sie nicht wissen, nicht bei sich behalten können. Dieses Geheimnis, das letzte, das der keusche Mensch hat, sollte er bewahren, aber er tut es nicht. Nein, er tut es nicht; denn er weiß alles. So einer zieht sein Erlebnis aus den vielen Menschen, die er nicht gelesen, und aus den vielen Büchern, mit denen er nicht gesprochen hat. Er wurde aus Bibliotheksstaub geschaffen und Gott unterließ es, ihm den Odem einzublasen. Lebt aber ein Mensch in seiner Nähe, der Schöpferkraft hat, so zerfällt jener und wird wieder zum Staube. Aber selbst so einer findet in der Stadt, die von Gerüchten satt wird, noch Lauscher, denn erzählt er nicht von Jakob Böhme, so erzählt er doch von seinem Schuster, der die einzig echten Siebenmeilenstiefel erzeuge, mit denen man zugleich dem Papst und dem Dalai-Lama einen Besuch abstatten, der Eröffnung von Bayreuth und dem Tod Nietzsches beiwohnen könne und von der Wüste Gobi in einer schwachen Stunde beim Hayek in Mödling sei. Und wenn er diese Betrachtung liest, so wird er unfehlbar sagen, zu seiner Zeit, als er sich noch in Wisconsin aufhielt, sei das Schwätzen noch erlaubt gewesen, den Peter Kesoki, oh, den habe er sehr gut gekannt, er sei mit ihm durch den Niagara geschwommen, er sei aber besser geschwommen als der Peter Kesoki, weil er so vorsichtig gewesen sei, seine dreihundert Bibliotheksgurten umzuhängen, es sei kein Wunder, daß der Kraus jetzt den Peter Kesoki angreife, denn dieser habe einmal gesagt, daß der Kraus eitel sei, und infolge dieser ungünstigen Auskunft ist der Kraus nicht in die Neue Freie gekommen.

Eine Lanze

zu Gunsten der Telephonistinnen

lautet eine Aufschrift. Hier dürfte die Phrase wohl die weiteste Distanz zwischen den Begriffswelten durchmessen haben und schon ein wenig ruhebedürftig sein. Der Redaktionsdiener soll die Lanze in den Papierkorb werfen.

Die Sprache der Konzertagentur

[Vortrag Maximilian Hardens in Wien.] Maximilian Harden, der seit die großen Besitzverschiebungen in Süd-Osteuropa Ereignis geworden sind, nicht mehr in Wien war, wird am 2. Dezember im großen Konzerthaussaale einen Vortrag halten. Karten in Gutmanns Hofmusikalienhandlung.

Wie, die spricht auch schon Desperanto? Nun, wahrscheinlich lautete die Notiz zuerst:

Maximilian Harden, der seit dem Balkankrieg nicht mehr in Wien war, wird – –

Das war schon interessant genug, denn abgesehen von der Beziehung des aktuellen Themas dürfte nebst Hunger und Pestilenz ein Harden-Vortrag keineswegs zu den unvermeidlichen Folgen eines Krieges gehören. Item, er war seit dem Balkankrieg nicht mehr in Wien. Hochpolitisch war's ja, die europäische Konzertagentur schien es veranstaltet zu haben und der Graf Berchtold saß in der ersten Reihe. Aber nachdem der Notizenschreiber bei Gutmann die Fassung gewählt hatte, dürfte Schreckliches geschehen sein: »Was heißt das? Seit dem Balkankrieg war er nicht mehr in Wien? Und das schreiben Sie so einfach hin, mir nix dir nix?« brüllte der Chef. »Bitte, er war seit dem Balkankrieg nicht mehr in Wien. Oder war er in Wien?« »Nein, er war nicht in Wien seit dem Balkankrieg, aber nicht seit dem Balkankrieg war er in Wien, sondern –« »Also nicht seit dem Balkankrieg war er in Wien! Also Sie sagen selbst, daß er seit dem Balkankrieg nicht in Wien war –« »Ja, Mensch, verstehen Sie denn nicht deutsch? Es handelt sich doch um einen Harden-Abend!« »Ich versteh, aber ich soll doch schreiben, seit wann er nicht mehr in Wien war. Ich bin schon ganz verwirrt. Bitte mir also klar und deutlich zu sagen, seit wann er nicht in Wien war –« »Er war seit die großen Besitzverschiebungen –« »Seit d e n großen Besitzverschiebungen!« »Lassen Sie mich ausreden – er war seit die großen Besitzverschiebungen auf dem Balkan vor sich gegangen sind –« »Ja, jetzt versteh ich! Aber sagen wir nicht auf dem Balkan vor sich gegangen sind, sondern –« »Was heißt das? Die großen Besitzverschiebungen sind doch auf dem Balkan vor sich gegangen?« »Natürlich sind sie auf dem Balkan vor sich gegangen, aber jetzt verstehen Sie wieder mich nicht –« »Wieso?«

»Ich meine, sagen wir, daß die großen Besitzverschiebungen nicht auf dem Balkan vor sich gegangen sind, sondern sagen wir in Süd-Osteuropa!« »Schön, aber sagen wir nicht vor sich gegangen sind, sondern sagen wir Ereignis geworden!« »Sollen wir nicht lieber statt am 2. Dezember sagen am zweiten Tag des Christmonds?« »Was fällt Ihnen ein, sind Sie ein Antisemit?«

Kompagnons

Karczag schreibt selbst und hat ein Stück geschrieben, das »Entsagung« heißt. Mir kann's recht sein. Aber auf dem Geschäftspapier seines Theaterverlages sind die Dichter und Werke und was er halt so vertreibt, aufgedruckt. Und da heißt es denn unter anderm:

Hirschfeld Ludwig: Exzellenz Pompadour – Karczag Wilhelm: Entsagung.

Und Kompagnons:

Mars Antony und Lyon Henry: Frau Admiral – Molnar Franz und Halm Alfred: Der Herr Verteidiger.

Und noch zwei, die zusammen ein Stück geschrieben haben:

Nestroy Johann und Birinski Leo: Nur Ruhe.

Pst, leise, einer ist tot. Nur Ruhe, laßt mich machen, ich bring den andern schon von der Stelle. Macht keinen Lärm, ich will ihm zureden. Wie, er geht nicht? Karczag, trennen Sie die beiden, reißen Sie den da weg. Sie sind ja selbst Dichter, haben Sie ein Herz. Wie, es ist gut für Nestroy? Keine falsche Pietät, Karczag! . . Bitte, das sollte nicht sein. Ich hab ja darin vielleicht etwas übertriebene Vorstellungen. Aber ich glaube, das sollte nicht sein. Kainz Josef und Birinski Leo: das mag angehen. Er hat ihm sterben geholfen, er war dabei. Man hat Kainz operiert, er hatte einen Birinski, die Ärzte verheimlichten es ihm, und er mußte schließlich doch dran glauben. Gut, es besteht ein Zusammenhang. Aber als Nestroy starb, war Birinski nicht dabei. Nestroy starb und Birinski war noch lange nicht geplant. Es hat ihn auch nie vorher gegeben, er gehört der Neuzeit an. Nestroy war schon vierzig, fünfundvierzig Jahre tot, seine Werke waren längst antiquarisch zu haben, da verkaufte sie Birinski. Das kann man eine Geschäftsverbindung nennen, aber so intim ist sie schließlich nicht. Ursprünglich dem kaufmännischen Beruf bestimmt, widmete sich Birinski später der russischen Revolution. Er entschloß sich, russischer Flüchtling zu werden, und es gelang ihm. Er lief durch die Rotenturmstraße und man sah ihm an, daß er aus Rußland komme. Ein bißl echauffiert. Denn hinein kommt man schwer, aber hinaus gehts schnell. Etwas war dran. Ich sage, eher ist die russische Revolution von Birinski als nur Ruhe. Bitte bitte bitte, es geht nicht. Entschließen wir uns, den zweiten Autornamen vom Repertoire abzusetzen, riskieren wir's. Nestroy wird es schaden, aber er hat ja auch bei Lebzeiten nicht so viel verdient. Es wird zur Not gehen. Wir müssen ja Nestroy nicht gerecht werden, aber wenn wir auch noch nicht ahnen, daß er unsterblich ist, so wissen wir doch schon, daß er tot ist. »Troilus und Cressida von Shakespeare und Gelber« hätte man nicht auf den Zettel geschrieben, so gut es wegen der Kritik gewesen wäre. Mir tun solche Dinge leid. Ich will nicht, daß es so weit komme. Ich kann Waggonladungen fauler Äpfel zur Premiere dirigieren, wenn zwei Kompagnons auf dem Zettel stehen und nur einer sich bedanken kommt. Herunter mit ihm und der andere soll gerufen werden, der Tote! Am Krebs stirbt man. Das ist ein Zusammenhang. Aber wenn man tot ist und ein Leichenwurm sagt, er sei der Kompagnon, so soll man ihn darin nicht bestärken, sondern nach Rußland schicken, auf daß er, wenn es ihm nicht gelingt, hineinzukommen, als Flüchtling zurückkomme, und wenn es ihm gelingt, dort zusammen mit Gogol den »Revisor« schreibe.

Verleihungen und Ernennungen

Dem Haus- und Realitätenbesitzer Ludwig Riedl, Besitzer des Café de l'Europe, ist das Ritterkreuz des Franz Josefs-Ordens verliehen worden.

Damit erscheint ein altes Unrecht gut gemacht. Peinlich schon durch den Umstand, daß selbst weniger verdiente Persönlichkeiten wie Anton Bruckner längst diesen Orden hatten . . . Jetzt werde ich Ruhe geben. Ich sag gar nichts mehr. Ich bin befriedigt, wenn ich sie nur vorübergehen sehe, das Frauenzimmer. Wen denn? Na wen, was fragen S' denn so blöd, die fesche Austria! Oh ich bin ein Prostituiertenfreund, warum sollte ich Ärgernis nehmen? Diese Austria – ich sage nichts als: tulli –! Diese Austria – ein mudlsauberes Drahdiwaberl überanand, schaun's Ihnen nur die Gspaßlaberln an! Pst, nix red'n – greif'n! Alles fest mei Liaber, da gibts nix! Das is nicht a so! Jede Nacht punkt 2 wirds hineingelassen ins Café Europe. Was sie bis dahin tut, ist ihre Sache. Erwürgt hat sie noch keiner.

Dezember 1913

Anerkennung seitens

Die Rede über die Entlassung der italienischen Beamten von Triest gibt dem Grafen Stürgkh Gelegenheit zu dem folgenden Bekenntnis:

Das italienische Volkswesen und dessen altehrwürdige hohe Kultur genießen auch in Österreich große Sympathien und sind wiederholt Gegenstand uneingeschränkter Anerkennung seitens der österreichischen Regierung gewesen....

Das wird den Michel Angelo, von dem es in Wien angesichts der Werke Weyrs geheißen hat, daß er zuspirrn kann, gewiß freuen, Dantes Hölle, die hier viel weniger Zuspruch fand als Natzlers, wird sich heben, das Programm im Kolosseum bildet bereits das Saisongespräch, und die sixtinische Kapelle, von der schon das Gerücht ging, daß Drescher besser sei, hat auch ihre Genugtuung. Man wird Tizian nicht mehr als Katzelmacher ablehnen, sondern ihn mit Blaas, der Venetianerinnen malt, in einem Atem nennen. Man wird nicht mehr behaupten können, daß die italienische Kultur kein Gegenstand sei. Sie ist ein Gegenstand uneingeschränkter Anerkennung seitens der österreichischen Regierung.

Non scholae, sed vitae

Aus einem Erlaß des niederösterreichischen Landesschulrates:

Über die »Forderungen des Lebens«.

...Das Ziel ist gewiß groß und schön. Neben dem Gewinn materieller Natur leuchtet aus ihm das Ideal jeder richtigen Erziehung: die Heranbildung tüchtiger und warmherziger Charaktere. Diese Bestrebungen werden aber einseitig bleiben, wenn nicht auch der eigentliche Schulunterricht den Forderungen des Lebens und der bürgerlichen Gesellschaft nähertritt. Nach vielen Richtungen hin ist die Schule noch immer von dem wahren, pulsierenden Leben abgewendet, verfolgt ihre papierenen Ziele, verschwendet Zeit und Kraft auf die

Bewältigung von überflüssigen Stoffgebieten und kann sich mitunter von dem Geiste reinster Scholastik nicht befreien.

.... Wie selten weiß das Kind, wie viel Monats- oder Jahreszins die Eltern zahlen .... wieviel monatlich für Gas gezahlt wird .... Auf den oberen Stufen wird der Hinweis auf die Steuerobliegenheiten, angeknüpft an reale Beispiele aus dem Leben, den Sinn für Steuermoral, der uns ganz abhanden kommen will, zu wecken haben.

Der Kreis des Schullebens erfordert auch mancherlei Erweiterung. Wie selten kommt es vor, daß ein Lehrer im Unterrichte Gegenstände wirklich abwägen läßt! .... Es ist damit genau so wie mit den Preisangaben, immer heißt es: 1 Kilogramm Rindfleisch, 1 Liter Milch, 1 Meterzentner Kohle kostet –; wie viel kosten 30 Dekagramm, $^{3}/_{4}$ Liter, $2^{1}/_{2}$ Meterzentner? Stellen wir doch die Beispiele so, daß das Kind selbst den Preis zu bestimmen hat.... Selbst bei den Frankfurter Würsteln und bei den Kaisersemmeln erspart es sich der Lehrer selten, den Preis selbst anzugeben, damit unsre kleinen Dummerln ihre Köpfe nicht anzustrengen brauchen.

Viele sehr beachtenswerte Gegenstände bietet ein andres Gebiet, die Straße. Das Kind sollte .... erzählen, was beim Kaufmann, beim Greisler, beim Kunsthändler ausgestellt, aufgeschrieben, angepriesen ist. Hundertmal gehen die Kinder an den Geschäften vorüber, aber wie selten bekümmert sich auch nur eins um die aufgeschriebenen Tagespreise der Waren!

.... Eine Orientierung über die Bemessung des Trinkgeldes, für das den Kindern und auch vielen Eltern der Maßstab fehlt, wird von Vorteil sein.

Vergessen wir hier nicht der Zeitung! Der moderne Mensch wird es mit Freude begrüßen, wenn der Lehrer gelegentlich einen Bericht über ein wichtiges Tagesereignis, über Krieg und Kampf, die alle Gemüter bewegen, oder ein passendes Feuilleton vorliest und bespricht.... Der Lehrer wird hie und da den Wechsel der Kurse als Begleiterscheinung des wirtschaftlichen Lebens verfolgen .... Wir werden mit einem Wort die Schüler lehren, die Zeitung, dieses am weitesten verbreitete moderne Bildungsmittel, lesen, verstehen, in ihrem Wert und ihrer Überschätzung beurteilen. In den Fährlichkeiten des Lebens sollen die Kinder sich selbst und den Nächsten helfen lernen .... In erziehlicher Richtung sollen wir Tür und Tor der Schule öffnen, damit das wirkliche Leben mit seinen tausendfältigen Erscheinungen eintrete.

Die Zeitung bemerkt hiezu:

Daß die einfachsten Wahrheiten am längsten brauchen, um sich durchzusetzen, ist zwar richtig, aber dennoch freuen wir uns, wenn wir ihren, wenn auch späten Sieg feststellen können. Schon die Römer ....

Der Schöpfer des Erlasses, der »sofort verwirklicht werden soll«, heißt Habernal. Ich hätte nicht übel Lust, dreißig Jahre nachzusitzen, um die so beschaffene Schule schwänzen zu können. Nein, stürzen! Denn heute soll ein Kriegsbericht von Ernst Klein besprochen werden, und ich bin nicht präpariert. Wegen eines Berliner Theaterartikels von Paul Goldmann hab ich so schon einen Vierer. Wieviel Zins wir zahlen, weiß ich nicht. Den Preis eines Frankfurter Würstels kann ich nicht bestimmen. Den Kunsthändler verwechsle ich mit dem Greisler. Mit dem Trinkgeld kenn ich mich nicht aus. Der Sinn für Steuermoral ist mir abhanden gekommen. Den Fremdenverkehr pflege ich nicht. Das pulsierende Leben erstickt mich. Hinaus in die Ferne!

Auf der letzten Seite der Welt

steht zu lesen:

Schmerzlos operiert
jede kranke Puppe
Puppenklinik
»Schwarzer Peter«
Wien, IX. Alserstraße Nr. 6
Telephon Nr. 15399.
20447

Gesundes, hübsches Baby
herziges Mädchen, 14 Tage alt, noch ungetauft, wird von disting. Ehepaar gegen einmalige höhere Abfertigung als Eigen abgegeben. Seriöse Anträge unter »Puppenmädel 1459« an das Ankünd.-Bureau d. Blattes. 22761

Auf der letzten Seite, die, so wahr mir Gott helfe, der Spiegel ist allen Zustandes.

Gralsjünger

.... Aber während Faust erlöst wird, weil er immer strebend sich bemüht, weil er in rastloser Lebensgier, zuletzt in voller Erkenntnis des Irdischen seine Kraft verbraucht; während er selig wird nicht als reiner Tor, sondern als einer, der in einem maßlos bewegten und schuldvollen Leben trotzdem sein Bestes zu bewahren weiß, wird Parsifal entsühnt, weil er dem Fleisch entsagt .... Hier ist wirkliche Abkehr von der »Welt« .... Hier ist doch so etwas wie ein Wiederklang der Lehre des heiligen Franziskus, der jenen Ort zum Aufenthalt wählt, wo die Vögel mit Gesang und Flügelschlag sich festlich und heiter tragen, wo sie sich ihm auf den Schoß setzen und ihn begrüßen. Der Karfreitagszauber, das ist für uns das Schönste im Parsifal. Aber wer wollte über dieses Werk als Ganzes anders sprechen, als wie Goethe verlangte, daß man den Euripides tadle, nämlich: knieend .... Wir freuen uns, daß nun auch in Wien dieses sorgsam gehütete Krongut enthüllt wurde und daß wir von heute an ein neues Erlebnis haben – – –

Im Vestibül staut sich das Publikum, um den hereinrauschenden Glanz zu bewundern. Und es wird eine wahre Moderevue, ein Einmarsch des ganzen Geschmacks, Reichtums und Prunks, den Wien entfalten kann .... Das mondaine Wien hält seinen Einzug. Seide knistert, Diamanten funkeln, Reiher nicken. Es fehlt niemand .... Industriekapitäne und Bankmagnaten, Künstler, deren Namen hell und laut klingen, Lebemänner, Operettenkönige und Bühnensterne ziehen die Freitreppe hinauf .... ein Brausen geht durch das Opernhaus. Bekannte begrüßen einander, es wird gewinkt und genickt, dann erhebt sich alles von seinen Sitzen, die Logengäste statten einander die üblichen Besuche ab, die anderen eilen nach den reichen Büffetts. Ein grandioses leuchtendes Bild entwickelt sich in den Foyers. Bunt, in allen Farben sprühend und glitzernd drängt es dort durcheinander. Man will sehen, gesehen werden. Bewegung machen .... Nur wenige bleiben im Theater, gut neun Zehntel des Publikums stürmt zu den Garderoben, um sich in die Mäntel und Pelze zu hüllen und dann rasch nach dieser seelischen Emotion den Leib zu versorgen. Im Nu, innerhalb weniger Minuten sind die umliegenden Restaurants, die Speisesäle der Hotels, die Cafés überfüllt.

.... die bereitstehenden Automobile haben vollauf zu tun, um die Hungrigen nach entfernteren Restaurants zu bringen. Jetzt wird das große Opernereignis auch schon herzhafter und dezidierter besprochen. Es kommt zu lebhaften Disputen zwischen den unbedingt Begeisterten und den bedingt Enthusiasmierten .... Und als das Weihefestspiel um die elfte Stunde beendet ist, hebt und senkt sich dreimal der Vorhang über der Gralsburg. Schon schreien die Wagenrufer unten mit markerschütternder Stimme nach den Kutschern und Chauffeuren .... eine milde Großstadtnacht begrüßt mit ihrem disharmonischen und doch berauschenden Lärm die Menschenmassen, die sechs Stunden reiner Kunst gelauscht haben . . . Pollack . . . . Stiaßny . . . . Zwieback . . . . Trebitsch . . . .

Ein Bild des Grauens

Die Arbeiter-Zeitung hat aus der Fackel das Angebot des Deutschen Volksblattes, seine Textzeile um 4 Kronen zu kaufen, abgedruckt. Aber es ist vielleicht noch sittlicher, die Textzeile um 4 Kronen mit wertlosem Text zu füllen, als unmittelbar hinter dem Text, gleich nachdem man von »christlich-sozialen Schwindlern« berichtet hat, unter »Mitteilungen aus dem Publikum« einem Publikum, dessen kulturelle Erziehung zum Parteiprogramm gehört, das folgende zu bieten:

Es ist zweifellos das Speiwürdigste, was der Kommerzgeist bisher vermocht hat. Wien, die »für alles Schöne, Bedeutende und Große so empfängliche Stadt«, kommt nicht nur Strindberg, sondern auch Nietzsche mit offenem Herzen entgegen. In Deutschland wurde eine Zeitlang Klosettpapier verkauft, auf dem je ein zur Situation passendes Zitat aus einem Klassiker aufgedruckt war. Dieser Text, der den Genius in den locus verbannte, war eine deutsche Tat. Er stinkt bei weitem nicht an jenes Bild des Grauens heran. Wehrlos liegt der Staat, der Leben, Ehre, Gesundheit und Vermögen schützt, zu Füßen der Kanaille, die die Kultur frißt wie die boa constrictor das Kaninchen.

Aus dem dunkelsten Österreich

»Hotelier Sukfüll führte aus, ... der Gast bestehe vor allem darauf, dem Personal, das ihn bedient, nach seinem Belieben Trinkgeld zu geben. Auch die Angestellten seien mit dem System der Prozente nicht zufrieden. Der Gast, der in Österreich ein Hotel aufsuche, sei gewohnt, individuell bedient zu werden. In vielen Betrieben Österreichs suchen die Gäste die Kellner durch ein Trinkgeld im vorhinein für sich zu gewinnen. Der Landesverband für Fremdenverkehr möge die Frage ruhig den Hoteliers überlassen.«

Wie wahr, wie wahr! Wenn der Österreicher von der Mutterbrust wegkommt und ins Leben hinaustritt, setzt er seinen eigenen Kopf auf. Er läßt sich seine Freiheit nicht nehmen. Er besteht darauf, dem Personal Trinkgeld zu geben. Wenn ihm wer in den Arm fallen will, wird er schiech. Auch will er kein Herdentier nicht sein, sondern im Hotel sofort als Individualität, die er ist, durchschaut, anerkannt und darnach behandelt werden bitte. Um vom Kellner richtig bedient zu werden, bedient er zuerst den Kellner. Er lebt, um Kellner für sich zu gewinnen. Er hat überhaupt keinen andern Daseinszweck, wenn es ihm zufällig versagt ist, selber ein Kellner zu werden. Er ist es von Natur, aber er verfehlt zuweilen seinen Beruf und wird Gast. Das erste, was er tut, wenn er ins Hotel kommt, ist: er sucht den Kellner zu beeinflussen. Hat er ihn auf seine Seite gebracht, ist es ihm gelungen, ihn durch ein Trinkgeld zur Annahme eines Trinkgeldes zu bewegen, das er dann aber auch nach Belieben verabreichen will, und hat er es sohin erreicht, als Individualität gewürdigt zu werden – so hat er ein Recht, an den Kellner, der ihm die Speisekarte hinhält, die Frage zu richten: »Was können Sie mir empfehlen?« Sagt der Kellner: »Was auf der Karte steht«, so wird der Gast lebensüberdrüssig, denn er erkennt, daß der Kellner ihn für einen von den vielen hält, für einen, der bloß essen will und weiter nix. Essen, ohne zu hören, was es Neues gibt. Manchmal kommt es dann vor, daß der Gast den Kellner barsch zur Anerkennung seiner Individualität zwingt, indem er ihn anschreit: »Was stehn S' denn da und empfehlen S' nicht?« Empfiehlt der Kellner und hat der Gast eine Dame neben sich, so hat die Empfehlung zu lauten: »Laßt sich die Dame ein schönes Schnitzerl machen oder ein Ramsteckerl oder vielleicht ein Ganserl die Dame!« Der Beisatz »die Dame« ist nichts weiter als eine Zuspeis' der individuellen Behandlung, die sich auch auf die Dame erstreckt. Die Empfehlung hat vor der toten Karte entschieden das eine voraus, daß dischkuriert wird und zwar sowohl vorher wie nachher. Denn was auf der Karte steht, ist nicht mehr da und wird vor den Augen des Gastes einfach gestrichen, während nach der Empfehlung der Kellner in die Küche geht und erst viel später und mit dem ausdrücklichen Bedauern, nicht mehr dienen zu können, zurückkommt. Hat ein Gast es solcher Art in Wien durchgesetzt, als Individualität anerkannt zu werden, so kann er unter Umständen sogar Hotelier werden. Der Hotelier ist der höchste Vorgesetzte des Gastes. Vom Hotelier gegrüßt zu werden, ist eine Annehmlichkeit, der zuliebe der Österreicher überhaupt ins Gasthaus geht. Vom Hotelier gekannt zu werden, ist eine Ehre, die nicht jedermann zuteil wird. Aber vom Hotelier angesprochen zu werden, ist die höchste Entschädigung, die einem für den Ärger über einen Schlangenfraß zuteil werden kann und dafür, daß man einen Kellner, der einen weder individuell noch anders bedienen will, durch kein Trinkgeld für sich gewinnen kann. Wer von uns, die wir einen Namen haben und deshalb im Gasthaus nicht unbeachtet bleiben, hat es nicht schon erlebt: man sitzt da, verlassen und verkauft, verwünscht diese niederträchtige österreichische Romantik der Lebensmittel, sehnt sich zu den Hottentotten oder nach Berlin, also dorthin, wo der Wiener infolge Bequemlichkeit »Abfütterungsanstalten« vermutet, möchte mit Tellern werfen und mit Messern stechen, kann es aber nicht, weil man gerade im Stadium der Auflösung ist – da beugt sich ein käsweißer Mann über dich, ein Todesengel namens Zeppezauer, und spricht, mählich lebhafter werdend, die Worte: »Das Wetter scheint sich nach der letzten mineralogischen Diagnose zu klären und dürfte auch wieder der Zuspruch ein regerer werden, waren gewiß verreist, schon recht, ja jeder hat heutzutage zu tun, man merkts überall im Gewerbestand, die Einflüsse von der letzten Entspannung, ein Doktor, auch von der Zeitung, was im Ministerium die rechte Hand is, hat selbst gesagt, mirkwirdig, hm, aber mir scheint, heute keinen rechten Appetit, grad heut, schade, das Vordere, alle Herren loben sichs, nun dafür das nächste Mal ein Protektionsportionderl von der Zeppezauerschnitte – Poldl abservieren, schlaft wieder der Mistbub, also djehre djehre – –«

Das wollen wir uns anschauen, ob ich nicht die Mauer anschauen darf!

». . . . Als er das Lokal verlassen wollte, sei der Angeklagte auf ihn zugetreten, habe ihm vorgeworfen, daß er ihn und das Personal sekkiere, daß er mit dem Rücken gegen hohe Gäste sitze, und habe ihn schließlich ersucht, ihn nicht mehr mit seinem Besuche im Kaffeehause zu beehren . . . .

. . . . Der Angeklagte bot einen umfangreichen Wahrheitsbeweis in der Richtung an, daß der Kläger als Gast in seinem Kaffeehause durch fortwährende Nörgeleien ohne Rücksicht auf die anderen Gäste, unter denen sich Offiziere und höhere Gerichtsfunktionäre befinden, das Personal zur Verzweiflung gebracht und insbesondere stets mit dem Rükken gegen die Gäste, der Mauer zugekehrt, gesessen sei . . . .

. . . . Der Zeuge erklärt, daß ihm der Kläger durch drei Monate im Kaffeehause aufgefallen sei. Erstens habe der Kläger immer gebrummt, wenn jemand am Nebentische geraucht habe, dann habe er fortwährend den Kaffee zurückgeschickt und drittens sei er stets mit dem Rücken gegen die Gäste, der Mauer zugekehrt, gesessen . . . .«

Ich bin gewiß eine friedfertige Natur, die froh ist, wenn man sie in Ruhe läßt. Ferne sei es von mir, zu brummen, wenn am Nebentisch geraucht wird. Ich werde auch nicht fortwährend den Kaffee zurückschicken. Ich will nicht nörgeln, nicht sekkieren und das Personal nicht zur Verzweiflung bringen. Ganz still will ich sein und alles ertragen. Aber ich behalte mir erforderlichenfalls vor, ich lasse es mir nicht nehmen, keine Macht kann mich daran hindern, mit dem Rücken gegen die Gäste, der Mauer zugekehrt, zu sitzen, insbesondere stets, wenn man mich rechtzeitig darauf aufmerksam macht, daß es hohe Gäste sind, gegen die man nicht mit dem Rükken, der Mauer zugekehrt, sitzen darf.

Das hätte ich nicht erfinden können

[Ein vierfacher Wagenzusammenstoß.] Durch die Unvorsichtigkeit eines Kutschers wurde gestern nachmittag auf dem Franz Josefskai der Zusammenstoß von vier Wagen verursacht. Gegen 3/46 Uhr abends stand ein Fiaker, den der Kutscher Oskar Schner lenkte, vor dem Café Residenz auf dem Franz Josefskai 31. Der bei der Internationalen Transportgesellschaft bedienstete Kutscher Franz Ertel kam mit seinem zweispännigen, mit Kisten beladenen Wagen vom Morzinplatz auf den Kai und wollte ordnungswidrig die Kurve schneiden. Er fuhr an den Fiaker derart heftig an, daß der Türschlag beschädigt wurde. Als nun die beiden Wagen aneinandergefahren waren, war die Straße verlegt, und der Kutscher Georg Erschinger wollte, als er von der Marienbrücke mit seinem zweispännigen Paketwagen der Poststation Simmering, Am Kanal Nr. 527, gegen den Morzinplatz fuhr, den beiden Wagen ausweichen. Er fuhr aber bei dem Versuch an einen entgegenkommenden Straßenbahnwagen der Linie »EK« an. Durch den Zusammenstoß wurde Erschinger vom Bocke geschleudert. Er blieb zum Glücke unverletzt. An dem Motorwagen wurde die Vorderwand eingedrückt. Ertel ist an dem doppelten Unfalle schuldtragend. Die Strafamtshandlung ist eingeleitet.

Das hätte ich nicht erfinden können. Es ist ein Stück Wiener Natur, gesehen durch das Temperament eines Weltblattes. Es ist die endgiltige Plastik des hiesigen Daseins, das vor seiner Unabänderlichkeit zum dasigen Hiersein zwingt. Nicht, daß sie zusammenstoßen müssen, wenn hier vier Wagen fahren, und nicht, daß was hier geschieht, auch in seiner Unmittelbarkeit gesehen wird, sondern die Identität des Geschehens und Sehens schafft das Bild dieser Welt. Es ist so: auf der Straße des Wiener Lebens hat jeweils nur eine Individualität Platz: der Kutscher Oskar Schner oder der Kutscher Franz Ertel oder der Kutscher Franz Erschinger oder der Straßenbahnwagen, der auch eine Individualität ist, denn wenn man auch nicht weiß, wie der Motorführer heißt, so heißt jener doch »EK«. Nur eine Individualität hat Raum, will sich ausleben, gesehen werden. Nun geschieht es aber, daß der Kutscher Oskar Schner um 3/46 Uhr abends auf dem Franz-Josefs-Kai steht. Aber wo? Bei Nr. 31. Was befindet sich dort? Das Café Residenz, das unter der bewährten Leitung steht. Wir würden uns gern dabei aufhalten, aber es handelt sich jetzt nicht um den Cafétier, sondern um den Kutscher. Er steht da. Vor dem Café Residenz, welches sich auf dem Franz-Josefs-Kai 31 befindet. Das ist klargestellt. Da kommt nun der Kutscher Franz Ertel, der bei der Internationalen Transportgesellschaft bedienstet ist – für Details ist keine Zeit – mit seinem zweispännigen, mit Kisten beladenen Wagen. Von wo? Vom Morzinplatz. Wohin? Auf den Kai. Und fährt den Fiaker, eines der gediegensten Zeugeln, heftig an, so daß. Nachdem nun einmal der Türschlag beschädigt ist, bleibt die Straße verlegt. Der Ausblick war schon durch die riesenhafte Erscheinung des Kutschers Oskar Schner gesperrt, jetzt ist es auch der Verkehr, der sich bis dahin doch mühsam durchquetschen konnte. Wenn man nur wüßte, wie der Wachmann heißt, der nicht da ist! Dafür ist plötzlich der Kutscher Georg Erschinger da. Sehen wir uns einstweilen den Kutscher Georg Erschinger an, von wannen er kam und wohin er fahren wollte. Er kam von der Marienbrücke mit seinem zweispännigen Paketwagen der Poststation Simmering, Am Kanal Nr. 527, und fuhr gegen den Morzinplatz. Ja, was will denn der da? Das ist ja ein dritter! Wir möchten uns vor Zerstreuung bewahren, aber er ist nun einmal hier und zieht uns in seinen Bannkreis. Er wollte ausweichen, wollte sich unserer Beachtung entziehen, aber wenn eine Individualität ausweichen will, stößt sie bei dem Versuch unfehlbar an einen entgegenkommenden Straßenbahnwagen der Linie »EK« an. Das verwirrt vollends. Das hat uns noch gefehlt! Durch den Zusammenstoß wurde Erschinger vom Bocke geschleudert. Das ist bedauerlich, er blieb aber gewiß in der Luft hängen, wie auf einem Bild von Schönpflug, von dem ja dieser ganze Zusammenstoß und dieses ganze Wiener Leben überhaupt ist. Er blieb zum Glücke unverletzt. Zum Glücke: da klingt das goldene Wiener Herz! Aber es kann ja auch nicht anders sein; was vom Schönpflug kommt, fällt nicht auf die Erde. Was geht, steht; was steht, fällt. Das sind Gefahren. Aber – zum Glücke – was fällt, hängt; was hängt, steht; was steht, bleibt; was bleibt, ist ein Dreck. Also eine Individualität. Drei waren zuviel. Man soll das Schicksal nicht versuchen. Es kann einmal schief gehen. Seien wir froh, wenn nur das geschieht, was ich nicht hätte erfinden können.

Illustrirtes Wiener Extrablatt

Eine hundertjährige Leserin des „Extrablatt".

Frau in Schöllschitz in Mähren hat kürzlich ihren hundertsten Geburtstag gefeiert. Sie lebt bei ihrer Tochter und erfreut sich einer staunenswerten Rüstigkeit. Frau ist die Witwe eines Schneidermeisters mit dem sie 47 Jahre in glücklicher Ehe gelebt und dem sie acht Kinder geschenkt hat, von denen aber nur noch die jüngste Tochter am Leben ist. In ihrem 97. Lebensjahre wurde die Greisin von einem Wagen überfahren und man brachte die Schwerverletzte in das Brünner Krankenhaus. Der Kunst der Aerzte gelang es, die hochbetagte Matrone wieder vollständig herzustellen. Frau nimmt das lebhafteste Interesse an allen Vorgängen in der Welt. sie ist seit Jahrzehnten eine eifrige Leserin des „Extrablatt" und wartet täglich mit Ungeduld auf das Eintreffen der neuen Nummer....

Ja, so sieht sie aus. Durch ein Dickicht von Runzeln dringen die Blicke, die das Extrablatt nicht erwarten können. Sie hat sich bewahrt. Es hat sie rüstig erhalten. Hundert Jahre sind in dieses Gesicht gekerbt, aber die Augen sehen ruhig und gottergeben dem Moment entgegen, da das Extrablatt erscheinen wird. Mit 97 hat sie einen jener Unfälle erlitten, die das Extrablatt interessieren. Aber sie wurde wie durch ein Wunder gerettet, sie lebt und interessiert sich für das Extrablatt. Weiter, weiter. Bis eines Tages die zitternden Hände etwas fassen wollen, Urenkel die Bibel reichen und eine verhauchende Stimme abwehrt: Ex–

Ein Verlorener

»Hugo v. Hofmannsthal, der Dichter des ›Jedermann‹, hat seine Kunst in den Dienst des Films gestellt. Bedarf es noch eines stärkeren Beweises, daß das Kino literarischen Ehrgeiz hat und daß es die Autoren findet, die es braucht, um seinen Ambitionen gerecht zu werden?«

O ja, es bedarf noch eines stärkeren Beweises. Denn daß Herr v. Hofmannsthal seine Kunst in einen Dienst gestellt hat und zwar in den des Films, beweist nicht, daß das Kino literarischen, sondern daß Herr v. Hofmannsthal kaufmännischen Ehrgeiz hat. Da das Werk des Herrn v. Hofmannsthal tief unter dem literarischen Niveau des Kinos steht, dürfte auch dieser Ehrgeiz nicht befriedigt werden. Daß das Kino die Autoren, die es braucht, findet, wird allerdings durch den Fall des Herrn v. Hofmannsthal bewiesen. Aber an solchen Fällen zeigt es sich dann auch immer, daß das Kino die Autoren, die es findet, nicht brauchen kann. Lese, wer nach den Libretti des Herrn v. Hofmannsthal noch nötig hat, eine Jugendliebe zu begraben, die Inhaltsangabe des Kinodramas »Das fremde Mädchen«. Wenn der Dichter Paul Wilhelm sich entschließen wollte, seinen zähen Idealismus den Ansprüchen des Lebens zu opfern und seine Kunst in den Dienst des Kinos zu stellen, ein größerer Dreck könnte schwerlich das Ergebnis sein. Dichter, die so etwas können, waren natürlich nie welche, sondern nur ein Lichtspiel der Zeit. Das Entsetzliche ist aber nicht, daß sie sich enthüllen, sondern daß es heute eine Möglichkeit gibt, mit der mühelosesten Erniedrigung Geld zu verdienen. Frauen, die es von Natur können, werden gesteinigt. Wenn es Frauen der Gesellschaft sind, so heißt es nicht, es sei ein Beweis für den sozialen Ehrgeiz der Prostitution, daß jene ihre Schönheit in den Dienst des Strichs gestellt haben. Dichtern, die auf den Film gehen, wird nicht einmal eine Enttäuschung nachgetragen.

Ein reiner Künstler

»Arthur Schnitzlers dreiaktiges Theaterstück ›Liebelei‹, das bekanntlich auch vertont worden ist, wird bereits im Januar als Film erscheinen. Der Dichter hat für die Vorstellung seines Werkes eine Reihe von Bedingungen gestellt, so z. B. dürfen keine Untertitel gegeben werden und keine Briefe vorkommen.«

Aus dem Ungarischen

(Im Original-Tonfall zu lesen)

»Das Beispiel Karl Kraus. Dieser österreichische Schriftsteller, der als Redakteur der ›Fackel‹ in weiten Kreisen bekannt ist, und als Hasser der Wiener Zeitungen einen besonderen Namen errungen hat, erzielt nicht nur mit seinen Schriften große Erfolge, sondern auch mit seinen Vorlesungen, wobei er teils eigene Arbeiten, teils solche anderer Autoren liest. Der österreichische Schriftsteller hält nicht nur in Wien Vorlesungen, sondern besucht auch zahlreiche andere Städte Österreichs, ja sogar Deutschland, und hält dort Vorträge, die seine Ideen populär machen. Während er seinem Sonderlings-Standpunkt neue Anhänger wirbt, bedeutet das für ihn auch namhafte Einnahmen, die sogar an die Höhe der Einnahmen von Bühnenkünstlern und Konzertkünstlern heranreichen. Der Redakteur der ›Fackel‹ ist ein aufrechter, wohlhabender Mann, der in materieller Hinsicht unabhängig ist und der seine Vortrags-Abende daher nicht bloß aus finanziellen Gründen veranstaltet, der aber natürlich nicht böse ist, wenn seine Vorlesungen neben den moralischen Erfolgen auch finanzielle Resultate haben. Was er tut, machen auch andere deutsche Schriftsteller, mit welchen Kraus auf dem Kriegsfuße steht, die aber vom Publikum ebenfalls geliebt werden, und deren Vorlesungen ebenfalls gute Einnahmen bedeuten. Der Redakteur der Berliner ›Zukunft‹, Maximilian Harden, hält in Deutschland und in Wien ebenfalls Vorträge über politische und sozialpolitische Fragen gegen Entree. Der Feuilletonist und Bühnenschriftsteller, den das deutsche Publikum aus einem Stücke kennt: Roda Roda – veranstaltet ebenfalls Vorlesungen gegen Entree. In Deutschland geschieht aber noch eines: Gelehrte, Universitätsprofessoren, Soziologen, veranstalten ebenfalls Vorlesungen gegen Entree und finden, daß diese häufig praktischer sind als die Edition dickleibiger Bücher. Am häufigsten aber reist jetzt Karl Kraus und es wäre wünschenswert, daß die ungarischen Schriftsteller sein Beispiel befolgen, indem sie in den Provinzstädten Vorlesungen veranstalten. Diese würden ihre Einnahmen erhöhen, was die ungarischen Schriftsteller immerhin vertragen könnten, und außerdem würden diese Vorlesungen in den Provinzstädten, welche ihre Kulturpaläste haben, neue Kulturfreuden bedeuten. Es ist eben eine Stufe der Kulturentwicklung, daß heute nicht bloß Violinvirtuosen und Bühnenkünstler Konzerte mit Entree veranstalten, sondern auch die Vollblutrepräsentanten des Schrifttums, der Kunst und der Wissenschaft zu ihrem Nutzen und zum Frommen der gesamten Kultur.«

*

Teschek, das ist ja schon eine Glosse, wiewohl es nur ein Zitat aus dem ›Pesti Hirlap‹ ist. Ich werde es vorlesen gegen Entree, wiewohl ich ein aufrechter wohlhabender Mann bin. Aber ich muß. Denn das Vorlesen in Budapest gegen Entree ist sehr kostspielig. Nicht nur die Miete des Kulturpalastes, nicht nur die Polizeilizenz, sondern auch die Presse, all dies macht den Erfolg in Budapest zu einem hochmoralischen. Vor dem Entree bringt die Presse allein, der man die Vornotizen bezahlen muß, einen guten Teil in Abzug. Zum Beispiel der Pesti Hirlap, ein aufrechtes wohlhabendes Organ, das nicht böse ist, wenn seine Artikel neben den moralischen Erfolgen auch finanzielle Resultate haben und das sich für die Unterstützung der kulturellen Tendenzen der Spielbank 21.000 Kronen bezahlen ließ. Schon vor einigen Jahren hat er in Anerkennung meiner literarischen Tätigkeit meine Vermögensverhältnisse überschätzt und er schwärmt sehr für fremde materielle Unabhängigkeit. Ob die ungarischen Schriftsteller gut daran tun würden, außer dem Interesse, das ohnehin die Spielbank an der Erhöhung ihrer Einnahmen hat, auch noch meinem Beispiele zu folgen und Vorlesungen gegen Entree zu veranstalten, kann ich nicht beurteilen. Aber jedenfalls weiß ich, daß die Vollblutrepräsentanten des Pferdehandels Kulturträger bleiben, wenn sie darauf verzichten, Tips auf geistige Karrieren zu geben.

Selbstverständlich

In die zweite Gruppe fallen Ausgaben für die Presse. Unter diesem Titel wurden insgesamt 505.000 K ausgegeben, und zwar für Abonnements 2000 K., für Inserate 7000 K und für Pauschalien 456.000 K. In dieser Summe figuriert die österreichische und ausländische Presse mit 176.000 K. (Es ist selbstverständlich, daß die »Neue Freie Presse« in gar keiner wie immer gearteten Beziehung zu diesem Unternehmen gestanden ist. Anm. d. Red.) und –

Warum ist das selbstverständlich? Das ist gar nicht selbstverständlich. Es ist möglich – möglich ist alles –, es ist vielleicht wahr, aber selbstverständlich ist gar nichts. Wenn es selbstverständlich wäre, dann wäre es eben selbstverständlich und müßte nicht gesagt werden. Daß es gesagt wird, beweist, daß es nicht selbstverständlich ist, und logischer Weise müßte die Verwahrung lauten: »Es ist auffallend, aber es läßt sich leider nicht leugnen, daß die Neue Freie Presse in gar keiner wie immer gearteten Beziehung zu diesem Unternehmen gestanden ist. Anm. d. Red.« Das wäre ehrlich, während die Selbstverständlichkeit der Ausnahme bloß die Selbstverständlichkeit der Regel bestätigt und den allgemeinen Verdacht anerkennt, von dem man nur in dem gegebenen Fall abzusehen bittet. Selbstverständlich wäre nur eines. Daß man sich entschließt, an die Spitze des Blattes und ohne erst jeden Einzelfall abzuwarten, die Erklärung zu setzen: »Es ist selbstverständlich, daß die Neue Freie Presse in gar keiner wie immer gearteten Beziehung zu irgendeinem Unternehmen steht.« Aber das wäre wieder nur selbstverständlich und absolut nicht möglich.

Der denkende Hund

In Mannheim wird, ohne daß der Tierschutzverein einschreitet, ein Hund vorgeführt, der gezwungen ist, die Fähigkeiten eines nützlichen Mitglieds der menschlichen Gesellschaft zu zeigen. Ein sogenannter denkender Hund. Daß die Hunde denken, haben die Menschen bis heute darum nicht geglaubt, weil sich die Hunde ihren Teil gedacht und es den Menschen nicht verraten haben. Nun erst, da sich herausstellt, daß ein Hund Wurzel ziehen kann, wird ihm nachgesagt, daß er ein denkender Hund sei. Dem in Mannheim ist es nun doch zu viel geworden und er scheint gewillt, mit lästigen Besuchern kurzen Prozeß zu machen. Nicht als ob er sie beißen wollte; aber er bellt ihnen was oder vielmehr, er buchstabiert ihnen was. Besonders auf die Gelehrten, die man fortwährend zu ihm hineinläßt, hat er es scharf:

Der Hund benutzt seine Buchstabierkunst auch zu eigenen Meinungsäußerungen und mischt sich direkt ins Gespräch. Als Prof. Ziegler Frau Dr. Moekel, die leidend ist, abrät, sich auf mehrtätige Versuche ausländischer Psychologen einzulassen, fängt Rolf plötzlich ungefragt zu buchstabieren an, »had rgd«, buchstabiert er, d. h. »hat recht«. Auch seinen Unwillen weiß er deutlich kundzugeben, und einem Zoologen, Dr. Gruber, der mit ihm Versuche anstellen wollte, antwortete er in einer langen Buchstabenreihe: »sr fil bildr gsn und sagd was is bei dsiglr gnug is nigd mr sagn wil was is dum lign lasn r al hrs mir bugl sdeign«, d. h. in gewöhnliche Orthographie übertragen: »Sehr viele Bilder gesehen bei Ziegler und gesagt was ist; genug ist, nicht mehr sagen will (ich), was ist; dumm; liegen lassen er (ihn); alle Herren mir Buckel steigen!«

Had rgd. Freilich ist die Version aufgetaucht, daß dieser Hund von Mannheim nur ein denkender Grubenhund sei. Denn es ist gewiß möglich, der Wissenschaft und den ihr befreundeten Zeitungen einzureden, daß ein Hund ihnen allen sagen läßt, sie mögen ihm auf den Buckel steigen. Daß dieser Hund übrigens sich noch rühmt, ausgesprochen zu haben, »was ist«, läßt ihn als den einzigen Hund in Deutschland erscheinen, der von Herrn Harden noch einen Bissen nimmt.

Wie in Deutschland die Unsittlichkeit zustandekommt und wie die Sitte spricht

Der Detektiv Ernst Hoffmann stand gestern unter der Anklage der versuchten Erpressung vor dem Landgericht. Das Opfer seiner Tätigkeit war der Inhaber des Freibades Wannsee, Kaufmann Frankenthal in Nikolassee. Als Frankenthal vor vier Jahren ein Gelände am Wannsee pachtete und darauf das Freibad Wannsee errichtete, dauerte es nicht lange, so setzten die Inhaber der an den märkischen Wasserstraßen gelegenen Badeanstalten alle Hebel in Bewegung, um die unbequeme Konkurrenz aus der Welt zu schaffen. Der Obmann des Vereines märkischer Naturbadeanstalten, Badeanstaltsbesitzer Ziehm in Treptow, wandte sich an den Rechtskonsulenten May mit dem Auftrag, im Freibad Wannsee heimliche Beobachtungen anzustellen, ob dort Unsittlichkeiten vorkämen. May verlangte hiefür 125 Mark und später 300 Mark. Das ausführende Organ Mays war der Detektiv Hoffmann, der für seine Tätigkeit 6 Mark pro Tag erhielt. Er hatte insbesondere den Auftrag, alles, was beanstandet werden könnte, auch gleich zu photographieren.

Eines Tages wurde Frankenthal von einem Unbekannten telephonisch angerufen und unter Hinweis auf die gegen das Freibad eingeleitete Bewegung um eine Unterredung ersucht, die dann auch in einem Café am Rosenthaler Tor stattfand. Hoffmann stellte sich dabei mit seinem richtigen Namen als Agent des Detektivinstituts May vor und erzählte, er habe den Auftrag, nicht nur etwaige Unsittlichkeiten im Freibad festzustellen, sondern auch eventuell mit Hilfe von Straßendirnen selbst »unsittliche Gruppen« zu stellen und zu photographieren. Bei einer zweiten

Zusammenkunft im Restaurant Beelitzhof erzählte er dann auch noch, er sei beauftragt, einen Wärter im Freibad zu bestechen und sich von diesem mit einem Mädchen überraschen zu lassen. Die Photographien hievon würden dann in einer öffentlichen Versammlung, zu der Pastoren und Sittlichkeitsvereine eingeladen werden sollten, als Lichtbilder gezeigt werden.

Frankenthal witterte in diesen Mitteilungen gleich die einleitenden Schritte zu einer Erpressung, und als Hoffmann erklärte, er würde sich auf Frankenthals Seite schlagen, wenn ihm der Schaden, den er durch den Verlust seiner Stellung hätte, ersetzt werden würde, ließ Frankenthal ihn festnehmen ....

Det mit die Konkurrenz is ja ejal, die Jründe interessieren uns nich, Jeschäft is Jeschäft, jewiss doch wenn sich'n Freibatt durch'n andres Freibatt jeschädigt fühlt, so hat es doch recht, alle Hebel in Bewejung zu setzen, die Hauptsache is immerzu, wenn öffentliches Ärjernis errecht wird. Öffentliches Ärjernis muß sint, un wenns nich da is, muß es errecht werden, immerzu, famos hat Hoffmann det jemacht, kenn Se Hoffmann, er war zuerst bei der Sitte, denn war er Lude, nu is er beim Rechtskonsulenten. Sehn Se, dafür was nu weiter jeschehen ist, dass a selbst jestrauchelt is, dafür is niemand verantwortlich, es irrt der Mensch, solang a strebt, hat nich selbst Harden schon jeirrt? Se wissen doch damals wie a det mit die Normwidrichkeiten ufjedeckt hat, det mit Eulenburg und der janzen homesexiellen Kiste übahaupt, da hat a doch manches nich jewußt, was seinerzeit am Starnberjer See vorjefallen is, da hat a doch vieles übasehn, na sehn Se, unfehlbar is keener; jewiß doch, Riedl hat ihm viel jesagt was erweislich wahr is, un Schömmer der Klavierträger Se wissen doch hat durch das Guckloch beobachtet wie er die beiden Jrafen da jepaart sah, hörn Se, jepaart sah er se, richtich jepaart; aber alles hat sich doch nich beweisen lassen. Jotte doch wenn man immer so könnte wie man wollte, sehn Se, wir müssen ooch Zimma vamieten, da kann denn meine Frau viele Unsittlichkeiten beobachten, wie oft hab ich ihr nich schon jesagt, Juste, hab ich ihr jesagt, Juste sieh man zu un pass man auf, ob eener nich vaheiratet is, wo du dann sagen könntest, wenn a dir nich eenen blauen Lappen drufjibt, daß de sagen könntest, na von wejen öffentliches Ärjernis vaschtehste – jlooben Se, det Aas jeht Ihnen los? Nee, nich zu machen! Öffentliches Ärjernis in Hülle und Fülle, jreift nur hinein ins volle Menschenleben, allonks anfang dela patrie, aber was nutzt det allens, wenn die Schose nich zum klappen kommt! Bequemer kann mans jar nich haben, Hoffmann hat erst unsittliche Gruppen stellen müssen – bei uns kommt det alle Tage vor, direktemang wie jeschaffen für de Pastoren und de Sittlichkeitsvereine – aber reden Se mit meiner Frau! Sie sei sturmfreie Vamieterin, sagt se, se wolle sich auf ehrliche Weise ihr Brot vadienen und so Redensarten. Mich kann so wat empören, sehn Se, ik tu bei so wat jar nich mehr mit, ik jeh am liebsten fort aus meinem anständijen Haus, wenn so Paare kommen, die wat unehelich sind und Unsittlichkeiten im Schilde führen, un det könn Se mr jlooben, wenn det nich bald ufhert, so bin ik imstand und jehe hin zur Sitte un mach de Anzeije wejen öffentliches Ärjernis!

Die elektrische Bahn Wien-Preßburg ist eröffnet worden

das ist praktisch. Mitglieder des Wiener Männergesangvereins trugen dabei einen Chor vor, das ist unpraktisch. An der Eröffnungsfahrt nahmen teil die Inspektoren Edelstein und Kronos, das ist interessant, wiewohl der letztere nicht identisch oder verschwägert ist. In Preßburg angelangt, bemerkte einer, daß dort 1277 Ladislaus IV. mit König Rudolf jenen Bündnisvertrag geschlossen habe, auf Grund dessen die Schlacht bei Dürnkrut gewonnen wurde, und daß dorthin, nach Preßburg, Ferdinand I. nach der Schlacht bei Mohacs seine Residenz verlegte. Das ist lückenhaft, weil in Preßburg auch der Professor Bernhardi aufgeführt werden sollte. Der österreichische Eisenbahnminister hielt drei Reden, eine bei der Abfahrt des Zuges, eine an der Grenze und eine beim Ziel. Das ist viel. »Man hat sich schließlich gesagt«, meinte er, »es kann nicht Sache der Regierung sein, den technischen Fortschritt aufzuhalten, und was das Interesse der Allgemeinheit ist, ist schließlich auch das Interesse des Staates.« Das ist einsichtig. Ein anderer Redner sagte: »Österreich braucht Ungarn und Ungarn braucht Österreich, und daher wollen wir zusammen leben und miteinander kämpfen.« Das ist zweideutig. Am nächsten Tag wurde gemeldet, daß soeben bei der Sophienbrücke der Starkstromleitungsdraht der elektrischen Bahn Wien-Preßburg gerissen sei. »Infolge dieses Zwischenfalles mußte der Verkehr auf der Strecke eingestellt werden.« Das ist bedauerlich.

Außi möcht' i oder: Auf zum Südpol!

Es gibt noch kein Klosettpapier auf den österreichischen Staatsbahnen, aber was uns dringend nottut, ist eine Südpolexpedition. Ich bin kürzlich in einem ungeheizten Coupé bei – 7 Grad nachts von Salzburg bis Bischofshofen gefahren, aber daß sich Österreich unter den den Südpol erobernden Staaten einen ehrenvollen Platz sichern müsse, war mir klar. Ich las gerade etwas darüber. Österreich soll nicht mehr zurückstehen. Doktor Felix König besitzt das Vertrauen aller. Vierzig Jahre sind bekanntlich seit jenem Tage verflossen, da Julius v. Payer seine Reise »In Nacht und Eis« antrat. (Wenn ein Österreicher eine Reise in Nacht und Eis antritt, so heißt die Reise »In Nacht und Eis«.) Es ist also höchste Zeit. Es ist zu hoffen, daß man bald so weit sein wird, daß die Öffentlichkeit der Unternehmung Doktor Königs das geziemende Interesse zuwendet. Es fehlt vorderhand an Geld. Man muß deshalb auf den österreichischen Staatsbahnen noch immer das Papier verwenden, auf dem Aufrufe zur Unterstützung einer österreichischen Südpolexpedition gedruckt werden.

Jetzt ist die Zeit

wo die Kunst, die Industrie, die Literatur, die Wissenschaft, die Lebewelt, die Diplomatie, das höfische, das offizielle wie das vornehm-bürgerliche Wien ihre Vertreter entsenden, wobei man sich vorstellen muß, wie heftige Debatten vorausgegangen sein mögen. So zum Beispiel ist die ganze Kunst irgendwo versammelt und beschließt, auf den Industriellenball Rauchinger zu entsenden, und die Literatur, noch schwankend zwischen Glücksmann und Müller, entscheidet sich schließlich für diesen, während jener auf den Hausindustrieball geschickt wird. Unaufhörlich werden Vertreter entsendet. Am Abend erstrahlt ein Meer von Licht, das betäubend und doch nicht grell, berauschend und dabei diskret von der hohen Decke niederflutet, und alles wirkt zusammen, um ein einzig schönes und vornehmes Bild zu schaffen. Alles flutet und wogt. Was tun aber die Vertreter der verschiedenen Berufe, wie stehen sie zu einander, wie vertreiben sie sich die Zeit, bis es der Jugend endlich in den Sinn kommt, sich das Tanzrecht zu erobern? Noch zögert diese und zieht es aus irgend einem Grunde vor, sich mit den Vertretern zu unterhalten. Da spielen sich denn überraschende Dinge ab, Dinge, die man in diesem von der Parteien Zwist durchwogten Lande einfach nicht für möglich gehalten hätte. Es sind nämlich plötzlich auch Pioniere eingedrungen und man sieht sie mit Magnaten sprechen. Bei näherem Hinsehen aber erkennt man, daß es die Pioniere unserer Industrie sind und die Bankmagnaten, und diese beiden sowie die Minister, die Lebewelt und die Jugend sieht man nun harmonisch und ungezwungen vereint durch den Saal schreiten. Keiner tut dem andern was, keiner sagt dem andern, daß er ihm den Buckel herunterrutschen könne, weil einer dem andern es von selbst tut. Alle diese Bälle haben nun das Gemeinsame, daß von jedem das gilt, was von keinem andern gilt, und daß man jeweils nichts von jener Balldekadenz fühlt, über die sonst geklagt wird. Überall ist die eigenartige Mischung interessanter Elemente das, was jedem den Vorzug vor den anderen gibt, und der glanzvolle Verlauf das, was ihn jedes Jahr von seinen eigenen Vorgängern unterscheidet, und pfui der Ball, von dem nicht mit Recht gesagt werden kann, daß man auf keinem andern Ball so sehr das Empfinden der jauchzenden und brausenden Lebenslust hat und daß Animo und Laune noch intensiver zu sein schienen als je vorher. Der Industriellenball und der Concordiaball und alle andern Bälle machen einander und sich selbst mit Erfolg den Vorrang streitig. Das zeigt sich schon im geringsten Detail. Jeder Ball ist guter Tradition gemäß der am zeitlichsten beginnende aller Bälle. Schon kurz nach 8 Uhr tauchen die ersten Gäste auf und bald beginnt ein intimes Promenieren, ein Begrüßen von Ecke zu Ecke (lauschig), von Loge zu Loge. Diese Intimität weicht aber bald, denn Schlag 9 Uhr füllt sich der Saal, die Luft wird besser und während sich draußen, durchflutet drinnen. Im Patronessenraum geht es bald zu wie bei einem Hoffest. Bei einem Hoffest geht es bald zu wie auf dem Concordiaball. Leuchtende Frauenschultern sind das geringste. Reiherfedern, die aus Diamantenagraffen herauswachsen – Wunder der Natur – werden bemerkt und zur allgemeinen Überraschung – aah! – erscheinen weißbärtige Herren, deren Frack mit Ordensbändchen besät ist. Aus den schlichten Industriepionieren sind plötzlich Industriefürsten geworden. Dazwischen mischen sich Gelehrte, unter denen aber Kant und Schopenhauer sich nicht befinden dürften. Aller Augen sind natürlich auf die Minister gerichtet. Und hie und da hört man – die Neugierde kommt auf ihre Kosten – zwischen gleichgiltigen Redensarten ernsthafte Worte laut werden, und während sich hier ein Minister über die Hand einer schönen Frau beugt, bespricht dort ein anderer inmitten einer Gruppe von Herren die politische Lage, die Wirren im Innern und die Aussichten für die nächste Zukunft. Ich, ein Outsider, der fürs Leben gern so etwas einmal hören möchte, würde sofort den Minister, der in der Gruppe steht, mir herausholen und nachhause schicken. Ich würde ihm raten, anstatt hier herumzustehen, lieber Abortherr in einem Berliner Lindencafé zu werden. Die Dame, über deren Hand er sich gebeugt hat, würde ich zwingen, eine politische Lage einzunehmen, und wenn ich ihr so die Wirren im Innern beruhigt hätte, würde ich die Aussichten für die nächste Zukunft mit ihr besprechen. Aber das sind Sonderbestrebungen und der einzelne vermag nichts gegen die Übermacht. Zum Schwarzsehen ist übrigens kein Grund. Während die Minister und die Industriekönige beisammenstehen, dringt immer wieder ein Ton von Lebenshoffnung und Zukunftsvertrauen siegreich aus allen Gesprächen hervor. Bald darauf erscheinen die, die sich begeben. Kaum ist aber der offizielle Teil vorüber, jauchzt ein Walzer auf, und schon. Die ersten Paare drehen sich im Dreivierteltakt. Nun hat die Jugend erreicht, was zu erreichen war, man soll es ihr gönnen. Nun folgen achtzigtausend Namen. Die meisten heißen entweder Klobasser oder Herzfelder. Es kommen die kaiserlichen Räte Anhauch, Bachstelz und Neurath. Es ragen hervor die Kommerzialräte Gog & Magog. Das Tier mit den drei Häuptern erscheint: Benies, Kubies und Welles. Schreckliches wird geschehen. Man bemerkt Stiaßny. Von allen Seiten strömen Konsuln herbei, umsichtige Vertreter von Champagnerfirmen, gegen die Napoleon ein Waisenknabe ist. Sie heißen Schnabel. Die Inspektoren Sprinzl, Vinzl und Schwanzl springen herein. Sie gewinnen die Estrade. Travniczek, Geiduschek und Bartunek sind auch schon zur Stelle. Die Namen Rappeport, Perelis und Pospichal entziehen sich übermütig der Norm. Einer ist tollkühn und heißt Polacco. Die Kausalität ist aufgehoben. Die himmlischen Heerscharen rauschen durch den Saal und ihren Zug beschließt ein Angelo namens Eisner. Es folgen die Toiletten, die dahinschweben und Damen tragen. Es geschieht, daß die Putzi Saxl eine gobelinblaue Satin souple-Robe mit einem Überkleid aus silbergrauem Musselin mit kurzen geschlitzten Ärmeln hat, während die Lixi Bunzl zersprungen ist.

Eine Schwärmerin

> Mit nur gutmüt., aufrichtigem
> Staats- oder Bahnbeamten,
> gut situiert, wünscht hübsches
> Fräulein, 36 J. –

Sie hänge ihr Herz nicht an ein Ideal. Einen gutmüt. Staatsbeamten könnte sie ja finden – gutmüt. sind sie alle –, aber sie würde schon sehen, wie fad das ist: den Akt erledigen, nur damit eine Ruh is! Und einen aufrichtigen Bahnbeamten – da kann sie ein altes Fräulein werden! Der Zug des Herzens hat ohnedies Verspätung. Fragt man: wann endlich, so kriegt man die Antwort: so umra elfe kommt er gern! Ist das aufrichtig? Und kommt er dann um zwölfe, so ist das Coupé dreckig und ungeheizt.

Die Inhaltsangabe des Hofmannsthalschen Kinodramas

In den ›Süddeutschen Monatsheften‹ wird eine Stelle aus dem Programm zitiert, das die Münchner Besucher des Hofmannsthalschen Kinodramas zugesteckt bekamen. Der vierte Akt ist wie folgt beschrieben:

Da ist ein häßlicher, böser Winkel einer großen Stadt, Häuser auf Abbruch. In der Mitte zwischen den Häusern führt ein Gäßchen steil hinauf mit Stufen, und oben ziemlich ferne ist dann eine ordentliche, beleuchtete Straße, hier unten ist es ganz dunkel. Da kommt von der Seite durch irgend einen Durchgang die Alte, und der reiche Mann hinter ihr, in seinen Samtmantel gewickelt und mit bloßem Kopf, so wie er vom Hause fortgelaufen war. Da waren schon vorher an Kellerfenstern und hinter Schutthaufen die Gauner sichtbar, und zuvorderst der starke junge Kerl mit der Kappe und dem tätowierten Arm und haben einander zugewinkt und zugepfiffen und sind wieder verschwunden. Da klopft die Alte an eine Haustür, und da zeigt sich ihnen Licht, und sie will in der Tür stehen bleiben und den jungen Herrn vor sich eintreten lassen, aber da stutzt er doch und bleibt außen stehen und hat den Revolver unter dem Samtmantel in der Hand. Da gibt es die Alte auf und läßt ihn draußen und geht hinein, und er wartet, da geht die Türe wieder auf, und sie schicken das Mädchen heraus, damit sie den Fremden hereinbringt. Da sieht das Mädchen in dem bißchen Licht, das durch die Tür herausfällt, und erkennt, wer es ist, und will nicht, macht sich starr. Anstatt daß sie ihn zu sich winkte, wehrt sie ihn ab und gibt ihm zu verstehen, er müsse von ihr ablassen und von ihr fortgehen. Da packen Fäuste sie hinterrücks und reißen sie hinein, und die Tür fällt zu. Da verläßt ihn sein bißchen Vorsicht, und er klopft an die Tür und will nach, da öffnen sie ihm halb die Tür, er geht hinein, und ehe er den Revolver in die Höhe kriegt, ist drin die Lampe umgestürzt, und sie haben sich auf ihn geworfen in dem Hausflur. Da ist niemand zu sehen, wie er dumpf hinschlägt, als draußen der Bucklige, der macht die Mauer und paßt auf, ob niemand vorüberkommt. Da bringen sie den jungen Herrn gleich wieder zur Tür hinaus, aber ausgeraubt, mit einem Knebel im Mund und gebundenen Händen und Füßen und machen sich fort. Da kommt von irgendwo das Mädchen hervorgekrochen, huscht zu dem Regungslosen, da hat es einer noch gesehen und sie sind gleich bös hinter ihr her, sie flieht vor ihnen davon wie ein Wiesel, doch sie wird eingeholt, da pfeift einer gellend den Warnungspfiff, also sind Schutzleute in der Nähe oder Arbeiter auf der Straße, denn es fängt schon an zu tagen. Im Nu sind die Gauner davon, alles liegt da wie ausgestorben. Da kriecht nach einer Weile das Mädchen auf den Gebundenen zu, auf Händen und Füßen, ganz verstohlen wie ein Tier, bis sie fühlt, es lauert niemand.

Da richtet sie sich bei dem Gebundenen auf, sieht ihn an mit Angst und Zärtlichkeit, berührt sein Gesicht, beißt die Stricke durch an seinen Gelenken und bringt ihn ins Leben mit Berühren und Streicheln und Aufrichten. Da kommt er ins Leben mit halbstarren Gliedern noch und wüstem Kopf, und da sind sie einander gegenüber an der Erde, und sie ist da wie eine Frau, und nicht mehr wie ein Kind, und schüttet eine überschwengliche Zärtlichkeit über ihn aus und da stehen sie beide auf ihren Füßen und er will auf sie zu, da wird sie totenbleich und schwankt und fällt ihm vor den Füßen zusammen. Da kniet er bei ihr und kann nicht fassen, wie das alles so jäh nacheinander kommen kann und rührt sie an und spürt, sie ist nicht ohnmächtig, sondern da liegt eine Tote, und sitzt da, wie betäubt, bei der frischen Leiche. Da bleibt er bei dem Felsen stehen mit seinem Abenteuer und seiner Geheimnisvollen und allem, was er erlebt hat, und der innere Frost schüttelt ihn ein wenig auf dem Felsen hin und her, und das tote Mädchen liegt ganz ruhig und schön in der Mitte auf den Steinen und weiß von nichts mehr.

Da legst di nieder. Da denkt sich der Leser, daß sich der Herr von Hofmannsthal wohl selbst bemüht haben dürfte, das Programm zu verfassen, wenn er schon so gefällig war, das Kinostück zu schreiben. Da sagt man sich, daß kein Kolportagedreck so gemein sein kann, daß es nicht möglich wäre, ihn durch ein bißchen Daderadada literaturfähig zu machen. Da stellt ein Wort zu rechter Zeit sich ein. Da gibt es einen guten Klang. Da war's um ihn geschehn. Da wendet sich der Gast mit Grausen.

– eine Wendung, die nichts Gutes ahnen läßt –, daß mit Herrn Paul Eger in Darmstadt Unterhandlungen wegen Übernahme der Burgtheaterdirektion geführt worden seien. Herr Eger ist noch sehr jung. Als er geboren wurde, drehten sich bereits einige alte Burgschauspieler im Grabe um. Als ich in die achte Gymnasialklasse ging, war er in der ersten, ein Umstand, der mich zeitlebens verhindern wird, an seine Befähigung zur Burgtheaterdirektion zu glauben. Das sind Vorurteile, die ich in Ehren halte. Ich war damals schon ein alter Burgtheaterkenner und wer mir gesagt hätte, daß der Knirps da in nicht allzu ferner Zeit berufen sein werde, die Direktion zu übernehmen, dem hätte ich ins Gesicht gelacht. Allerdings könnte man einwenden, daß gerade ein Vertreter der Generation, die sich fürs Theater zu interessieren begann, als Herr Gerasch heranreifte und Herr Frank auf der Höhe seiner künstlerischen Kraft stand, der Mann sein könnte, das heutige Burgtheater zum Siege zu führen. Denn jeder hätte Lust, es zugrunde zu richten, der das frühere gekannt hat. Trotzdem wäre mir die Berufung des Herrn Eger peinlich. Denn ich glaube, daß noch ein alter Logenschließer da ist, der von verschwundner Pracht zeugt, daß der Frisch-Wassermann auf der Galerie, der auch Frornes und Lemrnad hat, noch derselbe ist, und daß auch eine Klosettfrau lebt, die noch bessere Zeiten gesehen hat. Solange zumal diese am Ruder ist, hat der genius loci noch nicht völlig abgedankt und es müßte erst die Pensionierung dieser letzten Hüterin der Burgtheatertradition vollzogen sein, ehe man den Herrn Eger hineinläßt. Daß er Intendant in Darmstadt geworden ist, ist ohnehin eine hübsche Karriere für einen ordentlichen jungen Menschen aus gutem Wiener Hause. Herr Bahr, der seit Olbrichs Tagen dort einen Stein im Schachbrett hat, soll ihn mitgenommen haben, als er gerade beim Großherzog in Darmstadt zu tun hatte. Nun verlautet aber zum Glück in Künstlerkreisen, daß sich die Verhandlungen mit Herrn Eger – ich hätte nie geglaubt, daß die Welt noch Verhandlungen mit Herrn Eger erleben werde – zerschlagen hätten. Das ist gut so. Man soll solche Verhandlungen zerschlagen, daß von ihnen nichts übrig bleibt, und wenn sie's von selbst tun, umso besser. Da man sich aber bei dieser Gelegenheit gleich auch an Herrn Bahr erinnerte, so verlautet in Künstlerkreisen, daß die Verhandlungen nunmehr mit ihm angeknüpft worden seien. Herr Bahr veröffentlichte infolgedessen in einem katholischen Blatt einen Aufsatz, in welchem er aus innerstem Herzen gestand, daß er gern eine Messe anhöre. Zwar hatte dies niemand vom lieben Gott anders erwartet, aber es schadete nichts, wenn er das Bekenntnis noch als Fleißaufgabe draufgab. Die Verhandlungen mit Eger sollen an der plötzlich zutage getretenen Konfessionslosigkeit Bewerbers gescheitert sein, an jenem geordneten, aber unergiebigen Zustand, in dem sich Soll und Haben so ziemlich die Wage halten. Anders Bahr. Wo andere zögern, bietet er eher zu viel an Konfession, und er hätte darum die Fähigkeit, gleich beide Hoftheaterdirektionsposten auf einmal zu bekleiden. Interessant ist gewiß, daß das Amt des Burgtheaterdirektors immer die suggestive Macht hatte, die innersten Herzensvorgänge der Menschen zum Ausdruck zu bringen. Massenübertritte zum Katholizismus finden statt, wenn eine Burgtheaterdirektion wackelt, und was die Kirche in den letzten Jahren durch die Los von Rom-Bewegung verloren hat, ist ihr durch die Werbekraft jenes Postens reichlich hereingebracht worden. Als Brahm die Taufe nahm, wußte man noch nicht, daß seine, wohl aber, daß Schlenthers Tage gezählt seien. Es sind damals gewiß allerorten Priester damit beschäftigt gewesen, Literaten und Redakteure in das andere Testament einzuführen. Da aber der Gläubigen viele sind und immer nur einer Burgtheaterdirektor werden kann, so ziehen die andern mit langer Nase ab und sagen: »Jetzt hab ich mich umsonst getauft!« Da man aber nicht wissen kann, wozu es gut ist, so bleiben sie schon dabei. Eger hat es in diesem Punkte fehlen lassen; viele dürften jetzt wieder sein, die sich mit Eifer in einen ungewohnten Glauben stürzen. Was hat freilich diese Strapaze mit dem Urchristentum eines Bahr zu schaffen, das er vermöge seiner Platzkenntnis hervorholt, sobald er es braucht? Wenn er bisher nicht in die Messe gegangen ist, so war seine Geburt nicht daran schuld, sondern sein Umgang, und er hat immer heimlich gewußt, daß es sich gehört, in die Messe zu gehen. Sicher geht er jetzt auch zur Beichte, um zu sagen, warum er früher nicht in die Messe gegangen ist, und sich zu erleichtern. Als Vizepräsident der Concordia, als Kritiker des Deutschen Volkstheaters, als Regisseur bei Reinhardt, als Lieferant für Gabor Steiner hat er einfach nicht die Zeit gefunden, das zu tun, was ihm Herzensbedürfnis war. Ursprünglich dem Journalistenberuf bestimmt, widmete er sich auf Anregung des Stefan Großmann der Heiligkeit, und er mußte erst der liebe Gott selbst werden, bevor er erkannte, daß es doch besser sei einer Messe als einer Premiere beizuwohnen. Besonders zu dem Zwecke, um einer

Premiere in der Direktionsloge beiwohnen zu können. Weil es aber dem wahren Christentum mehr auf das Gefühl als auf die Gebärde ankommt, so siegt der Glaube an die Heiligkeit des Herrn Bahr über den Zweifel, ob er auch jetzt einer Messe beigewohnt hat. Er könnte ihr sicher beigewohnt haben, und nur darauf kommt es an. Nur darauf, daß er wirklich überzeugt ist, das Burgtheater sei schon eine Messe wert und daß es noch immer maßgebende Kreise gibt, die da glauben, eine Messe sei eine Burgtheaterdirektion wert. Und so könnte es denn wirklich geschehen, daß ein durch alle Gesinnungen, Schiebungen und Entwicklungen wachsender Vollbart berufen wäre, leere Häuser zu füllen, und daß, was in Künstlerkreisen verlautet, einmal zur traurigen Wahrheit wird. Amen.

Ob die sich gut verstehn werden?

Vat., jd., w. s. Tocht., 25. J., ang. lieb. P., wirtsch. erz., geb., musik., a. brav. j. t. M. i. gt. sich. Pos. verh. Mitg. vorl. 20.000 M. Bew. m. Ang. Pos. u. Alt. u. E. H. 1174 E. d. Bl., Moritzp.

April 1914

Eine Schiffskatastrophe – wer ist gerettet?

.... Die erwärmenden Strahlen der Frühlingssonne beleuchten die Lagunenstadt und brechen sich tausendfach an den verwitterten Palazzi, an den Kuppeln und Portalen der Kirchen. Von Tag zu Tag mehrt sich der Strom jener, die dem nordischen Winter entfliehen, die in der glücklichen Lage sind, dem Frühling entgegenreisen zu können. Der deutsche Kaiser wird in Venedig erwartet, wird dort mit seinem Verbündeten, dem König von Italien, zusammentreffen, um sich dann nach Korfu einzuschiffen. Die letzte Hand wird an die Empfangsvorbereitungen gelegt und eine erwartungsvolle Festesstimmung beherrscht die Menge. Im Hafen wiegen sich die deutschen Schiffe und vom Mast der »Hohenzollern« weht die deutsche Kaiserstandarte. Überall Leben und Bewegung, Frohsinn und Daseinsbejahung. Da plötzlich ein dumpfes Raunen und Flüstern. Gruppen bilden sich, schreckensbleiche Gesichter, angstvolle Nervosität und bekümmertes, besorgtes Fragen. Im Hafen ballt sich die Menschenmenge zusammen. Niemand weiß, was eigentlich geschehen ist, nur ganz unbestimmt verbreitet sich das Gerücht durch die engen Gassen und Gäßchen, durch die Calli und Rami –

Kusch!

Lanzen für die Marine

Der Autor ist entschieden ein gründlicher Kenner internationaler Marineverhältnisse und hat in unterschiedlichen Broschüren manche Lanze für die Verstärkung der Seemacht unseres Vaterlandes gebrochen.

Wiewohl solche nicht einmal mehr zu Lande verwendet werden.

Leben und Treiben

herrschte zu Ostern auf dem Semmering. Ein schlechter Prophet, der es anders erwartet hat. Es lebten: Fanto, Jolles, Popper, Taussig und Gerda Walde. Es trieben: Preßburger, Wertheim, Fleischl, Fodor und Ben Tieber. Da somit auch die Kunstwelt ihre Vertreter entsendet hatte, blieb dem Humor nichts übrig, als in seine Rechte zu treten, während das herrliche Wetter unaufhörlich damit beschäftigt war, Generalkonsuln zu locken.

Mai 1914

Das Grauen wächst

Es wird gemeldet, daß Graf Berchtold und di San Giuliano einen Ausflug gemacht haben und daß es kalt war.

In Lipizza nach zweieinhalbstündiger Fahrt angekommen, wurden sie vom Gestütsdirektor empfangen und in einen gut erwärmten Saal geleitet und mit einem warmen Gabelfrühstück bewirtet –

Ja, aber welche Wirkung hat so ein warmes Gabelfrühstück bei der Kälten? Man sage es uns, man schreibe es uns, man telegraphiere es uns:

– mit einem warmen Gabelfrühstück bewirtet, das den von Wind und Wetter Durchfrorenen d o p p e l t w o h l tat.

Hier möchte man gern zwei nasse Fetzen zur Verfügung haben. Einen, mit dem man dem Spezialkorrespondenten über das Gesicht fährt, nachdem er den Relativsatz auf das Telegraphenblankett gesetzt hat und nun wirklich den Versuch macht, es dem Beamten hinzuhalten. Einen aber für den Chef, der für solche Unzucht Geld ausgibt. Ferner möchte man fragen, was eine Sozialdemokratie wert ist, die solche Dinge täglich geschehen läßt. Sollte aber die beruhigende Aufklärung erfolgen, daß das Detail nicht telegraphiert wurde, sondern nur eine aparte Zutat bedeutet, die von der Redaktion bestritten wird, so wäre fürwahr ein Abortbesen eine unzulängliche Waffe. Was sollen wir denn tun, um uns der Schurken am Geist zu erwehren, die uns auf Aeroplanen entrükken, um uns das Einmaleins vorzulallen? Jeder, der vor dieser täglich hundertmal denselben Fraß erbrechenden Berichtschande noch von einer »Entwicklung« schwärmt, verdient, daß ihm auf dem Sterbebett ein Telegramm aus Abbazia vorgelesen wird. Mit solchen Gedanken gehe er in die Unendlichkeit ein! Er höre noch, daß der Botschafter Herzog von Avarna um den Hals einen Damenpelzkragen trug und derart überstäubt war, daß man ihn, als er aus dem Auto stieg, kaum erkannt hätte, während di San Giuliano die Fahrt im geschlossenen Auto sehr gut überstand und munter und frisch war, der fesche Kerl. Mit solcher Musik in den Ohren lächle er hinüber und an seinem Lager stehe eine ärztliche Seite, eine unterrichtete Seite, eine informierte Seite, eine besondere und eine andere Seite und sie alle sollen ein und dasselbe sagen, nämlich daß er gestorben, verblichen, abgeschieden, eingegangen und umgestanden ist.

Wie macht man das?

(Das tausendste Konzert des Männergesangvereines.) Für die W i e d e r h o l u n g d e s t a u s e n d s t e n K o n z e r t e s des Wiener Männergesangvereines, welche übermorgen – – –

Jetzt weiß man endlich, was es mit den Märchen aus Tausend und einer Nacht für eine Bewandtnis hat. Die 1001. Nacht war nur – auf allgemeines Verlangen – eine Wiederholung der 1000. Scheinbar ist es unmöglich, ein 1000. Konzert zu wiederholen, es wäre denn, daß der Wiener Männergesangsverein von vorn beginnt und noch einmal die lange Reihe entlang gottbehüte tausend Konzerte gibt. Es scheint aber auch so zu gehen und wenn nicht alles trügt, ist man in Wien entschlossen, auch den 51. Geburtstag der Herren Bahr und Schnitzler als eine Wiederholung des fünfzigsten zu feiern. Ich bin dabei.

Unsere bewaffnete Macht

Königin Wilhelmina der Niederlande hat den Präsidenten des Journalisten- und Schriftstellervereines »Concordia« Dr. Siegmund Ehrlich zum Kommandeur des Ordens von Oranien-Nassau, den Präsidenten der Deutsch-österreichischen Schriftstellergenossenschaft Hans Puchstein zum Offizier dieses Ordens ernannt.

Die Königin Wilhelmina dürfte lange geschwankt haben, wer Kommandeur und wer Offizier sein soll. Aber schließlich (es hätte sonst einen netten Aufstand gegen die Niederlande gegeben) gewann der Jud die Oberhand. Es ist auch ganz in der Ordnung, daß der Repräsentant der arischen Presse, die eben erst abgerichtet wurde, auf der Straße zuerst salutieren muß. Habt acht, wie der andere Geschäfte macht! Links schaut, wie man die Kultur versaut! Herstellt, vor dem Geist steht das Geld! Vorwärts marsch, mehr als im Kopf hat der Mensch im Annonceteil!

Nichts Neues in Borszczow

Anläßlich der Erkrankung des Kaisers fand am 28. April in der Synagoge zu Borszczow ein Gottesdienst für die Genesung des Kaisers statt. Nach den Psalmengebeten hielt Rabbiner Benzion Katz eine dem Anlaß entsprechende, gedankenreiche Rede.

Schön, aber warum kommt es in die Zeitung? Und wie kommt es in die Zeitung? Und weiß Benzion Katz schon vor der Rede, daß es in der Zeitung kommt, weiß er es wenigstens nach der Rede, oder ist es eine Überraschung für ihn? Und wer garantiert dafür, daß die Rede gedankenreich war? Wer in Borszczow kann aufstehen und sagen: Benzion Katz hat sich diesmal selbst übertroffen? Und ist es nicht, als wollte man sagen: Seht an, dieser hier erfüllet seine Pflicht, die andern aber, die Macht haben wie er zum Volke zu reden, wenden sich ab? Könnet ihr mir nicht Antwort geben auf solche Frage, wahrlich, so sage ich euch, ihr treibt ein ruchloses Handwerk, indem ihr nicht Ehre gebet dem Kaiser, sondern Ehre gebet Benzion Katz und seid die Posaunen derer, so da heißen Benzion Katz, und alles was ihr sinnet und tuet, ist nicht für Gott, sondern für die Katz. Seht an, ihr könnet mir nicht, ihr wollet mir nicht, und gebt falsche Zeitung von dem, was es Neues gibt in Borszczow, indem ihr verbreitet, er habe gehalten eine gedankenreiche Rede. Ich aber sage euch, daß keiner im Volke ist, dem das etwas Neues ist, weil es nicht anders zu erwarten war und weil es sich von selbst versteht, und daß es somit nichts Neues gibt in Borszczow!

Wie schön wäre das Leben

wenns dabei sein Bewenden hätte:

[Die Enthüllung der Kainz-Büste im Hofburgtheater.] Heute um 10 Uhr vormittags wurde im Foyer des Hofburgtheaters die Büste Josef Kainz' enthüllt. Bei der Feier hielt der Direktor des Hofburgtheaters Hugo Thimig die Gedenkrede.

So hat man im Vormärz berichtet, wo bekanntlich die Welt beim Bühnentürl betreten wurde. Aber wir leben in einer großen Zeit und darum kommt am nächsten Morgen, was er gesagt hat und wer dabei war. Und darunter leide ich? Die andern noch nicht! Sie glauben es noch nicht. Aber die Zeit hat die Zeitung bekommen und das ist die große Krankheit. Es gab Mückenstiche und es entstand Elephantiasis. Die nächste Generation wird noch in meinen Spiegel schauen können, das furchtbare Gesicht ihrer Väter erkennen, und dem Spiegel die Schuld geben. Die übernächste wird die Entstellung nicht mehr sehen, denn ihr wird die Zeitung über das Gesicht wachsen!

So sah die erste Seite des offiziösen Organs aus

„Zur güldenen Waldschnepfe“ Dornbach, Telephon 2962
Besitzer: Adolf Neuwirth.
Bei jeder Witterung: **Doppelkonzert** Kapelle **Haupt**, Quartett **Strohmayer.**
Gedeckte geschlossene Veranda. Prachtvoller Garten. Das Restaurant ist den ganzen Tag geöffnet. Feinste franz. u. Wiener Küche. Schöne Jausenstation.

CAFÉ RITZ
I. Spiegelgasse Nr. 10.
Telephon 6254
Elite-Damenorchester
Käthe Herlitzka
Wiener Duettisten Thea Roden
Beginn 10 Uhr.
Logen-Separées.

WOLF in **GERSTHOF**
XVIII. Gersthoferstraße 133.
Telephon 21524.
Täglich: Salonkapelle Gust. ROTH. — Original Wiener Schrammel-Quartett.

Die Gruft in Artstetten.

Wien, 4. Juli.

Die Trauer, die über die Monarchie gebreitet ist, hat mit dem heutigen Tag ihren Höhepunkt erreicht.

KAISERGARTEN
Hauskapelle Ganglberger. **Festspieltheater**: **„Theresita“**, Operette in drei Akten von Karl Lindau, Musik nach Motiven von Emil Waldteufel u. Béla von Ujj. — **Festspieltheater** bei halben Preisen zum letztenmal: **„Anno 1814“.**

Die Schaubühne als moralische Anstalt

»In der Samstag, den 30. d., im Deutschen Volkstheater zur deutschen Uraufführung gelangenden amerikanischen Komödie ›Im Rahmen des Gesetzes‹ (›Within the law‹) wird ein rauch- und geräuschloser Revolver verwendet, eine Erfindung, die außerhalb der Vereinigten Staaten noch nicht aufgezeigt wurde. Durch eine besondere Verordnung des Heeresdepartements der Vereinigten Staaten wurde dem Verfasser des Stückes die Erlaubnis erteilt, einen Revolver mit dieser epochemachenden Erfindung zu montieren, doch mußten sich die Verleger verpflichten, die Waffe nur in der Komödie ›Im Rahmen des Gesetzes‹ zu verwenden.«

Die Frechheit nimmts mit dem Idiotismus auf. Die Vereinigten Staaten haben im Kampf mit Mexiko auch an das Deutsche Volkstheater gedacht, aber wohl nur aus Rücksicht auf Karpath, der »Im Rahmen des Gesetzes« in eine deutsche Sprache übersetzt hat; eine Verordnung wurde erlassen, in deren Rahmen sich alle Beteiligten zu halten haben. Da aber auf der Bühne kein Blut fließt, muß der Zuschauer sich vorstellen, daß der Revolver, der da »aufgezeigt« wird, rauch- und geräuschlos ist. Eine herzige Erfindung.

Ehedem wenn ein Dreck gegeben wurde, sah das Publikum wenigstens Rauch, hörte einen Schuß, erschrak, oder hielt sich, um nicht zu erschrecken, rechtzeitig die Ohren zu. Die neue Erfindung ist für Bühnenzwecke nicht praktisch: man müßte, um an sie zu glauben, echtes Blut sehen. Etwa das des Mannes, der die Reklamenotiz verfaßt hat, damit er es sich künftig merke, daß im Zeitalter des technischen Fortschrittes auch eine rauch- und geräuschlose Reklame zu erfinden wäre. Wir wollen nicht, wenn man uns einen Revolver aufzeigt und ihn nicht von Sachverständigen im Schießfach, die etwa der Première beiwohnten, begutachten läßt, auf den guten Glauben angewiesen werden. Einen Revolver nur der optischen Wirkung überlassen und mit einem Schuß uns sozusagen die Ohren auswischen, ist schnöde und heißt, alle Sensation in die Reklamenotiz verlegen, und den Revolver so wenig spannen wie das Publikum. Vor dem Deutschen Volkstheater sitzt jener Raimund, der sich einmal wirklich erschossen hat. Das war der einzige Augenblick seines Lebens, der ihn mit dem Deutschen Volkstheater verband. Höchstens noch, daß sein Geist rauch- und geräuschlos umgebracht wird.

Desperanto als Betriebssprache

Das Hutnadelverbot, das in Berlin sicher sehr umständlich stilisiert war, hat in der Sprache des noch immer rüstigen Herrn Maximilian Harden neulich die folgende prägnante Fassung erfahren:

> Als die Frauen noch ungeheure Filz- und Strohkiepen trugen, die nur mächtige Stahlspieße im Haar, echten und eingebündelten, vor der Raffsucht tandgieriger Windsbräute wahren konnten, kam aus Zwing-Berlin, aus dem Präsidialbureau des Herrn Traugott von Jagow, die nützliche Mahnung: Stumpfet, Holde, die Spitze Eurer Hutspeere, auf daß sie sich nicht in die Augen, Ohren, Nasen, Wangen der Nächsten bohre!

Jagows Kundmachung, daß die Straße dem Verkehr gehöre, und daß er Neugierige warne, dürfte sich einfacher so ausdrücken lassen, daß der an den Seiten begrenzte, die Handelnden zum Ziel führende Pfad, Tag für Tag der neuigkeitsuchenden Gafferturba gesperrt sei. Wenn die Polizei »Links gehen!« empfiehlt, so würde Herr Harden durch die Weisung, auf der Herzseite zu schreiten, schneller die Ordnung herstellen. Auf Eisenbahnen schrickt man oft vor der Warnung: »Nicht hinauslehnen!« zurück. Man denkt eine Weile nach, versteht nicht gleich, ist dankbar für die französische Erläuterung, daß es gefährlich sei, und für die österreichische, daß es verboten sei. Herr Harden würde mit leichtsinnigen Passagieren kurzen Prozeß machen und ihnen raten, die vom Nabel aufwärts gereckte Leibhälfte nicht im Fensterrahmen der Fährnis vorüberjagender Dampfungetüme preiszugeben. Unter solchen Umständen, wenn einem nämlich übel wird, ist es schwer, nicht mit flinkerem Finger, des Übertretungverbots nicht achtend, die Notschnur in Bewegung zu setzen, wiewohl der einmal Gepönte, selbst wenn dem verstopften Willenskanal nur der Entschluß raschen Handelns sich entbindet, es wahrscheinlich unterlassen wird. Aber unmöglich kann einem verwehrt sein, in diesem äußersten Fall, trotz Warnung vor der mählich sich breitenden Lungenknotenseuche und ohne den Napf zu nutzen, das der Mundspeicheldrüse entsickernde Sekret auf den Wagengrund zu entleeren, umsoweniger, als man manchmal sogar den Mageninhalt, dem ungedaute Fettkost sich nicht in Nahrungsaft gewandelt hat, nicht ins Gehäuse kirren kann, oder wie man sich preziös ausdrückt, kotzen muß.

Die Würdenträger

.... Gegenüber der Einwendung der Beschwerdeführer, daß in der Behauptung, daß Oberlandesgerichts-Präsident Ritter v. Bleyleben der Vater des außerehelichen Kindes sei, überhaupt keine Beleidigung erblickt werden könne, da Ritter v. Bleyleben ein lediger Mann sei, führte Hofrat v. Herrnritt aus, daß nach den heutigen sittlichen und gesellschaftlichen Begriffen eine solche Behauptung jedenfalls den Vorwurf einer unsittlichen Handlung begründe. Wenn man einen solchen Vorwurf einem zwanzigjährigen Studenten gegenüber erhebt, so sei dies vielleicht nicht als Beleidigung aufzufassen, anders aber bei einem Manne von dem Alter und der Stellung des Oberlandesgerichts-Präsidenten Ritter v. Bleyleben .... Bei Bemessung der Strafe wurde insbesondere als erschwerend angenommen, daß in dem Vorgehen der Eheleute Rezniczek eine besondere Gefahr für die Justiz gelegen sei.

Wenn es nach den heutigen sittlichen und gesellschaftlichen Begriffen unsittlich ist, daß ein Mann ein lediges Kind habe (wiewohl doch eine vorurteilsfreiere Auffassung immer zugeben wird, daß der unschuldig ist, der von einem Mädchen in die Schand' gebracht und sitzen gelassen wurde), so muß ein anderes Gericht unrecht haben, das kürzlich mit derselben Sicherheit erklärt hat, nach den heutigen sittlichen und gesellschaftlichen Begriffen sei der Vorwurf, daß ein Mann Ehebruch begangen habe, nicht als Beleidigung aufzufassen. Wahrscheinlich löst sich aber der Widerspruch durch die Annahme, daß ein Mann, der Ehebruch begeht, keinesfalls ein uneheliches Kind bekommen könne, sondern nur ein eheliches. Ob aber eine besondere Gefahr für die Justiz darin gelegen ist, daß gerade einem Oberlandesgerichtspräsidenten ein uneheliches Kind nachgesagt wird, das er nicht hat, dürfte schwerer zu entscheiden sein, als ein Gerichtshof glaubt. Eine größere Gefahr für die Justiz scheint in der Rücksicht zu liegen, die sie auf den Hausfrieden eines Oberlandesgerichtspräsidenten nimmt. Daß aber der Vorwurf, ein uneheliches Kind zu haben, durch Alter und Stellung des Würdenträgers erst zur Beleidigung werde, ist bestimmt eine Fehlansicht. Eine Altersgrenze für den Verführer anzusetzen, ist eine Idee, die bisher in keinem Strafgesetz zur Geltung gelangt ist. Ferner würde eine Rundfrage bei den meisten Würdenträgern ergeben, daß sie mit zunehmendem Alter den Vorwurf als Kompliment empfinden. Was die Stellung anlangt, so könnte ja immerhin behauptet werden, daß sie mit der Potenz inkompatibel sei. Aber die Praxis hat auch hier eine völlig verschiedene Auffassung Platz greifen lassen, und es ist klar, daß es einem österreichischen Würdenträger noch immer besser ansteht, ein uneheliches Kind zu haben als an einem Kaffeehaustisch zwischen Lebemännern, Bankbeamten, Strebern und Kostgängern des Premierenklatsches schweinische Witze aufzufangen und in den Pausen die Pschütt-Karikaturen zu lesen. Eine besondere Gefahr für die Justiz ist freilich selbst darin nicht gelegen, weil dieser nichts mehr schaden kann.

Ein Ruf, der bis ans Ende der Zeit dringt

Aus einem Essay, der an dem Tage erschien, als sich in Wien bei einer Mordnachricht angeblich Gruppen bildeten:

»Käsebloch, Käsebloch!« so erschallte der Ruf bei der offiziellen Eröffnung und Besichtigung durch die Ausstellungsräume, als Herr Präsident Ratz unter schmeichelhaftesten Anerkennungsworten den Chef der Firma Eduard Bloch, Käsegroßhändler und Käsereibesitzer, Wien, I. Kumpfgasse 5, Sr. Exzellenz dem Herrn Ministerpräsidenten vorstellte. Und wahrlich! Was diese Firma bietet, erregt die Bewunderung nicht nur der Ausstellungsbesucher, sondern in besonderem Maße der Fachleute. Im Hauptsaale ein Berg von Weichkäsen, ein

Muster moderner Arrangierungskunst der Wiener Delikatessenhändler-Gehilfenschaft. Man sah wiederholt Architekten, Maler, Zeichenlehrer, Ingenieure u. s. w. und nicht minder Berufskaufleute mit Entzücken dieses Kabinettstück moderner Schaustellungskunst bewundern und Herr Bloch wurde samt seinen Vertretern mit Anfragen bestürmt. Die Exposition ist von früh bis Abends belagert, da harren des Verzehrers die in fast allen Delikatessenhandlungen Wiens populären Käsemarken dieser Firma ....

In würdiger Weise schließen sich diesen bekannten Sorten auch die berühmten alten Käsereifirmen, deren Depositeur Herr Bloch ist, an .. Imperial .. Ellischauer .. Hagenberger .. Liptauer ....

Hoch oben thronen als Vertreter ausländischer Typen die »Camemberts«. Es ist schwer, diese Exposition ruhig zu besichtigen, da dieses Objekt ununterbrochen von klein und groß belagert wird, umsomehr als die anwesenden Vertreter der Firma mit Gratisproben nicht kargen ....

Einer Einladung folgend, begibt man sich in das Souterrain .... Schon auf der Treppe begegnet man wahren Völkerwanderungen von Besuchern der Käserei Bloch. Ist oben die Käseausstellung der Firma Bloch stets belagert, so ist unten bei den Käsereien ein Menschenknäuel, wie auf der Stadtbahn am Sommersonntagsnachmittag. Groß und klein ergötzt sich daran, zuzusehen, wie aus den surrenden Maschinen, die vom reinweiß gekleideten Personale bedient werden, schön geformte Quargel – 122 Stück in der Minute – herausquellen .... wahrlich, man bekommt »Gusto« auf so ein kleines weißes Käschen, das jedoch nach Angabe des unermüdlichen Herrn Bloch erst nach erlangter Reife – in zirka 14 Tagen – zum Genusse bereit ist .... Hier waltet die Oberkäserin der Firma mit einem Stabe von Hilfsarbeiterinnen aus frischer Milch verschiedene Sorten Weichkäse ....

Der Eindruck, den die Käseausstellung oben in der Halle gemacht hat, wird sehr würdig ergänzt durch diese einzig dastehende und dem Publikum bisher unzugängliche Erzeugung und verdient es der Chef der Firma, wenn der Präsident der Reichsorganisation der österreichischen Kaufleute, Herr Michael Ratz, mit weithin hörbarer Stimme vor den versammelten Festgästen die Verdienste des Herrn Bloch Sr. Exzellenz dem Herrn Ministerpräsidenten hervorhob und nachträglich den vorher abwesenden Herrn Bloch mit dem Rufe »Käsebloch, Käsebloch!« herbeiholte und vorstellte ....

Mit diesem Ruf werden wir hinüberschlafen. Nun ist noch einmal zum Berge gehäuft, was es alles gegeben hat. Alle Schönheit und alle Menschenqual, gut und böse. Stürme, Kriege, die Völkerwanderung. Es zieht vorüber, klaget nicht, fasset es mit dem Aug des Malers! Ihr steht auf dem Berg, die Sonne scheidet, über euch jedoch waltet die Oberkäserin. Und siehe, erst nach erlangter Reife, in zirka 14 Tagen, werdet ihr zum Genusse bereit sein. Dann kommen die Maden. Mit dem letzten Ruf schallt es: Käsebloch, Käsebloch! Nun ist die Entwicklung beschlossen, jene, zu der ihr gerufen waret mit dem ersten Ruf: Adam, wo bist du!

Oktober 1915

Die wackre Schalek forcht sich nit

ging ihres Weges Schritt vor Schritt, ließ sich den Schild mit Pfeilen spicken und tät nur spöttisch um sich blicken. Die Schalek, oder wie ihr Untertitel lautet, »die erste und bisher einzige vom Kriegspressequartier als Berichterstatterin zugelassene Dame« – denn willst du wissen, was sich ziemt, so frage nur bei edlen Frauen an –, die Schalek also ist jetzt »in der Glut des Erlebens«, hat nur Spott und Hohn für das tatenlose Hinterland, verachtet die »Daheimhockenden, die aus der Zeitung den Krieg erleben«, aus der Zeitung, für welche die Schalek berichtet, bedauert jeden, »dem es nicht vergönnt ist, Tirol im Kriege zu sehen« und läßt sich von keiner Gefahr anfechten. Was auf den ersten Blick wie ein selbst in dieser großen Zeit auffallender Mangel an Schamgefühl berührt, ist nur jener frische Offensivgeist, mit dem die Schalek bis an die vorderste Front vordringt und worin sie es kecklich mit einem Roda Roda aufnimmt oder mit einem Klein, der auch schon in Schützengräben gefrühstückt hat. Sie fühlt sich zwischen Batterien zuhause, wie nur eine andere zwischen Dunstobst, stellt ihren Mann, macht sich nichts daraus, einem eben beschäftigten Offizier »die Einzelheiten förmlich aus dem herb verschlossenen Mund zu ziehen« und hat auch schon tirolerisch gelernt, denn sie will gehört haben, wie ein Landesschütze gesagt hat: »Schaugts, jetzt trauen sie s i a c h.« Es ist aber immerhin möglich, daß der diesbezügliche Landesschütze kein Tiroler, sondern eigentlich ein Ischler war, den die Schalek noch aus einem Wiener Wohltätigkeitskomitee, also aus dem verächtlichsten Hinterland persönlich kennt. Aber wenn man von solchen Zufälligkeiten ab- und näher hinsieht, ist natürlich jeder Landesschütze eine Überraschung und gar jeder Standschütze ein echter Defregger oder wenn man will ein Egger-Lienz. Wie gemalt sitzen sie da, noch mehr für die Kunstkritik als für die Kriegsberichterstattung geschaffen. »Erst wenn sie ausspucken und ›Grüaß Gott!‹ sagen und plötzlich ein schlau verstohlenes Zwinkern ins Auge hängen«, dann fühlt man, daß sie lebendig sind. Mindestens dürfte ein Beweis für ihre Lebendigkeit sein, daß sie schlau verstohlen zwinkern, wenn sie unter den Rezensenten ihrer Tätigkeit jetzt auch ein weibliches Mitglied des Pressequartiers zu Gesicht bekommen müssen. Denn das Ausspucken und Grüaß Gott!-sagen hätte im Verkehr mit den männlichen Angehörigen dieser Institution auch ein Ölgemälde lernen müssen. Es versteht sich aber schon von selbst, daß die Gewehrsmänner im Verkehr mit den Gewährsmännern überaus zuvorkommend sind, nun gar gegenüber einer Frau, die diesen schönen Beruf ergriffen hat, und wenn diese Gäste »auf einer Höhe von mehr als dritthalbtausend Meter« einen Stützpunkt zu inspizieren wünschen, so wird ihnen dort nicht nur etwas vorgeschossen, sondern sie finden auch einen gedeckten Tisch. »Man hat feierliche Vorbereitungen zu unserem Empfange getroffen«, und der Tisch ist mit Blumen, sogar mit Trophäen geschmückt, wobei wohl erstere eine zarte Aufmerksamkeit für die männlichen Schapseln, letztere einen Willkommgruß für die Schalek bedeuten. Wie kühn die Schalek vorgeht, erfahren wir aus ihrer eigenen Schilderung:

> Einen Stützpunkt darf ich ersteigen, nachdem der Kommandant des Talabschnittes eigens in unser Quartier herübergekommen ist, um unsere Wünsche zu erfahren. Männer auf solchen Posten verfügen niemals über leere Viertelstunden –

Aber um der Presse entgegenzukommen, bringen sie's immer noch zuwege und dann werden sogar leere Stunden daraus.

> Meinen großen Wunsch, einen exponierten Punkt besuchen zu dürfen, kann er freilich nicht erfüllen, weil jede unnötige Regung, die den Feind veranlassen könnte, einen Punkt, auf den er eingeschossen ist, unter Feuer zu nehmen, unsere Soldaten in Gefahr bringen kann.

Wohlgemerkt, die Soldaten – die Mitglieder des Pressequartiers und zumal die Schalek würde es nicht tuschieren.

> Hingegen bekommen wir die Erlaubnis, bis zu einem Stützpunkt vorzustoßen, und da dies einen starken Fußmarsch bedingt, teilt sich das Kriegspressequartier in zwei Gruppen. . . .

Ein Standschütze, der der Gruppe, welcher sich die Schalek anschloß, ansichtig wurde, hatte noch die Geistesgegenwart, ein schlau verstohlenes Zwinkern ins Auge zu hängen und den Ausruf zu tun: »Schaugts, jetzt traut sie siach!« Ein anderer Standschütze, der der anderen Gruppe ansichtig wurde, spuckte nur aus und sagte Grüaß Gott! Ich schließe mich der Meinung dieses zweiten Standschützen im ersten Punkte an. Ich bitte aber Gott ausdrücklich und inständig, nicht zu grüßen, sondern Blitz und Hagel bereit zu halten und die Tiroler Landes- und Standschützen davor zu bewahren, daß ihre Leistung zum Schauspiel für Individuen werde, die statt über Operettenpremieren und Blumenkorsos zu referieren, jetzt auf einer Höhe von dritthalbtausend Meter ihr niedriges Metier ausüben. Und die irdischen Gewalten, die jetzt mehr als Gott selbst vermögen, bitte ich, auch in diesem Punkte Ernst zu machen. Den dort nicht Beschäftigten den Eintritt nach Südtirol zu verbieten. Wenn sie vorstoßen wollen, sie zurückzustoßen. Und von der vorgeschriebenen »Marschroute«, mit der sich unsere braven Feuilletonisten brüsten, höchstens mit Hintansetzung des Anfangsbuchstaben Gebrauch zu machen!

Der seelische Aufschwung

auf einer Fahrt der Elektrischen Baden-Wien. Personen: Ein Schwerbetrunkener, der im zivilen Leben ein Möbelpacker sein dürfte, Riesenfigur, buschiger Schnurrbart, Pepitahosen, welche die Spuren von übermäßigem Weingenuß und einer eben überstandenen gewaltsamen Entfernung vom Tatort zeigen. Er hat einen Sack neben sich, aus dem er hin und wieder eine Flasche hervorzieht. Er gerät mit einem Paar in Streit, weil er an das Mädchen angestoßen ist, bedroht den Begleiter, und brüllt die ganze Fahrt hindurch: »A so a Binkel – wüll sich da aufbrausnen – wos hom denn Sö fürs Votterland geleistet? Legitimiern S' Ihna! Vur mir! – Schaun S' mi an – solchene Söhne wie Sö hob i im Föld – die wos mehr Bart ham als wie Sö – die leisten wos – fürs Votterland – wissen S' von wo i kumm – von Boden kumm i – vom Spitol – durt is mein Sohn – Sö Binkel – legitimiern solln S' Ihna – was glauben denn Sö – so aner – wüll sich da aufbrausnen – vielleicht weils Ihner Muckerl bei Ihna hobn – was ham denn Sö fürs Votterland geleistet? – schaun S' mi an – i leist was – fürs Votterland – a jeder soll aufbrausnen als wia der – Sö Binkel – i leist wos – legitimiern S' Ihna – do schaun S' her – wissen S' wos dös is – a Földpostkarten von mein Neffen – fürs Votterland – Sö Binkel – legitimiern soll er sich – der Binkel – vur mir soll er sich legitimiern – hot nix geleistet – für's Votterland –« Nachdem er sich über Zureden des schwächlich aussehenden Kondukteurs ein wenig beruhigt hat, bietet er den Umsitzenden, auf die er abwechselnd fällt, die Flasche: »G'fällig, Herr Nachbar – weil mer Österreicher san!« Ein so angesprochenes galizisches Flüchtlingsehepaar lehnt dankend ab und flieht auf andere Plätze, läßt aber an der alten Stelle den Schirm zurück. Der Kondukteur sucht den Gast, der wieder laut wird, zu beruhigen. Man hört nur noch die Worte: Binkel, Votterland und legitimieren, und hat die Empfindung, daß namentlich die beiden letzteren im Gehirn des Mannes bereits eine unauflösliche Verbindung eingegangen sind. Der Verzehrungssteuerbeamte erscheint, sichtlich erfreut, und wünscht zu wissen, was der Mann im Binkel habe. »Der Binkel – fürs Votterland – legitimiern –« grollt dieser dumpf. Er wird nach langem Zureden dazu gebracht, zu öffnen und eine Steuer von 20 Heller zu erlegen. Während dessen hält der Zug. Ein Wiener, der inzwischen den Platz eingenommen hat, wo das galizische Paar gesessen war, beginnt unzufrieden zu werden: »Da müssen mir halt alle warten, wegen so einer Lappalie! Immer gibts auf dera Strecken solche Unannehmlichkeiten!« Der unzufriedene Wiener verläßt den Zug. In der nächsten Station verläßt auch der Besoffene den Zug und ruft von außen noch, wieder lebhafter werdend: »Fürs Votterland – soll er si legitimiern – der Binkel – hat nix geleistet – fürs Votterland –« Das galizische Paar bezieht, nachdem die Gefahr beseitigt ist, wieder die alten Plätze. »Wo ist der Schirm, Herr Kondukteur wo ist der Schirm?« Den hat der unzufriedene Wiener mitgenommen, weil es draußen regnet. Aber auch das Wageninnere ist ganz naß. Sonst hat sich nichts verändert, in all der Zeit. Wir sind in Wien.

»Gefängnisstrafen für Kritik in England«

– was sagt man! Vierzehn Tage, weil einer gesagt hat, er wünsche der englischen Armee die Vernichtung!

»Gefängnisstrafen für die Verbreitung der Wahrheit in Frankreich«

– was sagt man!

»Drückeberger in Frankreich«, »Nachmusterungen in Italien«, »Die tägliche Verlustliste in England«, »Der sinkende Kurs in Rußland«, »Verabschiedung von Generalen in Italien«, »Mißbräuche bei Armeelieferungen in Frankreich«,
»Ungenügende Kehrichtabfuhr in Rom«

– also was sagt man!

»Verzweiflung des Viererverbandes am Sieg«

Aber wenn er das Deutsch hört, das aus diesen Titeln ins Ohr der Welt einbricht, sollte er da nicht wieder Hoffnung schöpfen?

Zur Musterung empfohlen

Das war der Monat, da sie alle, alle genannt wurden. Ja, gibts denn ihrer noch, da wir doch außer den Festen schließlich auch den Weltkrieg selbst haben, wo ja auch alle genannt werden? Es gibt ihrer, wie alljährlich so auch heuer, immer noch und mehr als je. Zündende Toastredner, Kurgäste, Veranstalter, Klavierhumoristen, Honneursmacher, Spitzen, Gastwirte, Grüßer, Gratulanten, Pensionsinhaberinnen, loyale Oberrabbiner, schwungvolle Unterärzte, Freunde von Juxtombolas, Scherfleinspender, Fanatiker von Kriegsbechern, Anreger von Wehrschilden, Enthüller von Wehrmännern, Bekenner von Wehrzeichen oder Wahrzeichen und alle dazugehörigen Dabeiseier – nie vorher ergoß sich ihrer eine so gewaltige Armee, nie wälzte sich zwischen Bisenz und Luhatschowitz eine ähnliche Dampfwalze. Wenn man nun die Unzahl jener dazurechnet, die es berichten, redigieren, verbreiten, mit nachschmeckendem Wohlbehagen und mit dem Bedauern, daß sie nicht auch bei so was dabeiwaren, lesen, und wenn man überhaupt die Wesensart dieser Gegend bedenkt, in der immer noch mehr Leute zu finden sind, die sich über die Taten freuen, als solche, die sie tun, wenn man sieht, wie hier die Solidarität vor dem Ereignis sich in der Bereitschaft ausdrückt, Gruppen zu bilden, und wie hinter allem was geschieht immer noch Raum ist, damit sich Leben und Preistreiben entwickle – so wird auch der Laie unschwer zu der Folgerung kommen, daß hier unermeßliche Ressourcen sind, die, wenn auch an sie der Ruf ergeht, gewiß nicht zögern werden, des Rufes, ein sich aus allen Schichten der Bevölkerung rekrutierendes Publikum zu sein, sich würdig zu erweisen und an jenem Ereignis unmittelbar zu beteiligen, zu dem sie heute noch Stellung nehmen – auf die Gefahr hin, daß die Kurorte sich ohne Lampions durchfretten müssen und die Weltgeschichte einen weniger animierten Verlauf nimmt!

Die Nebensache

Ich suche einen
Schwiegervater
der sich mit mir in Konfektion etabliert; bin 33 Jahre alt, bekannt als Reisender und Konfektionär. Verm. verb. J. C. 3378 Exp. d. Bl., Berlin SW.

Cherchez la femme, kann man da wohl nicht mehr sagen. Suchs Frauerl! Wo ist sie? Er sagt nicht: Einheirat, denn auch der Schwiegervater ist noch nicht etabliert. Sonst sagten sie wenigstens, daß sie das Geschäft finden wollen und darum die Frau suchen. Sie brauchten doch einen lebendigen Vorwand. Das fällt jetzt weg; der Schwiegervater ist das Rudiment einer überwundenen Entwicklung, die noch Sentimentalitäten kannte und die Frau beim Warenbestand berücksichtigte. Das ist vorbei. Ein Schwiegervater wird gesucht. Die Tochter kann tot sein, wenn sie will; ist sie bei der Hochzeit da, gut, nicht – nicht. Wird er das Konfektionslager mit dem Schwiegervater teilen! Es ist eine Neuerung in der Damenkonfektionsbranche. Konfektion ohne Dame. Der Glanz antiker Größe durchleuchtet unsere Zeit. Wo ist sie, die dieses Schicksal treffen wird? Die vielleicht die Annonce liest und nicht weiß, daß letzten Endes doch sie gemeint ist! Wo lebt die Konfektionsware? Wo lebt dieses fertige Kleidungsstück von Weib? Wo ist sie, daß ich sie beschwöre, sich jetzt zu verbergen und sich lieber zu töten als der Kadaver dieser Hyäne zu sein. Männer sterben jetzt durch Zufall, Frauen werden gebären, weil zwei sich etablieren wollen. Ein heroisches Zeitalter bricht ein. Beklaget nicht was gewesen. Komm o Morgenrot! Zwei Haderlumpen werden sich in dieser großen Zeit über dem toten Leben eines Mädchens die Hand reichen.

Hopsdoderoh

Weil ma in Wien san! Heut reiß' ma der Welt eben die Haxen, die sie im Krieg noch nicht verloren hat, aus! Wir gründen einen »Schari-Wari-Saal«. Was ist das? Kein Wort könnte wienerischer sein. Aber es ist ein Fremdwort. Fremdwörter werden jetzt nicht immer nur verdeutscht, sondern auch, was noch praktischer ist, deutsch geschrieben. Man behält sie gleichsam als Geiseln zurück. Daß es gelingen könnte, ein Fremdwort auch wienerisch zu schreiben, war nicht vorauszusehen. »Charivari« hätte es im Frieden geheißen; ein Charivari-Saal ist schon eine tierische Einrichtung; aber ein Schari-Wari-Saal – da möchte ich nicht hin, nicht, wenn sich ein Komitee – wie man hier auf deutsch sagt – »dersteßen« möchte, um mich dafür zu gewinnen! Charivari – ich habe im Fremdwörterbuch nachgesehen, das unpatriotischer Weise immer noch so viele Fremdwörter enthält – bedeutet »Wirrwarr, buntes Durcheinander«, also auf deutsch: Pallawatsch, Wiener Leben, Ankunft auf dem Südbahnhof. Auch bedeutet es im Kartenspiel: »alle vier Damen in einer Hand«. Das kann mit der Gründung nicht beabsichtigt sein, weil es im Schari-Wari-Saal wahrscheinlich hoch hergehen wird und jede Dame in vier Händen sein dürfte. Werden sich die norddeutschen Gäste im Schari-Wari-Saal wohl fühlen? Ja. Wie werden sie ihn aussprechen? Kürzlich fragte solch einer einen Kellner, wo die »Carlt'nbar« sei, und wurde nach der »Gartenbau« verschickt. Der Schari-Wari-Saal, im Organ des Auswärtigen Amtes groß angekündigt, dürfte aus der Erkenntnis hervorgegangen sein, daß man doch das Geld auf dera Welt nicht fressen kann und es deshalb verfressen muß. Ein bißl Aufmischung tut schon lang not – leben und sterben loß'n!

Die Freigelassenen

Eine Wienerin meint:

». . . . Besonders die hohen Kragen sind für mich ein Merkmal von Paris. Denn die Pariserinnen haben hohe, schmale, häßliche Hälse und müssen deshalb trachten, sie durch einen hohen Kragen zu verbergen. Die Wienerin aber, die einen schönen, weißen, molligen Hals hat, bedarf des schützenden Kragens nicht und will ihren Hals lieber frei tragen....«

Warum nicht, recht hat sie. Von der Pariserin, die sich auf Vergleiche wohlweislich überhaupt nicht einläßt, weil ihr eben die Lüge im schmalen Hals stecken bliebe, nimmt kein Hund mehr einen Bissen. Daß sie häßlich und ungraziös ist, hat man schon immer gewußt und sich nur nicht getraut auszusprechen. Aber jetzt, wo alle Rücksichten aufhören und man aus freiem Hals der Wahrheit wieder die Ehre geben kann, stellt sich auch noch heraus, daß sie weder mollert noch riegelsam, weder g'statzt noch punkert ist, weder, mangels jeglicher Hochquellenleitung, einen hübschen Kropf hat, noch ein zartes Goderl, von dem man sagen könnte, daß doppelt besser hält, weder eine g'schmackige Rückenlinie noch ein unterspicktes Vorderes, ferner daß es auch mit den Gspaßlaberln nicht zum besten bestellt ist und daß sie überhaupt nicht das ist, was man ein mudelsauberes Weibi nennen wird, und deshalb auch nicht so leicht Gelegenheit finden dürfte, zu einem Mandi »Gehn S' weg Sie Schlimmer!« zu sagen. Während hingegen, wie der Dichter hervorhebt, das Schöne und das Gute der Wienerin bekanntlich im Blute liegt, und wallt drin jederzeit. So daß also natürlich das Resultat »in punkto Feschität« ein tadelloses ist, aber schon »taarloos«, und man sich genötigt sieht, dazu »tulli« zu sagen oder, je nachdem, »Ihnen gesagt«.

Aus den ersten Gesellschaftskreisen

Reichsdeutscher
50 Jahre alt, den ersten Gesellschaftskreisen angehörig, durch den Krieg veranlaßt, Italien zu verlassen, wo er sehr wertvollen Besitz hat, sucht zur Durchführung absolut sicheren Geschäftes mit einer Dame in Verbindung zu treten, welche 100.000 bis 150.000 Kronen auf zirka 1 Jahr investieren kann. Kein Risiko. Selbe soll nicht unter 40 Jahren, sehr gebildet sein, um nach glücklicher

> Durchführung eventuell Heirat zu ermöglichen. Gefällige Zuschriften unter »W. E. 2335« an Rudolf Mosse, Wien, I., Seilerstätte 2.

Ehedem war alles unsicher. Da wurde nach glücklicher Entführung eventuell Heirat ermöglicht, aber die Sache ging dann leicht auseinander, denn die Basis war nicht solid. Jetzt wird nach glücklicher Durchführung geheiratet, und wenn es so weit ist, dann kann man sich drauf verlassen, daß die Sache auch hält. Er kam, sah und siegte. Er fragte, ob sie Pinke Pinke habe. Sie sagte, sie habe Pinke Pinke. Darauf sagte er: M. w. Das heißt auf deutsch: Machen wir. Sie wartete. Er, durch und durch solid, italienischen Einflüssen schon unzugänglich, Ehrenmann vom Scheitel bis zur Sohle, das heißt auf deutsch von Haby bis Fußwohl, kein Schwerenöter, kam, sah und sagte: M. w.! Wieder hieß das: Machen wir. Sie aber wußte, was soll es bedeuten, und las es als: Mein Weib! So ward die Sache zuerst perfekt, wurde hierauf entriert und kam schließlich zustande . . . Es wird Zinseszinsen geben. Aber die Kindeskinder werden dem Kapital fluchen und bei Nennung des Namens Mosse das Fatum spüren, welches ihresgleichen das Dunkel der Welt erblicken ließ.

Schmückedeinheim

> **Heldengrab,**
> zugleich Reliquienkästchen und Photographieständer.
> Der Vertrieb einer wirklich interessanten Kriegsneuheit, in Deutschland und Österreich-Ungarn patentamtlich geschützt, ein Heldengrab darstellend, genau der Wirklichkeit nachgebildet, wird an tüchtige Herren gegen hohe Provision vergeben.

hat die Gräfin Mysa Wydenbruck den stadtbekannten Idealisten Paul Wilhelm empfangen und nun wird auch von ihr zugegeben, was schon lange ein öffentliches Geheimnis war, daß sie nicht nur kunstsinnig ist, sondern sich auch in schier aufopfernder Weise betätigt. Die Damen, die sich jetzt betätigen oder gar ein Beispiel geben und deren heutiges Verhalten ein lautes Bekenntnis ist, daß sie bisher nur dem Tand gedient haben, teilt man in solche ein, die sich aufopfern, und in solche, die sich schier aufopfern, welch letzteres natürlich um einen Grad mehr ist. Die Gräfin Wydenbruck ist aber vielleicht eine der wenigen, die nichts zu bereuen haben, denn sie hat schon vor Ausbruch des Weltkrieges sich in vielen Komitees betätigt, es sind jetzt, der Größe der Zeit entsprechend, nur neue hinzugekommen, und sie wird vielleicht dereinst von sich sagen können, daß sie, ohne sich zu zersplittern, ihr Möglichstes getan und keine der Gelegenheiten, die das Leben bietet, um dabei zu sein, versäumt hat, dort, wohin sie einem Rufe folgte, gleich Lanckoronski, dem Beschützer der schönen Künste, und wo das Ehepaar Hofrat Wolf, das wie Telramund und Ortrud in das lichte Reich der Personalnachrichten ragt, schon anwesend war, während die Flora Dub nur als eine Luftspiegelung bei heiterem, warmem und stillem Wetter, den Wanderer neckend, am Horizont entsteht (Fata Morgana) und wieder andere Zelebritäten wie Spitzer und Spitzy erst im Gedränge der Zeit zu den Spitzen gestoßen sind. Es war jenes kunterbunte Leben, wo stets, wenn auch nichts weiter geschah als daß ein bulgarischer Gesandter einen Nagel in ein Wahrzeichen schlug, unberufen viel Leute herbeigeeilt waren, was möglich zu retten, eine Fülle von gerade verfügbaren Trebitschs und Fröhlichs und anderen Hilfskräften, unter ihnen auch jener unentbehrliche Gynäkolog, als gälte es dem Wehrmann einen Nagel nicht einzutreiben, sondern im Gegenteil, und die Charitas, eine von jenem Charas abgeleitete Eigenschaft, mit dem an der Spitze die Rettungsgesellschaft zwar erschien, aber in zahlreichen Fällen keinen Anlaß hatte zu intervenieren, diese Form von Nächstenliebe, die alle Retter verbrüdert, war jene nach oben und hinten gewendete Art von Liebe, durch die sich, wenn der Hammer auf den goldenen Nagel schlug, die Bande gefestigt fühlte, und von der der Dichter auf die Frage, was sie denn sei, so schön und treffend sagt: viel Seelen und ein Gedanke, zwei Stiassny und ein Schlag. So war das Leben und so ist es weiter. Nun wäre es freilich nicht galant, wohltätige oder auch nur kunstsinnige Damen, selbst wenn sie sich noch so deutlich im Kulturbild einer Stadt bemerkbar machen, deren Eigenart in einem täglich aus dem Weltbrand geretteten Namensregister besteht, wieder beim Namen zu nennen. Andrerseits aber kann ich doch nicht gut behaupten, daß in meinem Menschheitsideal die Figur der Dame, die sich fürs Neue Wiener Journal besuchen läßt, just die Position hat, die ich ihr als – sagen wir, um im Jargon der Wiener Lebenslust zu bleiben – »Damenfreund« so gern einräumen möchte. Daß jetzt Frauen die Rolle, die ihnen die Anmut zuweist, zu wohltätigem Zweck refusieren, mag einen Pathologen der Zeit nicht überraschen. Die Neuerung aber, daß Frauen dem Ruf der Zeitung so freudig folgen wie dem des Vaterlands, muß selbst ihn bedenklich stimmen. Leider hat mich meine eigene krankhafte Denkrichtung darauf angewiesen, den Zeitgeist von seinen typischen Anhängern oder Opfern nicht trennen zu können, und es ist mir umsoweniger vergönnt, dort eine Separierung vorzunehmen, wo die Vermischung von Adelswerten und dem weltbeherrschenden Gegenteil sich in einer schier aufopfernden Weise täglich vollzieht. Ich weiß, mein Register ist nur das Widerspiel jener trostlosen Nomenklatur, die uns heute das Ohr füllt; aber diese Bescheidenheit vermißt sich des Glaubens, daß der Geruch der Namen, die ich aus dem Tag durch die Zeit schleppe, erst jenen, die die Träger nicht gekannt haben, so in die Nase steigen wird, daß diese ganze Leib- und Lebhaftigkeit einer tollhäuslerischen Epoche vor ihrem Auge steht, und daß sie glauben werden, ich hätte diese Ephemeren nie erlebt und die Namen, die plötzlich Typen decken, erfunden. Nur die Begrenztheit meiner Nervenkraft berechtigt öfter zu der flehentlichen Bitte an die Zeitgenossenschaft, Maß zu halten und sich mir bloß in den wichtigsten und zur besten Übersicht geeigneten Fällen zu offenbaren – sonst darf ich kleinlich sein nach Herzenslust. Um also auf die Gräfin Wydenbruck zurückzukommen, so erscheint es doch eigentlich als ein Zug, der selbst dem noch bewahrten Zeremoniell einer sich aufgebenden Gesellschaft widerstrebt, daß eine Privatwohnung einer nicht eingeladenen Horde von Zeitungslesern eröffnet werden kann, die sich überzeugen darf, wie »vornehmlich ein feiner Farbensinn und Vorliebe für Zartes, Enervierendes die Richtlinien für die Auswahl der gesammelten Kunstwerke abgegeben haben«. Der Besucher, der offenbar der Vorliebe für Enervierendes seinen Empfang zu danken hat, sucht aber die Gräfin auch in den Räumen auf, wo sie die Wohltätigkeit ausübt, und trifft sie natürlich teils nähend, teils selbst wacker zugreifend, und sie versichert ihm, daß unter allen sechzig Arbeiterinnen ein »patriarchalisches Verhältnis« herrsche. Aber nicht nur mit der Nähstube, die einem zweifellos anständigen Zwecke dient, sondern »auch zur zeitgenössischen Literatur steht die Gräfin in enger Fühlung; sie spricht von ihrer besonderen Verehrung für Artur Schnitzler, den sie zu den eigenartigsten und feinsten Erscheinungen der modernen Literatur zählt«, und da sie bei dieser Gelegenheit nicht im Traum daran denkt, dem Paul Wilhelm den Weg ins Freie zu zeigen, so sieht man wirklich, daß sie ein Herz für die Literatur hat. »Unvergeßlich« ist ihr zum Beispiel »auch ein Frühstück mit Mark Twain und Peter Nansen, bei dem die beiden großen Dichter drei bis vier Stunden auf einem Fleck beisammen gesessen waren und sich gegenseitig ihre Erlebnisse erzählt hatten«. Von ihrer eigenen künstlerischen Betätigung spricht sie nicht gern, sie wehrt bescheiden ab, ja, sie gibt zu, sie hat einmal Gesangsstunden bei der Marchesi genommen, aber Krieg ist Krieg, und eine gelegentliche Bemerkung – wahrscheinlich lautet sie: c'est la guerre – »führt wieder rasch zu der ernsten Gegenwart, die wie auf allen, auch auf der Gräfin mit ihrem ganzen Schwergewicht wuchtet«. Dem Besucher, der so galant ist, ihr tragen zu helfen, macht sie dafür das eigenartige Geständnis, sie »schwärme für die österreichisch-ungarische Monarchie«, eine Schwäche, die schier mehr Aufopferung verlangt als die, für den Schnitzler zu schwärmen, und die wohl manche insgeheim fühlen, aber nicht jeder den Mut hat auszusprechen. Daß die Gräfin nebstbei »auch eine Reihe von Plänen für kleinere und größere Veranstaltungen« nicht hat, sondern »hegt«, versteht sich von selbst. Sie hat nämlich nicht nur für die Nähstube, die eine nützliche Einrichtung ist, sondern auch für das Künstlerhaus, das mehr dekorative Ansprüche befriedigt, zu sorgen, und da bewegt man sich in einer idealen, sozusagen poetischen Region, wo man nicht haben, sondern nur hegen kann und wo immer schon, nicht nur jetzt, die Hilfszeitwörter gefehlt haben. Man spricht etwa davon, daß einer, wiewohl er ein beliebter Künstler (ohne ist), jetzt schon lange keine Aufträge bekommen (ohne hat). Darum also betätigt sich die Gräfin an der sogenannten »Kunstfürsorge«, die aus dem bekannten Bestreben hervorgegangen ist, jenen Leuten aufzuhelfen, die eben dadurch, daß die »rauhere Wirklichkeit« für die »feineren Stimmen« des Lebens kein Ohr habe und nur die »unmittelbaren Erfordernisse« gelten lasse, zu Schaden gekommen (sind). Sie ist fest entschlossen, und sie hält es für eine »unendlich bedeutsame Aufgabe, nicht nur jetzt, sondern auch in den kommenden Friedenszeiten die Kunst energisch zu unterstützen, den Boden zu bereiten für ihre neue und nach dem Krieg gewiß bedeutsame Entwicklung«. Und wahrlich, glückliche Ausnahmen wie die Erscheinung des Meisters Koch, der schon jetzt in einer Möbelniederlage auf dem Kärntnerring die große Zeit ausstellen durfte und alle Heerführer zum Sprechen ähnlich getroffen hat, bestätigen nur die traurige Erfahrung, daß die Kunst jetzt brach liegt, und die Gräfin Wydenbruck vertritt den Standpunkt, daß man »ihrer auch jetzt nicht, vielleicht gerade jetzt nicht vergessen darf«. Dagegen wäre, da ja der Wohltätigkeit keine Grenzen gesetzt sind, höchstens ein Lob des Krieges vorzubringen, der den ehrlichen Willen hat, sein Verbrechen an der Menschheit wenigstens dadurch gutzumachen, daß er das Künstlerhaus in ein Spital umgewandelt hat und daß die früher dort beschäftigten Maler wegen der schlechten Zeiten keine Aufträge kriegen, und bei aller Geringschätzung des Unfugs, der diese rauhere Wirklichkeit in Szene gesetzt hat, müßte doch gesagt werden, daß ein Zustand, der sich jenen feineren Stimmen des Lebens, die wir sonst auf Gschnasfesten zu hören bekamen, verschließt, auch etwas für sich hat. Gegen den Vorwurf der Unbarmherzigkeit, die einen notleidenden Künstler, der ja doch auch ein Mensch ist, darben lassen wolle, salviere ich mich durch die Versicherung, daß mir nichts ferner liegt, als Leute, die arbeitswillig sind und entschlossen, sich in einer Zeit, in der sie nichts zu malen kriegen, auf ehrliche Weise ihr Brot zu verdienen, dem Hungertode preiszugeben. Ganz im Gegenteil wollte ich schon längst in Vorschlag bringen, daß man alle jene Personen, denen es in Friedenszeiten vergönnt war, sich dem Geldmann durch ein Stilleben angenehm bemerkbar zu machen, jetzt, da dies nicht mehr zu den unmittelbaren Erfordernissen gehört, unverzüglich in den Dienst der nun einmal leider gegebenen rauheren Wirklichkeit stelle und dafür entlohne, daß sie, am besten gleich im Künstlerhausspital, von den Krankenbetten der Soldaten die Leibschüsseln hinaustragen; damit diese Handreichung, die zweifellos ein unmittelbares Erfordernis vorstellt und keineswegs unappetitlicher ist als die protegierte Malerei, der Entwicklung der Kunst beiweitem nicht so hinderlich wie diese, der Entwicklung der kommenden Geschlechter jedoch über alle Maßen hinderlich, nicht mehr von Komtessen besorgt werden muß. Von den wehrlosesten Opfern einer aufgebundenen Fibelparole, denen Geburt, Grazie und das Glück der Sinne ein besseres

Schicksal angewiesen haben als die Aussicht, die Kriegsjahre ihrer Jugend in dieser Atmosphäre einer unerbittlichen Barmherzigkeit zu verbringen, bei einer Betätigung, die mir das Vorbild edlen Frauentums beinahe so zu verzerren scheint wie der schier aufopfernde Entschluß der Aristokratin, sich für das Neue Wiener Journal interviewen zu lassen.

April 1916

Ein Irrsinniger auf dem Einspännergaul

Wunder gibts jetzt nur in der Technik, Symbole wachsen in der lokalen Chronik. Hier ist eines, das ziemlich gut zeigt, wie ich mir die Lage der Welt im Krieg, die Lage unserer Welt, schon immer vorgestellt habe.

[Ein Irrsinniger auf dem Einspännergaul.] Eine aufregende Straßenszene hat gestern abend an der Kreuzung der Alser- und Landesgerichtsstraße eine geraume Zeit lang unter den vielen Vorübergehenden großes Aufsehen erregt. Gegen halb 8 Uhr fuhr ein Einspännerwagen mit zwei Damen als Fahrgästen und Gepäck, das auf dem Bocke verstaut war, in der Universitätsstraße gegen die Alserstraße. Als der Wagen im langsamen Tempo zur Kreuzung der Alser- und Landesgerichtsstraße fuhr, kam ein junger Mann in Infanteristenuniform plötzlich im Laufschritt auf die Straße und stürzte sich dem Einspännerrosse entgegen; er faßte es an dem Zügel und wollte das Pferd anhalten. Der Kutscher war überrascht, die beiden Insassen waren erschrocken. Der Kutscher schlug mit der Peitsche auf das Pferd ein, um es zu schnellerem Trabe zu veranlassen und dem jungen Menschen zu entkommen; das Pferd lief auch schneller, da sprang der junge Mensch wieder an den Gaul heran und schwang sich auf ihn. Mit der bloßen Hand trieb er das arme Tier zu noch schnellerem Laufe an, indem er dabei wiederholt »Hurra«! schrie. Nun hatte der Kutscher die Lenkung über das Pferd ganz verloren und der sonderbare Reiter ließ den Gaul ganz umkehren. Im Galopp kam das Tier mit dem schleudernden Wagen gegen die Kreuzung. Das Abenteuer hätte noch schlimm enden können, wenn nicht an der Kreuzung ein Sicherheitswachmann das Pferd am Zügel gefaßt und zum Stehen gebracht hätte. Der Wachmann zog den Reiter wieder auf den Boden herab. Kutscher und Fahrgäste atmeten auf. Um den Wagen sammelte sich gleich eine große Menge an. Der junge Mann, der offenbar geistesgestört ist, wurde der irrenärztlichen Behandlung übergeben.

Wann, wann, wann! Wann kommt er, der Wachmann! Wenn man einen braucht, ist natürlich keiner da.

Bagatellen

.... Tatsächlich hatte der Unfall, abgesehen von dem erwähnten Verluste an Menschenleben (9), nur einen rasch gelöschten Brand zur Folge, ohne daß durch diesen die geringste Betriebsstörung eingetreten ist. Derlei Unfälle sind bei der so umfangreichen, auf das äußerste gesteigerten Erzeugung und Verarbeitung von explosivem Material unvermeidlich, jedoch für die Munitionsversorgung ohne Bedeutung.

Nämlich im Vergleich mit den viel größeren Unfällen, die späterhin den Zweck und nicht die Gefahr der Munitionsversorgung bedeuten. Wenn diese eine wohltätige Einrichtung zur Vermehrung von Menschenleben wäre, ließe sich von der Affäre ein Aufhebens machen. Ebenso unberechtigt ist es aber, wenn von dem Verlust an Menschenleben Notiz genommen wird, den – als die letzte Wirkung der erzeugten Munition – unvorsichtiges Hantieren mit einem vom Vater den Kindern mitgebrachten Explosivgeschoß hie und da verursacht. Solche nicht beabsichtigten Unfälle sollten am besten aus der Diskussion bleiben. Was sich vorher und nachher mit der Munition begibt, zählt nicht. Die Zeit ist viel zu ernst, um sich mit solchen Bagatellen abzugeben.

Der Mann von fünfzig Jahren

Goldene Worte

Professor Dr. K. F. Wenckebach, der Vorstand der Ersten medizinischen Klinik in Wien, hat vor mehr als 2 Jahren, kurz nachdem er seiner Berufung nach Wien Folge geleistet hatte, einen Vortrag »Über den Mann von fünfzig Jahren« gehalten, der erhebliches Aufsehen nicht nur in der medizinischen Welt, sondern auch in Laienkreisen, vor allem aber in den Kreisen der Fünfziger erregt hat. Dieser Vortrag ist jetzt im Verlag Moritz Perles, Wien, in dritter Auflage als kleines Buch erschienen, wohl der beste Beweis, wie groß das allgemeine Interesse an der von Wenckebach angeschnittenen Frage ist, ob auch der Mann um die fünfzig herum einer schweren Störung seines Allgemeinbefindens unterworfen erscheint.

Kein Zweifel, denn es ist der Zeitpunkt, wo die Natur auf Wahrheit dringt, weil sie lange genug gewartet hat, daß aus jungen Männern alte Weiber werden. Besonders bei den deutschen Dichtern, die dazu inklinieren, fünfzig Jahre alt zu werden; und man erinnert sich noch, daß nach Ablauf der Periode, da Frau Hermann Bahr am Lido in wallenden Gewändern sich zeigte, die Epoche begann, in der der Kollege Dehmel sich einen Tschako aufgesetzt und sogar Kriegsgedichte verfaßt hat.

Nach einer allgemeinen Übersicht über die Entwicklungskrankheiten des heranwachsenden und erwachsenen Menschen geht der hervorragende Wiener Kliniker auf den fünfzigjährigen Mann als Patienten über und bemerkt: »Es fällt uns zu allererst auf, daß die Patienten fast nie dem arbeitenden Stande angehören, sondern meist besseren und besten Kreisen entstammen, und wenn man sie im allgemeinen charakterisieren soll, könnte man sagen, daß es Menschen sind, von denen das Leben viel verlangt hat, die aber auch selbst viel vom Leben verlangen.«

Gewiß, die Fünfzigjährigen verlangen vom Leben oft mehr Geld als es zu geben hat, besonders, wenn sie Medizin studiert haben. Wiewohl sie aber dem Leben mit dieser Forderung unaufhörlich nachlaufen und sich gehörig abstrapazieren, nehmen sie nicht nur an Geld zu, sondern:

»Meistens ist ein gewisser Grad von Fettsucht vorhanden, ein dicker Bauch, ein festes, pralles Fett . . . .«

Davon kann man sich bei einem Blick auf das Hinterland überzeugen, soweit es nicht schon anderweitig mit besserem Erfolg gemustert wurde. Wenckebach konstatiert eine Arrhythmie des Pulses.

Von oft ausschlaggebender Bedeutung sei die Beruhigung des Patienten, der zweite Hauptpunkt die diätetische Behandlung, wobei es oft notwendig sei, das Körpergewicht etwas herabzusetzen. Gewöhnlich genügen aber fünf bis zehn Kilogramm im Laufe von Monaten oder einem Jahr als Gewichtsverlust. Einschränkung der Fettzufuhr, Sparsamkeit mit Zucker, nicht ausschließlich Fleisch, nicht viel Gewürze, nicht schlemmen, im Alkohol- und Tabakgenuß Mäßigkeit – dies hat Professor Wenckebach fast immer zum Ziel geführt.

Dieser Wenckebach mag sein Fach verstehen, aber man kann nicht leugnen, daß die Größe der Zeit seiner Methode wesentlich zu Hilfe kommt. Zwar läßt sich nicht leugnen, daß die jetzt ohnedies vorgeschriebene Kur, das Körpergewicht etwas herabzusetzen, der Beruhigung des Patienten geradezu entgegenwirkt, ja daß durch die Notwendigkeit, sich ihr zu unterwerfen, die Arrhythmie des Pulses noch verstärkt wird. Man hat jetzt bei Fünfzigjährigen vielfach eine Störung des Allgemeinbefindens beobachtet, die bei jüngeren Jahrgängen sogar häufig zu letalem Ausgang geführt hat. Aber Wenckebach, der kein Chirurg ist und überhaupt im tiefsten Frieden zu leben scheint, empfiehlt auch »eine vernünftige Lebensweise«, nämlich: »geistige Ausspannung und körperliche Bewegung«. Erstere ist mangels dessen, was auszuspannen wäre, schon lange mit den größten Schwierigkeiten verbunden, aber für die letztere ist jetzt hinreichend gesorgt, und wenn es ehedem die grausamste Betätigung des landesüblichen Humors war, den Dickwanst tiefe Kniebeuge machen zu sehen und lachend zu beobachten, wie der Nebenmensch nichts zu lachen hat, so sind jetzt ihrer so viele in solcher Lage, daß die schadenfrohen Zeugen fehlen. Wenckebach mag eine Kapazität sein, aber es dürfte jetzt kaum Einer seiner Ratschläge bedürfen, wo so vielen, auch jenen, die jünger oder älter als fünfzig sind, außer der körperlichen Bewegung Einschränkung der Fettzufuhr, Sparsamkeit mit Zucker, nicht ausschließlich Fleisch, nicht schlemmen, im Alkohol- und Tabakgenuß Mäßigkeit gratis ordiniert wird. Wem würde heute, wenn er in ein Gasthaus kommt, in der festen Absicht zu schlemmen, nicht von der Speisekarte selbst Einschränkung der Fettzufuhr und Maßhalten im Fleischgenuß empfohlen, von der Zuckerkarte nicht die einschlägige Diät, wem nicht von der Trafikantin selbst, die doch gewiß ein Faible fürs Rauchen hat, Enthaltung vom Tabakgenuß? Es braucht kein Wenckebach vom Katheder herzukommen, um das zu sagen. Es wären denn die Worte, die er zu sagen hat, sogenannte goldene Worte.

Und zum Schluß spricht Professor Wenckebach die goldenen Worte aus: »Wenn der Patient sieht, daß er durch eine vernünftige Lebensweise sein Wohlbefinden zurückerlangt, bekommt er Zutrauen zu seinem Arzt, zugleich aber das erhebende Gefühl, daß er kein Patient mehr ist und, von seinem Arzt nicht mehr abhängig, sein Los wieder selbst bestimmen kann. Das aber ist auch der höchste Erfolg für den Arzt, seinen Patienten so weit zu bringen, daß er den Arzt entbehren kann!«

Wenn man dazu noch bedenkt, daß bekanntlich ein guter Arzt auch ein guter Mensch sein muß und vice versa und daß somit Wenckebach der Nachfolger Nothnagels ist, so sind das entschieden Worte, die mehr Gold für den Patienten als für den Arzt haben, dessen Selbstaufopferung, wenn es einmal so weit kommt, zu den heroischesten Erscheinungen dieses Zeitalters gehört, nur vergleichbar dem Harakiri des Generals Nogi. Aber abgesehen davon, daß soeben allerorten eine »entsprechende Erhöhung der Ärztehonorare« erwogen wird, wiewohl doch schon der Tarif in Friedenszeiten Preistreiberei nicht ausgeschlossen hat, und abgesehen von der menschlichen Erkenntnis, daß am Golde alles hängt, wäre zu bedenken, daß die Weisheit der Ostasiaten in einem anderen, praktischen Glanzpunkte nachgeahmt werden könnte, ohne daß die medizinische Praxis geradezu eine Katastrophe erleiden müßte. Der Arzt kann nämlich den Patienten am Leben lassen, ohne sich umzubringen. Das Geschäft würde allerdings eine materielle Schmälerung riskieren, aber die Seele eines sittlichen Zuschusses sicher sein. Es genügt, sich statt des Heroismus nur die Weisheit der Ostasiaten zum Vorbild zu nehmen und sich einfach statt für die Krankheit für die Gesundheit honorieren zu lassen. Wenckebachs Entsagung würde kein Echo bei der Fakultät finden. Denn Hand aufs Herz – das ja menschlichen Wallungen genau so ausgesetzt ist wie das des fünfzigjährigen Patienten, der ein fünfundzwanzigjähriges Jubiläum als Verdiener feiert und vom Leben für die Zukunft noch mehr verlangt –, das ist ja alles ganz gut, ein guter Arzt muß ein guter Mensch sein, aber ein Arzt ist eben auch ein Mensch, also Hand aufs eigene Herz: welcher Wiener Universitätsprofessor und Konsiliarius, welcher europäische Arzt lebt, der den Tag nicht erwarten kann, wo er seine Patienten so weit gebracht haben wird, daß diese den Arzt entbehren können? Solange die Ärzte fürs Kranksein bezahlt werden, mag ein Heiliger unter ihnen der Verlockung widerstehen, wenn schon nicht das Kranksein zu verlängern, so doch dem Gesundwerden mit Besorgnis entgegenzusehen. Kein europäischer Arzt wird sich des Wunsches überführen können: wenn der zudringliche Mensch von einem Patienten nur schon endlich gesund wäre, damit ich ihn nicht mehr sehen müßte und er mich entbehren kann der Kerl – was ich dem koste, das ist schon wirklich nicht mehr auszuhalten! Dagegen in Ostasien, Herr Kollega, dort sind die Ärzte wirklich sehr interessiert: sie bekommen nur Honorar, solange der Klient gesund ist, und da schauen sie wirklich dazu, daß ers bleibt. Vielleicht, daß eben darum dort auch die Fünfzigjährigen keiner Störung des Allgemeinbefindens unterworfen sind.

1916

Im Johann Strauß-Theater erreichte die »Csardasfürstin« die hundertfünfundzwanzigste Aufführung . . . .

Im Carltheater brachte es die Operette »Fürstenliebe« zur fünfzigsten Aufführung . . . .

Im Bürgertheater wurde die Straus'sche Operette »Liebeszauber« zum fünfzigsten Male wiederholt . . . .

Das Lustspieltheater feierte die hundertste Aufführung der »Prinzessin Revue« . . . .

Die Prager Zensur

hat die Aufführung von Shakespeares »Heinrich IV.« verboten.

Es war einmal

»Zum ersten Mal: ›Königin Schneewittchen und ihre sieben tapferen Kinder‹, ein Märchenspiel von Anna Ethel, Bearbeitung für die Volksoper von Karl Schreder.

Mit dem neuen Weihnachtsmärchen hat die Volksoper einen Treffer ins Volle getan. Alter Märchenzauber, geschickt mit der alles bewegenden Tagesgeschichte verwoben, wirkte aufs neue seine Wunder. Mit schwarz-weiß-roten und schwarz-gelben Fahnen wurde das Geäst des uralten deutschen Märchenwaldes neu ausgeschmückt; Zweiundvierziger, Zeppeline und Unterseeboote, hergestellt in der Felsenwerkstatt der deutschen Wichtelmännchen, fahren im sagenhaften Traumland zwei Meilen hinter Weihnachten auf, und zwischen Mäuschen, Fröschlein und Fischlein tummeln sich die feldgrauen Uniformen und blauen Matrosenuniformen der verbündeten Deutschen, Österreicher, Türken und Bulgaren. Der alte Rotbart steigt aus den Tiefen des Kyffhäuser und segnet die Waffen des Gemahls der Königin Schneewittchen, hinter welchem sich kein geringerer als Wilhelm der Starke verbirgt, dessen Krieger im Verein mit jenen des Landes »Danubia« die Völker der Bären, Hyänen, Einhorne, Hammeln und Wildkatzen zu Boden strecken. Auch der deutsche Michel in persona und der lustige Rudi aus der essensfreudigen Wienerstadt fehlen ebensowenig wie der Elefant und das Kamel der heiligen drei Könige aus dem Morgenlande. Mit ausnehmend kundiger Hand hat die Verfasserin Anna Ethel aus diesem bunten Durcheinander fünf lebendige Bühnenbilder gestellt, deren viertes anscheinend der Zensur zum Opfer gefallen ist. Nicht minder geschickt hat Karl Schreder diese Bilder für spezifisch wienerische Verhältnisse zugeschnitten. Direktor Simons hat sein ganzes, nicht geringes szenisches Können in den Dienst der guten Sache gestellt, und die Mitwirkenden wetteiferten, ihre dankbaren Aufgaben aufs prächtigste zu lösen . . so daß der Jubel des höchst befriedigten Publikums kein Ende nehmen wollte, zumal das Ganze mit den feierlichen Klängen der Volkshymne seine Krönung fand.«

Zur Darnachachtung

»Das k. k. Ministerium für Landesverteidigung fand mit Erlaß vom 12. Juli 1915, Nr. 863/XIV, im Einverständnis mit dem k. u. k. Kriegsministerium zu verfügen, daß im Hinblick auf den dermaligen Kriegszustand – in gleicher Weise, wie bereits seinerzeit mit dem Erlaß des genannten k. k. Ministeriums vom 13. Jänner 1915, Dep. XIV. Nr. 1596 ex 1914, h. o. Erlaß vom 18. Jänner 1915, Zl. 1068, hinsichtlich der Begünstigung nach § 31 und 32 W.-G. (als Familienerhalter) angeordnet – auch der nach § 109 I, 1. Abs., § 118 I und § 121 I W.-V. I., im Juni 1915 zu erbringende Nachweis des Fortbestandes der die Begünstigungen nach § 30, § 32 (als Landwirt) und § 82 W.-G. (§ 32 W.-G. von 1889) begründenden Verhältnisse bis auf weiteres aufgehoben wird, wobei die bezeichneten Begünstigungen einstweilen – die Begünstigungen nach § 30 und nach § 32 mit der gemäß § 108 I, zweiter Absatz W.-V. I, dem termingemäß erbrachten Fortbestandsnachweis zukommenden Wirkung – als fortbestehend anzusehen sind.«

Die europäische Melange

Drei Nachrichten hintereinander, mit den Titeln:

Genügender Kaffeevorrat in Deutschland.
Milchmangel in Frankreich.
Stürmische Zuckernachfrage in England.

»Was? Ihr habt keine Milch? Wir haben genug Kaffee!« »Kaffee haben wir auch. Habt ihr denn Milch?« »Wir haben Kaffee in Hülle und Fülle. Ihr scheint keinen Zucker zu haben!« »Wir haben auch Kaffee. Ihr scheint auch keinen Zucker zu haben.« »Wir? Wer sagt das? Ihr habt keine Milch und keinen Zucker! Wir aber haben Kaffee!«

Juni 1916

Die Welt als Vorstellung

Was die Behauptung Cadornas betrifft, daß die von unseren Truppen bisher erstürmten Stellungen nur »Vorstellungen« seien, so sei nur neuerdings –

Erschütternd, wie hier der neue Sinn des Worts zum alten zurückfindet, ohne Vorstellung davon. Denn die von uns genommenen Stellungen sind keine Vorstellungen, sondern richtige Stellungen, und die Behauptung Cadornas, daß es bloße Vorstellungen und nur in unserer Vorstellung existierende Stellungen seien, ist eine falsche Vorstellung. Nun war aber auch kürzlich von den Stellungspflichtigen und den »Vorstellungspflichtigen« zu lesen. Hier ist wieder Zuwachs zum Leid der Menschheit, durch das Leid der Sprache. Sind es solche, die verpflichtet sind, eben hievon eine Vorstellung zu haben? Nein; es wäre von übel. Solche, die verpflichtet sind, sich irgendwo vorzustellen? Ja und nein. Etwas vorzustellen? Danach wird nicht gefragt. Einem etwas vorzustellen, wie ihre Jugend, ihr Alter, ihre Krankheit, ihre Unentbehrlichkeit? Das können oder brauchen sie nicht. Einem Vorstellungen zu machen? Keineswegs. Solche, die verpflichtet sind, Vorstellungen zu beziehen oder zu nehmen? Noch nicht. An Vorstellungen mitzuwirken? Auch noch nicht. Sich vor die anderen zu stellen? Das dürfen sie nicht. Also was denn? Sich vor d e n anderen zu stellen, früher als die andern zu stellen! Das muß es sein, denn eine andere Vorstellung kann man sich darunter nicht vorstellen. Die Sprache hat ohnehin mehr gesagt, als sie von rechtswegen verpflichtet wäre. Mehr vorstellungspflichtig ist sie nicht. Aber muß man denn in einer Zeit, die so viel Worte hat, gerade mit den besten durchhalten und so, daß man sie zu jeder Verrichtung benützt? Eher sollte man Wortkarten einführen und auf eine solche nicht mehr Vorstellungen beziehen dürfen, also auch auf eine »Vorstellung« nicht mehr Vorstellungen, als Zucker zum Kaffee. Denn eben wo zu viel Begriffe sind, da dankt ein Wort, das auf sich hält und selbst dort, wo nur Taten gelten, noch etwas vorstellen will, zur rechten Zeit ab.

Drei Engel – drei Räuber oder Gerhart Hauptmanns Höllenfahrt

1894:	1914:
Erster Engel Auf jenen Hügeln die Sonne, Sie hat dir ihr Gold nicht gegeben. Das wehende Grün in den Thälern, Es hat sich für dich nicht gebreitet.	Es kam wohl ein Franzos daher. – Wer da, wer? – Deutschland, wir wollen an deine Ehr'! – Nimmermehr!! Schon wecken die Trompeten durchs Land.

Zweiter Engel

Das goldne Brod auf den Äckern,
Dir wollt' es den Hunger nicht
stillen;
Die Milch der weidenden Rinder,
Dir schäumte sie nicht in den Krug.

Dritter Engel

Die Blumen und Blüthen der Erde
Gesogen voll Duft und voll Süße,
Voll Purpur und himmlischer
Bläue,
Dir säumten sie nicht deinen Weg.

Erster Engel

Wir bringen ein erstes Grüßen
Durch Finsternisse getragen;
Wir haben auf unsern Federn
Ein erstes Hauchen von Glück.

Zweiter Engel

Wir führen am Saum unsrer
Kleider
Ein erstes Duften des Frühlings;
Es blühet von unsern Lippen
Die erste Röthe des Tags.

Dritter Engel

Es leuchtet von unsern Füßen
Der grüne Schein unsrer Heimath;
Es blitzen im Grund unsrer Augen
Die Zinnen der ewigen Stadt.

Jeder hat ein Schwert zur Hand.
Man kennt es gut, dies gute
Schwert,
von Spichern, Weißenburg und
Wörth,
das deutsche Schwert.

Es kam ein schwarzer Russ' daher. –
Wer da, wer? –
Deutschland, wir wollen an deine
Ehr'! –
Nimmermehr!!
Ein Kaiser spricht es hoch vom Sitz.
Viel Feind', viel Ehr', wie der alte
Fritz.
Sein Nimmermehr ist mehr als
Schall,
's ist Donnerrollen und Blitzes-
knall,
's ist Wetterstrahl.

Da kam ein Englishman daher. –
Wer da, wer? –
Deutschland, wir wollen an deine
Ehr'! –
Nimmermehr!!
Nimmermehr ist unser Wort,
es braust durch alle Gaue fort,
ein Cherub trägt es vor uns her:
Nimmermehr! Nimmermehr!
Nimmermehr!

Es kamen drei Räuber auf einmal
daher. –
Wer da, wer? –
Deutschland, wir wollen an deine
Ehr'! –
Nimmermehr!!
und wär't ihr nicht drei, sondern
wäret ihr neun,
meine Ehr' und mein Land blieben
ewig mein:
Nimmer nimmt sie uns irgendwer,
dafür sorgt Gott, Kaiser und deut-
sches Heer. –
Nimmermehr!

Verzweiflung in London

Das Neue Wiener Journal, das seine Lügen nicht etwa verstohlen stiehlt, sondern es in balkendicken Lettern anzeigt, ist das Opfer eines Zeppelinbombardements auf London geworden. Man hat ihm eine Original-Nachricht anvertraut, die es unter dem Titel »Verzweiflung in London« produziert:

> ... In London herrschte während des ganzen Sonntags tiefe Niedergeschlagenheit. Die meisten Theater, Variétés und Kinos waren geschlossen....

Und das ist noch eine sehr glimpfliche Darstellung. Denn an jenem Sonntag sollen in London sogar sämtliche Theater, Variétés und Kinos geschlossen gewesen sein. Und wenn das Neue Wiener Journal erst die volle Wahrheit wüßte! Es soll nämlich jetzt vorsichtshalber an jedem Sonntag der Fall sein und wie man sagt, schon seit Jahrzehnten in Erwartung der Zeppeline der Fall gewesen sein. Immer an Sonntagen fürchten sie dort, daß Zeppeline kommen, und schließen darum sämtliche Theater, Variétés und Kinos. Bei uns würde man eher Bomben riskieren als die Sperrung von Rideamus. Wir halten durch und offen, und wenns Schusterbuben regnet. In London gibts zwar auch nicht jeden Sonntag ein Zeppelinbombardement, aber man kann hundert gegen eins wetten, daß diese Feiglinge von nun an immer geschlossen haben werden. Ja, als die Zeppeline noch nicht erfunden waren, hätte man ihnen zugutehalten können, sie täten's aus religiösen Gründen, mit einem Wort aus Heuchelei, aber jetzt halten sie am Sonntag geschlossen aus Furcht, und wenn die Zeppeline an Wochentagen kommen, so halten sie offen aus Leichtsinn. Denn man weiß ja: sie »tändeln mit dem Krieg«. Automobile sollen sogar bei ihnen verkehren. Sie leben in Saus und Braus. Und das tun sie immer dann, wenn sie nicht verzweifelt sind. Wenn sie aber schon die längste Zeit getändelt haben oder verzweifelt waren, dann »müssen sie endlich beginnen nachdenklich zu werden«. Und dann schließen sie täglich!

Er war ein Mann, nehmt alles nur in allem

»... geradezu hassen tat er (Kitchener) die Kriegsberichterstatter der Presse, denen er die Teilnahme am Feldzug – bei der Macht, welche die Presse in England bedeutet – nicht wohl versagen konnte. Er machte sich hin und wieder in unliebsamer Weise bei ihnen bemerklich, so zum Beispiel, wenn er ihnen als Lagerplatz eine Stelle anweisen ließ, die unter Wind der Soldatenlatrinen gelegen war.«

Ich werde nimmer seinesgleichen sehn.

Sommerzeit!

Es war vorauszusehen, daß »das Thema Sommerzeit« am 30. April um 11 Uhr, aber auch schon wochenlang vorher täglich und zu jeder Stunde wie auch lange nachher »an allen Tischen den Gesprächsstoff bilden« werde. Die Sachverständigen, die schon warteten, um gefragt zu werden, wie viel Uhr es sei, wenn es erst elf ist und schon zwölf ist, und was man da tun solle, hatten den Rat gegeben, in solchen Fällen den Zeiger der Uhr »einfach um eine Stunde vorzurücken«, aber die Wiener starrten ihre Taschenuhren an und nahmen sie in den Mund. Weniger schüchterne und mehr zu ausgelassener Fröhlichkeit neigende Naturen glaubten, es sei Sylvester, und begrüßten die öffentlichen Uhren »mit Applaus und Bravorufen«. Bei den privaten machten sie eine Ausnahme. Ich weiß das alles nur aus den Essays, die darüber erschienen sind; ich hatte damit gerechnet und war deshalb schon vor dem kritischen Tag mit meiner Uhr in die Schweiz geflüchtet. Daß »Tausende und Abertausende« bis Mitternacht »aufbleiben« würden, um es einmal zu erleben, wie das ist, wenn um elf zwölf ist, zu komisch – das hatte ich gewußt, ehe sie noch den Plan gefaßt hatten. »Kaum einer«, las ich nachträglich, »der im Besitze einer Taschenuhr ist, verabsäumte, zur festgesetzten Stunde die Vorrükkung des Uhrzeigers zu vollziehen«. Da wollte ich nicht dabei sein. Ob aus der großen Menge der Fachleute, die sich da bewährt haben, einige herausgegriffen und interviewt wurden, weiß ich nicht. Aber die Befragung der Cafétiers, der kompetentesten Persönlichkeiten auf dem Gebiet jeder Neuerung, die sich im Weltall und mithin speziell in Wien begibt, habe ich noch erlebt und Riedls

Äußerungen anregend gefunden. Wie es auf den Fremdenverkehr einwirken wird, muß sich erst herausstellen, bis er kommt; man hofft aber allgemein, daß er um eine Stunde früher hereinbrechen wird. Auch war ich gar nicht überrascht, bei meiner Rückkunft zu hören, daß sich die Wiener mit der ihnen speziell angeborenen Anpassungsfähigkeit an den neuen Zustand gewöhnt hatten. In der Zeitung fand ich die meisten Geschäfte angeführt, die sofort eine Stunde früher geöffnet und infolgedessen auch eine Stunde früher geschlossen haben. Auch waren alle Ämter lobend erwähnt, die sich ähnlich verhalten hatten. Bei der Südbahn wurde die Sache so arrangiert, daß etwa ein Zug, der um sieben hätte eintreffen sollen, pünktlich um sieben eintraf. »Selbstverständlich«, hieß es, »haben auch die Postanstalten sich bereits die Sommerzeit zu eigen gemacht«, aber wiewohl es selbstverständlich ist, wurde es dennoch hervorgehoben. Dann gab es »Straßenbilder«. Berichterstatter waren ausgeschickt worden, um zu beobachten, wie es »auf dem Hof« zuging, »auf dem Stephansplatz«, der besonders in Mitleidenschaft gezogen ist, u. s. w. Auf dem Hof hatte »eine Anzahl von Genauigkeitsfexen Aufstellung genommen«, die harrten voll Spannung, endlich kam der »große Ruck«, als aber der Zeiger »um fünf Minuten zu weit ging«, fand man, daß das zu weit gehe, und es ertönte »ein vielstimmiges Veto«. »Beschämt blieb er stehen.« Auf dem Stephansplatz hingegen »hatte eine wirklich festlich gestimmte Menge Aufstellung genommen«, die sich »die Wartezeit mit Witzen und auch giftigen Apostrophen über die Neueinführung vertrieb«. Sie selbst wurde nicht vertrieben. Und dann, siehe da, erschien die Zahl zwölf, »was ein Höllengelächter zur Folge hatte«. Mit den Turmuhren wars aber ein rechtes Gfrett. Sie machten nur »zwölf gravitätische Schläge und nicht um ein Jota mehr«. Alle 131 wurden übrigens pünktlich um eine Stunde vorgerückt, »und es war keine Uhr, die nicht eine Menschenansammlung verursacht hätte«. Die Wiener haben da sehr genaue Kontrolle geübt. Auf ihre Akkuratesse in solchen Fällen kann man sich verlassen. Die Uhren selbst mögen die verschiedensten Zeiten anzeigen: die Wiener sind pünktlich zur Stelle, um nachzusehn. Wie sie späterhin gehen werden, nämlich die Uhren, ist wurscht; jetzt hat's zu stimmen! Besonders interessant war, was die Hausfrauen in den seriöseren Zeitungen auszusagen hatten, und namentlich eine, intelligentere, war so gewissenhaft, auch die Äußerungen ihrer Dienstmädchen und ihres vierjährigen Mäderls wiederzugeben, so daß wir also auch über die Wirkung der Sommerzeit auf den Haushalt und auf das Familienleben vollauf beruhigt wurden. Natürlich wurde, nachdem schon alle Berufe abgelaust waren, auch »der Standpunkt der Astronomie« zur Geltung gebracht. Der Mann von der Sternwarte, der ja als Mann der Wissenschaft einen Schmock nicht einfach hinauswerfen kann, begnügte sich, seinen Standpunkt mit den Worten zu präzisieren, »als Astronom betone er vor allem, daß die Angelegenheit die Astronomie nichts angeht« und daß »für uns Astronomen am Himmel keine Änderung vor sich geht, mögen nun die Leute ihre Uhr stellen wie sie wollen.« Das ist nur zu wahr und gewiß geht die Sommerzeit die Kaffeesieder mehr an als die Astronomen, aber sicher ist auch, daß die Änderungen am Himmel nicht für die Astronomen vor sich gehen, mögen nun diese ihre Fernrohre stellen wie sie wollen. Und ebenso sicher ist, daß keine Änderungen am Himmel vorgehen, wiewohl auf Erden, wo scheinbar die Sünde Jahresregent ist, noch so viel Dummheit ihre Sommerzeit erlebt!

Eine Familienangelegenheit

In Raudnitz hat der Maschinenmeister Johann Kutzibauch seinen Sohn erdrosselt und sodann vor eine Lokomotive geworfen, die ihn zermalmte. Er beging diese Tat an seinem Sohne, weil dieser ein Gewohnheitsdieb war und alle Ermahnungen nichts fruchteten.

Das hätte der Vater an dem Sohne vor dem Krieg auch nicht getan. Man mußte es vorher wissen und darum war er nicht zu führen. Aber jetzt, spielt es eine Rolle? Es ist eine Familienangelegenheit. Eine Überschreitung des häuslichen Züchtigungsrechtes. Eine übertriebene Anwendung des pädagogischen Grundsatzes, daß wer nicht hören will fühlen muß. Kutzibauchs Junge wird sichs merken. Aber was hier der Vater tat: der Maschinenmeister tuts jetzt täglich und allerorten. Nur daß es die vielen Söhne anderer sind. Doch solange der Maschinenmeister nicht sein richtiges Kind zermalmt, die Maschine – um die Stiefsöhne muß ihm nicht bange sein.

Blutunterlaufungen

Vor dem Bezirksgericht Josefstadt war gestern der Friseur Rudolf Matuja und seine Frau Anna wegen Kindesmißhandlung angeklagt. Die Hausbesorgerin Anna Laßman hatte nämlich bei der Polizei angezeigt, daß die beiden ihre vierjährige voreheliche Tochter lieblos behandeln und derart züchtigen, daß das Kind, wenn nicht Abhilfe geschaffen werde, in kurzer Zeit zugrundegehen müsse! Der Polizeiarzt sah an verschiedenen Körperstellen des Kindes von Mißhandlungen herrührende S t r i e m e n und B l u t u n t e r l a u f u n g e n. In der Verhandlung erklärte die Frau, daß sie die Mizzi nicht schlechter behandle als ihre beiden ehelichen Kinder, daß sie sie jedoch mitunter arg züchtigen müsse, weil das Kind sehr unfolgsam sei. Der Angeklagte gab an, e r s e i l ä n g e r e Z e i t a u f d e m K r i e g s s c h a u p l a t z g e w e s e n, leide an Herzneurose, gerate deshalb l e i c h t i n A u f r e g u n g. Wenn das Kind Strafe verdiene, züchtige er es, aber nicht übermäßig. Der Richter verurteilte die Angeklagten zur Strafe des V e r w e i s e s und trat den Akt an die Pflegschaftsbehörde ab, damit sie für entsprechende Unterbringung des Kindes Sorge trage.

Es ist ja bekannt, daß wir ein Gesetz haben, welches zwischen lebenslänglicher Strafe für einen, der einer Frau eine Handtasche zu entreißen versucht, und dem Verweis für diese selbst, wenn sie ihr Kind mit Erfolg auf dem häuslichen Herd geröstet hat, Verstand und Herz zum Narren hält. Wenn man nun bedenkt, daß das ziemlich allgemeine Privileg, auf dem Kriegsschauplatz gewesen zu sein, gleichwohl eine Umstülpung aller Lebensverhältnisse bewirken und Grund sowohl wie Ausrede jeder Ungebühr bilden wird, so kann man den ziemlich allgemeinen Nachteil, der den Kindern heimgekehrter Väter, zumal den vorehelichen, in Aussicht steht, schon heute mit schmerzlicher Bewegung abschätzen. Es wäre eine kleine logische Entschädigung im Chaos, wenn sich die Gewalt entschließen könnte, noch vor dem Friedensschluß der wirklich nicht nur für die Verdiener ein Risiko ist – ein Gesetz zu diktieren, das Vätern, die sich für ausgestandene Strapazen dereinst an den Kindern rächen wollten, statt eines Verweises lieber den Galgen androht. Denn es wäre doch zu infam, daß unter einer Menschheit, die es schließlich verdient hat, die Beute ihrer demokratischen Ambition oder das Opfer ihrer törichten Weltpolitik zu sein, die Unschuldigen am schwersten zu büßen hätten. Wehe den Erwachsenen, von deren blutigem Spiel die Unterlaufungen am Rücken der Kinder zeugen!

Es war die Nachtigall und nicht die Lerche

»Unser Brüsseler Korrespondent schreibt uns vom 24. d.: Ein an der Yserfront stehender belgischer Soldat, der in diesen schönen Maientagen des Nachts am Saume eines Waldes Wache stand, vernahm stundenlang den prächtigen Triller einer Nachtigall und entzückte sich an ihren Klängen. Ringsum erscholl ein furchtbarer Kanonendonner, denn die deutsche Artillerie beschießt Tag und Nacht das belgische Lager an der Yser und die belgische Artillerie beantwortet den deutschen Geschoßregen mit der größten Kraft. Dieser ohrenzerreißende Kriegslärm, der den in einsamer Wacht stehenden Soldaten bis ins Mark erschütterte, schien dem gefiederten Sänger keinerlei Beängstigung zu bereiten. Der kleine Waldvogel kümmerte sich um den gewaltigen Völkerkrieg nicht im mindesten und ließ seine Arien los, als herrschte tiefster Friede im Walde in dieser herrlichen, vom Monde beschienenen Frühlingsnacht.«

Sie sang des Nachts auf dem Granatbaum dort ...

Was in der Kriegsausstellung fehlt

Der jetzt 28 Jahre alte Ingenieur und Chemiker Theodor v. Friedberg hatte sich bei Beginn des Krieges freiwillig zum Militär gemeldet. Er kam nach der Ausbildung an die Front und erhielt in einem Gefecht vier Schüsse in das linke Knie. Das Bein wurde steif und kürzer, so daß Friedberg jetzt nur mühselig mit Stöcken gehen kann. Überdies erlitt er infolge des Luftdrucks einer Granate eine Nervenerschütterung und er ist seit diesem Unglück Epileptiker. Während seiner Dienstzeit ist er Korporal geworden. Im vorigen Jahre wurde Friedberg als zu jedem Militärdienst ungeeignet und bürgerlich erwerbsunfähig aus dem Heeresverband entlassen. Es wurde ihm die gesetzliche Invalidenpension von sechs Kronen monatlich vorläufig auf die Dauer von zwei Jahren angewiesen und vielleicht noch ein paar Kronen Verwundungszulage. Am 10. Juni d. J. kam der Kriegskrüppel in einer Korporalsbluse zu dem ihm von früher her bekannten Chemiker Seligmann, Besitzer der Fettstoffabrik Karl Seligmann, und bat ihn mit Hinweis auf sein großes Elend um irgend eine Arbeit. Seligmann hatte bereits früher einmal gegen Friedberg eine Anzeige wegen unbefugten Tragens der Uniform erstattet und er ließ jetzt den Kriegskrüppel durch einen Wachmann verhaften. Gestern war der Unglückliche wegen unbefugten Tragens der Korporalsuniform vor dem Bezirksgericht Josefstadt angeklagt. Bezirksrichter Dr. Pohl gestattete ihm, sich sitzend zu verantworten. Friedberg gab an, daß er in der Zukunft einmal die Aussicht auf ein Majorat habe, jetzt aber außer seiner Invalidenpension kein Einkommen habe, da er wegen seines Körperzustandes nirgends Arbeit finden könne. Er habe nach seiner Entlassung aus dem Heeresverband die Militäruniform weiter getragen, weil er sich keine Zivilkleidung kaufen könne. – Der Richter sprach den Angeklagten frei, denn dieser habe unter unwiderstehlichem Zwange gehandelt, wenn er den Soldatenrock, in dem er dem Vaterland seine Gesundheit und seine Arbeitsfähigkeit opferte, so lange getragen habe, bis er in der Lage ist, sich Zivilkleider anzuschaffen. – Der Angeklagte nahm das Urteil unter Dankesbezeugungen entgegen. Als er aus dem Saale hinaushumpelte, drehte er sich um und sagte zum Richter: »Aber schön war das nicht von Herrn Seligmann!«

Wie ist das alles nur möglich, da es doch nicht vorgestellt werden kann? Wenn alles andere möglich war, dort der Krieg und hier die Anzeige, wie kann darüber zu Gericht gesessen werden? Wie ist da ein einfacher Freispruch möglich? Was geschieht mit dem Anzeiger? Das Delikt ist doch die Anzeige. Warum wird darüber nicht verhandelt? Wie kann das, was uns als der Inbegriff des Frevelhaften erscheinen muß, Inhalt einer Klage sein und am Gericht vorüberkommen? Der dort soll Armeelieferant sein. Warum läßt der Kriegskrüppel den Armeelieferanten nicht verhaften? Warum ist das so? Warum tun sie das? Warum gibt es das? Warum gibt es das nicht in der Kriegsausstellung? Wie werden wir, wenn wir diesen Krieg überleben, diese Anzeige überleben? Wie ist das alles nur möglich? . . . Aus dem fernsten Winkel der Erinnerung, zwischen Schlaf und Wachen, unter dem Druck eigenen Schicksals stürmen die Dostojewski-Menschen solche Fragen an. Uns müssen sie auf der Ringstraße und bei jedem Blick in die Zeitung packen. Langt keine Hand herunter, die dem Spuk ein Ende macht? Warum gibt es das alles? Warum tun sie das? Wie ist, wie war wie wird das alles möglich sein!

Das Ziel

»Viel haben uns in dieser Beziehung die Bestrebungen der Krüppelfürsorge in Friedenszeiten gelehrt. Schon bisher waren wir bestrebt . . . . aus einem bedrückten und abhängigen einen selbständigen, eigene Werte schaffenden Menschen, aus einem Almosenempfänger einen Steuerzahler zu machen. So sind wir auch heute am Werke, durch Rat und Tat den Kriegsverstümmelten – –«

Jetzt ist Krieg

Das vernichtende, in seiner totsicheren Stupidität fast wunderbare Argument: daß jetzt Krieg ist – welches die Raubgier wie die Faulheit bereit halten, um den wegmüden Wanderer, den ja auf Verlust und Hindernis gefaßten, aber von solcher Vehemenz überraschten Bürger anzufallen, in den Straßengraben zu werfen und nur gegen ein neuerliches Lösegeld am Leben zu lassen – es wird die letzte Erkenntnis einer Menschheit sein, die, wie immer er ende, die Beute ihres Krieges bleibt. Plusmachertum und Schlamperei scheinen seit den Tagen, da der Fortschritt sich in Bewegung setzte, darauf gewartet zu haben, einmal mit einigem Anspruch auf Glaubhaftigkeit sagen zu können: Jetzt ist Krieg! Bliebe uns noch so viel Nervenkraft, alle Attentate auf eben diese im Gedächtnis zu bewahren, wir hinterließen ein Lesestück für die Enkel, in dem erzählt wird, was sich im Hintergrund der blutigen Begebenheit täglich abgespielt hat, wenn wir kauften, speisten, reisten (o Sagenwelt der Paßlabyrinthe und Klauselabenteuer), wenn wir Briefe schickten und empfangen sollten. Da vernehme ich, daß der brausende Schmock, der uns eine »Isonzobibel« versprochen hat, vorläufig so entgegenkommend war, eine philosophische Rechtfertigung des österreichischen Daseins zu versuchen. Zum Glück gibt es wieder andere Schmöcke, die Rezensionen schreiben und die Quintessenz eines »psychopolitischen Systems« durch ein glückliches Zitat vorwegnehmen. Die österreichische Schlamperei wird also als eine »in Laß und Lust gewordene und eine den musischen Tugenden entsprechende wahnverwaltende Verwaltung« definiert. Nie wäre mir eine solche Formulierung geglückt, wiewohl ich doch immer erkannt habe, daß die ganze Verspätung unseres Daseins auf den musischen Zeitvertreib der Südwahn- und Nordwahnverwaltung zurückzuführen sei, zu deren Laß und Lust wir ja eigens auf die Welt gekommen sind. Daß es Dichter seien, die unsere Lebensnotwendigkeiten bestellen, haben wir oft auf dem Südwahnhof erfahren, wenn unsere Frage nach der Ankunft eines Zuges mit der Versicherung beschwichtigt wurde: »So um'ra elfe kummt er gern«; und wie froh wurde mir ums Herz, als mir neulich auf die Erkundigung, ob man sich denn auf die einstündige Verspätung, die angeschrieben sei, verlassen könne, die Auskunft wurde: »Ah wos, wos waß denn i, die wissen an Dreck, und wann s' wos wissen, wern s' es do net dem Publikum auf d' Nasn binden!« »Warum denn nicht?« »Weil s' selber an Dreck wissen!« »So. Aber es ist doch eine einstündige Verspätung angeschrieben.« »Jo, ongschrieben, aber kummen tut er um zwa Stund später.« »Ist das die Regel?« »Na, die Regel is grad nöt, aber dös müßt rein a Ausnahm sein, daß er net zwa Stunden hot.« »Ja, aber warum wird denn das nicht angeschrieben?« »Z'weg'n wos? Z'weg'n so an Dreck von an Personenzug?« »Ja, aber warum wird denn dann die einstündige Verspätung angeschrieben?« »Weil dös eben ka Mensch nöt wissen kann, dö draußt melden's nöt herein und dö herint sagen nix.« »Halt, ich glaube, jetzt kommt er.« »No alstan, sehn S', dös is der reine Zufall!« »Ja, aber wie kommt das, daß er doch kommt?« »Mei liaber Herr, da müssn S' wen andern fragen, dös san eben die Verspätungen, wir herint kriegen keine Meldung nicht, jetztn bei dem Verkehr kann man gar nix sagen, jetzt is Krieg –!« Ähnliche Aufklärungen würden einen auch bei einer Post- und Telegraphenbeschwerde schadlos halten. Daß es Dichter sind, weiß man nicht nur vom Neujahr her, wo sie sich einander so schöne Verse drahten. Die »Postler«, die schon immer nicht recht wollten, berufen sich jetzt auf die »Bahner« und beide zusammen auf die Krieger. Aber wenigstens haben wir kürzlich erfahren, daß es einen Reichsbund deutscher Postler Österreichs gibt, der unter der Ägide eines Obmanns namens Pogatschnigg (was wie ein entschlossener Pallawatsch klingt) einem Kameraden im »Reich« einen Drahtgruß entboten hat, weil dieser in seiner Eigenschaft als Abgeordneter dem Sozialdemokraten Liebknecht das Manuskript aus der Hand gerissen hatte. Man konnte daraus ersehen, was den österreichischen Postlern Freude macht. Sie sind immer lieber dafür, daß einem ein Schriftstück weggerissen als daß es einem zugestellt wird. Was aber die Meinung deutschvölkischer Männer über Liebknecht anlangt, so ist es nicht nötig hervorzuheben, daß dieser ein Ehrenmann ist, was jenen noch kein kriegsgerichtliches Urteil nachgesagt hat, sondern die Sache liegt vielmehr so, daß man sich über die Postler nur ärgern muß und daß dem Futtermangel, unter dem jetzt die Tiere zu leiden haben, durch eine geschickte Verarbeitung von Deutschnationalen abzuhelfen wäre. Es wäre ja ein Betrug. Aber wissen wir denn, woraus dänische Konserven gemacht sind, und von welchem Tiere das »Kriegsfleisch« kommt, das uns jetzt aus manchem Schaufenster Ersatz verheißt? Wir wissen unter dem vielen, was wir nicht wissen können, nicht wissen dürfen und nicht wissen wollen, nur eines: daß jetzt Krieg ist, nämlich jener, den die Politiker gemacht haben, und daß es human wäre, alle jene, die die Menschheit zur Schlachtbank geführt haben, zur Schlachtbank zu führen, damit wenigstens die Tiere sich wieder satt essen können.

Ein Nachruf

Kein General kann gezwungen werden, auf dem Kriegsschauplatz zu sterben. Es gibt auch solche, die in der Bognergasse fallen, wenn unversehens ein Auto kommt, oder von einem Omnibus bei der Karlskirche verwundet werden oder in der Avenue de l'Opéra oder wer weiß wo. Aber eine Menschlichkeit, die solche Vorfälle natürlich bedauert und der es nicht in den Sinn kommt, sie mit dem Maße des kriegerischen Nachruhms zu messen, der in derselben Zeit zu holen wäre, fühlt sich doch von Zorn und Ekel gepackt, wenn sie in nächster Nähe die Überschrift liest:

Das Ende Lord Kitcheners.
Der ruhmlose Abschluß einer großen Laufbahn.

Unter den Titeln, mit denen uns dieser wutkranke Börseaner allabendlich anfällt, wohl einer, der uns mit tiefster Trauer vor unserer Wehrlosigkeit erfüllt. Gäbe es in Österreich einen Menschen, der Mut im Sinne einer kulturellen Offensive hat, ein solcher wüßte, was er zu tun hat, damit nie mehr wieder an einem Tage, an dem sich alle Weltfeindschaft im Schweigen vor dem Riesenmaß eines Todes findet, das schmutzigste Maul dieser Zeit und das unverantwortlichste, sich solchen Nachgebells erfreche. Wann wird der Schinder kommen diesem Lande!

Metaphysik der Schweißfüße

Aus einem Buch des Herrn Karl Hans Strobl:

... Und all das Grün ist mit Mondlicht durchwirkt, weit hinaus ergossen, bis zu fernen, weißglänzenden Häusern und dunkeln Bergen, wie Eichendorffs allerholdseligstes Sommernachtsgedicht.

Wie ich wieder aus dem dunkeln Saal auf die Terrasse trete, hat der Fähnrich sein großes Taschenmesser in der Hand, schneidet ein Stück Geselchtes herunter und sagt so beiläufig und obenhin: »Mit diesem Messer hab' ich ein paar Russen den Hals abgeschnitten.«

Auf Schleichpatrouillen, in polnischen Wäldern, in den Karpathen, wo es gilt, Vorposten des Feindes rasch und ohne Lärm unschädlich zu machen. Schießen ist unmöglich und Gefangennehmen ein selbstmörderisches Getümmel. Anschleichen, Aufspringen, bei der Kehle nehmen, basta! Oder im Nahkampf, wenn die letzte Revolverpatrone verschossen ist ...

Huldschiner zündet eine neue Zigarre an. – – Ob er sich die Goldene im Russischen Krieg erworben habe?

Nein, die habe er jetzt bekommen, im Kampf gegen die Katzelmacher. Jetzt hilft ihm nichts mehr, und er muß erzählen. Es sei weiter nichts Besonderes gewesen, er habe sich halt einmal durch die italienischen Linien geschlichen und Kundschaft mitgebracht, wo sie ihre Reserven sammelten, da hätte dann die Artillerie fein gemütlich hinschießen und die ganze Gesellschaft zersprengen können....

Ich will ja dem Herrn Karl Hans Strobl und ähnlichen gambrinusartig aussehenden Herren der Literatur nicht persönlich nahetreten, 's sind wackere Bursche, wenn sie auch all jenes nur beschreiben und loben und, weil sie dieses treffen, nicht selbst mitmachen müssen, ich gönne jeglicher Seel' die bequemste Art, durch diesen Krieg zu ihrem Frieden zu kommen, nicht will ich tadeln, warum jener Schwächliche, jener Gütige, jener Geistige dort hinab mußte und dieser Mastbürger hier, dessen treudeutsch Auge allein die Wacht am Rhein zu garantieren scheint, allheil bleibt, indem er sich zusammentut mit Juden im Pressquartier, alle geduckt, doch in Sicherheit vor dem Gewitter, und indem er für »Ullstein« – schon der Name ist das Weltübel – Kriegsbücher leisten kann; nicht will ich anklagen, daß es vor dem Tod noch Unterschiede gab, Kontraste und daß alles, was der fügsamen Welt im Namen des Unrechts geschah, noch entstellt war durch Ungerechtigkeit. Aber: wenn man mich als Sachverständigen vor dem jüngsten Gericht zuziehen wollte, und ich hörte dort den Ankläger sagen: Hatte einer wirklich einen Herzfehler, der ihn davon befreit hat, einem andern das Bajonett ins gesunde Herz zu stoßen, und holte ers schriftlich nach, indem er sagte, das gefalle ihm so; tat er so, so wollen wir solchem Herzen einen langen Ruhstand in der Hölle gönnen – da würde ich einwerfen: Nein, glaubet mir, alles dies, all diese viehische Selbstverständlichkeit des Hantierens mit fremdem Blut, dieses losgelassene Glück der Unmenschlichkeit, dieses Messerwetzen im Wort »Katzelmacher«, diese bunte Verbindung von Eichendorff, Geselchtem und Gurgelschnitt – all dies kam von den Schweißfüßen! Nicht daß ich sie dem Verewigten selbst imputierte, das wäre eine Rohheit, als amputierte ich sie ihm gar, dem Nichtgedienten, und keineswegs nachweisbar: wohl aber der ewigen

Seele, die hier vor uns steht! Diese Seele hat Schweißfüße, sie war ihr Lebtag stolz auf sie, insgeheim aber laborierte sie daran gewissermaßen und rächte sich an jeglichem Ding, das keine hatte. Es ist eine Art Redlichkeit, die sich zurückgesetzt fühlt: die meisten Dichter und Denker schreiben mit Schweißfüßen und die Welt will das nicht anerkennen . . . Und würde auf die Frage des Vorsitzenden, ob ich denn glaube, daß Schweißfüße eine metaphysische Eigenschaft seien, erwidern: Na, und ob! Hauptsächlich! Davon eben ist alles gekommen. Es ist geradezu eine Weltanschauung, nämlich die unter allen Umständen ideale. Es bildet sich heraus, wenn etwas immer feststeht und treu, immer auf demselben idealen Knotenpunkt des Gemüts und des Verkehres. Dann wollte es sich Luft machen, Bewegung, Expansion, aber das half ihm nicht und verdroß nur die Umgebung. So ist alles gekommen. Ich bin nicht für die Hölle, weil sich dort kultivierte Sünder beschweren könnten, sondern für einen Abort der Hölle, wo die Autoren und Leser der Ullstein- und Staackmann-Büchereien mehr unter sich sind und wo der Ganghofer die Honneurs macht. Hinunter!

Wie die Franzosen vor Neid zersprangen

Die Leipziger Operette in Lille. Aus Nordfrankreich schreibt uns unser O. Sch.-Mitarbeiter: Man darf dem Deutschen Theater in Lille nachrühmen, daß es versteht, seinem feldgrauen Publikum aus dem theatralischen Heimatreich Fülle und Abwechslung zu spenden. – – Nach der hehren Kunst der »Meistersinger« durch die Stuttgarter Hofoper hielt jetzt die leichter beschwingte Muse des Leipziger Städtischen Operettentheaters ihren fröhlichen Einzug. Sie brachte einen seltenen Gast mit: Der Meister des Dreivierteltaktes und der jungen Wiener Operette kam selbst, um über seine weiche zärtliche Musik den Stab zu schwingen. Die feldgrauen Musiker begrüßten ihn mit Rosen und Tusch, das vollbesetzte Haus mit Beifall. Unter seiner Hand bekam das Orchester Farbe und wurde rhythmisch lebendig. Auf der Bühne entfalteten die Leipziger Spiellaune und Temperament. Im Walzertakt schwuren der Graf von Luxemburg (Walter Grave) und Angèle Didier (Meta Bamberger) vom Stadttheater in Chemnitz sich Liebe und Treue bis in die Ewigkeit . . . Die Musik gab dem Hause eine leichte Sektstimmung, der zuliebe man die Sünden dieser parfümierten Operettenkunst, der von unserem Kriegsdasein abgrundtief geschiedenen, wohl vergessen konnte. Daß ihr ein patriotischer Prolog in Gestalt eines von Lehar dem Deutschen Kaiser gewidmeten, von Walter Grave mit Orchester und Chor gesungenen Trutzliedes vorangeschickt wurde, trug weniger dazu bei. Um so viel schöner, weil echter, war ein neu komponiertes Ballettzwischenspiel, das im zweiten Akt für Ohr und Auge eine Freude war. – – Nach einigen Aufführungen des Grafen von Luxemburg kommt auch noch Leo Fall mit dem »Lieben Augustin« zu Worte. – – Ein reiches Stück Arbeit ist damit beendet. Wie viel harmlos genießende Freude empfingen an dieser Stätte unsere Kämpfer. Mit aufrichtigem Neid sah die französische Bevölkerung auf diesen Vorposten deutscher Kunst – ihr blieben die Tore zu all diesen Genüssen versperrt. Jetzt endlich sehen sie ihren sehnsüchtigen Wunsch erfüllt, die Kommandantur Lille wird, soweit Platz vorhanden, auch den Lillern Zutritt gewähren. Sie weiß, auch mit unserer Kunst ist ein gutes Teil unserer siegenden Kraft begründet.

Wiewohl diese unsere Kunst von unserem Kriegsdasein abgrundtief geschieden ist. Aber ein echter deutscher Mann, der keinen Champagner leiden mag, hat eben Sekt so gern, daß er ihm zuliebe sogar Parfum verzeiht. Die Bevölkerung von Lille aber, die natürlich wieder nur auf Parfum fliegt, stand mit aufrichtigem Neid vor dem Vorposten deutscher Kunst, die Tore zu all diesen Genüssen blieben ihr versperrt, bis endlich die Kommandantur Lille (der deutsche Romandichter Paul Oskar Höcker) es nicht mehr übers Herz bringen konnte, ihr Lehar vorzuenthalten. Da erkannten sie, daß wir keine Barbaren seien, und schworen Liebe und Treue bis in die Ewigkeit. Worauf die Dame aus Chemnitz, nachdem der Kollege mit einem Trutzlied nicht durchgedrungen war, den Haßgesang auf Kitchener immer feste druffgeben konnte.

Eingedeutschtes

(Leutnant – Leitmann.) Wir finden in deutschen Blättern: Es war mir eine große Freude, Ihre Mitteilung von der hübschen Eindeutschung des schauerlichen »Trottoirs« in »Trottweg« zu lesen, zumal ich dadurch an eine ähnliche Wortbildung erinnert werde, die mein Sohn, der jetzt als Reserveleutnant im Felde steht, verbrochen hat, als ich mich mit ihm mal über Heeressachen unterhielt. Mit dem Worte Leutnant konnte er gar nicht fertig werden und machte daraus »Leitmann«. Das gefiel mir so, daß ich wiederholt anregte, die Verdeutschung aufzugreifen und an Stelle des damals noch üblichen »Lieutenant« anzuwenden. Leider fand ich keine Gegenliebe. Aber vielleicht könnten Sie durch den großen Einfluß Ihres

Blattes, zumal in der heutigen Zeit, besser darauf hinwirken, daß dieser nach meiner Ansicht ganz vortreffliche Ausdruck mal zur allgemeinen Einführung in Erwägung gezogen wird. Zum »Hauptmann« würde »Leitmann« auch dem Wortsinn nach ganz gut passen und ebenso wohl der militärischen Stellung entsprechen. Fleischhauer, Oberleitmann d. L. a. D.

Das Trottoir, das gemeinhin nur dann schauerlich ist, wenn die Passanten, die dortselbst trotten, zumal in der heutigen Zeit, in Trottel übersetzt werden müssen, wäre also bereits mit Erfolg »eingedeutscht«. Eindeutschen – das ist die Tätigkeit jener in der Außenwelt unbeliebten Leute, die nach erfolgter Ablehnung den heroischen Entschluß gefaßt haben, »sich auf sich selbst zu besinnen«, wie man jetzt sagt, sich also gewissermaßen freiwillig in ein inneres Konzentrationslager zu verfügen und von einer Walhalla mit Exportabteilung zu träumen. Da es kaum gelingen dürfte, sämtliche fremden Kulturen einzudeutschen, so ist es nicht unklug, sich wenigstens rechtzeitig an ein paar Fremdwörtern zu vergreifen, sie als Geiseln zurückzubehalten und sich an ihnen für die eigene Unbeliebtheit zu rächen. Eindeutschen – ist es eine Tortur? Eine Strafe ist es. Eine »Heimsuchung« ist es sicher. »Eingedeutscht sollst du werden!« Ist es eine Zubereitung? »Wir haben heute zu Mittag Eingedeutschtes gehabt.« Eindeutschen – das ist fast eine so vorsichtige Tätigkeit, wie bei Zeiten, zumal in der heutigen Zeit, Dunstobst einlegen. Tatsächlich werden auch mit Vorliebe schon alle Speisen eingedeutscht, die dann weit schmackhafter sein sollen und, soweit erhältlich, eben darum mehr kosten. Nun wäre zwar manch einem ein Rumpsteak, das zu haben ist, lieber als ein blutiges Zwischenlendenstück, das, zumal in der heutigen Zeit, nicht zu haben ist; aber die beruhigende Gewißheit, daß man es unter allen Umständen eindeutschen kann, ist auch etwas wert. Ich für meinen Geschmack würde eine eingedeutschte Speise wohl nicht mit der Feuerzange anrühren und wählte den Hungertod, ehe ich davon äße. Würde ich nur krank, so würde ich an deutschem Wesen sicher nicht genesen. Aber ich würde auch nie behaupten, daß ich mal durch ein abgekürztes Mal satt geworden wäre, und dann behaglich auf dem Trottweg herumspaziert wäre, so bis zum nächsten Fleischhauer, um auch dort nichts zu kriegen, höchstens zu erfahren, daß er derzeit seinen Beruf wo anders ausübe, nämlich im Feld, nämlich als Oberleitmann. Sein Sohn hat das Geschäft auch nicht übernehmen können; er hätte es als Reserveleutnant können, hat aber als Vorratsleitmann einrücken müssen. Nein, da ist nichts zu holen. Nein, so lebe ich nicht. So einer bin ich nicht. Ich weiß, daß die Zeit ernst ist, die heutige. Voll Taten, aber auch voll Gedanken. Voll Aufregungen, aber auch voll Anregungen. Und wenn sie sich nur den Respekt vor dem Leitmann, der ihr doch wahrlich in Fleisch und Blut übergegangen ist, erhält, so kann ihr am Ende nichts mehr fehlen als ein paar Fremdwörter, zu deren Beseitigung sie das heroischeste Opfer auf sich genommen hat, nämlich das des Intellekts.

Papiermangel in Österreich

(Papiermangel, Fahrscheine und Papierservietten.) Eine Dame schreibt uns: »Die vielen tausend Fahrscheine, die täglich beim Aussteigen aus der Elektrischen weggeworfen werden, könnten, gesammelt, dem Papiermangel tüchtig aufhelfen. Es müßten entsprechende Sammelkörbe bei jeder Haltestelle aufgestellt oder an den Wagen angebracht werden, und auch die Fahrgäste der Stellwagen könnten ihre Fahrscheine beisteuern. Die wenigen vorhandenen Abfallbehälter genügen nicht, und vor allem müßten auffällige Ankündigungen entsprechenden Inhalts in den Wagen und bei den Haltestellen angebracht werden. Ebenso würde das Sammeln der jetzt üblichen Papierservietten in Konditoreien, Kaffeehäusern, Gasthäusern und Bahnrestaurationen ansehnliche Mengen Papier ergeben.«

Einen Fahrschein beisteuern – das wäre ein so kleines Scherflein, daß es wirklich dem Mangel aufhelfen könnte. Aber helfen wir einer Fülle ab! Sammeln wir Zeitungspapier! Und schon, ehe es bedruckt wird! Da wären wir fein heraus. Aber wozu braucht man denn eigentlich Papier? Für die Banknoten? Für die Millionen Aufrufe zur Kriegsanleihe, die die Banken an einem Tag durch keuchende Briefträgerinnen in die Häuser schicken und die, wie die Millionen Aufrufe zur Wohltätigkeit, von keinem Menschen gelesen, in die eigens aufgestellten Papierkörbe wandern? Wenn dieses ungeheure Material – die Prospekte der Urania und der Drogisten gar nicht gerechnet – wenigstens nach erfolgter Vergeudung von Menschenkräften wieder der Papierfabrikation zugeführt würde, so wäre das Ergebnis wohl auch ein größeres als das aus den Fahrscheinen. Was diese anlangt, so könnte man sie freilich wieder in Papier verwandeln, um die Ankündigungen herstellen zu können, durch die auf die Fahrscheinsammlung hingewiesen wird. Wie aber kriegt man bei den notigen Zeiten die nötigen Sammelkörbe?

Könnte man sie aus Papierservietten herstellen, so gings ja zur Not. Wären aber Papierkörbe aus Papier, so hätte man bald keins mehr zum Hineinwerfen. Es ist halt schwer. Die deutsche Chemie hat noch kein Verfahren gefunden – sie arbeitet wohl daran –, aus Schmutz Seife zu machen. Aber das Ganze ist ein geistiges Problem: man wird sich endlich entscheiden müssen, was man eigentlich verwerten und was man erzielen will. Jetzt und überhaupt im Leben. Da man am dringendsten Zeitungen braucht, so entschließe man sich, jeder andern Form von Papier zu entsagen. Papierservietten sind ein Luxus in einer Zeit, in der man von der Hand in den Mund lebt, demnach sich so auch abwischen kann. Fahrscheine auf der Elektrischen sind selbst in besseren Zeiten ein Unfug, der nur den Größenwahn der Kondukteure fördert. Sinnvoll sind höchstens Eisenbahnbillets; und wenn die nicht mehr gedruckt werden könnten – eins, hoffe ich, wird immer noch zu haben sein!

Vor dem Höllentor

[Eröffnung des Gesellschaftsheimes der Österreichischen politischen Gesellschaft] .... Hofrat Dr. Friedrich Freiherr v. Wieser eine längere Rede .... Er sagte unter anderm: »... Der Krieg hat uns den Glauben an uns wiedergebracht, und *dieser Glaube wird uns bleiben* .... Phalanx .... Österreich den Österreichern! »... und im Innern *sollen nur die zum Worte kommen dürfen*, die sich zum Staate bekennen. *Wer nicht durch Liebe und Ehrfurcht zu ihm hingezogen ist*, der soll *durch die Furcht niedergehalten werden*, in die ihn die Macht des öffentlichen Gewissens bannt ....« ... Landesberger .... Bezirksrat Stiglitz .... kaiserlicher Rat Berl .... Kommerzialrat Koffmahn .... Neurath .... Herzfelder ....

Der Freisinn sagte es, der Zensorfeind. Aber ich bin fest entschlossen, nach Beendigung dieses Krieges Deutsch als Umgangssprache zu verlernen und mich vor den Beherrschern der deutschen Sprache in diese selbst zurückzuziehen, um, alle Vorstellungen aufgebend, sie zu bewahren und das Gebiet zu räumen, welches ich behalte. In gebrochenem Deutsch wird sich meine Konversation bewegen, und zu dem Worte, das sich in ihrem Munde wohl fühlt, will ich nicht kommen und lasse es nicht zu mir kommen, so daß keiner von jenen mehr verstehen wird, wie ichs meine, selbst wenn ich nicht schreibe, nur spreche. Phalanx, werde ich sagen, nix deuts, ich nicht lieben Stiglitz, ich nicht Ehrfurcht Landesberger, ich fürchten Neurath, ja ich fürchten, dieser Glaube uns bleiben – ich niedergehalten – Preise hoch – ich fürchten, böse Zeit kommen – große böse Zeit – ich fortfahren zu Nigger – dort nicht sehn kaiserlicher Rat, nicht sehn Berl, Herzfelder, nicht sehn Bezirksrat, Kommerzialrat, Kaufmann, Koffmahn, Koofmich – nicht mich koofen – ich nicht mehr bemerken Anwesende – nicht mehr hören – nicht mehr sprechen – ich fürchten – fürchten – fürchten –

November 1916

Das Schwert der Professoren

Der Rektor der Berliner Universität v. Wilamowitz-Möllendorf und die Professoren Otto v. Gierke, Wilhelm Kahl, Eduard Meyer, Dietrich Schäfer, Reinhold Seeberg und Adolf Wagner, veröffentlichen einen Aufruf zum Durchhalten, in dem es heißt:

Deutschland d a r f s e i n S c h w e r t n i c h t i n d i e S c h e i d e s t e c k e n , ohne einen Frieden gesichert zu haben, den auch die Feinde zu halten gezwungen sind. Der ist aber nicht zu erlangen, ohne M e h r u n g u n s e r e r M a c h t a u s d e h n u n g , des Bereiches, in dem unser Wille über Krieg und Frieden entscheidet. Unsere Gegner sind noch nicht bereit, uns diesen Frieden zuzugestehen, so wollen wir denn durchhalten und unerschütterlich durchhalten, und siegen, weil – wollen wir uns nicht selber aufgeben – wir gar nicht anders können.

Offenbar ist es den Herren, die bereits alle in Betracht kommenden Persönlichkeiten zu Ehrendoktoren gemacht haben, darum zu tun, nunmehr zu Ehrenfeldherrn ernannt zu werden. Das in Gedanken stehen gebliebene Schwert soll fortan die Devise des zerstreuten deutschen Professors sein. Die Fliegenden Blätter, die seit siebzig Jahren, in Krieg und Frieden, ob's was zu essen oder durchzuhalten gibt, außer dem Regenschirm die Wurst und das Maßkrügel als Symbol des deutschen Humors kultiviert haben, werden in jenem einen Punkte nun doch eine Auffrischung erleben müssen.

Ein deutsches Kriegsgedicht

»[Rumänenlied.] Im ›Tag‹ dichtet »Gottlieb« folgendes Rumänenlied:

In den klainsten Winkelescu
  Fiel ein Russen-Trinkgeldescu,
Fraidig ibten wir Verratul –
  Politescu schnappen Drahtul.

Alle Velker staunerul,
  San me große Gaunerul.
Ungarn, Siebenbürginescu
  Mechten wir erwürginescu.

Gebrüllescu voll Triumphul
  Mitten im Korruptul-Sumpful
In der Hauptstadt Bukurescht,
  Wo sich kainer Fiße wäscht.

Leider kriegen wir die Paitsche
  Vun Bulgaren und vun Daitsche;
Zogen flink-flink in Dobrudschul,
  Feste Tutrakan ist futschul!

Aigentlich sind wir, waiß Gottul,
  Dann heraingefallne Trottul,
Haite noch auf stolzem Roßcu,
  Murgens eins auf dem Poposcu!«

Hinter dem Pseudonym verbirgt sich mit Recht Herr Alfred Kerr. In seiner Prosa zu sprechen: Solche Dinge werden einmal ... in Deutschland möglich gewesen ein, ecco. Interessant ist bei all dem, daß das Vorleben eines Feindes sich von seiner schwärzesten Seite, also von den ungewaschenen Füßen, in dem Moment zeigt, in dem dessen Entscheidung, aus der Neutralität herauszutreten, zu unseren Ungunsten fällt. Aber der Übelstand, daß in der Hauptstadt Bukurescht kainer sich die Fiße wäscht – * wie anders Sofia * –, muß doch jahrzehntelang bekannt gewesen sein, und entweder darf auf die Bundesgenossenschaft eines solchen Volkes nicht der geringste Wert gelegt oder es muß auch in diesem Fall offen herausgesagt werden. Die Unterlassung des Füßewaschens vollzieht sich ja nicht so überraschend wie eine Kriegserklärung, sondern ist ein Zustand, zu dessen Beobachtung die Diplomaten jahrzehntelang Gelegenheit hatten. Aber die deutsche Literatur, die persönlich mit der Sitte längst vertraut ist, holt die unwiderbringlichsten Versäumnisse nach und riskiert ihrerseits nur den Verdacht ungewaschener Versfüße.

Morituri te salutant!

(Der Krieg und die Dichter.) Aus Berlin wird telegraphiert: Zum Abschluß des zweiten Kriegsjahres hat die ›B. Z.‹ an eine Reihe von Dichtern die Frage gerichtet, was aus der Fülle des gewaltigen Geschehens und Erlebens in diesen zwei Jahren den stärksten Eindruck auf sie gemacht habe. Hermann Sudermann schreibt: »Wenn auch die seelischen Erlebnisse innerhalb dieser zwei Jahre neue Bahnen schufen, auf jeden von uns gewirkt haben, so wird es nur wenigen beschieden sein, einen Eindruck aus der Summe des Ganzen so herauszunehmen, daß er imstande wäre, ihr künftiges Gewicht von diesem Kriege für die Lebensdauer zu bestimmen. Aber wir sind noch weit vom Schluß entfernt, darum wollen wir in Geduld dem großen Tag entgegenharren, der Deutschland endgültig von seinen Feinden befreit.

Es ist ja gewiß wichtig, was da der Herr Sudermann, den ich immer für einen der geistigsten Menschen Deutschlands gehalten habe, sagt. Nur ist nicht ganz klar, wessen »künftiges Gewicht von diesem Kriege für die Lebensdauer bestimmt« werden soll, und er hat darum ganz recht, wenn er sagt, daß das so schwer ist. Ob er meint, daß es ein Krieg für die Lebensdauer ist – nicht nur jener, die an ihm teilnehmen –, ob er nur ein künftiges Gewicht vom Kriege bestimmen will und was das heißen soll, ist kaum zu erschließen. Sicher ist, daß weder der Verfasser von »Sodoms Ende« noch der von »Morituri« genug Gewicht hat, um sich im Kriege laut zu machen. Und keiner von jenen, die so weit vom Schuß sind wie die andern vom Schluß. Es bringt uns alle nicht weiter von jenem und nicht näher zu diesem, und es ist völlig überflüssig, zu vernehmen, was auf solche Leute im Krieg den stärksten Eindruck gemacht hat. Nichts kann aus diesem »Geschehen« einen stärkeren Eindruck auf sie gemacht haben als das »Erleben«, daß ihre Tantièmen in Gefahr kommen könnten, und die angenehme Überraschung, daß es doch nicht der Fall war. Sie mögen in Geduld dem großen Tag entgegenharren, der Deutschland endgültig von seinen Feinden befreit. Wir wollen in Ungeduld dem weit größeren Tag entgegenharren, der es endgültig von Leuten befreit, die das Maul der Gegenwart Dichter zu nennen wagt und die, anstatt »zum Abschluß des zweiten Kriegsjahres« nicht mehr bemerkt zu werden, wenn sie schon leiblich fortexistieren – befragt werden, wie es ihnen gefallen hat.

Aus der Welt der Prothesen

[Die Bitte eines Ästhetikers.] Ein Leser schreibt uns: Bekanntlich besitzt Wien an der Albrechtsrampe einen herrlichen Brunnen, die Donau und deren bedeutendste Nebenflüsse darstellend. Bedauerlicherweise ist seit einiger Zeit an einer der größeren Figuren (am Inn) der rechte Arm gebrochen und es fehlen die Hand und der Unterarm bis zum Ellbogen. Jeder Vorübergehende wird es mit warmem Dank begrüßen, wenn der Schaden alsbald ausgebessert und der Unterarm und die fehlende Hand wieder hergestellt werden würden.

Und so ein Vandale wird noch Ästhetiker genannt. Anstatt froh zu sein, daß die bekannte Gelegenheit für die vor dem Jockeiklub wartenden Fiakerkutscher, zu erfahren, wie die Drau und die Sau aussehen, endlich ein wenig reduziert wird, beklagt sich der Mensch noch. Aber angesichts der Tatsache, daß an den Ufern der Nebenflüsse des Inn der Verlust von Armen und Händen jetzt so häufig vorkommt, dürfte uns die persönliche Invalidität des Inn kalt lassen. Es könnte nämlich auch sein, daß * selbst den Leuten, die die Reparatur besorgen sollen, die dazu erforderlichen Gliedmaßen fehlen. *

Ein Zwischenspiel

Die Neue Freie Presse meldet am 14. Oktober 1916:

[Brotverteilung im Burgtheater.] Als dieser Tage im Burgtheater »Götz von Berlichingen« aufgeführt wurde, kam es zu einem merkwürdigen kleinen Zwischenspiel. Im dritten Akt – die Burg Götzens ist von den Kaiserlichen belagert – erscheint die Frau Götz von Berlichingens auf der Szene mit einem enormen Brotlaib am Arm, von dem sie bedächtig für ihre Familie und den Troß Schnitte auf Schnitte herunterzuschneiden beginnt. In diesem Moment bemächtigte sich des dichtgefüllten Hauses eine eigenartige Aufregung. Ein Raunen und Wispern ging durch das Publikum, und die Störung, die dadurch entstand, teilte sich den Schauspielern mit, von denen einzelne ihr Lachen nicht verbergen konnten, so daß durch einige Augenblicke das Spiel stockte. Schließlich trat die notwendige Ruhe wieder ein und das Drama konnte ungestört seinen Fortgang nehmen.

Es ist ja schon egal, ob solche merkwürdige kleine Zwischenspiele und deren Publikation zur Lügenbildung in der Entente-Presse beitragen. Wichtiger ist die Perspektive in den Wandel der künstlerischen Zeiten. Die Kunst mag immer nach Brot gegangen sein; nur dürfte der Unterschied zwischen guten und schlechten Burgtheaterzeiten sich etwa so formulieren lassen, daß zwar heute wie ehedem Massenanstellungen vor einer Götz-Aufführung stattfinden, aber ehedem wegen der Wolter, der Hohenfels, wegen Baumeister, Hartmann und Robert, und heute, weil die Frau Götz Brot verteilt, wobei die Zuschauer aber doch nur zuschauen dürfen. In der Epoche der echten Ausstattungswunder gehört ein enormer Brotlaib, von dem Herr Reimers als Götz keineswegs abzulenken vermag, sicherlich zu jenen Versatzstücken, denen das Publikum minutenlang applaudiert. Stundenlang stehen jetzt die Leute vor dem Burgtheater. Nach der Vorstellung, da ein empfängliches Publikum ehedem den Darsteller des Franz Moor geprügelt hat, warten viele auf die Darstellerin der Frau Götz und suchen sie durch Artigkeiten für sich zu gewinnen. Genau wie sie es mit den Kommis im Konsumverein machen, die ja auch Blumen bekommen. Die Direktion weiß jetzt, daß sie nur Stücke, in denen gegessen wird, aufführen darf. Da hängt dann an der Kassa wie vor dem Bäckerladen die Tafel »Ausverkauft«. Man sucht jetzt im alten Repertoire nach einem Stück, in dem Fleisch vorkommt, und will auf diese Art die Saison retten. In einer sonst trostlosen »Lear«-Aufführung – bekanntlich hat Wien im Drang der Zeit noch die Geistesgegenwart, dem öden Wüllner nachzulaufen – wird von einer findigen Regie der Satz des Narren: »Gib mir ein Ei, Gevatter!« durch Darbietung eines Eies illustriert, was auch lebhafte Bewegung hervorruft. Ob eine Butterkarte zum Bezug von Butter berechtigt, ist fraglich; als Burgtheaterbillet sollte sie anerkannt werden. Rauchen war im Theater schon immer verboten: wie müßte heute eine Zigarre auf der Bühne zündend wirken! Was immer sich dort begeben mag – es wird ein Raunen und Wispern durch das Publikum gehen. Aber schließlich ist es ja doch nur ein Theater, und das Drama nimmt ungestört seinen Fortgang.

Eine jetzt erst recht unverständliche Wiener Redensart

»Ham S' scho g'hört? Im Gasthaus kriegt ma kein Brot mehr! Wo kriegt man denn nacher ein Brot?« »Wo man ein Brot kriegt? No, beim Bäcken!« »Ja, beim Bäcken!«

Entrevue (Zusammenkunft)

*** Frühstück beim Minister des Äußern Baron Burian. Abendessen auf der deutschen Botschaft. Frühstück beim Ministerpräsidenten Grafen Stürgkh.**

Und gar kein Déjeuner dînatoire? Aber was wurde denn gegessen und wer hatte sich dafür angestellt? *

Eine Anregung

[Keine Beglückwünschungen anläßlich von Auszeichnungen.] Von geschätzter Seite werden wir um Veröffentlichung nachstehender Zuschrift ersucht: Anläßlich der Auszeichnungen, deren Verleihung jetzt amtlich mitgeteilt wird, erscheint es wünschenswert, darauf aufmerksam zu machen, daß mit Rücksicht auf die durch den Krieg bewirkte besondere Inanspruchnahme aller Arbeitskräfte von der sonst üblichen Beglückwünschung der Ausgezeichneten abzusehen wäre.

Wenn noch in weiterer Verfolgung des praktischen Gedankens von den Auszeichnungen selbst, von den Zuschriften, von den geschätzten Seiten und von allem andern abgesehen wird, auf das wir trotz dem Millionensterben hinsehen müssen, so hätten ja die Arbeitskräfte gute Zeiten. Aber der Anreger wird, wenn ihm die Einstellung der Gratulationen geglückt ist, kaum darauf verzichten wollen, daß sie ihm zukommen. Was in der Zeit der großen Offensiven von selbst und ohne Zureden aufzuhören hätte, ist die Vordringlichkeit. Aber darauf ist, solange ihr der Nährboden der Druckerschwärze bleibt, solange also von der Presse nicht abgesehen wird, keineswegs zu hoffen. Die Arbeitskräfte, die an diesem Grundübel wirken, der Munitionserzeugung zuzuführen, wenn man ihnen schon das Opfer nicht zumuten darf, zu ihr in eine passive Verbindung zu treten, wäre ein wahrer Segen. Denn man würde plötzlich erkennen, daß, wenn die Angestellten der Presse Munition erzeugen helfen, diese sich plötzlich vermindert, weil das Schreiben sie vermehren geholfen hat, weil eben die Erfindung des Schießpulvers in progressivem Verhältnis zu den Erfindungen der Buchdruckerkunst steht.

Meine Anregung

* geht dahin, das Ernährungsamt, das vielerlei Agenden haben dürfte, in ein Oberernährungsamt und in ein Unterernährungsamt einzuteilen. *

So leben wir alle Tage

* »Vater, Brot!«
»Kinder, Rußland verhungert!« *

Auch so leben wir alle Tage

* »Wir haben Objekte belegt. Ihr habt drei Kinder getötet, pah.«
»Wir haben Objekte belegt. Ihr habt drei Kinder getötet, pah.«
»Ihr behauptet, daß Ihr Objekte getroffen habt? Ihr lügt wie gedruckt, drei Kinder habt ihr getroffen, nicht der Rede wert.«
»Und ihr wollt der Welt weismachen, daß ihr Objekte getroffen habt? Lächerlich, drei Kinder sind tot!« *

Der Fall

Wien, 23. September. (Unfall eines Passanten.) Die Hausbesorgerin Anna Pauer war beim Bezirksgericht Josefstadt angeklagt, am 13. Februar d. J. trotz herrschenden Glatteises vor dem Hause Operngasse 2 das Pflaster nicht bestreut zu haben, so daß der Kommerzialrat Eugen Marx stürzte und sich eine schwere Verletzung zuzog. Herr Marx war gegen Mittag von Hütteldorf in die Stadt gekommen. Er hatte eben die Straßenbahn verlassen und wollte durch die Operngasse in die Singerstraße gehen. Beim Hause Operngasse 2 rutschte er infolge des Glatteises aus und zog sich –

Nur eine vielleicht unbescheidene Frage, die aber von der Sorge diktiert ist, daß bei dem herrschenden Mangel an Papier und mit Rücksicht auf die durch den Krieg bewirkte besondere Inanspruchnahme aller Arbeitskräfte wie auch wegen der vielfachen Ablenkung des Interesses auf jene, die seit dem 1. August 1914 nicht mehr Gelegenheit haben, vor dem Hause Operngasse 2 zu fallen, tunlichst das Wissenswerteste in knappster Form mitgeteilt werden möge – nur die vielleicht unbescheidene Frage: Ist zur

Beurteilung des Falles, nämlich sowohl des Falles des Kommerzialrates Eugen Marx vor dem Hause Operngasse 2, also des Unfalles wie des juristischen Falles, nämlich, ob die Hausbesorgerin Anna Pauer fahrlässig gehandelt hat, das Moment relevant oder gar unentbehrlich, daß der Kommerzialrat Eugen Marx, ehe er vor dem Hause Operngasse 2 zu Falle kam, gegen Mittag von Hütteldorf, just von Hütteldorf in die Stadt gekommen war, eben die Straßenbahn verlassen hatte und durch die Operngasse in die Singerstraße, gerade in die Singerstraße gehen wollte? Sollte es nicht der Fall sein, nämlich der Fall, daß es zur Beurteilung des Falles und des Unfalles relevant oder gar unentbehrlich ist, so würde ich mir mit Rücksicht darauf, daß jetzt Krieg ist, * daß sich also die Leute um Mitternacht anstellen müssen, um am Morgen für den Mittag kein Brot zu bekommen, * die Anregung erlauben, daß das uns allen teure Pflaster von Wien, schon um der Einheitlichkeit willen, in künstliches Glatteis verwandelt werde, damit jene, deren Beruf es ist, die Gehirne mit interessanten Tatsachen zu füttern, und jene, die das gern haben, wenn schon nichts anderes vom Krieg, wenigstens die Leidensgeschichte des Kommerzialrats Eugen Marx mit allen Details e r l e b e n , ohne daß es aber, wegen Verhinderung der Berichterstatter, in die Zeitung kommt – o meine Bürger, welch ein Fall wär' das, da fielet ihr und ich, wir alle fielen und über uns frohlockte blut'ge Tücke!

Eine neue Erleichterung

[T e i l u n g d e r Z w e i k r o n e n n o t e n.] Der drückende Mangel an Kleingeld, der eine Folge des Krieges ist, hat das Publikum zur Selbsthilfe veranlaßt. Im Verkehre werden vielfach die Zweikronennoten in mehrere Teile zerschnitten und mit diesen Noten kleine Zahlungen geleistet. Das hatte bisher eine Entwertung zur Folge, weil die Oesterreichisch-ungarische Bank – – Durch eine kürzlich erflossene Verfügung werden aber sämtliche Hauptanstalten und Filialen der Oesterreichisch-ungarischen Bank angewiesen – –

Speisevorschriften werden erlassen, aus Gram zerreißen sie ihre Zweikronennoten, wenn sie jetzt noch Asche auf ihr Haupt streuen und die Österreichisch-ungarische Bank diese an Zahlungsstatt nimmt, so wird der Rachegott im Leitartikel, der täglich über die Plagen und die Heimsuchungen und die Stimmungen der Feinde Buch führt, sagen, daß es gut sei, und wird jenen zum Munde sprechen, die da gern im Schweiße ihres Angesichts ihr Brot essen möchten, wenn sie sicher wären, daß sie es auch kriegen, von Butter gar nicht zu reden und auf Fleisch verzichtet man sowieso.

Die Schalek und der einfache Mann

Zwischen der Schalek, die an der Tiroler Front empfindliche Rückschläge erlitten hat und nachdem es ihr gelungen war in einen Teil unserer Schützengräben einzudringen, gleich darauf wieder hinausgeworfen wurde, ja einmal auch knapp vor unseren Artilleriestellungen einen strategischen Rückzug antreten mußte, zwischen der Schalek und einem dort beschäftigten Kanonier hatte sich ein Dialog entsponnen. Sie wollte hinausgehen, dort wo der einfache Mann ist, der namenlos ist, und fragte den Kanonier, dessen Aufgabe es ist, am Mörser den (im Hinterland jetzt raren) Spagat anzuziehen, was für Empfindungen er dabei habe. Der einfache Mann an der Front verstand nicht. Da wollte die Schalek wissen, was für Erkenntnisse er habe. Auch dies verstand der einfache Mann nicht, der nur so viel verstand, daß eine Frau die Frage an ihn richtete, wiewohl er nicht verstand, wie das möglich sei. Er sah die Schalek an und schwieg betroffen. Da sagte die Schalek: »Ich meine, was Sie sich dabei denken, wenn Sie den Mörser abfeuern, Sie müssen sich doch etwas dabei denken, also was denken Sie sich dabei?« Da verstand der einfache Mann, der namenlos ist, und sagte die Worte: »Gar nix!« Da wandte sich die Schalek enttäuscht, und ging weiter die Front ab. Der einfache Mann aber wurde strafweise nicht genannt.

Das ist mein Wien, die Stadt der Lieder

Das Witzblatt, dessen fachlicher Humor die so zeitgemäße Verbindung von Dreck und Feuer ist, bringt von einem seiner Handwerker eine Karikatur der Königin von Rumänien und von einem seiner Mundwerker den Text dazu:

»Ich lasse mich grundsätzlich mit Lilien photographieren. Die geben einen prachtvollen Kontrast zu meinem politischen und s e x u a l e n L e b e n.«

Keine Hundspeitsche würde sich auf solches Niveau herablassen wollen. Das muß auch der einfachste Mann an der Front zugeben, dem bis dahin die Unterscheidung von Humor und Niedrigkeit noch nicht in allen Fällen geglückt wäre. Denn die Gemeinheit besteht nicht in ihr selbst, sondern in der Bereitschaft, sie auszusprechen, wenn es infolge einer politischen Wendung erlaubt ist und die Neutralität eines Staates die Beschmutzung seiner Königin nicht mehr verbietet. * Man kann getrost, ohne die Gefahr ihn bezahlen zu müssen, einen Preis auf die Zustandebringung eines ähnlichen Motivs aus einem feindlichen Witzblatt setzen, und hätte es kein Hindernis des Geschmacks und der Scham je geachtet, um seinen Haß zu illustrieren. Auf uns bleibt sitzen, was wir uns angetan haben. Mit diesem Odium beladen, werden wir dereinst wieder vor die Welt treten, und die Unschuldigen unter uns sollen büßen, daß sie es ertragen haben. * Daß sie die wehrlosen Ortsgenossen dieser Schande gewesen sind! Diese ehrvergessene Stadt, die die Auswucherung ihres heiligen Schubert durch Operettenkonsortien zuläßt und unterstützt und schon darum allein Pest und Bomben verdient hat; die einem leichenphotographierenden Weib in den Konzertsaal nachläuft und es zwar schicklich findet, daß die »alleinstehende Frau« an die Isonzofront, aber unschicklich, daß sie ins Kaffeehaus geht; die ihre Zahlkellner, ihre wahrsten Kulturrepräsentanten beauftragt, in der Epoche der Truppentransporte den Mangel an »Herrenbegleitung« zu beanstanden – dieses Wien ist offenbar von einem Dämon dazu verdammt worden, nicht unterzugehen, sondern im Gegenteil täglich sich selbst zu ertragen, sich hören zu müssen, sich sehen zu müssen, und die bitterste aller Schickungen durchzuhalten – sein eigenes Dasein!

Trophäen

Kriegslieferant

wünscht bis zirka 2,000.000 Kronen für alte Kunstgegenstände bar anzulegen und kauft vorwiegend: 1. alte Gemälde (holländ., französ., englische und Alt-Wiener Schule); 2. Miniaturen 16. bis 19. Jahrh., Aquarelle und Pastelle; 3. alte Kupfer- und Farbenstiche; 4. Autographen, alte Stamm- und Wappenbücher, Zeichnungen; 5. altes Porzellan, Bronzen, Antiquitäten, Kunstmöbel, Gobelins, Dosen, etc. Nur echte

S t ü c k e erwünscht. O f f e r t e (auch a. d. Provinz) erbeten und sofortige Erledigung. Anträge unter »Kunstsammlung Nr. 914« an die Expedition dieses Blattes.

Ist es da nicht immer noch tröstlicher, daß Kunstschätze durch Fliegerbomben zugrundegehen? Die Bombe will ein Arsenal treffen und weiß nicht, daß sie einen Tiepolo erreichen wird. Der Kriegslieferant bedient das Arsenal und weiß, daß er dafür den Tiepolo kriegt. Wenn man der aufgeschwungenen Menschheit am 1. August 1914 diese Annonce im Licht eines Riesenscheinwerfers als die Erfüllung ihres Glaubens hätte vorführen können! Ich sah sie im Traum.

Zeichen und Wunder

Es war die Zeit der großen Weltwende und der Götze Ben Tieber, der einzige, dem Macht gegeben war über den Moloch, gebot über Leben und Tod. Da trat einer vor ihn hin, der war ein Sänger des Krieges, und sprach: Rette mich. Du allein entscheidest, ob ich leben werde oder sterben oder dem Aussatz verfallen und schwärenden Wunden. Ben Tieber aber sprach: Bleibe bei mir und du sollst es gut haben. Und machte ihn zum Dramaturgen für »Urschula!« Und er mußte nicht mehr und blieb, und sang über den Krieg. Dann ging wieder einer umher, der sagte, er wolle. Denn es sei katholisch, zu leiden, wenn die andern leiden, und mochten sie auch sagen: Siehe, auch dieser muß, wiewohl er betagt ist und schreiben kann, so sagte er, er müsse, weil der spiritus über ihn gekommen sei, der ihm gesagt habe. Gehe hin, wo die andern sind. Da kam einer, der mächtig war, aber nicht mächtig wie Ben Tieber, aber auch mächtig. Der war Herr über dem ganzen Spiritus im Lande und sagte zu jenem: Siehe, du machst dir Gedanken, aber mein Wort ist wie die Tat. Und machte ihn in derselben Stunde zu seinem Sekretär und enthob ihn zu sich empor und hatte Freude an Bildern und dieser riet ihm zu kaufen. Viele gingen umher und sagten, sie seien unentbehrlich wie jene, aber man glaubte ihnen nicht und hielt sie für falsche Propheten. Siehe, sprachen sie, sind wir nicht wie der dort, wir aber müssen und er darf? Sie aber wollten daheim bleiben, denn ihr Herz war verzagt. Andere blieben daheim und waren verkleidet als Kriegsknechte. Überall hatten sie schon ihr Gold und ihr Geschmeide zusammengetragen und ihr kupfernes Gerät und ihr Gerät aus Messing. Sie wollten dafür Brot haben, aber man gab ihnen Eisen und es war eine schwere Zeit. Da gingen sie hin und zerrissen ihre Papiere und machten aus zwei Kronen zwei, aber es half ihnen nicht. Es waren aber Sänger und Spielleute, die sangen zum Herzen des Volks und in sein Ohr und erheiterten jene, die darbten, denn ihnen ward die Gabe gegeben, einen Reim zu finden von Souper auf Separee oder gar auf Tetate. Des verwunderte sich das Volk, sie aßen nicht und freuten sich der Verheißung, und gaben Zins den Spielleuten und diese wurden begütert, obschon sie früher nichts gehabt hatten und nicht gehabt hatten Brot auf Hosen. Jetzt aber gewannen sie Schätze und das Volk schmeichelte ihnen, wie sie geschmeichelt hatten dem Volk und fand Gefallen an den Spielleuten und ließ sie gewähren viele hundertmal. Dieses begab sich, da viele durch das Schwert umkamen und viele sagten, daß jetzt Krieg sei, denn der Herr stritt für Israel wider seine Feinde und Neider. Am Morgen aber und am Abend hörten sie, wie einer ein großes Geschrei erhob und haderte mit den Feinden Israels und riet dem Volk, die Speisegesetze zu halten um Gotteswillen. Das Volk aber geriet in Zorn und wollte ihn steinigen, aber tat es doch nicht, sondern hörte zu, wie jener redete. Da geschah es, daß ein Zeichen am Himmel war, und sie erkannten, daß einer unter ihnen war, der das Wort des Herrn hatte. Der trat vor die Mächtigen und riet ihnen, wie sie das Volk leiten sollten, daß es nicht murre, denn es war ein Murren unter dem Volk. Und er sprach zu ihnen und riet ihnen, daß sie das Volk beschwichtigten, damit nicht Erhebungen im Volke wären. Da sprachen die Mächtigen, daß sie die Erhebungen pflegen wollten. Er aber sagte, daß eben dieses abzuwenden sei, denn der Herr habe ihm anvertraut, daß sie es nicht mehr tun sollten und nicht mehr Erhebungen pflegen sollten, wie sie gewohnt waren bis auf diesen Tag. Und er sprach, der Herr habe ihm auferlegt, es ihnen zu sagen, und daß es eine Eingebung sei, der es nicht geziemt zu widerstehen, den Amtleuten nicht und nicht den Landpflegern. Da traten sie zusammen und sprachen zu ihm: Mochen S' eine Eingabe!

Auf Fürbitte des heiligen Josef

Die ›Reichspost‹ hat das Verdienst, mich auf die Offerten jener, die unter Berufung auf ihre Militärfreiheit einheiraten möchten, aufmerksam gemacht zu haben. Worauf sie mich jedoch nicht aufmerksam gemacht hat, was ich vielmehr andernorts gefunden habe, ist ein Dokument, welches deutlich beweist, daß die Militärfreiheit vielfach nicht nur als Empfehlung zur Gründung eines ehelichen Hausstandes gewertet wird, was schließlich – wiewohl dieser Hausstand einer der ärgsten Übelstände ist – manches für sich hat, sondern daß die Ehrlichkeit der Auffassung in diesen Dingen auch zum Glaubensbekenntnis jener Kreise gehört, die keine vollkommenen Freidenker sind. Aus dem tragischen Konflikt, in dem sich die klerikale Presse zwischen einem Patriotismus befindet, der mit dem ehrwürdigen Kernstock die Feinde dreschen möchte und »aus Welschlandfrüchtchen blutroten Wein zu pressen« empfiehlt, und der päpstlichen Meinung, nach der der Krieg eine »ehrlose Menschenschlächterei« ist, hilft ihr vielleicht das Beispiel einer Offenherzigkeit, die das Dreschen gewiß gern hat, aber nicht selbst dabei sein möchte:

In der Wiener Monatsschrift »Der Sendbote des heiligen Josef« lesen wir auf Seite 27 des ersten Heftes von 1916 unter ». . . Der Fürbitte des heiligen Josef und dem Gebet der Vereinsmitglieder werden folgende Anliegen empfohlen«, unter anderem: um Befreiung vom Militär, baldige Heimkehr und Befreiung vom Militär u. s. w.« Und auf Seite 28: »Öffentlicher Dank dem heiligen Josef für schnelle auffallende Hilfe in Militärangelegenheiten« und weiter auf Seite 70: »Ich und meine beiden Töchter hielten eine Novene, und was niemand geglaubt hätte, geschah: mein Vertrauen wurde belohnt, und mein Sohn ging frei.«

Was vielleicht doch jenem Klerikalismus, der in einer mißverstehenden Fortsetzung des alten »Weihwedel und Säbel«-Motivs der Verbindung von Weihrauch und giftigen Gasen das Wort spricht, zu denken geben und die ›Reichspost‹ bestimmen wird, von der Benagelung eines »Kernstock in Eisen« abzustehen. Wozu Schlachtgebete, wenn der heilige Josef es einem richten kann?

Tell sagt

England ist nicht bedroht, keine Hand streckt sich nach seinem Besitze aus, und nie ist von Deutschland gefordert worden, was dem britischen Reiche gehört. England ist Angreifer und nicht Verteidiger. Tell sagt, jeder geht an sein Geschäft und meines ist der Mord.

Dieses höchst israelitische Komma, das eine indirekte Rede als direkte einleitet, ist hier geradezu der Ausgangspunkt zu einer Katastrophe. Man muß sich das von einer schmalzigen Zunge nur so hingewälzt vorstellen. Meines ist der Mord, das heißt, nicht meines, sondern seines, das heißt nicht seines, sondern Tells, das heißt nicht Tells, sondern Englands. Aber was heißt Englands? England ist Angreifer und nicht Verteidiger. Tell sagt, er ist Verteidiger und nicht Angreifer. Denn er sagt doch, die armen Kindlein, die unschuldigen, das treue Weib muß ich vor deiner Wut beschützen, Landvogt. Wenn England Tell wär', wär' Deutschland Geßler, während wir doch bisher gelernt haben, England ist Geßler und Deutschland ist Tell. England sagt, es will jeden, der an sein Geschäft geht, morden. Also ist England nicht Tell. Tell sagt, ich lebte still und harmlos, du hast aus meinem Frieden mich herausgeschreckt. Also ist England nicht Tell, sondern konträr Geßler. Tell sagt, in pures Drachengift hast du die Milch der frommen Denkart mir verwandelt. Das ist Verderbtheit. Also ist nicht England Tell, sondern konträr Deutschland. Tell sagt, entränn' er jetzo kraftlos meinen Händen, ich habe keinen zweiten zu versenden. Also könnte zwar wegen Munitionsmangel in England England Tell sein, aber das weitere stimmt wieder nicht, wo er sagt, an euch nur denkt er, liebe Kinder, euch zu verteid'gen, eure holde Unschuld zu schützen vor der Rache des Tyrannen, will er zum Morde jetzt den Bogen spannen. Und außerdem sagt Tell, gilt es das Herz des Todfeinds, der mich will verderben, und was die Vorbereitung betrifft, sagt er, mein ganzes Leben lang hab' ich den Bogen gehandhabt, mich geübt nach Schützenregel, während England doch erst den Militarismus nachholen muß und sich darum mit Schmach bedeckt vor Europa. Wie stehts aber mit dem Geschäft? Tell sagt, hier geht der sorgenvolle Kaufmann, der düstre Räuber und der heitre Spielmann, womit er vielleicht auf die Armeelieferanten und auf Edmund Eysler anspielen will, denn jede Straße führt ans End' der Welt, also nach dem Orient und sie alle ziehen ihres Weges fort an ihr Geschäft und meines ist der Mord. Tell sagt mit Bedauern, jeder geht an sein Geschäft, nur ausgerechnet er nicht, Tell mordet keinen, der an sein Geschäft geht, sondern den Geßler, der jeden, der an sein Geschäft geht, mordet. Also ist England nicht Tell, denn England mordet jeden, der an sein Geschäft geht, sondern Geßler. Wenn also Tell sagt, so meint er anders, und in Wirklichkeit stellt sich die Situation so dar, Deutschland ist der sorgenvolle Kaufmann, der, man kann sich vorstellen, ruhig an sein Geschäft geht, und England ist Geßler, während die Rolle des Wilhelm Tell teilweise unbesetzt bleiben muß, da doch England mordet und nicht Deutschland und Deutschland gegen die Tyrannei aufsteht, aber nicht England. Englands Geschäft ist nicht der Mord, sondern der Mord ist sein Geschäft. Deutschland sagt, es kann der Frömmste nicht im Frieden bleiben, wenn es dem bösen Nachbar nicht gefällt. England macht seine Rechnung, und Tell sagt, mach deine Rechnung mit dem Himmel, Vogt. England ist nicht bedroht. Tell sagt, noch lebt ein Gott, zu strafen und zu rächen. Hier fällt uns das Wörtchen »noch« auf und das Auge bohrt sich hinein in den Tell-Monolog und jetzt werden sie zu hören bekommen und der Schrecken breitet sich aus und Attinghausen hat gesagt, seid einig. Woraus auch für den Laien klar hervorgeht, welche Verwirrung entsteht, wenn Tell sagt und Benedikt schreibt, und wie wenig man auf die Tellsage geben kann, die höchstens wert ist, unter dem Titel verlautbart zu werden: Voraussichtliches Kommen Geßlers durch die hohle Gasse und unbestätigte Gerüchte über den bevorstehenden Heldentod Geßlers durch Tell bei Küßnacht und Hineinwerfen in den Vierwaldstättersee, und mit dem Untertitel: In den heutigen Schweizer Blättern.

Mit der Uhr in der Hand

Berlin, 22. September. Das Wolffsche Bureau meldet: Eines unserer Unterseeboote hat am 17. September im Mittelmeer einen vollbesetzten feindlichen Truppentransportdampfer versenkt. Das Schiff sank innerhalb 43 Sekunden.

Dies ist das Aug in Aug der Technik mit dem Tod. Krieger, Freunde blutiger Entscheidung, Anhänger des Wunsches, daß der Tapferkeit Anteil gebühre an der Macht, müßten aufstehen und sagen, diese Möglichkeit liege ihnen fern, es sei nicht das Richtige, es sei selbst dem Schlachtengott, der aus der Maschine kommt, kein Opfer, nur der Maschine. Wohl, hier ist die Entwicklung in der Sackgasse. Wenn der Menschengeist so weit kam, Mörser zu bauen, um vor ihrer Wirkung wieder unter die Erde zu kriechen, wenn er Riesen konstruiert hat, um mit der Uhr in der Hand zuzuschauen, wie die der Zwerg überwältigt – dann zeigt die Uhr dreizehn und es ist Zeit, zur Ruhe zu gehen. Überschlafen wir's. Sonst sitzt uns eines Tages ein kriegsuntauglicher Ingenieur am Bureautisch und gibt zur Verbesserung des Agios oder wie der unselige Vorteil sonst heißt, durch einen Druck auf den Taster zu verstehen, daß jetzt eine Festung in die Luft fliegen wird. Ihr geht an dieser Möglichkeit zugrunde und umsomehr, wenn der Apparat vom Zinsfuß bedient wird, und ganz und gar, wenn ihr die unselige Verbindung noch mit dem alten Ideal verbindet und das Ding Glorie nennt!

Januar 1917

Hiobsposten

Verschlechterung der Währung in Italien.
Die Kohlenteuerung in Frankreich.
Das »Anstellen« in Rußland.
Eröffnung einer deutschen Schule in Warschau.

Glück

(Ein neuer Rembrandt in Wiener Privatbesitz.) Während des Krieges ist ein interessantes kleines Kunstwerk in Wiener Privatbesitz gekommen. Es handelt sich, wie Gustav Glück im jüngsten Hefte der bei der Gesellschaft für vervielfältigende Kunst in Wien erscheinenden Zeitschrift ›Die graphischen Künste‹ berichtet, um nichts Geringeres, als um eine vortreffliche und wohlerhaltene Jugendarbeit Rembrandts, ein kleines Ölgemälde, das seine Mutter, Neeltgen Willemsdochter van Zuytbrouck vorstellt, die ihm und seinen Schülern so oft in dieser frühen Zeit als Modell gedient hat. Ein preußischer Reserveoffizier hat das Bildchen durch einen Zufall auf dem Kriegsschauplatze in Kortrijk in Belgien entdeckt, brachte es nach Berlin, und von hier kam es durch den Münchener Kunsthandel in den Besitz eines der feinsinnigsten unter den jüngeren Sammlern Wiens, des Herrn Oskar Bondy. Es ist ein Brustbild der alten Frau in ovaler Form, das das eigentliche Original etwa eines halben Dutzend von Wiederholungen und Kopien dieses Kopfes zu sein scheint. Aus dem Studium dieser Wiederholungen hat Hofsteede de Groot schon früher geschlossen, daß ihnen ein eigenhändiges Vorbild von ovaler Form zugrunde gelegen haben muß, eine Vermutung, die durch die Auffindung unseres Bildchens zur Gewißheit geworden ist. Denn die Ausführung hier ist von einer solchen Frische, hat soviel von der Unmittelbarkeit der Naturbeobachtung, daß an der Eigenhändigkeit kaum gezweifelt werden kann.

Nein, an der Eigenhändigkeit (der Ausführung) kann nicht gezweifelt werden, und es geht nichts über einen glücklichen Zufall. Irgendwo im düstersten Belgien – was hat nur ein Rembrandt in Belgien zu suchen, der ja doch nach Berlin gehört – ist es einem Kunsthistoriker geglückt und ein anderer kann bereits darüber berichten. Der Rembrandt ist entdeckt und der Bondy ist feinsinnig und Krieg ist Krieg. Was nur der ehemalige Besitzer in Kortrijk, der sicher keine Ahnung hatte, welchen Schatz er in der Rumpelkammer beherbergte, zu der Entdeckung sagen mag? Am Ende ist er glücklich, wenn man ihm als Entschädigung Kochs Kolossalgemälde »Die große Zeit« oder das noch größere von Vogel bietet. An jenem – im Schaufenster eines Möbelgeschäfts am Kärntnerring, welches sich bescheidenerweise eine Niederlage nennt, jedoch in Wahrheit ein Sieg ist – gehe ich öfter vorbei. Aber ich sehe mir nicht das Bild an, weil mir die große Zeit doch nicht dürftig genug ist, um nach solchen Schinken Verlangen zu tragen und solchem Koch dankbar zu sein, sondern nur die Individuen, die bewundernd davor stehen und wirklich wie Menschen aussehen. Würde man ihnen den in Belgien entdeckten Rembrandt hinhängen, so würden sie vielleicht zugeben, daß das Bild zum Mitnehmen sei, aber die kunsthistorische Mühe nicht begreiflich finden. Ich hinwiederum würde einen von mir entdeckten Koch liegen lassen, natürlich nicht weil Eigentum Eigentum ist – Krieg ist Krieg –, sondern weil ich im Gegenteil der Ansicht wäre, daß mir das Bild gestohlen werden kann.

Schön brav sein, Wotan

Dieses geschah Ecke Naglergasse und Haarhof.

»Schön brav sein, Wotan, und sitzenbleiben!« sagte der gutgekleidete junge Mann und sah scheu nach den Vorübergehenden, ob sie etwa Verdacht schöpften. Wer kümmert sich drum, wenn einem Hund befohlen wird, daß er sich nicht rühren soll? – Der Neufundländer blickte seinen

Herrn aus den restlos gutmütigen Augen traurig an, bettelte noch ein wenig mit der Pfote, fügte sich aber, als sein Brotherr strenge Miene machte. Er saß aufrecht, knapp neben dem Eckstein, während der Gebieter rasch im Dunkel des Haarhofes verschwand. Um sieben abends war das.

Um zehn Uhr nachts saß er noch immer dort ... Auch um zwei Uhr morgens traf ich ihn auf der selben Stelle – – – – –

Der Mitleidige, der es gesehen, sich entfernt und darüber geschrieben hat, dürfte kein erheblich bedeutenderer Ehrenmann sein als der »Brotherr«, der es aufgab Herr zu sein, weil er kein Brot mehr hatte. Da er's aber doch wohl noch für sich selbst hatte, dürfte er ein Schuft sein. Das war er aber wohl schon, als er den armen Hund besaß und ihn Wotan nannte. Wenn so etwas nicht möglich wäre, wären vielleicht nie die Umstände eingetreten, die zu solch infamem Abschied geführt haben, der wohl der schimpflichste Verrat ist, welcher je an der Treue begangen wurde, von einem Kerl, der sicher auf das Durchhalten stolz ist und die Nibelungentreue über alle andern menschlichen Eigenschaften setzen dürfte. Es wird sich schon herausstellen: Je weniger Walhalla, desto mehr Brot für Wotan.

Ein Unhold

[Wüllner liest »Tristan und Isolde«.] Er saß in dem weiß und grünen Sessel eines kleinen Raumes, eine Hand an der Stirn, in der andern das Buch und summte das Lied des jungen Seemannes, mit dem die Oper beginnt. Ringsum saßen zwanzig Damen und Herren, dort oben in der kleinen Kohlmarktwohnung, die er bald mit seiner Stimme sprengte ... Diesen ersten Akt nahm Wüllner beim Schopfe und riß und schüttelte ihn, daß der Oper selbst Hören und Sehen vergangen wäre .... und sammelte seine Zuhörer, die in der Pause plauderten, durch die leise hingesummten Töne des Hirten von Kareol auf die anmutigste Art; es war rührend, stolz und bescheiden .... bis er, im prachtvoll metallenen Tone, die ganze Handlung endlich in die Worte zusammenriß: Wehre dich, Melot! ...

Und ich der Landgraf komm' zu so was nicht! – Hätte ich gesagt, wenn er Tannhäuser geschüttelt hätte. So kann ich nur sagen: Wehre dich, Melot! Aber im Ernst: unter allen Podiumkrakehlern, denen seit Strakosch das Publikum, einfach aus reklamegeleiteter Dummheit, zugelaufen ist, dürfte dieser rhapsodisch erwärmte Gymnasialprofessor der uninteressanteste sein. Man sollte es nicht für möglich halten; aber selbst die Entlarvung einer

Nichtpersönlichkeit bei Rampenlicht hat dieser Wüllnerei kein Ende gemacht. Man würde doch glauben, daß der König Lear – ein Ober-Medizinalrat, der nicht ausstudieren wollte, in hohem Alter einen psychiatrischen Kurs durchgemacht und sich dabei die Paranoia zugezogen hat – allein genügen würde, um auch alle Rezitationsversuche zu einer ungetrübten Quelle der Heiterkeit zu machen; daß selbst wenn ein Sonnenthal nie gelebt hätte, das Abhüpfen dieses Doktors, der nach dem »sa, sa, sa, sa!« noch mit Fistelstimme die Worte draufgibt: »Ich bin ein Keenig, ich bin ein Keenig, ein Keenig, ein Keenig, ein Keenig –«, eine ehedem theaterkundige Stadt so zum Lachen bringen müßte, daß der Unhold auf dem Podium nicht mehr den Mut zu Brusttönen fände. Oder die Wahrnehmung, daß er Shakespearesche Metaphern mit Gesten unterstützt, z. B. die von den Augen, die »wie Kannen« gebraucht werden, »des Herbstes Staub zu löschen«, mit einer Handbewegung, die ein gründliches Löschen garantiert. Ich habe mich von Wüllner-Rezitationen ferngehalten, weil ich einiges von Vortragswirkung zu verstehen glaube, die Nichtwirkung wie einen Krampf spüre und fürchten müßte, durch eine Explosion den Kunstgenuß des Publikums zu stören; mache aber kein Hehl daraus, daß ich schon im ersten Zwischenakt der »Lear«-Aufführung durch einen kräftigen Zischlaut das Urteil von Publikum und Presse in die richtige Bahn gelenkt und dem Andenken Sonnenthals jenen Respekt erstattet habe, den eine theaterfremde Galerie durch jähe Wüllner-Begeisterung verletzt hat. In die kleine Kohlmarktwohnung, die, wenn nicht alles trügt, das Buen Retiro jenes weltläufigen Heller ist, bin ich nicht zu bringen. Doch habe ich natürlich nichts dagegen, daß Wüllners Stimme sie sprengt.

Der Untergang der Verité

Der Untergang der »Verité«

»Die Franzosen haben neuerdings ein großes Kriegsschiff eingebüßt. Aus neutraler Quelle kommt die Nachricht, daß das Linienschiff ›Verité‹ in der Nähe von Malta torpediert worden sei .... ›Liberté‹ ist noch im Frieden im Hafen von Toulon an einer Pulverkammerexplosion zugrundegegangen ....«

»Ein deutscher Funkspruch vom heutigen Tage behauptet, daß das französische Linienschiff ›Verité‹ – – Die Nachricht ist unwahr. Die ›Verité‹ befindet sich gegenwärtig – – Es ist ihr nicht das Geringste zugestoßen ....«

Ist also die Verité untergegangen oder ist sie untergegangen? Seitdem sie en marche ist, kann man das nie so genau wissen. Ist sie's, so ist sie's nicht; ist sie's aber nicht, so ist sie's. Nach dem bekannten Muster, wonach ein Kreter mit der Behauptung, daß alle Kreter lügen, Eulen nach Athen trug. Man lebt so weiter, zwischen Wolff und Havas, gewarnt und umgarnt. Die Verité kommt aus Lugano via Stockholm über Petersburg in Berlin zustande, wird in Bern dementiert und in Amsterdam von einem Gewährsmann in Kopenhagen bestätigt. Nichts ist sicher außer diesem: die Liberté ist schon im Frieden untergegangen.

Die Fibel der Erwachsenen

... Da Erzherzogin Zita noch eine holdselige kleine Prinzessin war, bat sie sich eine Nähmaschine aus, um für die Armen nähen zu dürfen, und wenn sie auf ihren Spaziergängen Kinder traf, die weinend wegen Arzt und Medizin für die kranken Eltern herumirrten, eilte Prinzessin Zita ins Schloss zurück, Hilfe für die Darbenden zu erbitten ....

Daß Kinder weinend »wegen« Arzt und Medizin für die kranken Eltern »herumirren«, dürfte eine typische Erscheinung des Lebens auf der Dorfstraße sein. Ei sieh, naht dort nicht ein Bettelkind? Natürlich wieder eines, das wegen Arzt und Medizin herumirrt. Aber schon ist Hilfe da. »Und wisset ihr auch, wer die edle Helferin war? Wir wissen es.« Aber es wäre doch die höchste, die allerhöchste Zeit, daß man den für Popularität besorgten Schmöcken Beine macht, wenn sie wegen edler Züge für einen Lebenslauf herumirren. Mit der Fibel geht's ja zur Not, aber die Zeitung ist doch ein zu unappetitlicher Behelf für Legenden.

April 1917

Ein Mann in phantastischer Uniform, gravitätisch den Bürgersteig auf- und abgehend

[Eine Straßenszene.] Gestern abend erregte in der Kärntnerstraße ein Irrsinniger großes Aufsehen. In eine phantastische Uniform gekleidet, die Brust mit unmöglichen Orden behängt, ging er gravitätisch den Bürgersteig auf und ab. Auf dem Kopf hatte er eine Marinemütze; im Arm hielt er eine lange Pistole kleinsten Kalibers nach Art der Kinderpistolen mit einem aufgepflanzten Bajonett und durch die Tasche gesteckt trug er eine »Waffe«, die die Mitte zwischen einem Gletscherbeil und einem »Fokos« hielt. Der Mann wurde schließlich von einem Sicherheitswachmann angehalten und zur Beobachtung seines Geisteszustandes der psychiatrischen Station übergeben.

Mit der Verbreitung solcher Versionen sollte man seit dem »Irrsinnigen auf dem Einspännergaul« vorsichtig sein. Man kann nie wissen, ob nicht ein Symbol dahintersteckt und der Mann, der gravitätisch den Bürgersteig oder sagen wir feierlich das Trottoir auf- und abging, nicht ein verkappter Präceptor Germaniae war. Wenn jeder Vorläufer des Weltuntergangs eine Straßenszene provozieren wollte, hätten die Sicherheitswachmänner viel zu tun. Phantastischer als ein weiblicher Kriegsberichterstatter kann der Fall nicht gewirkt haben und ich selbst habe schon Uniformen auf dem Bürgersteig der Kärntnerstraße gesehen, über die ich mich kaum beruhigt haben würde, wenn ich nicht unschwer einen stadtbekannten Zivilisten darin erkannt hätte, als der er denn auch am andern Tag wieder hervorkam. Überhaupt – die Bürger, die dort steigen! Da ist so ein Irrsinniger, der einmal mit dem tragischen Karneval Ernst macht, schon eine recht spassige Abwechslung. Der arme Teufel hat so viel mit dem Krieg zu schaffen wie etwa der kostümierte Hans Müller; nur daß eben der eine auf die psychiatrische Station, der andere auf die Münchner Hofbühne kommt. Ich wette die Tantièmen der »Könige«, daß der Dichter von der Kärntnerstraße tiefer am Schicksal des Menschentums beteiligt ist als der schlichte Feldgraue, der sie verdient.

Keine Schweißfüße mehr!

Diese entschiedene Absage an die Umwelt; dieses furchtbare Quos ego!, mit dem ein Neptun feindliche Winde beschwichtigt; dieses vernehmliche Never more!, Jamais! und Lasciate ogni speranza, voi ch' entrate; diese aber auch für den Inländer trostlose Eröffnung, die ihm klipp und klar besagt, daß in einer Zeit, in der so vieles nicht mehr zu haben ist, auch dieser Artikel bald ausgehen wird – ist eine Annonce. Die häufigste und beliebteste, deren man in der Welt der Generalanzeiger des Weltuntergangs ansichtig wird. »Fußwohl« ist das liebenswürdige Pendant: ein Kavalier vom Scheitel bis zur Sohle zeigt stolz, wie diese beschaffen sein muß und daß sie ihm über den Kopf gewachsen ist. Er hat ausgesorgt und von seinem Gesicht kann auch der Fernstehende ablesen, daß es das nicht mehr gibt! Aber daß es das nicht mehr gibt und immer wieder nicht mehr gibt – gibt es das noch irgendwo? Dieses fortwährende Versprechen, dieses Gelübde der Enthaltung von einer Eigenschaft, die sich seit jenem Canossagang wie eine ewige Krankheit fortgeerbt hat? Nein, es klingt zu stolz, um auf Buße hinzudeuten. Es muß eine Drohung sein. Der Welt die Stirn bietend, kann man ihr keinen ärgeren Tort antun als ihr zuzurufen: »Ihr habt euch getäuscht. Es gibt keine Schweißfüße mehr!« Aber wie die Welt schon ist, abgehärtet in Entbehrungen, da es über Nacht wahr geworden ist, daß man einen Bissen Brot wie einen Bissen Brot braucht, denkt sie: »Auch das noch? Es wird zu ertragen sein.« Und hält's am Ende gar für eine romantische Geste, für Bluff, für die Übertreibung eines Gerüchtes, wie es in bewegten Zeiten entstehen mag, jedenfalls für eine authentische Nachricht des Wolff-Büros und antwortet: »Uns macht man nichts vor. Es *gibt* noch Schweißfüße!«

Das kann in England nicht ohne Eindruck bleiben

Welcher Satz wird am längsten durchgehalten haben? Welchen haben wir täglich, abendlich gehört, vom ersten Tag an bis zum letzten, ohne Unterbrechung, immer mit dem Tonfall des aufgeregten Bankrotteurs, der uns Stumpfe damit beruhigen will, daß der andere auch nichts zu lachen hat? Die Kriegsjahre schlichen dahin, wir welkten, wir hatten Habe und Hoffnung verloren – der Satz war uns erhalten:

»*Das kann in England nicht ohne Eindruck bleiben.*«

Nein, noch ist uns das letzte Vertrauen geblieben, das in die Tragweite des Wortes. Von diesem Wort muß die Welt endlich bewegt werden, es hieße das Grauen ins Unvorstellbare steigern, wenn nicht plötzlich eines Tages jene dort das, was wir ausgehalten haben, unerträglich fänden und riefen: »Ihr Ärmsten müßt täglich, abendlich einen Satz hören, der euch an Nahrungsstatt gegeben wird, aber so zum Halse herauswuchs, daß wir es endlich merken und nachgeben, weil *wir* diesen Ton *nicht* auszuhalten vermögen!« So werden sie sprechen und jenner wird es erreicht haben und es wird wieder Ruh sein. Denn es kommt in allen Dingen darauf an, wer es länger aushält. Und wenn es an jedem Morgen seit

Kriegsbeginn im Gemäuer der Entente zu rieseln beginnt und sich jeden Abend bereits ein Rückschlag auf die Stimmungen zeigen muß, so braucht man nur nicht locker zu lassen, und die dort werden sich verflucht umsehn. Denn das kann in England nicht ohne Eindruck bleiben!

Papierknappheit in Österreich

Das unerwartete, letzte, einzige Glück, das uns beschieden sein konnte, das der Papierknappheit in Österreich, wird von dem größten Vergeuder zu einer Proklamation an seine Leser mißbraucht, in der er Gottseidank mitteilt, daß die Neue Freie Presse »von diesen Maßregeln besonders hart getroffen« ist.

Jede Verkürzung des Textes ist für die »Neue Freie Presse« sehr empfindlich.

Die vielen »und«, die so viel Papier verbraucht haben, sind ohnedies schon eingeschränkt und nun kommen neue Entbehrungen. Wahrscheinlich wird das fünffache Vorbeten einer Nachricht im Abendblatt auf das vierfache reduziert werden müssen. Trotzdem soll nicht gemurrt, nur etwas sparsamer gemauschelt werden. Nur selten habe er den Lesern »von den Opfern und Sorgen, die der Krieg unserem Blatte auferlegt«, gesprochen.

An den Tagen, an denen mancher Kummer uns aufs Herz fiel, haben wir dennoch die vaterländische Pflicht erfüllt, eine Stütze der Zuversicht zu sein, den inneren Glauben auf das Publikum zu übertragen und den Feinden, welche die »Neue Freie Presse« auch im Krieg sorgfältig lesen, die Ungebrochenheit unseres Mutes selbst in den schwierigsten Augenblikken zu beweisen.

Wenn das wahr wäre, wenn die Feinde wirklich die Neue Freie Presse auch im Krieg sorgfältig lesen würden, wenn ihre Zensur wirklich so streng wäre, ihnen das zu erlauben, während unsere uns den ›Matin‹ verbietet, so brauchten sie keine Lügen mehr über uns zu erfinden und ihr Hohngelächter der Hölle würde ihnen jeden Entschluß zu einem Trommelfeuer lähmen und das Wort »Nebbich« in sämtliche Sprachen Europas Eingang finden. Nun aber folgt das Versprechen, daß »der Dienst des Blattes im Wesen unverändert« bleiben wird. Denn »die Beschränkung unserer Arbeit kann nicht verfügt werden und wird nicht stattfinden«.

Wenn ich der Staat wäre, würde ich dem Auswurf der Menschheit zeigen, was alles verfügt werden kann, um die Menschheit von ihrem Auswurf zu reinigen, und nur mir selbst etwas Papier gewähren, um es zu besorgen.

Ich stoß dir die Augen aus!

– – Ein derartiger Fall von Kutscherroheit wird uns in der folgenden Zuschrift mitgeteilt. Es heißt darin: »Ein überschwer mit Baumstämmen beladener, für eine Fabrik in der Laxenburgerstraße bestimmter Wagen blieb in der genannten Straße in der Nähe der Troststraße im Kot stecken. Dafür rächte sich der Kutscher dadurch, daß er unter dem Ruf ›Ich stoß dir die Augen aus!‹ mit der Spitze des Peitschenstockes das eine der Pferde wiederholt in das Auge stieß. Mit welchem Erfolge er dieses Verfahren an den ihm unterstellten Tieren schon früher in Anwendung gebracht hat, ließ die leere Augenhöhle des zweiten Pferdes vermuten. Ich habe den Vorfall, um dessen Bekanntgabe ich Sie im Interesse der Abstellung derartiger Unglaublichkeiten höflichst bitte, dem Tierschutzverein zur Anzeige gebracht. Für die buchstäbliche Wahrheit des Vorfalles verbürgt sich hochachtungsvoll Dr. Heinrich Röttinger, Kustos der Albertina.« Der Militärkommandant von Berlin hat kürzlich eine strenge Verwarnung gegen derartige Tierquäler ergehen lassen und hat darauf hingewiesen, daß die Pferde, welche doch zumeist »Kriegsgut« ziehen, mit der größten Schonung behandelt werden müßten. Auch bei uns hat die Sicherheitswache den Auftrag, jede Mißhandlung von Tieren sofort abzustellen und gegen Tierquäler mit der Anzeige vorzugehen. Wie der vorliegende Fall zeigt, erwecken Tiere auch das Mitgefühl des Publikums und dessen dankenswertes Eingreifen zum Schutz der Tiere.

In Berlin werden die Pferde geschont, weil sie zumeist Kriegsgut ziehen, was schon an und für sich einer schonenden Behandlung gleichkommt; in Wien erwecken sie das Mitgefühl des Publikums und dessen dankenswertes Eingreifen in Form von Beschwerden, die ja insoweit einen tierfreundlichen Effekt haben, als sie für die Katz' sind. Das noch dankenswertere Eingreifen, daß man nämlich den Kutscher auf der Stelle mit demselben Peitschenstock, nicht etwa Aug' um Auge, sondern so behandelt, daß er tot liegen bleibt, ist nicht zu erwarten. Daß die, welche tatlos solcher Tat assistieren, vermehrte Blutschuld auf sich nehmen, spürt hier keiner. Dieser Mangel an Vehemenz, der letzten Endes doch ein Mangel an Verantwortungsgefühl ist, fühlt sich geborgen unter einer obrigkeitlichen Gerechtigkeit, deren Gewissen durch eine einzige unbefugte Prostituierte noch immer leichter in Wallung kommt als durch hundert professionsmäßige Pferdeschinder. Wohl dem, der einst die Frage des höchsten Richters: »Wohin zuständig?« mit einem unbefangenen »Nach Wien!« wird beantworten können, ohne sich der Zeugenschaft gräßlichster Tierkämpfe anklagen zu müssen! Das leere Auge des Pferdes wartet irgendwo auf die Bestie, der Tiere »unterstellt« waren, doch es wird auch jene bleich machen, die hienieden nur so viel Mitleid hatten, um Akten und nicht Taten zu bewirken. Ein Peitschenstock aber ist unterwegs, um ein Auge des Gesetzes auszustoßen, das sehen und nicht erstarren konnte!

Ein Bild

[Frecher Taschendiebstahl im Eisenbahnzug.] Aus Budapest wird uns gemeldet: In dem heute früh hier eingetroffenen Marchegger Personenzug sind während der Nacht der Generaldirektor Alexander Elek und der Direktor der Lederfabrik Alexander Krieger die Opfer eines frechen Diebstahls geworden. Die beiden Herren hatten in einem Abteil erster Klasse Platz genommen. Noch vor der ungarischen Grenze kam ein Offizier in das Coupé, der sich den Herren als Honvedhauptmann und Kämmerer Baron Eugen Farkas vorstellte. Ein Ordonnanzfeldwebel brachte dem Offizier, der auch mehrere Auszeichnungen auf der Brust trug, ein paar Handkoffer nach, in denen sich, wie der Offizier seinen Reisegefährten mitteilte, Aktenstücke befanden.

Was jetzt a tempo geschehen wird, ist die gerechte Strafe für den Genuß, mit einem Honvedhauptmann, Kämmerer und Baron reden zu dürfen.

Der Hauptmann verwickelte die beiden Herren in ein Gespräch. Schließlich nahm er aus einer Handtasche eine Likörflasche heraus und wartete den beiden Coupégenossen auf. Diese schlummerten gleich, nachdem sie von dem Likör genossen hatten, ein.

Das ist fast biblisch. Ein unvergeßliches Bild, wie sie einschlummerten, namentlich Elek, nachdem er von dem Weine genossen hatte. Gleich wird es geschehn. Aber kein noch so frecher Diebstahl kann für den Anblick schlummernder Generaldirektoren – offenen Mundes – entschädigen. Hinabgetaucht in das Unbewußte, nicht bis zwei zählen könnend, liegen sie da.

Kurz vor Neusiedl erwachte Elek. Er zog instinktiv seine Brieftasche hervor und bemerkte, daß 1200 K aus derselben fehlten. Er weckte nun auch den Direktor Krieger und dieser konstatierte einen Abgang von 5000 K. Der Hauptmann saß noch auf seinem Platze und schien ruhig zu schlummern. Die beiden Herren weckten ihn und erklärten, daß der ihn begleitende Feldwebel sie bestohlen haben müsse . . . .

So weckte einer den andern, aber es bleibt unvergeßlich wie Elek instinktiv seine Brieftasche hervorzieht. Es dürfte die letzte Instinkthandlung sein, deren Elek fähig ist. Nun waren alle schon munter und es stellte sich alsbald heraus, daß der Kämmerer nur ein Einschleicher war. Elek und Krieger haben den Verlust von einer Illusion und K 6200 zu beklagen, und man hört förmlich, wie die Lokomotive zwischen Wien und Budapest vor Wut schnaubt: Hat man schon so eine Frechheit erlebt, kommt sich herein ins Coupé, für nix und wieder nix, jetzt zahlt man sogar schon, wenn ein anderer kein Baron is, das hat die Welt nicht gesehn! Wenn die Welt aber nach meinem Gefühl lebte, so würde sie unbewegt, wenn nicht schadenfroh, an solcher Verlustliste solcher Krieger und Generaldirektoren vorbeilesen und mit einer Watschen ins empörte Presseantlitz sich von den Enttäuschungen erster Klasse den Reiseabenteuern zuwenden, die jetzt die Menschheit im Viehwagen erlebt.

Was sich am Ende der Zeit begab

Als man dem Wiener zeigte, daß die Uhr abgelaufen sei, nahm er sie in den Mund. Nachdem dieses geschehen war, erfolgte die feierliche Eröffnung eines Kaffeehauses, woselbst viel Glorie geboten ward und ein Programmzettel verteilt wurde, auf dem das Folgende stand:

»Warschauer Einzug 1915«.
Patriotisches Marsch-Tongemälde von Willy Kleinberg
Erläuterung und Text zum Trio:

Unsere und die mit uns treu verbündeten Helden-Truppen des Deutschen Reiches erstürmen unter dem Donner der Geschütze, Hurrah rufend, Warschau und ziehen mit klingendem Spiele von verschiedenen Seiten ein.

Unter Führung ihrer siegreichen Feldherren singen sie beim Einmarsche folgendes selbst verfaßtes Marschlied:

Mit Gott ist es gelungen,
Warschau ist vom Feind befreit,
Die Russen sind bezwungen:
Polen frei für alle Zeit!

Des Deutschen Reiches Heere
Haben sich mit unsrer Macht vereint!
Die Bundestreu' zur Lehre
Diene warnend jedem Feind!

Die vom Russenjoche erlöste Bevölkerung jubelt den Einziehenden stürmisch entgegen, wobei verschiedene patriotische Weisen und die Volkshymnen der verbündeten Sieger erklingen.

»Krantz-Marsch«.
Mit unterlegtem Text von
Willy Kleinberg

Zur Verfolgung des Textes nach der Musik wird der Beginn derselben durch Gesang von der Kapelle angegeben.

Hochgeehrte Fremde und auch Wiener hier herin!
Mit Herrn Krantz als Hausherrn wir Sie herzlichst begrüßen,
Hier im Café Krantz, der Zierde unsres schönen Wien,
Soll Gemütlichkeit die Gäste immer umschließen!

Diese Pracht zu schaffen haben eifrig sich bestrebt:
Herr Zelesny mit Herrn Matuschek und Herr Seifert,
Von Gemütlichkeit und Freude sei der Kranz gewebt,
Alle haben mit vereinter Kraft wettgeeifert.

Und auch die Baßgeig'
Begrüßet so minnig,
Mit uns so innig,
Alle die lieben Gäst'!
Doch auch die Pauke
Pochet vom Herzen,
Weg alle Schmerzen,
So – recht – fest!

Dann erst die Fiedel
Ei wie die singet,
Lieblich sie klinget,
Spielend zum Tanz;
Unter dem Kleinberg,
Wenn auch symphonisch,
Immer harmonisch,
Klingt es »Hoch« im Krantz!

Hochgeehrte Fremde und auch Wiener hier herin! Es war immer unser Privileg vor den andern Nationen, nicht zu wissen, was wir mit dem angebrochenen Abend anfangen sollen, und es dann doch zu wissen. Nun ist aber der Abend schon so sehr angebrochen, daß wir's vielleicht bald doch nicht wissen werden. Selbst der Wienerin, bei der es bekanntlich im Blute liegt und wallt drin jederzeit, wird bereits so zumute, daß man es nicht mehr »wurlet«, sondern geradezu »entrisch« nennen könnte. Fast fühlte man sich versucht, sie zu fragen, ob sie zu Nacht gebetet habe Desdemona. Mit dem Fremdenverkehr wird's ja doch nichts mehr. Wir sollten uns – wir Wiener hier herin, viel sind's ja auch nicht mehr – auf solche Experimente nicht einlassen. Wenn Hamlet meint, sie spaßten nur, mordeten nur im Spaße, so haben wir ja gewiß das Zeug, noch im

Mord zu spaßen. Wie jener alte Artist bei Offenbach, der das Feuerfressen nicht aufgeben kann und der nachts in die Küche schleicht, so lugen wir auf Leichenfeldern manchmal nach einem Fremdenverkehr aus und können es uns nicht versagen, die endlich herankommenden Hyänen zu wurzen. Aber wir sollten das Gebärdenspiel eines versunkenen Optimismus, diese animierten Totentänze endlich aufgeben. Weder die Baßgeig', die so minnig die lieben Gäst' begrüßet, noch der Grüßer in persona werden – Hand auf die Herzen – imstande sein, alle Schmerzen so – recht – fest wegzupochen. Ich würde uns etwas von einer Tugend empfehlen, von der ich geglaubt hätte, daß wir sie uns für die schlechten Zeiten aufgespart haben, weil wir sie in den guten nie verausgabt hatten: Würde. Endlichen Verzicht auf die Lebensansicht, die durch einen unterseebootgefährdeten Ozean immer noch ein Narrenschiff des Männergesangvereins hindurchfretten möchte! Ich habe es gut gemeint. Ich achte das Streben Matuscheks. Kleinberg, ich weiß, wenn auch symphonisch, bleibt immer in Einklang mit den Idealen. Ich habe viele gekränkt. Ich verzeihe allen. Ich denke einen langen Schlaf zu tun, denn dieser letzten Jahre Qual war groß. Sorgt, daß, solange der Radetzkys tönt, sie nicht durch einen Krantz-Marsch mich erwecken.

Mai 1917

Vor Abgang des Zugs

Eine Unterredung mit dem deutschen Reichskanzler.

Äußerungen über das Bündnis zwischen Deutschland und Österreich-Ungarn anläßlich der Friedensaktion.

Von unserem Berliner Korrespondenten.

Berlin, 3. Januar.

Der Zufall, der manchmal der beste Freund des Journalisten ist, brachte es mit sich, daß Ihr Korrespondent dieser Tage gerade auf einem Bahnhofe sich befand, als der Reichskanzler dort erschien, um einen Zug zu besteigen.

Da der Zufall diesmal seine Sache besonders gut machen wollte, führte er auch eine Verzögerung in der Abfahrt dieses Zuges herbei.

Der Reichskanzler, der auf dem Bahnsteige wartete, hatte die Güte, Ihren Korrespondenten ins Gespräch zu ziehen.

Eine Unterredung mit Herrn v. Bethmann Hollweg ist ein hoher Genuß.

Dieser Staatsmann, der wenn er im Reichstage das Wort ergreift, so ernst erscheint, entfaltet im Gespräch eine gewinnende Liebenswürdigkeit.

Geist und eine feine Kultur geben sich in manchen Bemerkungen kund, und die Einfachheit der Formen des Reichskanzlers nimmt der Unterhaltung jeden Zwang.

Ihr Korrespondent konnte unter anderm auf Grund persönlicher Wahrnehmungen berichten, eine wie große Verehrung und wie aufrichtige Sympathien auch in Österreich-Ungarn dem gegenwärtigen deutschen Reichskanzler entgegengebracht werden und welche tiefe Nachwirkung auch hier manche der Reden gefunden, die er seit Beginn des Krieges im deutschen Reichstage gehalten hat.

Dies gab Herrn v. Bethmann Hollweg den Anlaß, sich auch über das Bündnis zwischen Deutschland und Österreich-Ungarn zu äußern, und er tat dies in so schönen und warmen Worten, daß Ihr Korrespondent darauf hinwies, wie unrecht es sein würde, dem Publikum in Österreich-Ungarn solche Äußerungen vorzuenthalten, und daß er sich die Erlaubnis erbat, diesen Teil des Gespräches der Öffentlichkeit übergeben zu dürfen.

Sehr richtig, und die Gedanken des Herrn Paul Goldmann, dessen Anwesenheit auf einem Bahnhof ebenso berechenbar ist, wie eine Zugsverspätung und der dem Zufall höchstens seine Geburt zu danken hat, werden nun von den Gedanken des Herrn v. Bethmann Hollweg abgelöst, die genau so wie jene in Aphorismenform gesetzt erscheinen.

Die Erlaubnis wurde freundlichst gewährt, und so darf denn Ihr Korrespondent folgende Aussprüche des deutschen Reichskanzlers über das Bündnis zwischen Deutschland und Österreich-Ungarn Ihnen übermitteln:

»Wir haben«, so sagte Herr v. Bethmann Hollweg, »im Verein mit unseren Bundesgenossen das Unsere getan, um der Welt weiteres Blutvergießen zu ersparen.

Wenn das neue Jahr uns dem Frieden noch nicht näher gebracht hat, so ist es die Schuld unserer Feinde.

Wie bisher ist Entschlossenheit und Siegesgewißheit unsere Parole.

Was noch kommen mag, es kann nur dazu führen, daß wir mit unseren Bundesgenossen noch fester aneinander rücken.

Deutschland und Österreich-Ungarn haben in diesen Kriegsjahren in einem Erleben von ungeheurer Wucht und gigantischen Maßen bis auf den Grund erkannt, was sie einander sind und für alle Zukunft sein werden.

Unser Bündnis hat sich als der eherne Fels erwiesen, an dem jeder Ansturm zerbricht.

So wird es auch im neuen Jahr bleiben.
Es weht ein jugendfrischer Geist durch Österreich-Ungarn.
Er wird zu weiteren Erfolgen und zum endlichen Siege führen.«

Zum Schlusse gewinnen die Aussprüche, ehedem goldene Worte, die aber für Eisen gegeben wurden, eine fast seherische Kraft. Besonders tief ist der Gedanke: »So wird es auch im neuen Jahr bleiben.« Knapp hingesetzt und doch wuchtig. Nun stelle sich der Leser, dessen Einbildungskraft an jener Stelle des Blattes so oft massiert wird, die Situation vor. Der Reichskanzler will den Zug besteigen und statt des Gepäckträgers ist Herr Paul Goldmann da. Rings Leute, die Kußhände werfen: »Also – alles Gute!« »Glückliche Reise!« »Pah!« »Grüß mir die Fanny!« Aber das sind beiweitem keine so abgebrauchten Redensarten wie die, welche Herr v. Bethmann Hollweg zum Coupéfenster hinaussprechen muß. Der Schaffner ruft schon: »Letzte Phrase zum Schnellzug nach Wien!« »Bitte den Gemeinplatz einzunehmen!« Bethmann Hollweg aber muß, ohne die geringste Beziehung auf die Situation im Coupé, versichern, daß wir noch fester aneinanderrücken werden. Die Nervenruhe, die fünf Minuten vor Abgang des Zugs so gemessen und absatzweise das Tiefste einem Reporter diktieren kann, ist, zumal bei den heutigen Verkehrsverhältnissen, erstaunlich. Im Frieden freilich hätten wieder die Zwischenrufe der Eßwarenverkäufer gestört. Denn der Zusammenklang auf einem Berliner Bahnsteig ist noch denkbar:

»So wird es auch im neuen Jahr bleiben.«
»Zeitungen, Reiselektüre, lustige, fliegende Blätta –!«

Aber dies Durcheinander ist zum Glück heute unmöglich:

»Er wird zu weiteren Erfolgen und zum endlichen Siege führen.«
»Belegte Brötchen!«

Und auch dieses:

»Es weht ein jugendfrischer Geist durch Österreich-Ungarn.«
»Bier jefällig!«

Das letzte Rätsel

(»Die Rose von Stambul«) wurde gestern im Theater a. d. Wien zum hundertsten Male aufgeführt. Die Stimmung war ausgezeichnet, es gab Blumen und Hervorrufe für den Komponisten, für die Autoren und für die Darsteller. Ein neues Duett: »Geh, sag doch Schnucki zu mir«, ist sowohl im Text als auch in der Komposition so populär erdacht, daß man es nicht begreift, warum gerade diese reizende Tanzkomposition durch die Weglassung jedweden Tanzes ihre Wirkung nicht noch mehr erhöhen durfte.

Ja, daß an dem Abend fünfzig blind wurden und hundert lahm – das begreift man noch. Aber wenn einer schon will, daß sie Schnucki zu ihm sagt, er verlangt es ausdrücklich, sie ist nicht abgeneigt, alles wartet, no jetzt wern sie doch anfangen zu tanzen, und sie tanzen nicht – no da muß man denn doch sagen: Und dazu hat man drei Jahr Weltkrieg geführt? . . . Pscht, ich will nicht prophezeien, aber ich glaube, der Wiener – hat vom jüngsten Tag nichts zu fürchten. »Na und was habt ihr denn damals gemacht?« wird die Frage lauten. »Mir?« »Ja, ihr!« »Mir ham an Schampas trunken – a Bier dazu, an Wein!« »Und sonst nichts?« Der Wiener beginnt zu lallen und bringt nur das Wort »Der Marischka!« hervor. Die Anwesenden packt ein Grauen. Sie fliehen. Der Wiener lallt: »Geh, sag doch Schnucki zu mir«. Er holt den damals unterlassenen Tanz nach. Er wird infolgedessen mit nassen Fetzen zurück auf die Erde gejagt. Die Hölle würde sich den Gestank ausbitten.

Oktober 1917

Na und ihr zwee beede?

sagte einst der König von Sachsen zu zwei Würdenträgern, die noch auf eine Ansprache warteten, bei einer offiziellen Gelegenheit. Dies aber ist mein Standpunkt den zwei deutschen Gelehrten gegenüber, die sich heute meiner Beachtung empfehlen. Der Professor der protestantischen Theologie D. Seeberg nämlich soll in einer Kundgebung für einen »deutschen Frieden« – im Zirkus Busch – gesagt haben:

Im Westen: Longwy und Briey. Und die vlämische Küste wird nicht wieder herausgegeben. (Dröhnender Beifall) Im Osten die bekannte Festungslinie, die Ostpreußen nie mehr bedrohen darf, muß in irgendeiner Form in unsrer Hand bleiben. (Lebhafter Beifall) Kurland und das Stück von Litauen wird nicht wieder herausgegeben! (Donnernder Beifall) Verbunden sind mit Kurland Livland und Esthland. Dort flattert die Notflagge. Da müssen wir helfen!

Und der Professor von Gruber in einer Münchner Versammlung:

Eine Versöhnung Frankreichs durch Güte ist unmöglich. Wir müssen Frankreich so ohnmächtig machen, daß es niemals wieder angreifen kann. Dazu ist notwendig, daß unsre Westgrenze weiter vorgeschoben wird, die nordfranzösischen Erzlager müssen uns zufallen. Das ehemalige Belgien darf militärisch, politisch und wirtschaftlich nicht mehr aus der Hand gelassen werden. Wir brauchen ein großes afrikanisches Kolonialreich. Um dieses sicher zu stellen, benötigen wir Flottenstützpunkte. Eine unerläßliche Bedingung ist die Vertreibung Englands aus dem Mittelmeer, aus Gibraltar, Malta, Cypern, Aegypten und seinen neuen Eroberungen im Mittelmeer. Dazu käme natürlich eine Kriegsentschädigung, namentlich in der Weise, daß die Feinde gezwungen würden, einen erheblichen Teil ihrer Handelsflotte uns zur Verfügung zu stellen, uns Gold, Nahrungsmittel und Rohstoffe zu liefern.

Wenn auch Deutschland stolz sein mag, daß es zwei solche Kerle hat, so dürfte sich doch allmählich die Anschauung durchsetzen, daß ihm nicht so sehr durch Erweiterung seiner Grenzen als durch Kastrierung seiner Gelehrten zu helfen wäre. Wenn man bedenkt, wie viel ehrenhafte Hörer solcher von einem blutigen Semestralrausch befallenen Vollbärte bereits aus dem Leben relegiert sind und wie ein solches Kollegium noch immer keinen andern Ehrgeiz kennt, als den Ausfall durch die Promotion von Feldherren zu Ehrendoktoren wettzumachen, so wird man eine Prozedur, deren Anwendung ich in Friedenszeiten auf Literarhistoriker beschränkt wissen wollte und die Deutschland vor der Fakultät sämtlicher Fakultäten bewahren könnte, keineswegs zu grausam finden. Na und ihr zwee beede?

Von den Sterbemitteln

Aus der Berliner ›Papier-Zeitung‹:

In **Sterbehemden** aus **Papier**
bitte ich um äußerstes
bemustertes Angebot
Paul Gade, Frankfurt a. O.
Forststraße 1

Wohl, das Sterbehemd der Menschheit ist aus Papier.

Eine Quelle der Verjüngung

In neutraler Gegend war zu lesen:

(Wolff.) – – die das Menschenmaterial, die Rohstoffe und die Betriebsmittel in der ökonomischsten Weise zur Erreichung der höchsten Leistungen ausnützten. Ja, man kann sagen: ein halbes Jahrhundert wurde in der Wirtschaftsordnung durch den Krieg übersprungen. Seine Lehren werden für Deutschland und seine Wirtschaft zur Quelle der Verjüngung werden. Es sind Ersatzstoffe geschaffen worden, die dem deutschen Geiste und Fleiße zur höchsten Ehre gereichen. ... Eine planmäßige sparsame Verwertung aller Abfallstoffe hat eingesetzt. Der Mangel an Menschen und Rohstoffen wird das kriegserfahrene Deutschland niemals zu einem schimpflichen Frieden zwingen.

Als ich, des Glaubens voll, daß deutscher Geist die »Iphigenie« erschaffen habe, im Jahre 1917 eines Morgens in Berlin erwachte, brachte mir der Kellner deutschen Geist. Nämlich etwas Schwarzes und etwas Weißes, was zusammen etwas Braunes ergab. Daneben stand eine Spritze, aus der man etwas Süßes in das Braune spritzen konnte, wenn man wollte. Ich fragte den Kellner, was das alles zu bedeuten habe. Er sagte: Det is Jeist. Jeist, dachte ich, habe ich selbst. Ich bat ihn, mir als Ersatz etwas Kaffee, etwas Milch und etwas Zucker zu bringen. Dies alles sei alle, erwiderte er. Ich machte ihn auf die Meldung »Genügender Kaffeevorrat in Deutschland« aufmerksam sowie auf »Milchmangel in Frankreich« und »Stürmische Zuckernachfrage in England«. Er erwiderte, das seien falsche Vorstellungen, die aus strategischen Gründen längst aufgegeben seien. »Habt ihr Fleisch?« »Wir haben dafür Jeist.« »Und gibts denn wirklich keinen Kaffee?« »Nee!« »Auch keinen Tee?« »Nee!« »Also sagen Sie, wie das Ding, das Sie statt dessen haben, heißt.« »Wir haben Jeist!«

Aus dem Fenriswolff-Büro

Berlin, 11. Juli (Wolff) ... * Die deutschen Flieger belegten niemals offene Städte mit Bomben. Jede gegenteilige Behauptung ist eine Lüge .... Unsere Angriffe richten sich grundsätzlich nur gegen diese militärischen Ziele. Ortschaften, die im Operationsgebiet liegen und, wie Chalons, Epernay oder Amiens vom Gegner zu Etappenhauptorten allerersten Ranges ausgebaut werden, müssen es sich gefallen lassen, daß sie angegriffen werden .... Die Zuschauer gehören nicht auf das Schlachtfeld und nicht in das Operationsgebiet. Wer trotzdem dort bleibt, darf sich nicht beklagen, wenn er getroffen wird. Möge die französische Regierung die Bevölkerung aus dem Kriegsgebiet entfernen, oder ihre dem Nachschub und der Versorgung der Front dienenden Anlagen außerhalb der Ortschaften anlegen. *

Die Evakuierung der Festung London ist demnach ein Gebot der Menschlichkeit.

Deutscher Bildungshunger

Aus dem ›Börsenblatt für den deutschen Buchhandel‹:

Das Geschäft von Franz Michaelis ging im April 1915 an den langjährigen Leiter der Buchhandlung Ad. Krafft in Hermannstadt, Herrn Ernst Dück, über.

Hier mag auch ein Erlebnis Platz finden, das wir dem gegenwärtigen Besitzer nacherzählen: Weil er in militärpflichtigem Alter stand, mußte Dück beim Rumäneneinfall mit dem gesamten Personal flüchten. Einige Tage nach der Schlacht von Hermannstadt stand er vor seinem Geschäft; da trat ein preußischer Musketier an ihn heran und sagte: »Machen Se man uff, sonst schlagen mer Ihnen die Bude ein; wir Deutschen haben Hunger nach Büchern!« Aus Freude über diese Drohung und nicht aus Furcht folgte ihr Dück und hat seither viele deutsche Brüder mit deutschen Büchern versorgen können. Oft genug staunten die neuen Besucher, so fern vom deutschen Vaterlande Läden voll deutscher Bücher zu finden.

Was ist der Wiener Gruß »Lekmimoasch, i geh in den Volksbildungsverein!« für eine Halbheit neben diesem handfesten Beweis von Bildungshunger. Man beachte auch, wie der Musketier, nachdem er mit dem Buchladenbesitzer deutsch gesprochen hat, plötzlich hochdeutsch zu sprechen beginnt, wenn er seine Drohung begründet. Es ist eben immer derselbe Unterschied: die Feinde würden in heuchlerisch gebildeten Formen Einlaß in einen Buchladen erbitten, um dann den Besitzer zu ermorden, während der Deutsche sich mit der Miene des Wehrwolfs den Einlaß ertrotzt, um endlich wieder mal 'nen Otto Ernst lesen zu können, was den deutschen Sortimenter so zu Tränen rührt, daß er auf das deutsche Geld verzichtet und es dem deutschen Börsenblatt mitteilt.

Der deutsche Professor

Der Tabak und die Jugend. Von Prof. Molenaar (Darmstadt). Die ungeheure Qualmerei, wie sie jetzt nicht nur beim Heer – – Trotz aller Verbote des Generalkommandos sieht man allenthalben – – Es kann keinem Zweifel unterliegen, daß wir durch das unmäßige Rauchen im allgemeinen und das vorzeitige Qualmen der Jugendlichen im besonderen bis jetzt mindestens zwei Armeekorps in diesem Kriege eingebüßt haben – – Es ist erschreckend, wie viele Männer in verhältnismäßig jungen Jahren herzkrank sind und dadurch dem Heeresdienst, der Ehe und der Fortpflanzung entzogen werden – – Im Interesse unseres Heeresersatzes wäre ein gleiches Verbot auch bei uns dringend erwünscht – – Ob der Tabak im Kriege mehr nützt oder schadet, bleibe dahingestellt, so viel ist aber sicher, daß Hunderte, wenn nicht Tausende von Nichtrauchern die Strapazen des Felddienstes ebenso gut aushielten wie die Raucher (hat man doch auch Jahrtausende lang Krieg geführt, ohne den Tabak zu kennen), und daß hervorragende Heerführer, wie der Graf v. Haeseler, Conrad v. Hoetzendorf und Mackensen, ausgesprochene Tabakgegner sind.

Einer statistischen Berechnung zufolge soll sogar der Heeresdienst selbst für die Gesundheit noch nachteiligere Folgen haben als das Rauchen und durch ihn allein sollen schon über zwei Armeekorps der Ehe und der Fortpflanzung entzogen worden sein, was umso erschreckender ist, als diese doch hauptsächlich dem Heeresersatz, also der Beschaffung des Menschenmaterials zu dienen haben. Häufig wird aber im Krieg ein Rauchen, das geradezu die Dimensionen eines Qualmens annimmt und einfach nicht mehr auszuhalten ist, beobachtet, so daß es höchste Zeit wäre, ein Rauchverbot für die Schlachtfelder zu erlassen. Die daselbst akquirierten Herzkrankheiten sind deshalb erschreckend, weil durch sie so viele Männer in verhältnismäßig jungen Jahren dem Heeresdienst entzogen werden. Ob der Tabak bei Sturmangriffen mehr nützt oder schadet, bleibe dahingestellt. Auf das gute Beispiel, mit dem die Heerführer hier vorangehen, muß nachdrücklich hingewiesen werden. Allerdings gilt das Problem nur für spezifisch deutsche Verhältnisse. In Staaten für Nichtraucher bleibt die Kriegführung von solchen Erwägungen unbeeinflußt, hier gilt die Erfahrung, die die Menschheit in den Jahrtausenden gesammelt hat, in denen der Tabak unbekannt und das Kriegführen doch eine Passion war.

Ein Hochschulprofessor

Aus Zürich mitgebracht:

Elt für Elektrizität. Ein Hochschulprofessor schreibt uns: »Elt als Abkürzung für Elektrizität ist, wie wir aus verschiedenen Schriftstücken ersehen, neuerdings bei verschiedenen Aemtern üblich geworden. Man sagt nicht mehr »Elektrizitätswerk«, sondern kurz »Eltwerk«. Es kann nicht geleugnet werden, daß diese Abkürzung sich sehr bequem schreibt und spricht, man kann viel leichter Elt als Elektrizität sagen. Man probiere es nur einmal. Wenn man bei einer Unterhaltung zehn- oder zwölfmal Elektrizität sagen soll, fällt es einem schließlich schwer. Bei der Abkürzung Elt dagegen ist man zu einem an Buchstabenzahl genau gleich kurzen Wort gekommen wie beim Gas.«

Über den hätte sich Schopenhauer gefreut. Zumal wenn er den Weltkrieg und die Gleichzeitigkeit solchen Sprachdenkers erlebt hätte. Es ist zwar noch niemandem eingefallen, bei einer Unterhaltung zehn- oder zwölfmal Elektrizität zu sagen, aber Elt ist, wie nicht geleugnet werden kann, kürzer und nachweisbar um keinen Buchstaben länger als Gas. Wenn man es zehn- oder zwölfmal sagt, hat man umso mehr Buchstaben und Zeit gespart, was ja die Elt- und Gasersparnis wieder wettmachen könnte. Man probiere es nur einmal! Die Elektrizität geht aus und man verspürt einen Kurzschluß. Im Finstern kann man nicht unterscheiden, ob der Kerl ein Elektrotechniker ist oder nur ein Linguist.

Vom Glück

Über seine Fahrt mit der »Möwe« berichtete heute Graf Dohna-Schlodien vor Vertretern der Presse:

Auf Grund der eingegangenen Aufklärungsnachrichten hatte ich mir für meine Fahrt einen ziemlich genauen Plan gemacht. Ich hatte dann auch gleich am ersten Tage das Glück, einen großen Dampfer zu sichten. Es war dies, wie bereits bekannt, der Dampfer »Voltaire« . . . . ich ließ die Nacht vergehen, ehe ich mich an den »Voltaire« heranmachte . . . . später konnte ich dann den Dampfer unschädlich machen.

Ich kreuzte dann etwa zehn Tage im Nordatlantischen Ozean, konnte aber in den ersten drei Tagen kein weiteres Schiff sichten; später jedoch habe ich jeden Tag etwa einen Dampfer abtun können. Die Schiffe hatten sämtlich wertvolle Ladung, zum Teil Kriegsmaterial; eines von ihnen hatte eine Ladung von 1200 Pferden . . . .

Hui, wenn der Graf Dohna-Schlodien erst das Glück haben wird, statt vor Vertretern der Presse vor solchen der Ewigkeit den Tod von 1200 Pferden zu verantworten und plötzlich vor diesen zweimal so viel erstarrten Augen, aus denen Wasser strömen wird, zu stehen und zu bekennen, er habe es den Vertretern der Presse berichtet! Wenn sie sich an ihn heranmachen werden, die 1200 toten Pferde! Wie wird dem Mute da zumute sein!

Verwandlungen

Am 1. August 1914 hörte ich einen Ruf: »Immer feste rin in die Glorie!« Ich schämte mich, ein Nörgler zu sein, denn ich wußte damals schon ganz genau, daß die Zeit kommen werde für: »Außi möcht' i!« Nur war ich zugleich ein solcher Optimist, daß ich das Datum für die Äußerung dieses Wunsches, der sich schon am 1. August 1915 fühlbar machen mußte, auf den 1. August 1916 und nicht auf den 1. August 1917 festsetzte. In solchen Fällen läßt es sich aber nicht mit mathematischer, sondern nur mit apokalyptischer Genauigkeit arbeiten. Wo ich inzwischen die große Zeit angepackt habe, war sie interessant, und ihre schauerliche Kontrasthaftigkeit verbrannte den Märtyrern an den Fronten mehr das Herz als alle Flammenwerfer. Aber daß sie es in einem vermocht hat, einen Menschen wie Friedrich Adler, dessen Edelmut ausgereicht hätte, ein schuldiges Zeitalter zu begnadigen, zum Mörder und einen Menschen wie Moriz Benedikt zum Pair zu machen, das hätte selbst ich ihr nicht zugetraut. Nein, Waffentaten von heute, ob aus Pflicht oder aus Idee vollbracht, eben noch geeignet, in dem von jenem Unglücklichen verleugneten Sinn Schrecken zu erregen, sind nicht mehr imstande, in dem von ihm bejahten Sinn die »psychologische Voraussetzung einer künftigen Massenaktion« zu bilden. Denn der Mangel an Phantasie war die psychologische Voraussetzung der gegenwärtigen Massenaktion, deren fortwirkendem Kommando kein Gegenruf der Menschenwürde mehr antwortet, um die in Einzelschicksale aufgelöste Masse wieder zu sammeln. Es gibt keine Armbrust und keinen Tyrannen; es gibt Technik und Bürokraten. Es gibt nur den Knopf, auf den das Plutokratische drückt. Aber da ist kein verantwortliches Gesicht. Die Problemstellung: Demokratie – Autokratie trifft ins Leere, in das Vacuum der Zeit, das hier nur fühlbarer wird als im andern Europa. Autokratie als ein technischer Begriff: das könnte es sein.

Ein Ding, das nicht selbst, sondern von selbst gebietet. Und alle treibt das hohle Wort des Herrschers Zufall, der die Quantität regiert.

Mai 1918

Wir Deutschen begrüßen alle Versuche, dem Völkerrecht und der Menschlichkeit zum Siege zu verhelfen, mit Freude, wir lehnen es aber ab, uns übertölpeln zu lassen

Ich kann nur danken und bewahren. Nie wäre es mir gelungen, die welthistorische Physiognomie dieser verfolgenden Unschuld so herauszubringen.

Mit G.

* Der deutsche Kaiser hielt in der Tagliamentoebene eine Ansprache an brandenburgische Grenadiere. Er erinnerte an ihre Beteiligung an den Kämpfen in der Champagne und bei Verdun sowie an den Durchbruch bei Tarnopol. Er fuhr fort: Jetzt galt es Größeres, den Durchbruch der italienischen Front bei Flitsch und Tolmein, eine schwere Aufgabe angesichts des Hochgebirgsgeländes und der gewaltigen Abwehrmittel des Feindes. Der Kaiser sagte: Was nun erfolgte, lag so weit über alle Berechnung hinaus, daß hier eine höhere Macht als Menschenhand waltete. Der furchtbare Zusammenbruch des Gegners war ein Gottesgericht. Im weiteren Verlauf der Ansprache betonte der Kaiser den Verrat des ehemals verbündeten Italien und sagte: Auf unserer Seite kämpfen Gerechtigkeit, Treue und Wahrheit und setzen sich durch.

Manche Fromme, die es überlebten und die vielleicht scheuen, den Namen Gottes auszuschreiben, werden nachhause berichtet haben, daß der Durchbruch mit G. erfolgt sei. *

Der Praeceptor Germaniae

Berlin, 29. Jan. (Wolff) In einer Ansprache, die der Chef des Hauses Krupp, Dr. Krupp von Bohlen und Halbach, zur Feier des Geburtstages des Kaisers an seine Beamten und Arbeiter hielt, sagte er u. a.: »Nach der schnöden Abweisung unseres, in der Sicherheit des vollsten Kraftgefühles abgegebenen Friedensangebotes wußte das deutsche Volk zu Anfang des vorigen Jahres, daß das Schwert doppelt geschliffen und die Büchse doppelt geladen werden mußte. Das ist 1917 geschehen. Allerorten regte es sich in deutschen Landen, wie es noch nie vorher gesehen worden war. Gewaltige Bauten schossen wie Pilze aus dem Boden. Sie haben ja hier in Essen unsere gewaltigen Hindenburgwerkstätten vor Augen, die an Ausdehnung alle bisherigen bei weitem überragen. Die Schätze der Erde wurden gehoben, und wo unserer Gegner schadenfrohes Grinsen Mängel und Fehler zu wittern glaubte, häuften sich Lager und Bestände. So wurde aus millionenfachem Zusammenarbeiten Großes erreicht, das den Größten unseres Volkes als Pflicht und Ziel erschienen war – die Erfüllung des Hindenburgprogramms. Damit ist die Sicherung unserer kämpfenden Brüder durch Schild und Waffe selbst den Erzeugnissen der ganzen Welt gegenüber gewährleistet.«

Ganz abgesehen davon, daß der Deutsche beim Wort »Essen« Vorstellungen hat, die ihm der Gedanke an den Herrn Krupp doch nur sehr unvollständig befriedigt, und lieber schon sehen würde, daß aus dem deutschen Boden Pilze wie gewaltige Bauten schießen statt umgekehrt, wobei es aber anerkennenswert ist, daß ein geistiger Führer des Deutschtums, wenn er vergleichsweise sagt, daß etwas aus dem Boden schießt, doch noch an die Pilze denkt statt an die Maschinengewehre, die er erzeugt – ganz abgesehen davon muß man zugeben, daß dieser Cheff des Hauses Krupp wirklich das romantische Bedürfnis der deutschen Seele tadellos effektuiert. Daß er selbst der Erzeuger des doppelt geschliffenen Schwertes und der doppelt geladenen Büchse und somit an der schnöden Abweisung von Friedensangeboten einigermaßen interessiert ist, hindert ihn nicht nur nicht daran, den Feind zu verunglimpfen, sondern auch die Konkurrenz schlecht zu machen. Aber es geschieht immerhin in der Sprache, die der Auseinandersetzung moderner Mordindustrien den Charakter des Turniers wenigstens auf deutscher Seite sichert, wo man mit Schwert und Büchse, Schild und Waffe, also rechtschaffenen mittelalterlichen Erzeugnissen, ernst aber zuversichtlich den feindlichen Flammenwerfern, Gasgranaten und so Waren gegenübersteht und dennoch leistungsfähig bleibt.

Die Adresse

Daß mir nach dreimonatiger Abwesenheit die Tobsucht der Zeit als ein brüllender Berg von Briefen und Drucksorten und jeglicher durch meine Entfernung rebellisch gewordener Dummheit den Weg zum Schreibtisch versperrt, ist schließlich in der Natur der mich umgebenden Dinge begründet. Daß tausend Menschenhände arbeiten, tausend Füße laufen mußten, damit dieses aussichtslose Nichts aus tausend Gehirnen meine Einsicht in die schlechte Ökonomie unseres Lebens vermehre, nehme ich als unabwendbar hin. Daß mit Exh. Nr. 6027 ad Erlaß des k. u. k. Kriegsministeriums Präs. Nr. 20692 v. 1917 die Verwaltung des Kaiserhuldigungswerkes der k. u. k. Luftfahrtruppe, die im Einvernehmen mit dem k. u. k. Kriegsarchiv eine Huldigung für Seine Majestät in der Weise ins Leben gerufen hat, daß die Leistungen der k. u. k. Luftfahrtruppe in einem Kaiserhuldigungswerke, welches Seiner Majestät vorgelegt wird, für ewige Zeiten – für ewige Zeiten! – festgehalten werden, durch welches Werk eine Würdigung der Leistungen der k. u. k. Luftfahrtruppe im In- und neutralen Auslande bezweckt wird, also an die Firma Karl Kraus das höfliche Ersuchen ergehen läßt, diese Kaiserhuldigungsaktion gleich den anderen maßgebenden Industrieunternehmungen gütigst fördern zu wollen, die beigefaltete Subskriptionsliste Nr. 16786 wieder anherzusenden und u. a. zur Kenntnis zu nehmen, daß die Namen der Subskribenten der Ausgabe 1 zum Preise von K 500 pro Stück in dem Seiner Majestät zu überreichenden Kaiserhuldigungswerke verewigt werden, und daß also die Verwaltung wirklich einen Augenblick glaubt, daß die Firma Karl Kraus nicht zögern werde – es sei! All dies ist gut, natürlich und begreiflich. Warum aber die Schriftleitung des täglich in einer Auflage von 120000 Stück erscheinenden Düsseldorfer General-Anzeigers mir mitteilt, daß dieser ab 1. Januar 1918 den Titel »Düsseldorfer Nachrichten« führen wird, während hingegen alle übrigen Einrichtungen, namentlich die redaktionelle Richtung, das Format und die Erscheinungsweise unverändert bleiben, daß die Telegrammadresse vom 1. Januar 1918 ab »Nachrichten Düsseldorf« lautet, während die Postschließfach- und Fernsprechnummern wie bisher bestehen bleiben – ich habe über die Sache in der letzten Zeit viel nachgedacht, es interessiert mich, beschäftigt mich angelegentlich, aber ich weiß nicht, welches Merkmal meines geistigen Wesens meine Empfänglichkeit den Leuten in Düsseldorf verraten haben mag, und das allein verdrießt mich. Wohl weiß ich, daß der Urgrund all dieses Verdrusses die Mechanik eines Adreßkatalogs ist. Aber diese Erkenntnis eben fördert den Verdruß. Die Summe von Beleidigung, die mir das Bewußtsein meiner Zeitgenossen täglich zufügt, wiegt nichts neben den Zumutungen des blinden Registers. Wenn es mir schon nicht gelingt, in die Literaturgeschichte zu kommen, so habe ich wenigstens den Lehmann gebeten, mich zu löschen. Er tat es. Ich bin keine Wiener Adresse mehr. Das ist der erste Schritt zum Erfolg. Jetzt gilt es das Telefonbuch. Hierauf: wie sage ichs dem »Kürschner«? Doch »immer höher muß ich steigen, immer weiter muß ich schauen«. Mich treibt der höchste Ehrgeiz: das Loch im Register der Welt zu sein!

Das kann man nicht oft genug hören!

1. Spalte:

Anerkennung des Kaisers für den Grafen Czernin.

Für den Ausbau und die Vertiefung der Bündnispolitik.

— — — seine Anerkennung für den konsequenten Ausbau und die Vertiefung der Bündnispolitik ausgesprochen.

2. Spalte:

Der große Sieg und die Anerkennung für den Grafen Czernin.

Konsequenter Ausbau und Vertiefung der Bündnispolitik.

— — die Anerkennung für den Ausbau und für die Vertiefung der Bündnispolitik ausgesprochen. — — Das ist Ausbau und Vertiefung der Bündnispolitik — —

— — — konnte er . . das Bewußtsein haben, daß auch er durch den Ausbau und die Vertiefung der Bündnispolitik — — leise angedeutet in der Depesche des Kaisers Karl an den Kaiser Wilhelm. Du hast in selbstloser Sachlichkeit, telegraphiert Kaiser Karl, meinem Oberbefehl eine Reihe Deiner prächtigen Divisionen zur Verfügung gestellt. Selbstlos und sachlich hat er seine Truppen nach dem Süden geschickt — — Weil dies geschehen ist, konnte dem Grafen Czernin nachgerühmt werden,

3. Spalte:

daß er das Bündnis ausgebaut und vertieft habe.

— — Das Bündnis . . mußte auch in diesen Fragen ausgebaut und vertieft werden. — — Graf Czernin hat sich . . nicht hindern lassen, das Bündnis mit Deutschland auszubauen und zu vertiefen — —

– – – Das Bündnis, dessen Ausbau und Vertiefung retten die Menschheit.

Die zu dem Heil, das ihr widerfahren ist, auch das noch anhören darf!

Ei-Ersatz Dottofix

wenn er uns nichts gebracht hätte, der Krieg, als das und außerdem »Hausmacher-Eiernudeln« – so war er nicht zu führen! Ja, hätte doch ein Antidämon am 31. Juli 1914 (oder schon etwas früher) dem Grafen Berchtold und dem Bethmann Hollweg zugeflüstert: Ei-Ersatz Dottofix! Sie hätten's nicht getan, bei Gott, sie hätten's nicht getan. Und gar mancher wäre auch durch die rechtzeitige Warnung »Tor, was beginnst du, du wirst zwar Prestige, aber keine Colgate-Rasiercrême haben einst!« dazu gebracht worden, es lieber mit einer Entspannung zu versuchen. Jetzt haben sie nur zwischen Ei-Ersatz Dottofix und Eier-Ersatz aus Schlemmkreide mit Backpulver die Wahl und wenn sie jenem nicht trauen und Zahnpulver-Ersatz nicht essen wollen, so bleiben ihnen nur die Hausmacher-Eiernudeln. Und darum Räuber und Mörder! Das Blut von zehn Millionen Toten – das konnte sich keiner vorstellen. Aber vielleicht hätte es genügt, das Zauberwort auszusprechen: Die Schuhbandeln werden ausgehen! »Ja was hat denn der Schlachtenruhm mit Schuhbandeln zu tun?« Also die Zündhölzchen werden alle sein! »Nicht doch: was haben denn Zündhölzchen mit unserer artilleristischen Überlegenheit zu schaffen?« So hätte denn gesagt werden müssen, was wir haben werden. Ach, die losgelassene Maschinenbestie wäre still gestanden, wenn einer Phantasie und Mut genug besessen hätte, vom Belt bis Banjaluka einen Ruf wie Donnerhall brausen zu lassen: Ei-Ersatz Dottofix!

Getreide aus der Ukraine

»Wie der Vizepräsident der Wiener Börse für landwirtschaftliche Produkte, M. Kohn, in der ›Neuen Freien Presse‹ vom 14. Februar berichtet, wird in den nächsten Tagen eine Gesellschaft mit beschränkter Haftung gegründet sein, die das Getreide in der Ukraine aufkaufen und nach Sulina und Braila senden will.«

Man weiß nicht, welche Getreidevorräte in der Ukraine überschüssig sind. Man weiß nicht, ob die Bauern in der Ukraine ihr Getreide werden schnell verkaufen wollen. Man weiß nicht, ob das Tauwetter die Straßen der Ukraine nicht in Moräste verwandeln wird. Man weiß nicht, ob es Bahnen in der Ukraine gibt. Man weiß nicht, ob die Anschlüsse an diese Bahnen in der Ukraine hergestellt werden können. Man weiß nicht, wer in der Ukraine über die Häfen des Schwarzen Meeres verfügt. Man weiß nicht, wer über wen in der Ukraine gesiegt hat. Man weiß nicht, ob die Regierung in der Ukraine, die den Frieden geschlossen hat, in der Ukraine regiert oder schon getötet ist. Man weiß nicht, ob man die Ukraine, mit der man Frieden geschlossen hat, nicht wird erobern müssen. Man weiß nicht, ob das Getreide in der Ukraine noch vorhanden ist. Man weiß nur, daß die Ukraine durch ihren Getreidereichtum bekannt ist und daß am Tage nach dem Friedensschluß mit der Ukraine Herr Kohn eine Gesellschaft mit beschränkter Haftung gegründet hat, um das Getreide in der Ukraine aufzukaufen und aus der Ukraine herauszubringen, was aus der Ukraine herauszubringen ist, damit wir doch Getreide aus der Ukraine bekommen.

Der Tritt ins Leben

[Das Jubiläum der Brotkarte.] Morgen werden es drei Jahre sein, daß die Brot- und Mehlkarte i n s L e b e n t r a t. . . .

Vor dem Einschlafen der Welt

»– – Durch die Einkreisungspolitik König Eduards ward der Traum der Koalitionen zur Wirklichkeit. Dem englischen Imperialismus stand das aufstrebende, erstarkende Deutsche Reich im Wege. In der französischen Revanchesucht und im russischen Expansivstreben fand dieser britische Imperialismus – –«

Nicht von Bethmann, auch nicht von Michaelis, sondern von Hertling und seinen Nachfolgern. Es war einmal ein Märchen, das währte schon tausendundeine Nacht. Aber nun ist's schon weiter, und so geht es weiter, immer weiter bis zum jüngsten Tag, und die Friedensbedingung wird sein, es ihnen ins Gesicht sagen zu dürfen. Da war also der englische Imperialismus und die französische Revanchesucht und das russische Expansivstreben, und da gingen sie denn hin und nahmen Bomben und warfen sie auf Nürnberg. Und so ist es gekommen. Und dann trat noch die italienische Treulosigkeit hinzu. Und nun will Amerika aus Reklamesucht nicht zurückbleiben.

Was es gibt

Über eine entsetzliche Lehrlingsmißhandlung hatte gestern das Bezirksgericht Döbling zu urteilen. Der Schmiedemeister Anton Ecker war da der Angeklagte. Im Dezember vorigen Jahres fiel der schwächliche und geistig zurückgebliebene Lehrling Johann M. bei der Arbeit vor Erschöpfung zusammen. »Du bist ein Faulenzer und simulierst!« schrie ihn darauf der Meister an und versetzte ihm solche Faustschläge, daß dem Jungen das Blut aus Nase und Mund quoll. In der Verhandlung gab der Lehrling an, daß acht Tage vor den letzten Weihnachten, als er einige Eisenstücke nicht gleich finden konnte, ihn der Meister mit einem glühenden Eisenstück, das er gerade in der Hand hatte, in den Bauch stieß. – Bezirksrichter Dr. Dörr: Das kann doch nicht wahr sein, das wäre ja entsetzlich! – Statt aller Antwort entblößte der Junge seinen Bauch und zeigte dem Richter eine handgroße schlecht verheilte Brandwunde auf der linken Bauchhälfte. – Richter (zum Angeklagten): Was sagen Sie zu dieser Roheit? – Angekl: Na, wenn man an' Zorn hat, tut man gar viel. Ich bin ihm halt unvorsichtigerweise angekommen. – Der Richter ließ einen Amtsarzt rufen. Dieser untersuchte den Lehrling und gab an, daß die Wunde äußerst schmerzhaft gewesen sein und mindestens eine achttägige Heilungsdauer in Anspruch genommen haben muß. Der Richter verurteilte den Lehrlingsschinder zu einer Woche Arrest und außerdem zur Zahlung von hundert Kronen Schmerzensgeld an den Lehrling.

Daß eine Zivilisation, die mit glühenden Eisenstücken nicht nur die Erwachsenen über 17 bedroht, sondern sie schon Kindern in den Bauch treibt, einer Justiz begegnet, die dafür eine Woche Arrest zu vergeben hat, ist wohl in Ordnung. Der achttägigen Heilungsdauer entspricht eine Woche Arrest. Der Richter, der es sah und entsetzlich fand, gab dafür eine Woche Arrest. In demselben Staat könnte ich dafür, daß ich den Herrn Hans Müller durch die Meinung, sein Empfang durch den deutschen Kaiser sei unglaublich – »Das kann doch nicht wahr sein, das wäre ja entsetzlich!« sagte ich, aber kein Richter würde es wiederholen –, »der Lüge beschuldigt«, also gekränkt habe, von Gesetzwegen sechs Monate bis zu einem Jahr bekommen. Wir sterben an den Kontrasten.

Aber daß sich die Tollheit noch in Normen und Formen auslebt, das macht uns tragisch. Ich werde da wirklich nicht mehr lange mitmachen können.

Unsere Pallas Athene!

Gestern früh gab ein Soldat von einem Straßenbahnwagen aus bei der Haltestelle vor dem Parlamentsgebäude gegen die vor diesem stehende Statue der Pallas Athene zwei scharfe Schüsse aus einem Gewehr ab. Der Mann wurde von einem Offizier und zwei Soldaten entwaffnet und das Gewehr entladen. Der Soldat, der offenbar geistesgestört ist –

Wieso? Die kann einen schon aufregen. Ich war nicht im Krieg und trage kein Gewehr bei mir. Aber so oft ich die sehe, in ihrer vollkommenen Nichtbeziehung zu den Dingen, die in dem Haus drin und außerhalb vorgehen, höchstens daß einem der Abgeordnete Groß einfällt oder daß einem jetzt um das viele Stearin leid ist – wie sie dasteht, ein Denkmal des Wiener Schönheitssinnes, so eine noch immer fesche Hausmeisterin des hohen Hauses oder Verkörperung des Ideals halt von etwas Idealem oder Antikem oder in der Art, die meisten Passanten glauben jetzt, daß es die Austria ist oder die Germania, aber die Gebildeten wissen, daß es eine Palastathene ist, eigentlich gehört sie vors Burgtheater, weil sie akkurat aso aussieht, wie ich mir das christlichgermanische Schönheitsideal des Herrn Dr. von Millenkovich in antiker Gewandung vurstelle – so oft ich die sehe: was ist, frage ich da, aus all den Arbeitskräften geworden, die das in den Neunzigerjahren hinpappen mußten, ja die Katzelmacher die haben mit ihnerem Colleoni einpacken können aus Furcht vor uns, aber unserer Pallas Athene, der kann nichts g'schehn, in dem Punkt sind wir sicher, sie steht einmal da, keine feindliche Bombe, keine Kugel wird die treffen, und wenn jetzt einer von den Unsrigen sich so weit hat hinreißen lassen, so handelt es sich um die Tat eines offenbar Geistesgestörten, man darf nicht generalisieren, solche Leute soll man nicht auf die heimischen Kunstschätze loslassen, sondern soll sie einrückend machen, die Pallas Athene die muß uns erhalten bleiben im Weltkrieg, wär' nicht schlecht – und so oft ich die sehe und alles andere rings herum sehe und höre, da spür' ich ordentlich, daß ich kein Gewehr bei mir trage!

Die Metapher

. . . Er verteilt ein Reich, das ungebrochen, stärker denn je aus diesem Kriege hervorgegangen ist und das gemeinsam mit dem treuen Bundesgenossen eben dabei ist, das dritte Verräternest auszuheben. Serbien und Rumänien haben die verdiente Strafe für ihre Treulosigkeit empfangen. Beide existieren nicht oder kaum mehr, und Italien empfängt gerade den Todesstoß mitten ins zuckende Herz.

So weit von den Dingen sind jetzt die Worte, daß dem Buben, der's für die Schmucknotiz brauchte, nicht einmal der Tod des Jagdtiers, von dem's bezogen ist, nahe war. Sonst wäre er erschrokken. Aber daß jener Todesstoß das Sterben von gar vielen jungen Menschen drüben bedeutet und von gar vielen auch hüben, unter denen seinesgleichen nicht war, das ahnte er nicht. Sonst wäre er, eh ers aufschrieb, gestorben. Ja, das schreibt sich so hin. Tragisch ist es, daß gerade diese Sprache so zum Rückhalt aller Phantasieleere, so zum Hinterhalt aller Schäbigkeit werden konnte!

Waffenbrüder

Gelegentlich des Unfugs, der »Waffenbrüderliche Ärztetagung« hieß, hatte man überhaupt nicht mehr das Gefühl, daß wie sonst Streber von Fleisch und Blut zusammenkommen, um sich gegenseitig etwas vorzumachen, was in die Zeitung kommen soll, sondern es schien eine Monstreversammlung der selbstredenden Phrasen zu sein. Die Entmenschung, die in der Idee steckt, Ärzte als »Waffenbrüder« figurieren zu lassen, und dies nicht etwa im ehrlichen Sinne von Menschenmateriallieferanten und A-Befundleistern, sondern im Zeichen der über Wurfminen waltenden Humanität – das allein hätte schon ausgereicht, um einen Dickhäuter nervenkrank zu machen. Nun aber denke man sich das noch mit der ganzen ausgewaschenen Terminologie der Bündnistreue ausgerüstet, die ebenso von den andern Waffenbrüderinnungen getragen werden könnte, so ergibt sich eine Zusammenstellung von Panzer und Vollbart, wie sie ehedem nur bei jenen Gelegenheiten zu beobachten war, wo erwachsene Leute einander plötzlich und grundlos mit »Lu-lu!« anredeten und eine Gestalt, die aus einem Spitzbauch, einer Glatze und einer Brille bestand, »Herrlichkeit«

tituliert ward. Jene Leute, die sich im Frieden Schlaraffen nannten – ein Ehrennamen, dem die geänderten Daseinsbedingungen vollends die Geltung entziehen mußten –, sind heute froh, mit heiler Haut in der Waffenbrüderlichkeit ein Unterkommen gefunden zu haben. Gewohnt, in Not und Tod ihren Obmann zu stellen, haben sie im Treubund den passenden Ersatz für die verlorene Vereinsmeierei erkannt und können ein Leben, das in »Fühlungnahme« besteht, mit Erfolg fortsetzen. Während die draußen in den Schützengräben auf die Hinrichtung warten, findet man sich in der Sorge um den Fremdenverkehr und in sonstigen humanitären Verrichtungen zusammen und ist entschlossen, »die einheitliche Front unserer Kulturarbeit« herzustellen, was nur Reklame und gar keine Gefahr bringt, da erfahrungsgemäß außer mir kein Feind auf diese Front schießt. Während sich draußen die Dinge begeben, die es leider gibt, werden drinnen die Ornamente des blutigen Seins entrollt und jene Fahnen hochgehalten, die draußen längst durch wirksame Chemikalien ersetzt sind, und wirklich und wahrhaftig ruft der präsidierende Fürstenberg die Worte aus: »Schwere Wunden hat der Krieg geschlagen, sie zu heilen ist *unsere* erste und vornehmste Pflicht.« Aber da es doch tatsächlich Ärzte sind, die an dieser Pflicht des Fürstenberg teilhaben sollen, so stellt er ihnen das Zeugnis aus, die ärztliche Wissenschaft sei, »nach allen Seiten abgeschlossen durch einen Wall von Schützengräben, ausschließlich auf sich selbst angewiesen, und was sie geschaffen hat, das schuf sie aus ureigener Kraft«. Also ohne Fühlungnahme mit den französischen Ärzten, die allerdings das gleiche Schicksal und das gleiche Verdienst haben. »Keine Anregung drang aus dem Feindesland zu ihr«, setzt Fürstenberg erläuternd hinzu. Ein Ministerialdirektor aus Berlin – ich höre ihn – ist eher geneigt, diese Hindernisse der Vorsehung hoch anzurechnen, da ja sie eben den Treubund geschaffen haben, »der nicht mit dem Kriege endigen«, durch den aber leider auch der Krieg nicht endigen wird. »Im Sturm des Krieges«, ruft er, »verspüren wir vielmehr den Hauch des göttlichen Geistes, der uns gebietet, fortan gemeinsame Wege zu wandeln. Zusammen zu sterben haben *wir* gelernt; wir müssen, wir werden noch lernen, zusammen zu leben.« Und nun, vor dieser Aussicht, ist die ganze Gesellschaft von Ärzten, Würdenträgern und sonstigen Verehrern des Zeitalters vom Begriff der Bündnistreue derart fasziniert, daß ein förmliches Coriandoliwerfen mit den einschlägigen Bezeichnungen anhebt. Der Generalstabsarzt Hofrat Professor Dr. v. Hochenegg war, als sich mir dabei der

Magen umdrehte, verhindert, mir die erste ärztliche Hilfe zu leisten, denn er war gerade mit einer loyalen Behandlung des Protektorats beschäftigt und mit der Begrüßung sowohl der »in waffenbrüderlicher Gemeinschaft verbündeten Ärzte« wie der »angesehenen behördlichen Vertreter der in Bündnistreue uns verbündeten Staaten«, worauf der Herr Kollege und Vorstand der ärztlichen Abteilung der Ungarischen Waffenbrüderlichen Vereinigung »in schwungvollen Worten die Leistungen der Krieger feierte«, nicht ohne auch über die Friedensaufgaben der Waffenbrüderlichen Vereinigung zu sprechen sowie vom festen Band des Dualismus, von welchem Band er wörtlich sagte, daß es »heute ebenso wie vor einem halben Jahrhundert durch die wohltätige, zartfühlende Kaiserin und Königin, die mit dem Strahlenglanz ihrer Jugend, ihrer Schönheit und Herzensgüte die Härten des Krieges mildert, noch enger geknüpft wird«. Nachdem sich dies begeben hatte und die Menschenfreunde waffenbrüderlich auseinandergegangen waren, erfolgte, was vorauszusehen und nicht länger mehr zurückzuhalten war, der hinter dem Hochenegg schon lauernde Suckfüll trat auf die Szene und »im Anschluß an die Tagung der ärztlichen Abteilungen der waffenbrüderlichen Vereinigungen fand ein Gedankenaustausch statt«, nämlich unter Vertretern der »Fachgruppen für Fremdenverkehr der waffenbrüderlichen Vereinigung«. Wir waren bis auf den Kern der Waffenbrüderlichkeit vorgedrungen, bis zu der nie zu begrabenden Hoffnung, daß, was immer auch noch kommen mag, den Wirts- und Wurzbestrebungen zugute kommen werde. In Not und Tod ist das bekannte Froschschenkelexperiment ausführbar: man reiße diesem Kadaver der Gemütlichkeit die letzte Haxen aus, sage vor derselben ganz leise, ganz gemütlich das Wort »Fremdenverkehr!«, und man wird sehen, wie sie zu tanzen beginnt. Österreich lebt, und aus diesem Bedürfnis nach Fühlungnahme entstand der Geselligkeitsklub »D' Waffenbrüder«.

Aus der Ordination

[Kaiser Wilhelm und die »Enthüllungen« des amerikanischen Zahnarztes Dr. Davis.] Die ›Times‹ fahren mit der Publikation der Erinnerungen des amerikanischen Zahnarztes Dr. Davis fort, der seine eigenartige Auffassung vom ärztlichen Berufsgeheimnis in diesen Memoiren in der merkwürdigsten Weise betätigt. – –

Da der Zahnarzt die politischen Äußerungen, die in der Ordination gefallen sind, und nicht das Leiden des Patienten verrät, so ist der Vorwurf der Verletzung des ärztlichen Berufsgeheimnisses eine Dummheit. Der Esel scheint zu glauben, daß der Dr. Davis nicht Zahnarzt, sondern etwa Nervenarzt ist.

Einzelunternehmungen

Ein Soldat, der offenbar nicht im Vollbesitze seiner Vernunft war, erregte vorgestern auf dem Franzensring beträchtliches Aufsehen. Er erkletterte, nachdem er sich teilweise entkleidet hatte, das Liebenberg-Denkmal und stach mit dem Rufe: »Du Hund! Du Italiener!« mit dem Messer gegen das Porträtmedaillon Liebenbergs und gegen die Figur des Löwen . . . .

Die Pallas Athene, im Verdacht eine Griechin zu sein, steht demnach als verfolgte Unschuld nicht mehr allein auf der Welt und der Tegetthoff sowie die Maria Theresia sollen inzwischen nachgefolgt sein. Wenn die irrsinnigen Soldaten Raison annehmen und sich eines Führers durch die Sehenswürdigkeiten Wiens bedienen wollten, könnte die Aktion planvoll zu Ende geführt werden. Was ist denn mit den Flußgöttern an der Albrechtsrampe? Mit dem Canon vor dem Stadtpark? Na, und der Radetzky vor dem Kriegsministerium, ist der vielleicht kein Feind? In Deutschland wird die Sache organisiert, die Denkmäler werden einfach eingezogen, das heißt, wenn sie aus Bronze sind. Die Wiener Methode hat den Vorteil, daß das Material keine Rolle spielt. Aber solange das Unternehmen nicht vom Kriegsministerium in die Hand genommen wird, sondern der Initiative einzelner herumziehender Soldaten, vermutlich »Heimkehrer« oder am Ende gar »Tachinierer«, überlassen bleibt, besteht die Gefahr, daß solche Vorstöße ohne Entwicklung bleiben und daß wir das einzige anständige Ergebnis des Weltkriegs, die Befreiung Wiens von seinen Denkmälern, nicht erleben werden.

Schadenersatz

Justizminister Dr. R. v. Schauer: In der furchtbaren Not und Gefahr, in der sich der Staat besonders vor der glücklichen Wendung im Kriege befand, haben Angehörige der bewaffneten Macht und staatliche Organe bei der Bekämpfung oder Abwehr von Angriffen gegen den Staat mitunter die Zonen des rechtlichen Verfahrens ganz außer Acht gelassen und es kam wohl auch vor, daß rechtswidrig Leben und Freiheit verletzt worden ist und damit das Rechtsbewußtsein schwer gekränkt wurde. Dem durch solches Fehlgehen der Schutztätigkeit des Staates beleidigten Rechtsgefühl soll Genugtuung geboten und der verursachte Schaden gutgemacht werden, insbesondere wenn sich jemand das Recht über das Leben anmaßte, dem es nach den Gesetzen nicht zukam oder wenn die gesetzliche Feststellung, daß der Beschuldigte das Leben verwirkt habe, unterblieben ist.... Selbstverständlich muß der Staat eine Ersatzpflicht ablehnen, wenn die rechtswidrige Tötung oder Verletzung mit der Ausübung der Dienstgewalt in keinem Zusammenhange stand, wenn etwa Soldaten gelegentlich einer Plünderung oder in einem Streit oder bei sexuellen Ausschreitungen schwere Gewalttaten verübten.

Der rechtswidrig Getötete bekommt also das Leben nur ersetzt, wenn die Tötung zwar nicht in Ausübung der Dienstgewalt, aber im Zusammenhang mit der Ausübung der Dienstgewalt erfolgt ist. Im andern Fall wird er auf den Weg zum jüngsten Gericht verwiesen.

Der Schlachtbankier

hat am 1. Januar 1918, als so etwa fünfzehn Millionen erschlagen waren, mit der folgenden Feststellung Jahrgang und Tagwerk begonnen:

Der Krieg schlägt die Völker dreifach: Schlechtes Geld, Mangel und Hochpreise.

Derselbe

Bei der Verrechnung der beiderseitigen Erschlagenen am Piave, bedauernd, achselzuckend:

Der Krieg ist grausam und verlangt Opfer.

Bei den Gefangenen war eine Aktivpost:

Wenn wir die Bilanz ziehen, so ergibt sich noch immer zu unseren Gunsten ein Plus von zirka 40.000 Mann.

Und der ging unerschlagen aus dem Weltmord hervor!

Gotha 1919

[Leopold Pollack Freiherr v. Parnegg.] Dem Großindustriellen Leopold Pollack Edlen v. Parnegg in Wien wurde der österreichische Freiherrnstand verliehen. Freiherr v. Pollack nimmt in der österreichischen Textilindustrie eine hervorragende Stellung ein. Er war der erste, der in Österreich die Großerzeugung feiner Fabrikate, der Baumwollwarenbuntweberei, aufnahm, wodurch auf diesem Gebiete die ausländische insbesondere die englische Konkurrenz in Österreich aus dem Felde geschlagen und ein lebhafter Export erzielt wurde.

Also eigentlich für Schlachtenruhm. Aber irgendwie müssen diese Verdienste damit zusammenhängen, daß man es jetzt mit der Konkurrenz der englischen Armeen zu tun hat. Sicher ist nur, daß dafür in der Wertung großer Männer die englische Konkurrenz es mit uns nicht aufnehmen kann; denn keineswegs würden sie dort etwa den Pollackwitz machen, einen Besieger der Brünner War' fortan als Lord anzusprechen. Dieses Händler- und Söldnervolk unterscheidet sich von dem Volk der Helden und Idealisten merkwürdigerweise dadurch, daß es bei moralischen Werten, wie Adel und Einfluß, keinen Tarif kennt. Es wäre also ausgeschlossen, daß zum Beispiel, wenn ein Mister Pollack den Wunsch hätte, Sir zu werden und nicht zufrieden damit, gar Lord, ein Mister Hummer oder sonst ein Gemeiner, der Einfluß abzugeben hat, weil er irgendwelche mandatferne Zwecke verfolgt, zu Lloyd George liefe und für 10.000 Pfund – was etwa der Summe von einer Million Kronen entspräche – das Geschäft gemacht wäre. Gott strafe England, aber in diesen Belangen nationaler Ehre verstehen sie, wie die Lady Pollack sagen würde, die Hors d'oeuvres zu wahren.

Gerichtsbekannt

Vors.: Und dann? – Angekl. (mit gepreßter Stimme): Da dachte ich mir, daß manche Menschen viel haben und andere nichts. – Vors.: Draußen an der Front blutet der Soldat und daheim erwirbt der Kriegsgewinner Reichtümer. In den Bergschroffen hungert der Soldat, weil es mit ungeheuren Schwierigkeiten verbunden ist, die Nahrungsmittel hinaufzuschaffen. Das ist allgemein bekannt, diese Gegensätze merken Sie auf der Straße, im täglichen Leben. Daß Ihnen das so plötzlich in den Kopf gestiegen ist?...

Ich würde mit dieser Erkenntnis im Kopf, auch wenn sie mir erst allmählich in diesen gestiegen wäre, nicht fünf Minuten lang Helfer der irdischen Gerechtigkeit sein können. Der sie ausgesprochen hat, ist aber gleichzeitig ein Helfer der Glorie. Einer, von dem der Gerichtssaalreporter wahrscheinlich seinerzeit erzählt hat, daß er das Schwert der Themis mit dem des Ares vertauscht habe, wiewohl dieses heutzutag auch nur als Redensart funktioniert. Ein Strafrichter, der das Strafgericht der Menschheit, bei dem die Unschuldigen zum Tode verurteilt und die Prozeßkosten den Schuldigen zugesprochen werden, mit Jubel begrüßt haben soll. Mit einem Wort Herr OLG. von Würth. Nun, nachdem er sich die Sporen, jenen in diesem Krieg gleichfalls so selten gewordenen Gebrauchsgegenstand verdient hat und sogar Major geworden ist, nun hat er es auch noch zu der Erkenntnis von der neuen Lebenseinteilung gebracht, nämlich daß draußen der Soldat blutet und hungert und daheim der Kriegsgewinner Reichtümer erwirbt, und kann wieder über solche richten, die daheim hungern und denen die Erkenntnis nicht erst in drei Jahren Weltgerichtspraxis, sondern plötzlich in den Kopf gestiegen ist. Immerhin hat die militärische Verwendung eines Richters den Erfolg, daß der kontrastvolle Notstand der Welt, der mit dem Fremdwort Glorie bezeichnet wird, nunmehr gerichtsbekannt ist.

Verdrossenheit in der Entente

Verdrossenheit in der Entente.

Bevorstehende Ministerkrise in Frankreich und steigende Verwirrung in Rußland.

– – Die Entente hat die große Gabe der Haltung. Sie will so lange als möglich den Schein bewahren – – Aber diese Fähigkeit der Selbstbeherrschung – – vermag dennoch auf die Dauer nicht zu verbergen, wie es im Innern aussieht, wie unsicher der Boden ist, auf dem sie sich bewegt – – Wirtschaftliche Not, politische Vertändelung in Frankreich, dumpfe Unzufriedenheit in Italien, Chaos in Rußland und in England und Amerika schrankenlose Unterdrückung der Friedenssehnsucht. Der vierte Kriegswinter beginnt mit heftiger Verdrossenheit in der Entente.

Aber damit – es ist seit vier Jahren ein geschriebenes Kopfwakkeln – damit hat doch schon der erste begonnen? Das wird eine Anekdote werden: »Was sagen Sie, Kohn sein Plafond is zusammgestürzt!« »Wieso?« »Ich hab deutlich gehört, es rieselt im

Gemäuer.« »Was Sie nicht sagen! Grad war ich bei ihm und hab nix bemerkt.« »Das schaut nur so aus, aber ich sag Ihnen, ihm is mies zu wohnen, es rieselt im Gemäuer. Sie können von hier hören.« »Ich hör nix.« »Mir kommt vor wie ein Geräusch.« »Was für ein Geräusch, lassen Sie mich aus mit Geräusche, ich hör kein Geräusch.« »Sie hören kein Geräusch? Kleinigkeit, was dort rieselt!« »Natürlich! Wissen Sie was das is, das is die Wasserleitung!« »Na also sehn Sie, was hab ich gesagt?« »Sie haben gesagt, Kohn sein Plafond is zusammgestürzt.« »Ich hab gesagt, es rieselt im Gemäuer.« »Aber es is doch die Wasserleitung!« »No is das vielleicht gar nix? Fort fließt Wasser!« »Wieso? Wenn er will, dreht er ab. Und schon hat er abgedreht!« »Sehn Sie, was hab ich gesagt? Er hat genug, ihm is schon mies!« »Wovor?« »Vor dem Geriesel! Ich sag Ihnen, ein Glück, im Nu wär sein Plafond zusammgestürzt!«

Vorteile des Friedens mit Rußland

Wir müssen uns hineindenken in die Spannungen lange vor dem Morde in Sarajewo, an die beständige Sorge wegen der Pläne in Petersburg und wegen der Feindseligkeiten des Botschafters Iswolsky. Wir haben alle miterlebt die Morgen, die vergällt waren durch Berichte über russische Absichten und Gehässigkeiten, durch Kummer über Umtriebe des Gesandten in Belgrad und Streitigkeiten in Montenegro und Albanien. Unbedeutende Vorfälle wurden beängstigend im fahlen Lichte zuckender Blitze in der Weltpolitik. Das Gewaltige dieser Veränderung wird anschaulicher in einem kleinen Ausschnitte aus der bürgerlichen Lebensweise. Der Friede sichert ein Frühstück ohne Rußland. Nicht mehr in der äußeren und vor allem auch nicht in der inneren Politik beständig an russische Herrscher, Parteien, Verschwörungen und Rüstungen denken müssen, wird erlösend sein, Befreiung der Kräfte, ein Gefühl nie vorher gekannter Ruhe. In Milliarden ausrechnen können wir das nicht. Es gibt jedoch Milliarden, die sich nicht zählen lassen.

Der Friede sichert ein Frühstück ohne Rußland, aber nicht ohne die Freie Presse. Das ist denn doch ein etwas verhatschter Ausgang des Weltkriegs. Aber wie immer die Welt nun laufen mag, das Vorher und das Nachher bleiben in unvergeßlichen Tonfällen festgehalten. Was überstanden ist: »Wir müssen uns hineindenken in die

Spannungen und wir haben alle miterlebt die Morgen, die vergällt waren durch Berichte«. (Wobei der kleine Ausschnitt aus der bürgerlichen Lebensweise bloß in der Konstatierung besteht, daß da gefrühstückt wird.) Nun aber der Jauchzer, der Ausdruck für die höchste Entzückung, wenn der Dulder aus Kerkernacht in den Tag der Freiheit tritt oder dem Liebenden die Stunde erfüllter Sehnsucht schlägt: »In Milliarden ausrechnen können wir das nicht. Es gibt jedoch Milliarden, die sich nicht zählen lassen.« Der Pathetiker eines früheren Jahrhunderts hatte, den damaligen bescheidenern Verhältnissen entsprechend, für den Hochstand der Gefühle höchstens den Ausdruck: »Seid umschlungen Millionen, diesen Kuß der ganzen Welt!« Nebbich. Wenn das Herz Benedikts seine Schläge zu zählen beginnt, sind Schillers Wonnen ein Pappenstiel gegen heutzutag.

Staatsprüfung

Wonach im Laufe des Tages folgte was am Abend wo?

Nach den ernsten Beratungen im Laufe des heutigen Tages folgte am Abend eine gesellige Veranstaltung in den Räumen des Ministerratspräsidiums.

Was führte rasch wozu?

Die Liebenswürdigkeit der Gastgeber und ein sorgsames, von jedem Zwange freies Arrangement führte rasch zu einer belebten und ungezwungenen Unterhaltung der Gäste.

Wiederhole das Gesagte: Wovon war das Arrangement frei? Von jedem Zwange. Und wie war infolgedessen die Unterhaltung? Ungezwungen. Beweise es:

An kleinen Tischen fanden sich alte Freunde zusammen, neue Bekanntschaften wurden angeknüpft und –

Was sonst? Was wird der Abend sonst gebracht oder herbeigeführt haben? Besteht eine Vermutung?

Der Abend wird manche wertvolle Anregung gebracht, manche Dauer versprechende Beziehung zwischen den deutschen und österreichisch-ungarischen Teilnehmern herbeigeführt haben.

Gut, fassen wir jetzt noch einmal zusammen, oder geben wir eine Schilderung, wie sie etwa ein anderer Gewährsmann entworfen hätte.

Die mitten in den unruhevollen Zeiten des Weltkrieges tagenden und in eine ruhigere und glücklichere wirtschaftliche Zukunft vorausblickenden deutsch-österreichisch-ungarischen Wirtschaftskonferenzen gaben heute abend dem Ministerpräsidenten Dr. Ernst Ritter v. Seidler und Frau Thea v. Seidler willkommenen Anlaß, die Teilnehmer an diesen Konferenzen –

Aber was für welche denn, woher denn? Ordentlicher! Wie, aus dem deutschen Reiche? Noch ordentlicher!

Aus dem untrennbar verbündeten deutschen Reiche.

So ist's in Ordnung. Und woher noch? Aus Österreich-Ungarn? Keine Schlamperei, wenn ich bitten darf!

und aus den beiden Staaten der österreichisch-ungarischen Monarchie

Sowie?

sowie einen Kreis hervorragender Persönlichkeiten zu Gaste zu sehen.

Wobei war was doch über die gesellschaftliche Veranstaltung gebreitet?

bei aller Schlichtheit, die der Krieg gebietet, bei dem Ernst –

Bei welchem Ernst?

der Zeit und der Gegenstände der Beratungen, war doch –

Also was war gebreitet?

ein Hauch der gastlichen Gemütlichkeit

Der welchene ist das?

der den Ruf der Kaiserstadt in der ganzen Welt begründet hat

Ah der, richtig, das hätt' ich beinah selbst vergessen. Was war das historisch bedeutsame und prunkvolle Palais?

ein würdiger Rahmen für den Empfang und –

Aha, was taten der Hausherr Dr. Ritter v. Seidler und Frau v. Seidler? Sie –

wetteiferten

Was zu tun? Von wem unterstützt?

unterstützt von den Herren des Ministerratspräsidiums, den Gästen den Aufenthalt an der gastlichen Stätte so angenehm als möglich zu gestalten.

Ist es gelungen? Hat's keiner bereut? Waren alle erschienen?

Zum heutigen Empfang waren etwa dreihundert Einladungen ergangen und es gab fast gar keine Absagen.

Was war schon bald nach 8 Uhr?

Schon bald nach 8 Uhr waren die Salons –

Wovon gefüllt?

mit ihrem schönen künstlerischen Schmuck –

Falsch. Wovon gefüllt?

von den Gästen gefüllt.

Was taten hierauf Dr. v. Seidler und Frau v. Seidler? Sie –

hießen jeden neuen Gast herzlich willkommen.

So ist's recht. Was tat man unter den Anwesenden?

Unter den Anwesenden bemerkte man

Wen natürlich zuerst?

den Kriegsminister Freiherrn v. Stöger-Steiner

Wen noch?

Banhans .. Cwiklinsky .. Bleyleben .. Exner .. Sieghart .. Chlumecky .. Ruß .. Groß ..

Genug! Wie heißt der ungarische Handelsminister Stern?

Szterenyi.

Wo standen die deutschen Teilnehmer?

Im Mittelpunkt des Interesses.

Fahren Sie fort!

Ferner waren geladen – – Aus Ungarn waren außerdem geladen – – Das Ministerratspräsidium war vertreten – – Ferner waren anwesend – – ferner waren erschienen – –

Ich sehe schon, Sie haben den Beamtenkalender gelernt. Sie haben seit den Empfängen unter Hohenwart, Taaffe, Badeni, Gautsch, Beck, Stürgkh nichts vergessen. Merken Sie es sich für Hussarek!

Erkundungsvorstoß in die Sprache

Daß die Sprache von Fachausdrücken des alten Kriegshandwerkes durchwirkt ist, merkt man erst, wenn sie jetzt mit den neuen termini technici zusammenstoßen oder zusammenfließen. Oder vielmehr: die deutsche Phantasie, die sich für deren Erwerbung aufgeopfert hat, merkt es nicht; und da die neuen technischen Methoden nicht die Kraft haben, Sprachgut zu hinterlassen, so wird, wenn nichts anderes, die alte Redensart den neuen Krieg überleben. Das Beispiel der bei einem erfolgreichen Gasangriff hochgehaltenen Fahne setzt sich endlos fort. Aber nicht nur der Anachronismus, den unser ganzes heroisches Denken vorstellt, auch die Gleichzeitigkeit von Tatmethode und Redensart kommt einer entseelten Sprache nicht mehr zum Gefühl. Daß einmal dem Papst nachgesagt wurde, er habe mit einer pazifistischen Forderung übers Ziel geschossen, war gewiß ein empfindlicher Vorwurf. Aber empfindlicher ist es, wenn es nicht karamboliert, sondern zusammengeht:

– – durch Einbruch in die gegnerischen Linien – – tiefer in die gegnerischen Stellungslinien einzudringen – – Einblick in die von den vordersten Linien verschiedene Art der Truppenbelegung zu bekommen – – begibt sich die Erkundungsabteilung wieder in die eigenen Linien zurück – – In erster Linie ist daran zu erinnern, daß ein größerer deutscher Erkundungsvorstoß stattgefunden hat – –

Mit solchen Kleinigkeiten habe ich mich im Weltkrieg abgegeben mein Herrgott, überzeugt, daß die großen Angelegenheiten aus eben der Fähigkeit, sich bei einem Wort, bei einer Kriegserklärung nichts mehr vorzustellen, entstanden sind. Nach solchem Erkundungsvorstoß begebe ich mich in die eigene Sprache zurück.

Kindheit und Wiesenglück

[Verunglückte Kinder.] Aus Görz wird uns berichtet: In der Ortschaft Vipolze bei Görz fanden fünf Kinder im Alter von fünf bis zwölf Jahren auf einer Wiese eine Handgranate, die sie zur Explosion brachten. Ein neunjähriger Knabe blieb auf der Stelle tot liegen. Ein anderer verschied während der Überführung ins Krankenhaus. Nach ärztlicher Aussage ist auch hinsichtlich der anderen schwerverletzten Kinder wenig Hoffnung, sie am Leben zu erhalten.

Ein Trauermantel, der letzte, folgte dem Zug.

INHALT

DIE KATASTROPHE DER PHRASEN / GLOSSEN 1910-1918

Der Anhang zu beiden Glossen-Bänden befindet sich am Schluß des zweiten Bandes.

Karl Kraus
Schriften
Herausgegeben von
Christian Wagenknecht
Erste Abteilung: 12 Bände

Band 1: Sittlichkeit und Kriminalität
Band 2: Die chinesische Mauer
Band 3: Literatur und Lüge
Band 4: Untergang der Welt durch schwarze Magie
Band 5: Weltgericht I
Band 6: Weltgericht II
Band 7: Die Sprache
Band 8: Aphorismen
Band 9: Gedichte
Band 10: Die letzten Tage der Menschheit
Band 11: Dramen
Band 12: Dritte Walpurgisnacht

Zweite Abteilung: 8 Bände

Band 13: Jacques Offenbach
Band 14: Johann Nestroy. Zeitstrophen
Band 15: William Shakespeare
Band 16: Brot und Lüge
Band 17: Die Stunde des Gerichts
Band 18: Hüben und Drüben
Band 19: Die Katastrophe der Phrasen
Band 20: Kanonade auf Spatzen

Karl Kraus
im Suhrkamp Verlag

Schriften I. 12 Bände in Kassette. Herausgegeben von Christian Wagenknecht. st 1311-1322

Schriften II. 8 Bände in Kassette. Herausgegeben von Christian Wagenknecht. st 1323-1330 (Die Bände sind auch einzeln erhältlich)

Band 1:	Sittlichkeit und Kriminalität. st 1311
Band 2:	Die chinesische Mauer. st 1312
Band 3:	Literatur und Lüge. st 1313
Band 4:	Untergang der Welt durch schwarze Magie. st 1314
Band 5/6:	Weltgericht I / Weltgericht II. st 1315/1316
Band 7:	Die Sprache. st 1317
Band 8:	Aphorismen. Sprüche und Widersprüche. Pro domo et mundo. Nachts. st 1318
Band 9:	Gedichte. st 1319
Band 10:	Die letzten Tage der Menschheit. Tragödie in fünf Akten mit Vorspiel und Epilog. st 1320
Band 11:	Dramen: Literatur. Traumstück. Wolkenkuckucksheim. Traumtheater. Die Unüberwindlichen. st 1321
Band 12:	Dritte Walpurgisnacht. st 1322
Band 13:	Theater der Dichtung: Jacques Offenbach. st 1323
Band 14:	Theater der Dichtung: Nestroy. Zeitstrophen. st 1324
Band 15:	Theater der Dichtung: William Shakespeare. st 1325
Band 16:	Brot und Lüge. Aufsätze 1919-1924. st 1326
Band 17:	Die Stunde des Gerichts. Aufsätze 1925-1928. st 1327
Band 18:	Hüben und Drüben. Aufsätze 1929-1936. st 1328
Band 19:	Die Katastrophe der Phrasen. Glossen 1910-1918. st 1329
Band 18:	Kanonade auf Spatzen. Glossen 1919-1936. st 1330

Frühe Schriften. Band I: 1892-1896. Band II: 1897-1900. Band III: Erläuterungen. 3 Bände in Kassette. Herausgegeben von Johannes J. Braakenburg. Leinen und kartoniert

Einzelausgaben

Karl-Kraus-Lesebuch. Herausgegeben von Hans Wollschläger. st 1435

Die letzten Tage der Menschheit. Tragödie in fünf Akten mit einem Vorspiel und Epilog. Herausgegeben von Christian Wagenknecht. Leinen

Die letzten Tage der Menschheit. Erstausgabe der Bühnenfassung des Autors. Herausgegeben von Eckart Früh. BS 1091

Magie der Sprache. Ein Lesebuch. Herausgegeben und mit einem Nachwort von Heinrich Fischer. st 204

Nachts. Aphorismen. BS 1118

Pro domo et mundo. Aphorismen. BS 1062

60/1/9.93

Karl Kraus
im Suhrkamp Verlag

Shakespeares Dramen. 2 Bde. Bearbeitet von Karl Kraus. Herausgegeben von Heinrich Fischer. (Aus dem Kösel-Verlag übernommen.) Leinen

Shakespeares Sonette. Nachdichtung von Karl Kraus. (Aus dem Kösel-Verlag übernommen.) Leinen

Sprüche und Widersprüche. Aphorismen. BS 141

Über die Sprache. Glossen, Aphorismen und Gedichte. Auswahl und Nachwort von Heinrich Fischer. BS 571

Essays über Karl Kraus. Herausgegeben von Sigurd Paul Scheichl. st 1819

60/2/9.93

Deutschsprachige Literatur
in den suhrkamp taschenbüchern:
Essays, Reden, Briefe, Tagebücher

Andreas-Friedrich, Ruth: Der Schattenmann. Tagebuchaufzeichnungen 1938-1945. Mit einem Nachwort von Jörg Drews. st 1267
– Schauplatz Berlin. Tagebuchaufzeichnungen 1945-1948. st 1294
Arendt, Hannah: Die verborgene Tradition. Acht Essays. Den Essay »Der Zionismus aus heutiger Sicht« übersetzte Friedrich Griese ins Deutsche. st 303
Benjamin, Walter: Angelus Novus. Ausgewählte Schriften 2. st 1512
– Illuminationen. Ausgewählte Schriften. Herausgegeben von Siegfried Unseld. st 345
– Über Haschisch. Novellistisches. Berichte. Materialien. Herausgegeben von Tillman Rexroth. Einleitung von Hermann Schweppenhäuser. st 21
Brecht, Bertolt: Schriften zur Politik und Gesellschaft 1919-1956. st 199
Broch, Hermann: Schriften zur Literatur 1. Kritik. st 246
– Schriften zur Literatur 2. Theorie. st 247
– Philosophische Schriften. 2 Bde. st 375
– Politische Schriften. st 445
– Massenwahntheorie. Beiträge zu einer Psychologie der Politik. st 502
Buch, Hans Christoph: Tropische Früchte. Afro-amerikanische Impressionen. Erstausgabe. st 2231
Camartin, Iso: Nichts als Worte? Ein Plädoyer für Kleinsprachen. st 1974
Dinkelmann, Fritz H.: Nach eigener Aussage. Gerichtsreportagen. st 1436
Endres, Ria: Werde, was du bist. Dreizehn literarische Frauenportraits. st 1942
Enzensberger, Hans Magnus: Ach Europa! Wahrnehmungen aus sieben Ländern. Mit einem Epilog aus dem Jahre 2006. st 1690
– Der Fliegende Robert. Gedichte, Szenen, Essays. st 1962
– Mittelmaß und Wahn. Gesammelte Zerstreuungen. st 1800
– Politik und Verbrechen. Neun Beiträge. st 442
– Politische Brosamen. st 1132
Federspiel, Jürg: Böses. Wahn und Müll. st 1729
Frisch, Max: Forderungen des Tages. Porträts, Skizzen, Reden 1943-1982. Herausgegeben von Walter Schmitz. st 957
– Tagebuch 1946-1949. st 1148
– Tagebuch 1966-1971. st 256
Mein Goethe. Günter Kunert, Siegfried Lenz, Peter Rühmkorf, Wolfdietrich Schnurre, Martin Walser, Gabriele Wohmann. st 781

256/1/11.93

Deutschsprachige Literatur in den suhrkamp taschenbüchern: Essays, Reden, Briefe, Tagebücher

Handke, Peter: Als das Wünschen noch geholfen hat. Fotos von Peter Handke. st 208
– Das Ende des Flanierens. st 679
– Ich bin ein Bewohner des Elfenbeinturms. st 56

Hesse, Hermann: Eine Literaturgeschichte in Rezensionen und Aufsätzen. Herausgegeben von Volker Michels. st 252
– Politik des Gewissens. Die politischen Schriften. 1. Band: 1914–1932. 2. Band: 1933- 1962. Vorwort von Robert Jungk. Herausgegeben von Volker Michels. st 656
– Die Welt der Bücher. Betrachtungen und Aufsätze zur Literatur. Zusammengestellt von Volker Michels. st 415
– Zarathustras Wiederkehr. Ein Wort an die deutsche Jugend und andere Aufrufe gegen den Herdengeist von rechts und links. Herausgegeben von Volker Michels. st 2228

Hildesheimer, Wolfgang: Das Ende der Fiktionen. Reden aus fünfundzwanzig Jahren. st 1539

Johnson, Uwe: Berliner Sachen. Aufsätze. st 249

Kaminski, André: Schalom allerseits. Tagebuch einer Deutschlandreise. st 1637

Koch, Werner: Der Prozeß Jesu. Versuch eines Tatsachenberichts. Mit einem Vorwort von Josef Blinzler. st 1362

Koeppen, Wolfgang: Die elenden Skribenten. Aufsätze. Herausgegeben von Marcel Reich-Ranicki. st 1008

Kracauer, Siegfried: Kino. Essays, Studien, Glossen zum Film. Herausgegeben von Karsten Witte. st 126
– Das Ornament der Masse. Essays. Mit einem Nachwort von Karsten Witte. st 371

Kraus, Karl: Sittlichkeit und Kriminalität. st 1311
– Die chinesische Mauer. st 1312
– Literatur und Lüge. st 1313
– Untergang der Welt durch schwarze Magie. st 1314
– Die Sprache. st 1317
– Dritte Walpurgisnacht. st 1322
– Theater der Dichtung. Jacques Offenbach. Herausgegeben von Christian Wagenknecht. st 1323
– Die Stunde des Gerichts. Aufsätze 1925-1928. Herausgegeben von Christian Wagenknecht. st 1327
– Hüben und Drüben. Aufsätze 1929-1936. Herausgegeben von Christian Wagenknecht. st 1328

256/2/11.93

Deutschsprachige Literatur in den suhrkamp taschenbüchern: Essays, Reden, Briefe, Tagebücher

Kraus, Karl: Magie der Sprache. Ein Lesebuch. Herausgegeben und mit einem Nachwort von Heinrich Fischer. st 204

Lenk, Hans: Kritik der kleinen Vernunft. Einführung in die jokologische Philosophie. st 1771

Mayer, Hans: Das unglückliche Bewußtsein. Zur deutschen Literaturgeschichte von Lessing bis Heine. st 1634

Mitscherlich, Alexander: Toleranz – Überprüfung eines Begriffs. Ermittlungen. st 213

Muschg, Adolf: Empörung durch Landschaften. Vernünftige Drohreden. st 1482

– Goethe als Emigrant. Auf der Suche nach dem Grünen bei einem alten Dichter. st 1287

Penzoldt, Ernst: Die Kunst, das Leben zu lieben und andere Betrachtungen. Ausgewählt von Volker Michels. Mit einem Nachwort von Peter Suhrkamp. st 267

Schneider, Reinhold: Portugal. Mit einem Nachwort von Peter Berglar. st 1073

Scholem, Gershom: Walter Benjamin und sein Engel. Vierzehn Aufsätze und kleine Beiträge. Herausgegeben von Rolf Tiedemann. st 1967

Walser, Martin: Auskunft. 23 Gespräche aus 26 Jahren. Herausgegeben von Klaus Siblewski. Erstausgabe. st 1871

– Beschreibung einer Form. Versuch über Kafka. st 1891

– Heilige Brocken. Aufsätze, Prosa, Gedichte. st 1528

– Liebeserklärungen. st 1259

Weiß, Ernst: Die Kunst des Erzählens. Essays, Aufsätze, Schriften zur Literatur. Zusammengestellt von Volker Michels. st 799

Winkels, Hubert: Einschnitte. Zur Literatur der 80er Jahre. st 1804

256/3/11.93